M.V.

BIBLIOTHEK DER WELT-LITERATUR

Guy de Maupassant

Romane und Novellen

Illustrierte Gesamtausgabe
in zwölf Einzelbänden

Zweiter Band: Novellen I

Guy de Maupassant

Fett-Klösschen

Das Haus Tellier

Mit 152 Illustrationen
zu den
Originalausgaben von
Jeanniot
und René Lelong

Moewig Verlag KG
München

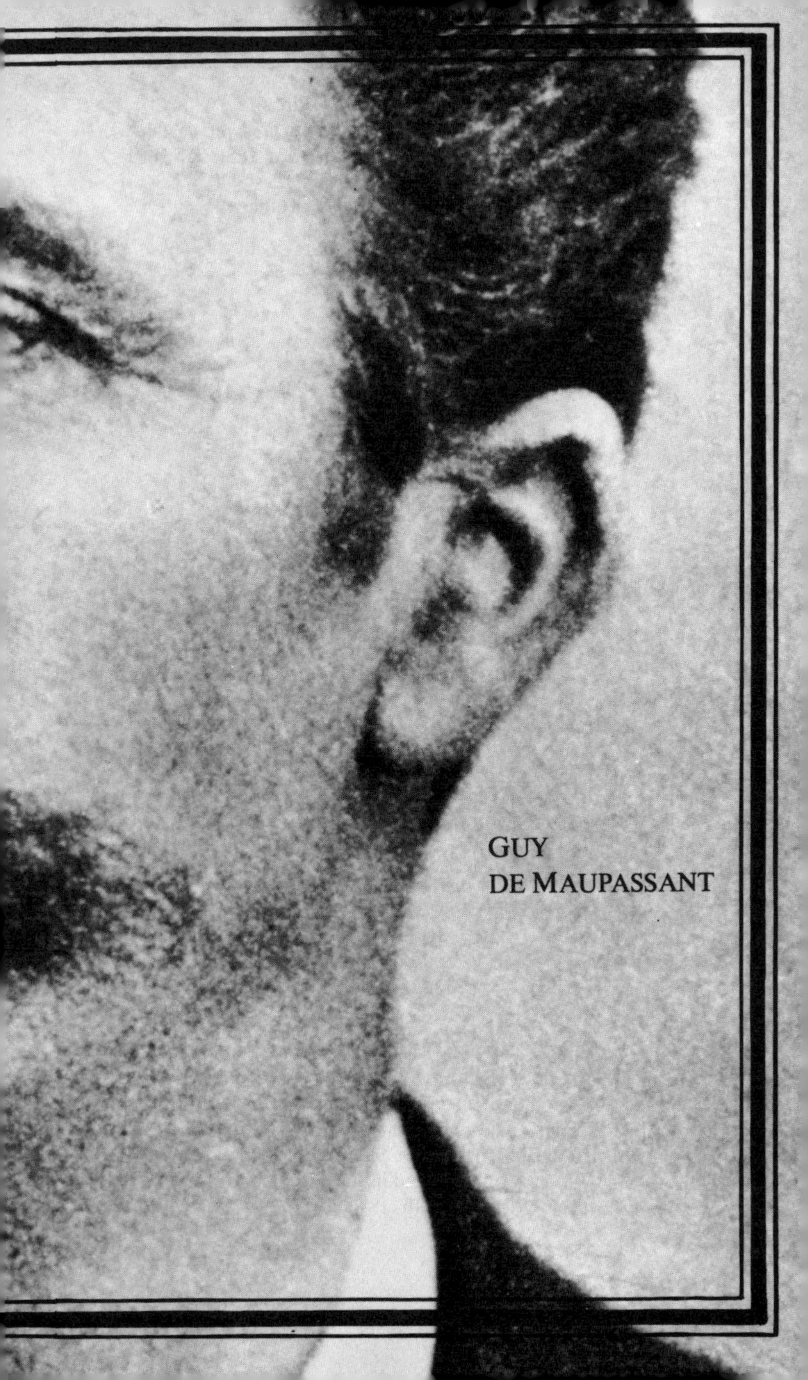

GUY
DE MAUPASSANT

Herausgegeben von R. W. Pinson
Neubearbeitung nach der ersten deutschen Gesamtausgabe
unter Hinzuziehung der Originalausgaben von 1880 und 1881
Titel der Originalausgaben:
»Boule de Suif« – »La Maison Tellier«

Mit einem Essay von Herbert Roch

Gesamtausstattung: Creativ Shop München
Adolf und Angelika Bachmann, München
Satz: Knauer Layoutsatz GmbH, Stuttgart
Druck und Bindung: Nuova Stampa di Mondadori, Cles
Printed in Italy
ISBN 3-8118-002 0-5

Inhalt

Fettklößchen

Mehrere Tage lang waren unaufhörlich die Überreste der zersprengten Armee durch die Stadt gezogen. Keine Truppen mehr: nur zügellose Horden. Die Männer mit langen schmutzigen Bärten und zerlumpten Uniformen schleppten sich in lässiger Haltung dahin, ohne Fahne, außer Reih' und Glied.

Alle sahen entmutigt und abgehetzt aus, unfähig, einen Gedanken oder einen Entschluß zu fassen. Sie marschierten nur noch aus Gewohnheit und sanken vor Müdigkeit um, so oft sie Halt machten. Man sah fast nur einberufene Reservisten, friedliche Leute, ruhige Rentner, vom Gewicht ihres Gewehrs gebeugt; kleine behende Landsturmleute, leicht zu erschrecken und schnell zu begeistern, zum Angriff bereit wie zur Flucht; dann wieder mitten unter ihnen einige rote Hosen, Trümmer einer in schwerer Schlacht zuermalmten Division, schwarze Artilleristen in Gruppen mit allerlei Infanteristen, und hie und da den blitzenden Helm eines Dragoners mit schwerfälligem Gang, der mühselig dem leichteren Marsch der Liniensoldaten folgte.

Legionen von Freischärlern mit pathetischen Namen: „Die Rächer der Niederlage", „die Bürger der Gräber", „die Kommunisten des Todes" zogen vorbei, verwildert wie Banditen. Ihre Anführer waren ehemalige Tuch- und Kornhändler, Ex-Verkäufer von Talg oder Seife, Gelegenheitskrieger, die nur ihres Geldes wegen, oder weil sie lange Schnurrbärte hatten, zu Offizieren ernannt worden waren, bedeckt mit Waffen, Aufschlägen und Tressen. Sie sprachen mit schallender Stimme, stritten über Feldzugspläne und behaupteten, sie allein könnten das sterbende Frankreich auf ihren Schultern zum Sieg tragen. Aber sie hatten zuweilen die größte Angst vor ihren eigenen Soldaten, die Beutelschneider und Galgenstricke, oft tapfer bis zur Verwegenheit, aber zügellose Plünderer waren.

„Die Preußen stehen vor Rouen", sagte man.

Die Nationalgarde, die seit zwei Monaten sehr vorsichtig die benachbarten Wälder rekognosziert hatte, zuweilen ihre eignen

Vorposten erschoß und sich zum Kampf bereit machte, wenn ein kleiner Hase im Gebüsch raschelte, war an ihren heimischen Herd zurückgekehrt. Ihre Waffen, ihre Uniformen, der ganze mörderische Apparat, mit dem sie bis vor kurzem alle Landstraßen auf drei Meilen in der Runde überschwemmt und die Einwohner erschreckt hatte, war plötzlich verschwunden.

Endlich hatten die letzten französischen Soldaten die Seine überschritten, um über Saint-Gever und Bourg-Achard Pont-Audemer zu erreichen. Als letzter folgte ihnen zu Fuß zwischen zwei Ordonnanzoffizieren der verzweifelte General, unfähig, mit diesen Auseinandergesprengten noch etwas zu unternehmen, selbst fassungslos vor dem großen Zusammenbruch eines Volkes, das gewohnt ist, zu siegen, und das hoffnungslos geschlagen war trotz seiner weltbekannten Tapferkeit.

Dann hatten sich über die Stadt eine tiefe Ruhe, ein sorgenvolles Stillschweigen gebreitet. Viele feiste Bürger, von ihrem Kramhandel demoralisiert, erwarteten angstvoll die Sieger und zitterten bei dem Gedanken, man könnte ihre Bratspieße und Küchenmesser für Waffen halten.

Das Leben schien stillzustehen. Die Läden waren geschlossen, die Straßen verödet. Zuweilen lief ein Einwohner, geängstigt von dieser Stille, hastig die Mauern entlang. Aus Angst vor dem Bevorstehenden fing man an, die Ankunft des Feindes zu wünschen.

Am Nachmittag des Tages, der dem Abzug der französischen Truppen folgte, sprengten mit großer Geschwindigkeit einige Ulanen, man wußte nicht, woher sie gekommen waren, durch die Stadt. Etwas später sah man eine schwarze Menge von Sainte-Catherine herabkommen, während zwei andere Ströme von Eindringlingen auf den Straßen von Darnetal und Boisguillaume erschienen. Gerade im gleichen Augenblick vereinigten sich auf dem Rathausplatz die Vorhuten der drei Abteilungen, und von allen benachbarten Straßen drang die deutsche Armee herein, Bataillon um Bataillon. Das Pflaster erdröhnte unter schweren, taktmäßigen Schritten.

Kommandorufe, in unbekannten Kehllauten, tönten die Häuser entlang, die ausgestorben und verödet schienen, während hinter geschlossenen Läden viele Augen nach diesen siegreichen Männern spähten, „nach Kriegsrecht" Herren der Stadt, ihrer Habe und der Menschenleben. Die Einwohner in ihren verdunkelten Zimmern befanden sich in dem Zustand der Betäubung, den große Katastrophen, große mörderische Erdbeben mit sich bringen, gegen die jede Weisheit und jede Kraft nutzlos ist. Denn dieselben Wirkungen zeigen sich immer wieder, wenn die gewohnte Ordnung der Dinge umgestürzt wird, wenn es keine Sicherheit mehr gibt, wenn alles, was durch Staats- und Naturgesetze geschützt war, gewissenloser wilder Brutalität preisgegeben ist. Das Erdbeben, das unter stürzenden Häusern ein ganzes Volk begräbt; der über die Ufer getretene Fluß, der das Land mit Tierleichen und von den Dächern gerissenen Balken bedeckt, oder die siegreiche Armee, die die niedermetzelt, die sich verteidigen, die anderen als Gefangene mit sich führt, die im Namen des Waffenrechts plündert und Gott beim Kanonendonner dankt, sind gleich furchtbare Geißeln, die jeden Glauben an die ewige Gerechtigkeit, alles Vertrauen auf den Schutz des Himmels, das man uns gelehrt hat, und auf die menschliche Vernunft zerstören.

An jede Tür wurde geklopft. Kleine Truppenabteilungen verschwanden darauf in den Häusern. Das war die Okkupation nach der Invasion. Für die Besiegten begann die Verpflichtung, den Siegern liebenswürdig entgegenzukommen.

Nach einiger Zeit legte sich der erste Schreck. Eine neugewonnene Ruhe trat ein. In vielen Familien saßen preußische Offiziere am Familientisch. Zum Teil waren sie gut erzogen, bedauerten aus Höflichkeit das französische Volk und äußerten ihren Widerwillen, an diesem Krieg teilzunehmen. Man war ihnen dankbar für dieses Mitgefühl; übrigens konnte man ja auch ihren Schutz früher oder später nötig haben. Wenn man liebenswürdig gegen sie war, hatte man vielleicht später einige Mann weniger zu ernähren. Und warum sollte man auch jemanden beleidigen, von dem man ganz und gar abhing? Es wäre weniger tapfer als tollkühn gewesen, so zu handeln. Heute ist die Tollkühnheit nicht mehr der Fehler der Bürger von Rouen wie in den Zeiten heroischer Freiheitskämpfe, als der Ruhm der Stadt begründet wurde. Endlich sagte man sich, indem man die französische Höflichkeit als Beweggrund gelten ließ, daß es wohl erlaubt sei, in seinem Hause liebenswürdig zu sein,. vorausgesetzt, daß man sich nicht öffentlich mit den preußischen Soldaten vertraut zeige. Außer dem Hause kannte man einander nicht, aber in der Wohnung plauderte man gern mit dem Deutschen, der jeden Abend länger am Kamin sitzen blieb, um sich am gemeinsamen Feuer zu erwärmen.

Die Stadt selbst gewann mehr und mehr ihr gewohntes Aussehen zurück. Die Franzosen gingen noch nicht aus, aber es wimmelte in den Straßen von preußischem Militär. Übrigens schienen die blauen Husaren, die anmaßend ihre großen Mordwerkzeuge übers Pflaster rasseln ließen, nicht erheblich mehr Verachtung für den gewöhnlichen Bürger zu empfinden als die Offiziere der Chasseurs, die im vorhergehenden Jahr in denselben Cafés gezecht hatten.

Aber irgend etwas lag dennoch in der Luft, irgend etwas Unfaßbares und Unbekanntes, ein fremder unerträglicher Geruch, der sich verbreitet hatte: der Geruch der Invasion. Er erfüllte die Wohnungen und die öffentlichen Plätze, veränderte den Geschmack der Nahrungsmittel, gab einem das Gefühl, auf Reisen zu sein, sehr weit fort bei barbarischen und gefährlichen Völkerschaften.

Die Sieger forderten Geld, viel Geld. Die Einwohner zahlten immer. Sie waren übrigens reich. Aber je wohlhabender ein normannischer Kaufmann wird, je mehr leidet er auch unter jedem Opfer, klagt er jedem kleinsten Teil seines Vermögens nach, den er in fremde Hände übergehen sieht.

Zwei oder drei Meilen außerhalb der Stadt, wenn man den Lauf des Flusses gegen Croisset, Dieppedalle und Biessart folgte, geschah es indessen häufig, daß Seeleute und Fischer aus dem Wasser Leichen von Deutschen zogen, die, aufgequollen in ihrer Uniform, durch Messerstiche oder Fußtritte getötet, von der Höhe einer Brücke ins Wasser gestoßen waren, oder deren Kopf man mit einem Steinwurf zertrümmert hatte. Der Schlamm des Flusses begrub diese dunklen, wilden und gerechten Racheakte, unbekannten Heldenmut, heimliche Angriffe, gefährlicher als die Schlachten am hellen Tage und ohne den Nachhall des Ruhmes.

Denn der Haß gegen das Fremde reizt immer einige Wagehälse, die bereit sind, für eine Idee zu sterben.

Als endlich die Eroberer, obwohl sie sich die Stadt mit eiserner Faust unterworfen hatten, keine jener Greueltaten begingen, deren Ruf ihrem Siegeszuge vorangegangen war, faßte man sich, und die Notwendigkeit der Geschäfte bewegte wieder die Herzen der Handelsleute des Landes. Einige hatten wichtige Geschäfte mit Havre angeknüpft, das die französische Armee besetzt hielt, und sie versuchten, diesen Hafen zu erreichen, indem sie zu Lande nach Dieppe reisten, wo sie sich einschiffen konnten.

Man machte Gebrauch von dem Einfluß der deutschen Offiziere, die man kennengelernt hatte, und erhielt von dem kommandierenden General die Erlaubnis zur Abreise.

Man beschloß, an einem Dienstagmorgen abzureisen, noch vor Tagesanbruch, um Ansammlungen zu vermeiden. Eine große vierspännige Postkutsche war vorausbestellt, und zehn Personen hatten sich bei dem Kutscher für diese Reise einschreiben lassen.

Schon seit einiger Zeit war die Erde hart gefroren, und am Montag gegen drei Uhr brachten große schwarze Wolken, die von Norden kamen, Schnee, der ununterbrochen den ganzen Abend und die darauffolgende Nacht niederfiel.

Um halb fünf Uhr morgens versammelten sich die Reisenden in dem Hof des Hotels „Normandie“, wo man den Wagen besteigen sollte.

Sie waren noch sehr verschlafen und zitterten vor Frost unter ihren Hüllen. Man konnte einander in der Dunkelheit kaum erkennen, und die schweren Winterkleider machten die Gestalten dicken geistlichen Herren mit langen Röcken gleich. Zwei Männer erkannten einander trotzdem, ein dritter sprach sie an, sie plauderten. „Ich nehme meine Frau mit", sagte der eine. „Ich auch" – „Und ich ebenfalls." Der erste fügte hinzu: „Wir kommen nicht mehr nach Rouen zurück. Wenn die Preußen bis Havre vorrücken, gehen wir nach England." Alle hatten dieselben Pläne, da sie in ähnlicher Lage waren.

Der Wagen wurde noch nicht bespannt. Eine kleine Laterne in der Hand eines Stallknechts kam von Zeit zu Zeit aus einer dunklen Tür, um sofort wieder in einer andern zu verschwinden. Man hörte durch die Streu gedämpftes Schlagen von Pferdehufen, und eine Männerstimme, die auf die Tiere einredete und fluchte, wurde aus dem Innern des Gebäudes vernehmbar. Leises Schellengeklingel ließ darauf schließen, daß jemand sich mit dem Geschirr zu tun machte. Dieses Geklingel wurde bald zu einem hellen anhaltenden Läuten, je nach der Bewegung des Tieres manchmal aufhörend, dann mit einem plötzlichen Stoß wieder einsetzend, begleitet von dem Geräusch eines genagelten Schuhs, der hin und her stampfte.

Plötzlich schloß sich die Tür. Jedes Geräusch verstummte. Die frierenden Bürger schwiegen. Sie standen unbeweglich, von Frost erstarrt.

Dichte, verwirrende Schleier von Flocken fielen ununterbrochen zur Erde. Sie verwischten die Formen, überzogen die Dinge mit einer Kruste von Eis. In der großen Ruhe der regungslosen, im Winterschlaf liegenden Stadt hörte man nichts als dieses sachte, unbeschreibliche, schwebende Geriesel des fallenden Schnees, mehr eine Empfindung als ein Geräusch, wie ein Wirbel feiner Atome, die den Raum zu füllen, die Welt zu bedecken schienen.

Der Mann mit seiner Laterne zeigte sich wieder. Er zog an einem Strick einen trübseligen Gaul nach, der widerwillig folgte. Er stellte ihn an die Deichsel, befestigte die Stränge, stampfte lange rund um das Pferd, um das Geschirr festzuschnallen. Denn er konnte nur die eine Hand gebrauchen, weil er in der andern sein Licht hielt. Als er das zweite Tier holen wollte, bemerkte er alle die unbeweglichen und schon ganz weißverschneiten Reisenden und sagte: „Warum steigen Sie nicht in den Wagen? Dort sind Sie wenigstens geschützt."

Sie hatten wahrscheinlich nicht einmal daran gedacht und

stürzten sich hastig auf den Wagen. Die drei Männer setzten ihre Frauen nach hinten in den Fond und stiegen selbst ein. Dann nahmen die andern unbestimmten verhüllten Gestalten die übrigen Plätze ein, ohne ein Wort zu wechseln.

Der Boden war mit Stroh bedeckt, in das sich die Füße eintraten. Die Damen im Hintergrund, die kleine kupferne Glühbekken mit Heizkohle mitgebracht hatten, setzten diese Apparate in Brand und sprachen mit leiser Stimme über die Vorteile dieser Einrichtung, wiederholten sich also Sachen, die sie schon längst wußten.

Endlich, nachdem die Kutsche, wegen der schwieriger gewordenen Fahrt, mit sechs statt mit vier Pferden bespannt war, fragte eine Stimme von draußen: „Alles eingestiegen?" Und eine Stimme aus dem Wagen antwortete: „Ja." Man fuhr an.

Langsam bewegte sich der Wagen vorwärts, langsam, Schritt um Schritt. Die Räder sanken tief in den Schnee ein, der ganze Kutschkasten ächzte mit kläglichem Geknarr, die Pferde glitten aus, schnauften, dampften, und die riesige Peitsche des Kutschers knallte unaufhörlich, schnellte nach allen Seiten wie eine kleine Schlange, ringelte sich zusammen und schoß vor, um das dicke Hinterteil eines Pferdes zu treffen, worauf ein stärkeres Anziehen erfolgte.

Kaum bemerkbar kam der Morgen herauf. Die leichten Flocken, die ein Reisender, ein echter Bürger von Rouen, mit einem Watteregen verglichen hatte, fielen nicht mehr. Durch große, dunkle, schwere Wolken sickerte ein schmutziges Licht, das die Weiße der Landschaft, in der zuweilen eine Reihe großer reifstarrender Bäume, zuweilen eine Hütte unter einer Schneekappe erschien, noch auffallender machte.

Im Wagen betrachtete man einander neugierig in der armseligen Helle dieses Morgenlichtes.

Ganz im Grunde des Wagens schlummerten auf den besten Plätzen einander gegenüber Herr und Frau Loiseau, Weingroßhändler aus der Grand-Pontstraße.

Früher Kommis eines Kaufmanns, der Bankrott machte, hatte Loiseau das Geschäft gekauft und ein Vermögen damit erworben. Er verkaufte zu sehr billigen Preisen sehr schlechten Wein an kleine Händler vom Land und galt unter seinen Bekannten und Freunden für einen geriebenen Gauner, für einen echten Normannen, voll Schlauheit und Gemütlichkeit.

Sein Ruf als Spitzbube war so fest begründet, daß auf einer Soirée in der Präfektur Herr Tournel, eine Lokalberühmtheit, Verfasser von Fabeln und Chansons, ein witziger boshafter Geist, den etwas gelangweilten Damen den Vorschlag machte, das Spiel „Loiseau vole“[1]) zu spielen. Dieses Wort flog durch die Salons des Präfekten und von da durch die ganze Stadt und brachte einen Monat lang die ganze Provinz zum Lachen.

Loiseau war übrigens durch seine Possen aller Art, seine guten und schlechten Witze berühmt, und niemand konnte von ihm sprechen, ohne hinzuzufügen: „Er ist unbezahlbar, dieser Loiseau.“

Er war klein von Wuchs, hatte einen Bauch wie ein Ballon, darüber ein rötliches Gesicht zwischen zwei ergrauenden Bakkenbartkoteletten.

Seine Frau, groß, dick, resolut, mit lauter Stimme und sehr schnell von Entschluß, vertrat die Ordnung und Berechnung im Geschäftshause, das er mit seiner munteren Tätigkeit beseelte.

---

[1]) Unübersetzbares Wortspiel. Loiseau vole = Loiseau stiehlt, L'oiseau vole = Der Vogel fliegt, bekanntes Gesellschaftsspiel.

Neben ihnen, in würdigerer Haltung, als Angehöriger einer höheren Klasse, saß Herr Carré-Lamadon, ein angesehener Mann der Baumwollbranche, Besitzer dreier Spinnereien, Offizier der Ehrenlegion und Mitglied des Stadtrats. Er war während der ganzen Zeit des Kaiserreichs Führer der gemäßigten Opposition gewesen, nur um sich, wie er selbst sagte, seine Wiedervereinigung mit der Partei, die er mit ritterlichen Waffen bekämpfte, um so höher bezahlen zu lassen. Frau Carré-Lamadin, viel jünger als ihr Mann, war der Trost der Offiziere aus guter Familie, die nach Rouen in Garnison geschickt wurden.

Sehr klein, sehr zierlich, sehr hübsch, ganz in Pelze eingewikkelt, saß sie ihrem Manne gegenüber und betrachtete aus verschleierten Augen das klägliche Innere des Wagens.

Ihre Nachbarn, Graf und Gräfin Hubert de Bréville, waren Träger eines der edelsten und ältesten Namen der Normandie. Der Graf, ein alter Edelmann von großartigem Zuschnitt, bemühte sich durch Toilettekünste, seine natürliche Ähnlichkeit mit König Heinrich IV. zu betonen, der, nach einer ruhmreichen Familientradition, eine Frau von Bréville schwanger gemacht hatte, deren Gatte infolgedessen Graf und Gouverneur der Provinz geworden war.

Als Kollege des Herrn Carré-Lamadon im Rat vertrat Graf Hubert die orleanistische Partei der Provinz. Die Geschichte

seiner Heirat mit der Tochter eines kleinen Reeders aus Nantes blieb immer in Dunkel gehüllt. Aber ihr vornehmes Aussehen, ihre Empfänge, mit denen sie alle andern übertraf, und das Gerücht, das ihr nachrühmte, sie sei sogar von einem Sohn Louis Philipps geliebt worden, machten sie beim ganzen Adel zu einer gefeierten Persönlichkeit. Ihr Salon war der erste des Landes, der einzige, in dem sich die alte Galanterie noch erhalten hatte, und zu dem man schwer Zutritt erhielt.

Was das Vermögen der Brévilles betraf, das sehr gut angelegt war, so belief es sich, wie man sagte, auf fünfhunderttausend Franken Renten.

Diese sechs Personen nahmen den Fond des Wagens ein, die Plätze der reichen, bevorzugten und starken Gesellschaft, der ehrwürdigen und hochgeachteten Leute, die Religion und Grundsätze haben.

Durch einen sonderbaren Zufall saßen alle Frauen auf derselben Bank. Die Gräfin hatte zu Nachbarinnen zwei barmherzige Schwestern, die lange Rosenkränze herunterbeteten und fortwährend das Vaterunser und Ave Maria vor sich hin murmelten. Eine war alt und so pockennarbig, daß es schien, als habe sie eine Schrotladung mitten ins Gesicht bekommen. Die andere, sehr schmächtig, hatte einen hübschen und kränklichen Kopf über der schwindsüchtigen Brust, die sich in dem gierigen Glauben der Märtyrer und Erleuchteten zu verzehren schien.

Gegenüber diesen beiden Nonnen saßen ein Mann und eine Frau, welche die Blicke aller auf sich zogen.

Der Mann war der weitbekannte Demokrat Cornudet, der Schrecken aller ehrbaren Leute. Seit zwanzig Jahren tunkte er seinen dicken roten Bart in die Biergläser aller demokratischen Cafés. Er hatte mit den Brüdern und Freunden zusammen ein ziemlich großes Vermögen durchgebracht, das er von seinem Vater, einem ehemaligen Konditor, geerbt hatte, und er erwartete ungeduldig die Republik, um endlich auf den Platz zu kommen, den er durch einen so hohen revolutionären Aufwand verdient hatte. Am vierten September hatte er, vielleicht infolge eines schlechten Witzes, geglaubt, man habe ihn zum Präfekten ernannt. Als er aber in seine Befugnisse eintreten wollte, hatten die Kanzleidiener, die allein auf ihren Posten geblieben waren, ihm den Eintritt verweigert, was seinen Rücktritt veranlaßte. Im übrigen ein sehr braver Bursche. harmlos und dienstfertig, hatte er mit einer unvergleichlichen Hartnäckigkeit die Verteidigung organisiert. Er hatte in ebener Erde Gräben ausgeschaufelt, alle jungen Bäume der benachbarten Wälder gefällt, in allen Straßen Hindernisse aufgestellt, und beim Herannahen des Feindes hatte er sich, sehr zufrieden mit seinen Vorbereitungen, eiligst in die Stadt zurückgezogen. Jetzt glaubte er sich in Havre nützlich machen zu können, wo neue Verteidigungsanlagen nötig sein würden.

Die Frau, welche neben ihm saß, eine sogenannte galante Dame, war berühmt durch ihre verwegene Körperfülle, die ihr den Spitznamen „Fettklößchen" eingebracht hatte. Klein, kugelrund, breit und fett, mit angeschwollenen Händen, deren Finger wie abgebundene fette Würstchen aussahen, mit glänzender straffer Haut, einem riesigen Busen, der ihr Kleid fast zersprengte, war sie dennoch appetitlich und viel begehrt; denn es machte Vergnügen, ihre Frische zu sehen. Ihr Gesicht war wie ein roter Apfel, wie eine Pfingstrosenknospe, die eben aufspringen will, und in diesem Gesicht strahlen dominierend ein paar prachtvolle schwarze Augen, beschattet von langen dichten Wimpern; ein entzückender Mund, klein, zum Kusse gefeuchtet, mit winzigen, leuchtenden Zähnchen.

Zu alledem hatte sie, so hieß es, eine Menge unschätzbarer Eigenschaften.

Kaum hatte man sie erkannt, so gingen allerlei Ausrufe von

Mund zu Mund bei den ehrsamen Frauen. Worte wie „Dirne“ und „öffentliche Person“ wurden so laut gesprochen, daß sie den Kopf hob. Gleichzeitg streifte sie ihre Nachbarn mit einem so herausfordernden und scharfen Blick, daß sofort große Stille eintrat und alle die Augen niederschlugen mit Ausnahme von Loiseau, der ihr belustigt zublinzelte.

Aber bald wurde die Unterhaltung von den drei Damen, die sich durch die Anwesenheit dieses Mädchens plötzlich befreundet und fast vertraut fühlten, wieder aufgenommen. Sie mußten, meinten sie, sich in ihrer ehelichen Würde gleichsam miteinander verbünden, gegenüber dieser schamlosen Käuflichkeit. Denn die legitime Liebe behandelt ihre freie Schwester immer sehr von oben herab.

Auch die drei Männer, die sich mit gesellschaftlicher Übereinstimmung beim Anblick Cornudets nähergekommen waren, unterhielten sich nun in dem gewissen für arme Leute kränkenden Ton über Geldangelegenheiten. Mit der Kaltblütigkeit eines großen Herrn, der zehnfacher Millionär ist und der kaum ein Jahr unter diesen Verlusten leiden würde, zählte Graf Hubert den Schaden auf, den die Preußen ihm angetan hatten, die Verluste an gestohlenem Vieh und zerstörten Ernten. Herr Carré-Lamadon, der gewiegte Baumwollindustrielle, war so klug gewesen, sechshundertausend Franken nach England zu senden, einen Notpfennig, den er sich für alle Fälle sichergestellt hatte. Was Loiseau betraf, so hatte er sich geholfen, indem er alle die schlechten Weine, die er noch im Keller hatte, an die französische Intendantur verkaufte, so daß ihm der Staat eine Riesensumme schuldete, die er nun in Havre zu beheben gedachte.

Alle drei warfen sich kurze freundschaftliche Blicke zu. Trotz ihrer verschiedenenartigen Berufe fühlten sie sich verbrüdert durch das Geld, durch die große Freimaurerei der Besitzenden, die mit dem Gold klimpern, wenn sie die Hand in die Hosentasche stecken.

Der Wagen fuhr so langsam, daß man um zehn Uhr morgens noch nicht vier Meilen zurückgelegt hatte. Die Männer stiegen dreimal aus, um Anhöhen zu Fuß zu ersteigen. Man fing an unruhig zu werden, denn man sollte in Tôtes zu Mittag essen und verzweifelte schier daran, daß man es vor Einbruch der Nacht erreichen werde. Jeder spähte unterwegs nach einer Kneipe, als die Kutsche in eine Schneewehe einsank. Es dauerte zwei Stunden, bis man sie frei gemacht hatte.

Der Hunger wuchs und beunruhigte die Geister. Keine Wirtschaft, keine kleine Weinschenke zeigte sich; der Anmarsch der Preußen und das Herumirren ausgehungerter französischer Soldaten hatte alle Geschäfte zum Stocken gebracht.

Die Herren suchten in den Bauernhöfen am Wege nach Proviant, aber sie fanden nicht einmal Brot, denn die mißtrauischen Bauern hatten ihre Vorräte versteckt, aus Furcht, die ausgehungerten Soldaten, die nichts zu beißen und zu brechen hatten, könnten mit Gewalt nehmen, was sie fänden.

Gegen ein Uhr mittags erklärte Loiseau, daß er in seinem Magen entschieden ein unangenehmes Loch spüre. Alle litten

schon lange wie er selbst, und das heftige Bedürfnis nach Essen, das sich immer steigerte, hatte die Unterhaltung gänzlich gelähmt. Von Zeit zu Zeit gähnte einer, ein anderer wurde sofort angesteckt; und jeder auf seine Art, je nach Charakter, Lebensart und sozialer Stellung, tat geräuschvoll oder heimlich die Hand schnell vor die klaffende Öffnung, der der Atem sichtbar entströmte.

Das Fettklößchen bückte sich mehrmals, als suche sie irgend etwas unter ihren Röcken. Sie zögerte einen Augenblick, betrachtete ihre Nachbarn und richtete sich dann ruhig wieder auf. Alle Gesichter waren bleich und verzerrt. Loiseau versicherte, er würde tausend Franken für einen kleinen Schinken bezahlen. Seine Frau machte eine Bewegung, als wolle sie etwas dagegen einwenden, dann beruhigte sie sich. Sie stand immer Qualen aus, wenn sie nur von Geldverschwendung reden hörte; denn sie verstand keinen Spaß in solchen Sachen. „Ich fühle mich wirklich unwohl“, sagte der Graf. „Warum habe ich nur vergessen Proviant mitzunehmen!“ Jeder machte sich denselben Vorwurf.

Cornudet hatte eine Flasche Rum. Er bot ihn an. Man dankte kalt. Nur Loiseau nahm ein paar Schluck und gab die Flasche mit Dank zurück: „Das tut auf alle Fälle gut; das wärmt und täuscht über den leeren Magen hinweg.“ Der Alkohol versetzte ihn in gute Stimmung, und er schlug vor, man solle es machen wie auf jenem kleinen Schiff im Liede, man solle den fettesten Passagier verspeisen. Diese indirekte Anspielung auf das Fettklößchen verletzte die Wohlerzogenen. Man antwortete nicht. Nur Cornudet lächelte. Die zwei barmherzigen Schwestern hatten aufgehört ihren Rosenkranz zu murmeln. Die Hände tief in ihre großen Ärmel versteckt, saßen sie unbeweglich mit hartnäckig niedergeschlagenen Augen. Offensichtlich brachten sie die Leiden, die er ihnen schickte, dem Himmel zum Opfer.

Endlich, um drei Uhr, als man sich inmitten einer endlosen Ebene befand, ohne Aussicht auf ein einziges Dorf, bückte sich plötzlich das Fettklößchen und zog unter der Bank einen großen, mit weißer Serviette zugedeckten Korb hervor.

Sie entahm ihm zunächst einen weißten Steingutteller, einen feinen silbernen Becher, dann eine große tiefe Schüssel, in der zwei ganze Hühner, wohl zerlegt, in ihrer Sülze lagen. Man bemerkte, im Korb verpackt, noch andre gute Dinge, Pasteten,

Früchte, Naschwerk, kurz Vorräte für drei Tage, um nicht auf die Gasthausküchen angewiesen zu sein. Vier Flaschenhälse sahen zwischen den Paketen mit Nahrungsmitteln hervor. Sie nahm einen Hühnerflügel und verspeiste ihn sehr appetitlich mit einem jener kleinen Brote, die man in der Normandie „Régence“ nennt.

Alle Blicke waren auf sie gerichtet. Dann verbreitete sich der Duft der Speisen, blähte die Nasenflügel und ließ den andern das Wasser im Munde reichlich zusammenlaufen, während sie ein schmerzhaftes Zusammenziehen der Kaumuskeln unter den Ohren empfanden. Die Verachtung der Damen gegen diese Dirne wurde zur Wut. Sie hätten sie umbringen oder aus dem Wagen in den Schnee werfen mögen, sie, ihren Becher, ihren Korb und ihren Proviant.

Loiseau aber verschlang mit den Augen die Hühnerschüssel. Er sagte: „Respekt, die Dame war vorsichtiger als wir! Es gibt Leute, die immer an alles denken.“ Sie erhob ihren Kopf. „Wenn Sie etwas davon wünschen, mein Herr? Es ist keine Kleinigkeit, den ganzen Morgen zu fasten.“ Er verneigte sich. „Wahrhaftig, gerade heraus, ich sage nicht nein, ich halt's nicht mehr aus. Krieg ist Krieg! Nicht wahr, Madame?“ Und während er umherblickte, fügte er hinzu: „In einem solchen Augenblick ist man sehr froh, so gefällige Menschen zu finden.“ Er breitete eine Zeitung über seine Knie aus, um keine Flecken an seine Beinkleider zu bringen, nahm mit der Spitze eines Messers, das er immer bei sich trug, ein saftig glänzendes Hühnerbein, löste das Fleisch mit den Zähnen ab und kaute es dann mit so sichtbarer Befriedigung, daß ein verzweifelter Seufzer durch den Wagen ging.

Mit bescheidener, sanfter Stimme bot nun das Fettklößchen auch den barmherzigen Schwestern an, das Mahl zu teilen. Hastig nahmen alle beide an. Ohne die Augen zu erheben, fingen sie sehr schnell zu essen an, nachdem sie einen Dank gestammelt hatten. Cornudet schlug gleichfalls das Anerbieten seiner Nachbarin nicht lang aus, und man stellte mit den Schwestern zusammen eine Art Tisch her, indem man Zeitungen auf die Knie legte.

Die Münder arbeiteten ununterbrochen, kauten, schmatzten und schlangen gierig hinunter. Loiseau, der sich in seiner Ecke tüchtig anstrengte, forderte mit leiser Stimme seine Frau auf, es ihm nachzumachen. Sie widerstand lange. Aber als sich ihr die Eingeweide zu schmerzlich zusammenzogen, gab sie allmählich nach. Ihr Mann, der sich bemühte, recht gewählt zu sprechen, fragte nun seine „reizende Reisegefährtin", ob sie erlauben würde, daß er seiner Frau auch etwas anböte. „Aber ja, gewiß, mein Herr", sagte sie mit einem liebenswürdigen Lächeln und reichte ihm die Schüssel.

Als man die erste Flasche Bordeaux entkorkt hatte, geriet man etwas in Verlegenheit, da nur ein einziger Becher da war. Man ließ ihn reihum gehen, wobei man ihn immer zuvor auswischte. Nur Cornudet, wahrscheinlich aus Galanterie, drückte seine Lippen an die Stelle, die noch feucht von denen seiner Nachbarin war.

Umgeben von diesen schmatzenden Leuten, gepeinigt vom Geruch der Speisen, standen Graf und Gräfin de Bréville und Herr und Frau Carré-Lamadon jene fürchterlichen Leiden aus, die man Tantalusqualen nennt. Plötzlich stieß die junge Frau des Fabrikanten einen Seufzer aus. Alle Köpfe wandten sich ihr zu. Sie war so weiß wie der Schnee draußen, ihre Augen schlossen sich, sie hatte die Besinnung verloren. Ihr fassungsloser Gatte flehte nach allen Seiten um Hilfe. Jeder verlor die Geistesgegenwart. Nur die ältere der barmherzigen Schwestern stützte ihr den Kopf und drückte ihr den Becher des Fettklößchens an die Lippen, um ihr ein paar Schluck Wein einzuflößen. Die hübsche Frau bewegte sich wieder, öffnete die Augen, lächelte und hauchte mit schwacher Stimme, sie fühle sich jetzt sehr wohl. Aber um einer Wiederholung der Ohnmacht vorzubeugen, zwang die barmherzige Schwester sie, ein ganzes Glas Bordeaux zu trinken, und fügte hinzu: „Das ist der Hunger und nichts anderes."

Errötend und verlegen sah das Fettklößchen die vier Passagiere an, die noch nüchtern geblieben waren, und stammelte: „Mein Gott, wenn ich es wagen dürfte, den Herren und Damen etwas anzubieten . . .!" Sie fürchtete eine Beleidigung und schwieg. Loiseau ergriff das Wort: „Nun, weiß Gott, in einem solchen Fall sind alle Brüder und sollen einander helfen. Vorwärts, meine Damen, machen Sie keine Umstände und nehmen Sie an, zum Teufel! Wissen wir, ob wir überhaupt ein Haus finden, in dem wir übernachten können? Bei dem Tempo, in dem wir uns fortbewegen, werden wir vor morgen mittag nicht in Tôtes sein.“ Man zögerte. Es wollte keiner die Verantwortung für das „Ja“ auf sich nehmen.

Der Graf entschied die Frage. Er wandte sich dem befangenen dicken Mädchen zu, nahm seine große Kavaliermiene an und sagte: „Wir nehmen mit bestem Dank an, Madame.“

Nur der erste Schritt hatte Überwindung gekostet. Nachdem einmal der Rubikon überschritten war, gab man sich dem Genuß mit Vergnügen hin. Der Korb wurde geleert. Er enthielt noch eine Gänseleberpastete, eine Lerchenpastete, ein Stück geräucherter Zunge, Birnen von Crassane, einen Pont-Lévêque-Käse, kleines Gebäck und ein Glas voll kleiner Gurken und Zwiebeln in Essig. Wie alle Frauen, schätzte das Fettklößchen die unverdaulichsten Speisen am höchsten.

Man konnte nicht gut die Vorräte dieses Mädchens verzehren, ohne mit ihm zu sprechen. So fing man an zu plaudern, zunächst sehr zurückhaltend. Aber da sie sich nicht die geringste Blöße gab, wurde man allmählich vertraulicher. Die Damen Bréville und Carré-Lamadon, die sehr viel Lebensart hatten, benahmen sich äußerst verbindlich. Besonders die Gräfin zeigte jene liebenswürdige Herablassung sehr vornehmer Damen, die durch keinerlei Berührung befleckt werden können, und war entzückend. Dagegen blieb die dicke Frau Loiseau, die das Gemüt eines Feldwebels hatte, unfreundlich, sprach wenig und aß viel.

Man unterhielt sich natürlich vom Kriege. Man erzählte Schändlichkeiten von den Preußen, Züge von Tapferkeit der Franzosen; und alle diese auf der Flucht begriffenen Leute rühmten den Mut der andern. Bald kam man auf persönliche Angelegenheiten. Mit echter Ergriffenheit, mit jener Wärme der Worte, mit der zuweilen junge Mädchen ihren natürlichen Gemütswallungen Ausdruck geben, erzählte Fettklößchen, wie sie dazu gekommen sei, Rouen zu verlassen. „Ich glaubte zuerst, ich könne bleiben“, sagte sie. „Ich hatte mein Haus voll Vorräte und hätte lieber einige Soldaten gefüttert, als wer weiß wohin auszuwandern. Aber als ich diese Preußen sah: das war stärker als ich. Sie haben mir das Blut in Galle verwandelt, und ich habe vor Scham den ganzen Tag geweint. Ja, wenn ich ein Mann wäre, glauben Sie mir . . . ! Ich habe sie von meinem Fenster aus gesehen, diese plumpen Schweine mit ihren spitzen Helmen, und mein Dienstmädchen mußte mir die Hände halten, um mich zu verhindern, ihnen mein Mobiliar auf den Buckel zu werfen. Dann kamen welche, um bei mir zu wohnen. Da sprang ich einem an die Gurgel; sie sind nicht schwerer zu erwürgen als andere auch, und ich hätte ihm den Garaus gemacht, dem Kerl, wenn man mich nicht an den Haaren fortgezogen hätte. Von da an mußte ich mich verstecken. Endlich, als sich mir eine Gelegenheit bot, zu entwischen, floh ich. So kam es, daß ich hier bin."

Sie erntete allgemeine Anerkennung. Sie wuchs in der Achtung ihrer Reisegefährten, die sich nicht so tollkühn gezeigt hatten, und Cornudet wies, während sie erzählte, das wohlwollend beifällige Lächeln eines Apostels, mit dem ein Priester zuhört, wenn ein Demütiger den lieben Gott preist. Denn die langbärtigen Demokraten haben das Monopol auf den Patriotismus, wie die Männer mit den geistlichen Röcken das auf die Religion haben. Er erhob nun selbst seine Stimme in belehrendem Ton, mit dem Pathos, das er sich von den Proklamationen angeeignet hatte, die man täglich an die Mauern schlug, und endete mit einigen Sätzen einer solchen Bravourrede, die darin gipfelte, dieses „Lumpenvolk von Badinguet" schulmeisterlich heruntezumachen.

Das Fettklößchen ärgerte sich, denn sie war Bonapartistin, sie wurde röter als eine Kirsche und sagte stotternd vor Entrüstung: „Ich hätte euch an seiner Stelle sehen wollen, das hätte etwas Rechtes gegeben. Jawohl. Ihr habt diesen Mann verraten! Man müßte einfach Frankreich verlassen, wenn man von einem Hanswurst regiert würde, wie Sie einer sind!"

Cornudet blieb unbeweglich und bewahrte ein hochmütig überlegenes Lächeln. Aber man fühlte, daß die groben Worte ihre Wirkung nicht verfehlt hatten. Da mischte sich der Graf hinein und bemühte sich, das gereizte Mädchen zu beruhigen, indem er mit Nachdruck erklärte, daß jede aufrichtige Meinungsäußerung zu achten sei. Die Gräfin und die Fabrikantin jedoch, die den unvernünftigen Haß vornehmer Leute gegen die Republik hatten und die zärtliche Bewunderung aller Frauen für despotische und feudale Regierungsformen nährten, fühlten sich gegen ihren Willen zu dieser charaktervollen Prostituierten hingezogen, deren Gefühle ihren eigenen so ähnlich waren.

Der Korb war leer. Zu zehnt war man mit dem Inhalt leicht

fertig geworden und bedauerte nur, daß er nicht größer war. Die Unterhaltung setzte sich noch fort, wenn auch mit weniger Wärme als während des Essens.

Die Nacht brach ein. Nach und nach wurde die Dunkelheit undurchdringlich. Die Kälte wurde während der Verdauungszeit ärger fühlbar, und selbst das Fettklößchen zitterte. Frau de Bréville bot ihr den Fußwärmer an, in dem seit dem Morgen die Kohlen mehrmals erneuert worden waren, und Fettklößchen nahm sogleich an, denn sie fühlte ihre Füße wie Eisklumpen. Frau Carré-Lamadon und Frau Loiseau gaben die ihrigen den barmherzigen Schwestern.

Der Kutscher hatte seine Laternen angezündet; sie beleuchteten mit hellem Schein die Wolke von feuchtem Dampf über den schweißbedeckten Hinterteilen der Deichselpferde und den Schnee zu beiden Seiten, der sich unter den irren Reflexen zu bewegen schien.

Im Wagen konnte man nichts mehr unterscheiden. Aber plötzlich entstand eine Bewegung zwischen Fettklößchen und Cornudet. Loiseau, dessen scharfer Blick das Dunkel durchdrang, glaubte einen Mann mit großem Bart zu sehen, der heftig zurückfuhr, als habe er einen sicher und ohne Geräusch versetzten Schlag erhalten.

Kleine Lichtpunkte erschienen vor ihnen auf der Straße; das war Tôtes. Elf Stunden war man unterwegs gewesen; mit den zwei Stunden, die man bei viermaliger Unterbrechung für die Rast und die Fütterung der Pferde verwendet hatte, vierzehn Stunden. Man fuhr in den Marktflecken ein und hielt vor dem Hotel du Commerce.

Die Wagentür wurde geöffnet; ein wohlbekanntes Geräusch ließ alle Reisenden erzittern: das Aufstoßen einer Säbelscheide auf den Boden. Man hörte die befehlende Stimme eines Deutschen irgend etwas rufen.

Trotzdem die Postkutsche nun still stand, stieg niemand aus, als fürchte man, beim Aussteigen niedergemacht zu werden. Der Kutscher erschien, in der Hand eine seiner Laternen, und das grelle Licht fiel plötzlich auf zwei Reihen bestürzter Menschen mit aufgerissenem Mund und mit Augen, die vor Furcht und Schrecken aus dem Kopf traten.

Neben dem Kutscher stand in voller Beleuchtung ein deutscher Offizier, ein großer, blonder, äußerst schlanker junger

Mann, der, wie ein Mädchen in sein Korsett, in seine Uniform gezwängt war und seine flache Mütze schief auf dem Kopf trug, wodurch er an den Bedienten eines englischen Hotels erinnerte. Sein unglaublich großer Schnurrbart, der sich auf beiden Seiten dermaßen zuspitzte, daß er in einem einzigen blonden Haar endete, das so dünn war, daß man sein Ende nicht sah, schien seine Oberlippe herunterzuziehen; eine lange Falte hatte sich über den Mundwinkeln gebildet.

In hartem Ton und einem elsässischen Französisch forderte er die Reisenden auf, auszusteigen: „Foulex-fous tescentre, messieurs et tames!"

Die beiden barmherzigen Schwestern gehorchten zuerst; mit der Bereitwilligkeit geweihter Jungfrauen, die an lauter Ergebenheit gewöhnt sind. Dann folgten der Graf und die Gräfin, dann der Fabrikant mit seiner Frau und Loiseau, den größeren

Teil seiner Körperfülle vorausschiebend. Während er seinen Fuß zur Erde setzte, sagte er zu dem Offizier, wohl mehr aus Klugheit, als aus Höflichkeit: „Guten Tag, mein Herr." Der Offizier aber, unverschämt, wie die Allmächtigen sind, sah ihn an, ohne zu antworten.

Fettklößchen und Cornudet stiegen, trotzdem sie der Tür am nächsten saßen, zuletzt aus, in ernster und hochmütiger Haltung gegenüber dem Feinde. Das dicke Mädchen versuchte sich zu beherrschen und ruhig zu sein. Der Demagoge mißhandelte mit tragischer Gebärde und etwas zitternder Hand seinen langen roten Bart. Sie beide wollten ihre Würde wahren, denn es galt bei dieser Gelegenheit für jeden, sein Land ein wenig zu repräsentieren. Beide waren innerlich empört über die Unterwürfigkeit ihrer Gefährten. Fettklößchen versuchte, sich stolzer zu zeigen als ihre Nachbarinnen, die ehrbaren Frauen, während Cornudet sich berufen fühlte, ein Beispiel zu geben, und mit jeder Bewegung seine Mission und seinen Widerstand zum Ausdruck brachte.

Man trat in die große Küche des Gasthofes ein, und der Deutsche, der sich die Erlaubnisscheine zur Reise zeigen ließ, die von dem kommandierenden Gerneral unterzeichnet waren und die Namen, Signalement und Beruf jedes Reisenden enthielten, prüfte lange Zeit die Versammelten, jeden einzelnen mit den verzeichneten Personalien vergleichend.

Dann sagte er schroff: „C'est pien", und verschwand.

Man atmete auf; hungrig war man auch noch. Das Abendessen wurde bestellt. Eine halbe Stunde dauerte die Zubereitung. Während es den Anschein hatte, daß zwei Dienstboten sich damit beschäftigten, ging man die Zimmer ansehen. Sie befanden sich alle längs eines Ganges, den eine Glastür mit einer allgemein verständlichen Nummer abschloß.

Man wollte sich eben zu Tisch setzen, als der Wirt der Herberge selbst erschien. Er war ein ehemaliger Pferdehändler, ein dicker, asthmatischer Mann, der immer Pfeifen, Heiserkeit und Schleim im Kehlkopf hatte. Sein Vater hatte ihm den Namen Follenvie vererbt.

Er fragte: „Fräulein Elisabeth Rousset?"

Das Fettklößchen fing an zu zittern und wandte sich nach ihm um.

„Da bin ich."

„Fräulein, der preußische Offizier will Sie sofort sprechen.“
„Mich?“
„Jawohl, wenn Sie wirklich Fräulein Elisabeth Rousset sind.“
Sie geriet in Verwirrung, überlegte einen Augenblick und erklärte dann kurz: „Das ist möglich, aber ich geh nicht hin.“
Alle um sie gerieten in Unruhe. Man stritt hin und her und suchte nach Ursachen für den Befehl. Der Graf näherte sich ihr.
„Sie haben Unrecht, Madame, denn Ihre Weigerung kann sehr bedeutende Unannehmlichkeiten nach sich ziehen, nicht allein für Sie, sondern auch für alle Ihre Reisegefährten. Man muß sich niemals gegen Leute auflehnen, die mächtiger sind als man selbst. Dieser Gang bringt Sie sicher in keinerlei Gefahr.

Ganz gewiß handelt es sich um irgendeine vergessene Formalität."

Alle stellten sich auf seine Seite. Man bat sie, man drängte sie, man hielt ihr Reden, und endlich überzeugte man sie. Denn alle fürchteten Schwierigkeiten, falls man den Feind vor den Kopf stoße. Endlich sagte sie: „Ich tue es Ihretwegen, dessen können Sie sicher sein."

Die Gräfin ergriff ihre Hand.

„Und wir werden es Ihnen danken."

Sie ging. Man erwartete sie, ehe man sich zu Tisch setzte. Jeder beklagte es, daß nicht er an Stelle dieses heftigen reizbaren Mädchens gerufen worden sei und bereitete auf verlogne Art Phrasen vor für den Fall, daß man selbst gerufen würde.

Aber nach zehn Minuten erschien sie wieder, atemlos, knallrot und ganz außer Fassung. Sie stammelte: „Oh, diese Kanaille! Diese Kanaille!"

Alle waren voll Spannung, etwas zu erfahren, aber sie sagte nichts. Als der Graf und die Gräfin in sie drangen, antwortete sie mit großer Würde: „Nein, es geht nicht Sie an. Ich kann es nicht sagen!"

Man setzte sich um den großen Suppentopf, aus dem Kohlgeruch aufstieg. Trotz des Zwischenfalls wurde es ein heiteres Abendessen. Der Apfelwein war gut. Loiseau und die barmherzigen Schwestern hatten ihn aus Sparsamkeit bestellt. Die andern verlangten Wein, Cornudet Bier. Er hatte eine ganz besondere Art, die Flaschen zu entkorken, ihren Inhalt schäumen zu lassen und ihn während des Einschenkens aufmerksam zu betrachten, indem er das Glas neigte und es zwischen die Lampe und sein Auge hielt, um genau die Farbe zu prüfen. Während er trank, schien sein großer Bart, der die Farbe seines Lieblingsgetränks hatte, vor Zärtlichkeit zu zittern. Seine Augen schielten beinahe, so hingen sie an seinem Schoppen, und es hatte den Anschein, als erfülle er dabei den Beruf, für den er ausschließlich geboren sei. Es vollzog sich, konnte man meinen, währenddessen eine Vereinigung der beiden großen Leidenschaften, die sein ganzes Leben ausmachten: dunkles Bier und Revolution. Sicher konnte er das eine nicht genießen, ohne an das andere zu denken.

Herr und Frau Follenvie speisten am andern Ende der Tafel. Der Mann, der wie eine überhitzte Lokomotive röchelte, hatte zuviel Luft in der Brust, um während des Essen sprechen zu können. Aber die Frau schwieg nicht einen Augenblick. Sie erzählte alle ihre Eindrücke bei der Ankunft der Preußen, was sie getan, was sie gesagt hätten. Sie verabscheute sie, zunächst, weil sie Geld kosteten, und außerdem, weil sie zwei Söhne in der Armee hatte. Sie wendete sich ausschließlich an die Gräfin, sehr geschmeichelt, mit einer Dame von Stand plaudern zu können.

Zuweilen dämpfte sie die Stimme, um heikle Dinge zu erzählen. Von Zeit zu Zeit unterbrach sie ihr Mann mit den Worten:

„Du solltest lieber deinen Mund halten, Madame Follenvie.“ Aber sie nahm keine Notiz und fuhr fort: „Ja gnädige Frau, diese Leute können nichts als Kartoffeln und Schweinefleisch essen, und dann wieder Schweinefleisch mit Kartoffeln, und man soll sich ja nicht einbilden, daß sie reinlich sind! O nein! Sie verschmutzen alles, mit Verlaub zu sagen. Und sie sollten einmal zusehen, wenn sie stundenlang und tagelang exerzieren. Alle sind auf einem Platz versammelt. Und dann: vorwärts marsch, rückwärts marsch, rechts um, links um! Wenn sie wenigstens das Land kultivieren und Straßen anlegen würden! Aber nein, gnädige Frau, dieses Militär nützt keinem Menschen etwas. Dafür muß das arme Volk sie ernähren, daß sie nichts lernen, als die Leute niederzumetzeln! Ich bin nur eine alte ungebildete Frau, das ist wahr! Aber wie ich sie sah, wie sie sich die Seele aus dem Leib schinden, um vom Morgen bis zum Abend den Boden zu stampfen, sagte ich mir: Wenn es Leute gibt, die so viel erfinden, um Nutzen zu bringen, muß es da auch noch andere geben, die sich so viel auferlegen, nur um zu schaden! Ist es nicht wahrhaftig ein Greuel, Menschen zu töten, seien es nun Preußen oder Engländer, Polen oder Franzosen! Wenn man sich an jemanden rächt, der einem Unrecht getan hat, – das ist schlecht. Man wird verurteilt. Aber wenn man unsere Söhne wie Tiere niederschießt, mit Flinten, ist das gut, weil man denen Orden verleiht, die am meisten zerstören? Nein, sehen Sie, das werde ich niemals begreifen!“

Cornudet sagte mit erhobener Stimme: „Der Krieg ist eine Barbarei, wenn man einen friedlichen Nachbarn überfällt, er ist aber eine heilige Pflicht, wenn man das Vaterland verteidigt.“

Die alte Frau nickt: „Ja, wenn man sich verteidigt, das ist etwas anderes. Aber müßte man nicht alle Könige köpfen, die sich aus dem Kriegführen ein Vergnügen machen?“

Cornudets Augen flammten: „Bravo, Bürgerin!“ sagte er.

Herr Carré-Lamadon saß in tiefen Gedanken; obwohl er berühmte Kriegshelden fanatisch verehrte, erweckte der gesunde Menschenverstand dieser Bäuerin doch die Betrachtung in ihm, welchen Wohlstand es dem Lande bringen würde, wenn so viele unbeschäftigte und folglich schädliche Arme, so viele Kräfte, die auf eine unnütze Art verbraucht werden, in den Dienst großer industrieller Arbeiten gestellt würden, die zu beenden noch Jahrhunderte dauern könnte.

Loiseau verließ seinen Platz und sprach leise mit dem Wirt. Der dicke Mann lachte, hustete und spuckte, sein riesiger Bauch wackelte vor Freude bei den Scherzen seines Nachbarn, und er bestellte bei ihm sechs Anker[1] Bordeaux für den Frühling, wenn die Preußen abgezogen wären.

Kaum hatte man gegessen, so stellte sich eine so große Müdigkeit ein, daß alles schlafen ging.

Nur Loiseau, der seine Beobachtungen gemacht hatte, brachte seine Frau zu Bett; dann hielt er da sein Ohr, dort sein Auge an ein Schlüsselloch, um dies oder jenes zu entdecken, was man „Die Mysterien des Korridors" nennt.

Ungefähr nach einer Stunde hörte er ein Rascheln, sah sich schnell um und bemerkte das Fettklößchen, das noch üppiger aussah in ihrem mit weißen Spitzen besetzten Peignoir aus blauem Kaschmir. Sie hielt eine Kerze in der Hand und ging auf die Tür mit der großen Nummer am Ende des Korridors zu. Aber da tat sich zur Seite eine Tür auf, und als sie nach einigen Minuten zurückkam, folgte ihr in Hosenträgern Cornudet. Sie sprachen leise und blieben dann stehen. Fettklößchen schien energisch den Eintritt in ihr Zimmer zu verteidigen. Loiseau konnte unglücklicherweise ihre Worte nicht verstehen. Endlich aber erhoben sie die Stimmen, und er schnappte einiges auf. Cornudet drang heftig in sie. Er sagte: „Sie sind wirklich dumm. Was liegt Ihnen dran?"

Sie sah gereizt aus und antwortete: „Nein, mein Lieber, es gibt Augenblicke, wo sich das nicht schickt; und hier wäre es eine Schande."

Er verstand sie zweifellos nicht und fragte warum. Sie ereiferte sich und sagte noch lauter: „Warum? Sie verstehen nicht, warum? Wenn im Hause Preußen sind, womöglich im Zimmer nebenan?"

Er schwieg. Diese patriotische Scham einer Dirne, die sich nicht in der Nähe des Feindes zu Liebkosungen herbeiließ, mochte in seinem Herzen die eingeschlafene Würde wieder erwecken, denn nach einem einzigen Kuß schlich er wie ein Wolf in sein Zimmer zurück.

Loiseau verließ sehr animiert das Schlüsselloch, hüpfte mit Tanzschritten in sein Zimmer, auf seine Matratze, hob dann die

[1] Anker = altes Flüssigkeitsmaß (1/2 Eimer oder 36 Liter).

Bettdecke auf, unter der das dürre Gerippe seiner Gefährtin ruhte, weckte sie mit einem Kuß und murmelte: „Liebst du mich, Herzchen?"

Das ganze Haus versank in tiefes Schweigen. Aber bald erhob sich irgendwo, man hätte nicht zu sagen vermocht, aus welcher Richtung, es konnte vom Keller oder vom Speicher her sein, ein gewaltiges, einförmiges, regelmäßiges Schnarchen, ein dumpfer anhaltender Lärm mit dem Zittern eines Dampfkessels unter Hochdruck. Herr Follenvie schlief.

Da man beschlossen hatte, am nächsten Morgen um acht Uhr weiterzufahren, fanden sich alle in der Küche ein. Aber der Wagen, dessen Deck ganz verschneit war, stand einsam in der Mitte des Hofes, ohne Pferde und ohne Kutscher. Diesen suchte man vergeblich, in den Ställen, in den Futterkammern, in der Remisen. Die Männer entschlossen sich, die Gegend nach ihm abzustreifen, und zogen fort. Sie kamen auf den Platz mit der Kirche im Hintergrund und den niedrigen Häusern zu beiden Seiten, wo preußische Soldaten zu sehen waren. Der erste, den sie sahen, schälte Kartoffeln, ein Stück weiter wusch der zweite den Boden des Friseurladens auf. Ein anderer, bärtig bis unter die Augen, küßte einen weinenden Knirps und wiegte ihn auf seinen Knien, um ihn zu beruhigen; die dicken Bäuerinnen, deren Männer „im Felde" standen, wiesen den gehorsamen Siegern durch Zeichen die Arbeit an, die gemacht werden mußte: Holz spalten, Suppe anrichten, Kaffee mahlen. Einer von ihnen wusch sogar die Wäsche seiner Quartiersfrau, einer ganz gebrechlichen Alten.

Sehr erstaunt befragte der Graf den Kirchendiener, der gerade aus dem Pfarrhause kam. Die alte Kirchenratte antwortete: „Oh, diese da sind nicht bösartig, das sollen auch keine Preußen sein, sie sind von weither, ich weiß nicht recht, von wo, und sie haben alle Frau und Kinder zu Hause, für sie ist der Krieg wahrhaftig kein Vergnügen! Ich bin überzeugt, daß man dort in der Ferne auch nach den Männern weint, und das Elend bei ihnen ist sicher ebenso groß wie bei uns. Übrigens ist man hier für den Augenblick nicht allzu unglücklich, denn uns tun sie nichts Böses, sie arbeiten, als wären sie hier zu Hause. Sehen Sie, Herr, die armen Leute müssen einander helfen, nur die großen Herren machen den Krieg!"

Empört über das freundliche Einvernehmen der Sieger und

Besiegten, kehrte Cornudet um; er zog es vor, sich im Gasthof aufzuhalten. Loiseau hatte einen Witz bereit: „Sie arbeiten für die Wiederbevölkerung." Herr Carré-Lamadon sagte feierlich: „Sie arbeiten für die Wiederherstellung der vernichteten Werte!"

Den Kutscher aber fand man nicht. Endlich wurde er in einem Café des Dorfes entdeckt, brüderlich mit dem Offiziersburschen an einem Tisch vereint. Der Graf stellte ihn zur Rede: „Hat man Ihnen nicht den Befehl gegeben, um acht Uhr früh anzuspannen?"

„Jawohl, ja. Aber später kam noch ein anderer Befehl."

„Was für einer?"

„Überhaupt nicht anzuspannen."

„Wer hat das befohlen?"

„O mein! Der preußische Kommandant."

„Warum?"

„Das weiß ich nicht. Fragen Sie ihn selbst. Er hat mir verboten, anzuspannen, so spanne ich nicht an. Punktum!"

„Hat er selbst es Ihnen gesagt?"

„Nein, Herr Graf, der Wirt hat mir in seinem Namen den Befehl gegeben."

„Wann?"

„Gestern abend, als ich schlafen ging."

Die drei Männer kehrten sehr unruhig zurück.

Sie wollten Herrn Follenvie sprechen; aber die Magd antwortete, der Herr stehe wegen seines Asthmas nie vor zehn Uhr auf. Er habe sogar streng verboten, ihn früher zu wecken, außer im Falle eines Brandes.

Man wollte den Offizier sehen. Aber das war ganz ausgeschlossen, obwohl er im Gasthof wohnte. Herr Follenvie allein war ermächtigt, Privatsachen mit ihm zu besprechen. Man wartete also. Die Frauen stiegen wieder in ihre Zimmer hinauf und beschäftigten sich mit Kleinigkeiten.

Cornudet ließ sich an dem großen Kamin in der Küche nieder, wo ein helles Feuer brannte; er ließ sich dorthin einen der kleinen Kaffeehaustische bringen, bestellte Bier und zog seine Pfeife heraus, die unter den Demokraten fast im gleichen Ansehen stand wie Cornudet selbst: da sie ihm diente, diente sie dem Vaterland. Es war eine herrliche Meerschaumpfeife, prachtvoll angeraucht, fast so schwarz wie die Zähne ihres Herrn, aber duftend, gebogen, glänzend, wie verwachsen mit seiner Hand und vollendete erst seine Erscheinung. Er saß unbeweglich, die Augen bald auf das Feuer, bald auf die Schaumkrone seines Bierglases gerichtet; jedesmal, wenn er getrunken hatte, fuhr er sich mit seinen langen mageren Fingern durch das lange fettige Haar, zog seinen mit Schaum benetzten Schnurrbart durch die Lippen und lächelte befriedigt.

Unter dem Vorwand, sich die Füße warmzulaufen, machte sich Loiseau bei den Kaufleuten im Ort zu schaffen, denen er seinen Wein anbot. Der Graf und der Fabrikant fingen Gespräche über Politik an. Sie sagten Frankreichs Zukunft voraus. Der eine glaubte an das Haus Orléans, der andere an einen unbekannten Retter, an einen Helden, der aufstehen würde, wenn alles in der tiefsten Verzweiflung wäre: einen Du Guesclin, eine Jungfrau von Orleans vielleicht, oder einen neuen Napoleon I. Ach! Wenn der kaiserliche Prinz nicht so jung wäre! Cornudet lächelte, während er ihnen zuhörte, wie ein Mann, der sich über die Zukunft klar ist. Seine Pfeife füllte die Küche mit Wohlgeruch.

Als es zehn schlug, erschien Herr Follenvie. Man überschüttete ihn mit Fragen, aber er konnte nur immer die gleichen Worte in verschiedenen Variationen hervorbringen. Der Offizier hätte ungefähr gesagt: „Herr Follenvie, Sie werden verbieten, daß man den Wagen dieser Reisenden morgen früh anspannt. Ich gestatte nicht, daß sie ohne meinen Befehl abreisen. Verstanden? Also!“

Man wollte nun den Offizier selbst aufsuchen. Der Graf

schickte ihm seine Karte, auf die auch Carré-Lamadon seinen Namen und seine Titel schrieb. Der Preuße ließ antworten, er wolle die beiden Herren empfangen, wenn er gefrühstückt habe, so gegen ein Uhr.

Die Damen kamen wieder, und trotz der Unruhe aß man ein wenig. Fettklößchen schien krank und schlechter Laune zu sein.

Man war eben mit dem Kaffee fertig, als der Offiziersbursche hereintrat, um die Herren zu holen. Loiseau schloß sich den beiden an. Man wollte auch Cornudet mitnehmen, um den Gang noch feierlicher zu gestalten. Der aber erklärte stolz, er wolle niemals und in keiner Weise mit Deutschen zu tun haben, zog sich an seinen Kamin zurück und bestellte ein neues Bier.

Die drei Herren stiegen hinauf und wurden in das schönste Zimmer des Hotels eingelassen. Hier empfing sie der Offizier, in einen Lehnstuhl gestreckt, die Füße auf dem Kamin, eine lange Porzellanpfeife im Mund und in einen farbenprächtigen Schlafrock gewickelt, den er sicher in der verlassenen Wohnung irgendeines geschmacklosen Bürgers gefunden hatte. Er erhob sich nicht, er grüßte nicht, er nahm keine Notiz von den Herren und lieferte so ein köstliches Pröbchen für die Flegelhaftigkeit siegreichen Militärs.

Nach einigen Augenblicken sagte er endlich: „Was wollen Sie?“

Der Graf ergriff das Wort: „Wir wollen weiterreisen, mein Herr!“

„Nein!“

„Dürfte ich Sie fragen, aus welchen Gründen Sie es uns verweigern?“

„Weil ich nicht will.“

„Ich erlaube mir, respektvoll zu bemerken, daß Ihr kommandierender General uns einen Erlaubnisschein zur Reise nach Dieppe gegeben hat, und ich glaube nicht, daß wir irgend etwas verschuldet haben, was Ihre Härte erklären könnte.“

„Ich will nicht. Das genügt. Sie können wieder hinuntergehen.“

Alle drei verneigten sich und zogen sich zurück. Der Nachmittag verlief traurig. Man begriff diese Laune des Deutschen nicht; und die sonderbarsten Mutmaßungen beunruhigten die Gemüter. Alle hielten sich in der Küche auf, und endlose Gespräche wurden geführt. Man stellte sich die unmöglichsten

Dinge vor. Vielleicht wollte man sie als Geiseln behalten! Zu welchem Zweck aber? Wollte man sie gefangen nehmen? Oder wollte man vielleicht ein Lösegeld erpressen? Bei diesem Gedanken gerieten sie in peinliche Verwirrung. Die Reichsten ängstigten sich am meisten. Sie sahen sich schon gezwungen, ihr Leben zu erkaufen und Säcke voll Gold in die Hände dieses unverschämten Soldaten zu werfen. Sie zerbrachen sich den Kopf, um glaubwürdige Lügen zu erfinden, ihren Reichtum zu verleugnen, sich für arm auszugeben, für sehr arm. Loiseau nahm seine Uhrkette ab und steckte sie in die Tasche. Die einbrechende Nacht erhöhte die Aufregung. Die Lampe wurde angezündet; und da man noch zwei Stunden bis zum Abendessen hatte, schlug Frau Loiseau vor, eine Partie Einunddreißig zu spielen. Das würde sie zerstreuen. Der Vorschlag wurde angenommen. Sogar Cornudet, der aus Höflichkeit seine Pfeife ausgehen ließ, nahm daran teil.

Der Graf mischte die Karten und gab: Fettklößchen hatte einundreißig in der Hand, und bald drängte das Interesse am Spiel die Angst, die überhand genommen hatte, in den Hintergrund. Cornudet entging es nicht, daß das Ehepaar Loiseau sich verständigte, um die andern zu beschwindeln.

Als man zu Tisch ging, erschien Herr Follenvie und sagte mit seiner heiseren Stimme: „Der preußische Offizier läßt Fräulein Elisabeth Rousset fragen, ob sie noch nicht anderen Sinnes geworden sei."

Fettklößchen blieb stehen. Sie war sehr blaß; dann wurde sie plötzlich dunkelrot und geriet so in Wut, daß sie kaum ein Wort hervorbringen konnte. Endlich brach sie los: „Sagen sie diesem Lumpen, diesem Dreckfink, diesem Luder von einem Preußen, daß ich es niemals tun werde. Verstehen Sie, nie, nie, nie!"

Der dicke Wirt zog sich zurück. Fettklößchen wurde sofort umringt, befragt und heftig gedrängt, die geheimnisvollen Anspielungen zu enträtseln. Sie leistete zuerst Widerstand, aber die Erbitterung riß sie fort: „Was er will? Was er will? . . . Schlafen will er bei mir!" schrie sie. Niemand wurde durch dieses Wort verletzt, so groß war die Empörung. Cornudet schlug mit seinem Seidel so hart auf den Tisch, daß es zerbrach. Eine allgemeine heftige Mißbilligung erhob sich gegen diesen gemeinen Haudegen, ein zorniges Aufbrausen wurde laut, und der Entschluß, Widerstand zu leisten, vereinigte alle, als sei jeder in seinem Heiligsten verletzt worden. Der Graf erklärte voll Ekel, daß diese Leute sich betrügen wie die Barbaren des Altertums. Die Frauen besonders bezeigten Fettklößchen nachdrücklich die zärtlichste Teilnahme. Die barmherzigen Schwestern, die nur zu den Mahlzeiten erschienen, hatten den Kopf gesenkt und sagten nichts.

Man speiste trotz alledem, nachdem sich die erste Wut gelegt hatte; aber man sprach wenig, man war nachdenklich.

Die Damen zogen sich zeitig zurück, und die Männer, die fortwährend rauchten, arrangierten ein Kartenspiel, zu dem auch Herr Follenvie herangezogen wurde, denn man hatte die Absicht, ihn vorsichtig auszuforschen, auf welche Art es möglich wäre, den Widerstand des Offiziers zu brechen. Der aber dachte nur an seine Karten, schien nichts zu hören, antwortete auf nichts und wiederholte nur unaufhörlich: „Halten Sie das Geschäft nicht auf, meine Herren." Seine Aufmerksamkeit war so gespannt, daß er sogar das Räuspern vergaß und zeitweilig ein ganzes Orgelregister in seiner Brust vereinigte. Seine pfeifenden Lungen spielten die ganze Tonleiter des Asthmas von den ersten und tiefen Tönen bis zu den hohen scharfen Krächztönen junger Hähne, die zu krähen versuchen.

Er weigerte sich sogar hinaufzugehen, als seine Frau, die todmüde war, ihn holen wollte. Sie zog sich also allein wieder zurück, denn sie gehörte zu den Frühaufstehern, die mit der Sonne wach sind, während ihr Mann ein Nachtschwärmer war, immer bereit mit seinen Freunden durchzukneipen. Er rief ihr nach: „Stelle mir Eigelb mit Zucker und heißem Wasser aufs Feuer", und wandte sich wieder dem Spiel zu. Als man einsah, daß nichts aus ihm herauszubekommen war, erklärte man, es sei Zeit, auseinanderzugehen, und jeder suchte sein Bett auf.

Auch am nächsten Morgen erhob man sich sehr früh, mit der bestimmten Hoffnung und dem viel größeren Wunsche, abreisen zu können, voll Entsetzen bei dem Gedanken, noch einen Tag in diesem schauderhaften kleinen Gasthaus verbringen zu müssen.

Aber leider blieben die Pferde im Stall. Der Kutscher zeigte sich nicht. Zur Untätigkeit verurteilt, spazierte man um den Wagen herum.

Das Mittagessen verlief trübselig, und es schien, als sei Fettklößchen gegenüber eine Abkühlung der Gefühle eingetreten, denn die Erwägungen der Nacht hatten die Urteile sehr gemäßigt. Jetzt verdachte man es diesem Mädchen beinahe, daß es sich nicht heimlich mit dem Preußen eingelassen hatte, um ihren Freunden beim Erwachen eine angenehme Überraschung zu bereiten. Was wäre einfacher gewesen? Wer übrigens hätte etwas davon erfahren! Sie hätte den Schein wahren können, indem sie dem Offizier sagte, sie tue es, um ihre Landsleute aus der unangenehmen Lage zu befreien. Und ihr konnte es doch so wenig ausmachen!

Aber noch wagte niemand, diesen Gedanken auszusprechen.

Am Nachmittag, als alle sich zum Sterben langweilten, schlug der Graf vor, einen Spaziergang um das Dorf zu machen. Alle hüllten sich sorgfältig ein, und die kleine Gesellschaft machte sich auf den Weg, mit Ausnahme von Cornudet der es vorzog, am Feuer zu bleiben, und der barmherzigen Schwestern, die ihre Tage in der Kirche oder beim Pfarrer verbrachten.

Die Kälte, die von Tag zu Tag heftiger wurde, stach unausstehlich in Nasen und Ohren; die Füße erstarrten derart, daß jeder Schritt zu einer Qual wurde; und als das Land sich vor ihnen ausbreitete, erschien es ihnen so trostlos unter seiner unendlichen Schneedecke, daß alle sogleich mit erstarrter Seele und bedrücktem Herzen umkehrten.

Die vier Frauen gingen voraus, die drei Männer folgten ihnen in geringer Entfernung.

Loiseau, der sich gleich in der Stimmung auskannte, fragte unvermittelt, ob dieses Weibsbild da sie noch lange hier festnageln würde. Der Graf, immer ritterlich, sagte, man könne ein solches Opfer von einer Frau nicht verlangen; sie müsse es freiwillig bringen. Herr Carré-Lamadon bemerkte, wenn die Franzosen, wie es hieß, einen neuen Angriff von Dieppe aus machten, würde der Zusammenstoß nirgendwo anders als hier in Tôtes erfolgen. Dieser Gedanke beunruhigte auch die anderen. „Wenn wir zu Fuß fliehen könnten“, sagte Loiseau. Der Graf zuckte die Achseln. „Wohin? Bei diesem Schnee, mit unseren Frauen! . . . Und dann wären wir auch sofort verfolgt und in zehn Minuten zurückbefördert, zu Gefangenen gemacht, der Rohheit der Soldaten preisgegeben.“ Das war wahr. Alles schwieg.

Die Damen sprachen über Kleider, aber sie standen unter einem Druck, der sie zu verstimmen schien.

Plötzlich erschien der Offizier am Ende der Straße. Gegen den Schnee, der sich in weißer Fläche bis zum Horizont streckte, hob sich die Silhouette seiner großen uniformierten Gestalt mit der Wespentaille scharf ab. Er ging mit durchgedrückten Knien und jener unvergleichlichen militärischen Art, die aus der Anstrengung entsteht, die sorgfältig gewichsten Stiefel nicht zu beschmutzen.

Er verneigte sich im Vorbeigehen vor den Damen und warf einen verächtlichen Blick auf die Männer, die übrigens den Stolz hatten, nicht zu grüßen. Nur Loiseau machte unwillkürlich eine Bewegung mit der Hand nach dem Hute.

Fettklößchen war bis über die Ohren errötet, und die drei verheirateten Frauen fühlen sich sehr gedemütigt, daß der Offizier sie in Gesellschaft dieses Mädchens traf, das er so skrupellos behandelt hatte.

Dann sprachen sie von ihm, über seine Haltung, sein Gesicht.

Madame Carré-Lamadon urteilte als Kennerin, da sie viele Offiziere gekannt hatte. Sie fand diesen durchaus nicht übel; sie bedauerte sogar, daß er kein Franzose war, da er einen sehr hübschen Husaren abgegeben hätte, der allen Frauen die Köpfe verdrehen könnte.

Als man schließlich zurückgekehrt war, wußte man nicht, was nun anfangen. Bei den geringfügigsten Gelegenheiten fielen ärgerliche und gereizte Worte. Das Abendessen verlief stumm und kurz, jeder ging bald zu Bett, in der Hoffnung, die Zeit mit Schlafen totschlagen zu können.

Am nächsten Tag erschienen alle mit müden Gesichtern in erbitterter Stimmung. Die Frauen sprachen kaum mehr mit Fettklößchen.

Eine Glocke schlug an. Sie rief zu einer Kindtaufe. Fettklößchen hatte ein Kind, das bei Bauern in Yvetôt aufgezogen wurde. Sie sah es höchstens einmal im Jahr und erinnerte sich seiner kaum. Aber der Gedanke, daß da ein kleiner Täufling zur Kirche getragen wurde, ergriff ihr Herz und erweckte plötzlich eine heftige Zärtlichkeit für ihr eigenes Kind; sie wollte durchaus der Feierlichkeit beiwohnen.

Kaum war sie fort, so sahen sich alle an. Dann rückten sie die Stühle zusammen; denn sie fühlten, endlich mußte etwas beschlossen werden. Loiseau hatte einen Einfall. Er war der Ansicht, man sollte dem Offizier vorschlagen, Fettklößchen allein hierzubehalten und den anderen freies Geleit zu erteilen.

Herr Follenvie erklärte sich bereit, den Vorschlag zu übermitteln, aber er kam sehr schnell wieder zurück. Der Deutsche, der die menschliche Natur kannte, hatte ihm die Tür gewiesen. Er bestand darauf, alle zurückzuhalten, bis sein Wunsch erfüllt sei.

Die pöbelhafte Natur der Frau Loiseau machte sich Luft: „Wir werden hier doch nicht bis an unser Lebensende sitzen bleiben! Da es einmal das Gewerbe dieser Landstreicherin ist, alle Männer zu befriedigen, so finde ich, daß sie nicht das Recht hat, so wählerisch zu sein! Ich bitte Sie, in Rouen nahm sie, was kam, sogar die Kutscher. Jawohl, gnädige Frau, den Kutscher der Präfektur. Ich weiß es, ich. Er hat seinen Wein immer bei mir gekauft. Und jetzt, wo es sich darum handelt, uns aus der peinlichsten Lage zu befreien, spielt sie die Spröde, diese Rotznase! Ich muß sagen: ich finde, dieser Offizier benimmt sich sehr gut; er ist vielleicht schon lange ohne weiblichen Umgang, und wir sind hier drei Frauen, die er sicher vorgezogen haben würde. Aber nein, er begnügt sich mit dieser öffentlichen Person. Er respektiert die verheirateten Frauen; bedenken Sie doch, er ist hier der Herr, er braucht nur zu sagen: ‚Ich will!', und er könnte uns mit Gewalt durch seine Soldaten zwingen."

Ein leichter Schauder packte die beiden Frauen. Die Augen der hübschen Frau Carré-Lamadon glänzten, und sie wurde ein wenig blaß, als fühlte sie sich schon von dem Offizier vergewaltigt.

Die Männer, die unter sich diskutierten, rückten näher. Loiseau schäumte vor Wut und wollte diese „Person" mit gebundenen Händen und Füßen dem Feind ausliefern. Aber der Graf, der drei Generationen von Gesandten entstammte und durch und durch Diplomat war, stimmte für ein listiges Vorgehen.

„Man müßte sie bestimmen, es zu tun", sagte er.

Die Frauen flüsterten untereinander mit gedämpften Stimmen; dann wurde die Besprechung allgemein, und jeder gab seinen Rat, übrigens auf sehr delikate Art. Die Damen besonders fanden sehr zarte Wendungen, reizende Feinheiten im Ausdruck, um so verfängliche Dinge zu behandeln. Ein Uneingeweihter hätte nicht das geringste verstanden, so vorsichtig wurden die Worte gewählt. Unter dieser Oberfläche von Schamhaftigkeit, die alle Damen von Welt zur Schau tragen, berauschten sie sich an dem Abenteuer. Im Grunde fühlten sie sich in ihrem Element und amüsierten sich königlich, indem sie sich über das Gebiet der Liebe verbreiteten und es durchkosteten, wie ein feiner Koch das Essen, das er für andere bereitet.

Die Heiterkeit kam von selbst wieder zurück. Man fand am Ende das Ganze höchst drollig. Der Graf machte ein bißchen gewagte Scherze, aber in so zarten Ausdrücken, daß alle lächelten. Loiseau ging mit derberen Witzen etwas darüber hinaus, aber man fühlte sich nicht verletzt, und der Gedanke, den seine Frau so brutal ausgesprochen hatte, beherrschte die Stimmung eines jeden. „Da es einmal das Gewerbe dieses Mädchens ist, warum sollte sie ihm nicht ebenso zu Willen sein wie einem andern!" Die hübsche Frau Carré-Lamadon schien sogar zu denken, daß sie an Stelle des Mädchens dem Offizier erst recht nichts verweigert hätte.

Man entwarf einen langen Angriffsplan, als gälte es, eine Festung einzunehmen. Jeder bekam eine Rolle; Argumente, auf die er sich stützen, Manöver, die er ausführen sollte, wurden vorgesehen. Man regelte den Angriffsplan, die Mittel, die zur Verfügung standen, die unvorhergesehenen Überfälle, mit denen man diese lebendige Festung zwingen wollte, den Feind einzulassen.

Cornudet aber hielt sich ganz zurück. Er wollte mit dieser Sache nichts zu tun haben. Man war so eifrig im Gespräch, daß man nicht einmal bemerkte, daß Fettklößchen wieder eingetreten war. Nur der Graf hauchte ein „Still!", und alles sah auf. Sie war da. Unvermittelt schwieg alles, und eine gewisse Verlegenheit hatte sich aller bemächtigt. Die Gräfin, gewandter als die andern in der Doppelzüngigkeit der Salons, faßte sich zuerst und fragte: „War die Taufe nett?"

Fettklößchen erzählte alles noch ganz gerührt, schilderte das Äußere und das Gehabe der Leute, beschrieb sogar das Aussehen der Kirche und fügte hinzu: „Es tut zuweilen so gut, zu beten."

Indessen gaben sich die Damen bis zum Mittagessen alle Mühe, recht liebenswürdig gegen sie zu sein, um ihr Vertrauen zu gewinnen und sie ihren Ratschlägen gefügig zu machen.

Kaum saß man bei Tisch, da begann der Angriff. Er kleidete sich zunächst in ein leichtes Gespräch über Aufopferung. Man führte berühmte Beispiele an: Judith und Holofernes, dann, ohne jede Veranlassung, Lukretia und Sertus, Kleopatra, die alle feindlichen Heerführer auf dem Weg über ihr Bett zu gehorsamen Sklaven gemacht hatte. Zum Schluß kam noch eine ganz phantastische Geschichte, die der Einbildungskraft dieser ungebildeten Millionäre entsprungen war. Die Bürgerinnen von Rom hätten Hannibal zu Capua in ihren Armen eingeschläfert und mit ihm seine Offiziere und die Schlachtreihe seiner Söldner unfähig gemacht. Man führte alle Frauen an, die sich den Siegern in den Weg gestellt, die aus ihrem Körper ein Schlachtfeld, ein Mittel zum Herrschen, eine Waffe gemacht hatten, die durch ihre heroischen Zärtlichkeiten niedrig verhaßte Kreaturen besiegt und ihre Keuschheit dem Rachegedanken und anderen großen Zielen geopfert hatten.

Man sprach sogar andeutungsweise von jener vornehmen Engländerin, die sich eine furchtbare ansteckende Krankheit

hätte einimpfen lassen, um sie auf Napoleon zu übertragen, der aber durch eine Schwäche, die sich bei ihm gerade zur Schäferstunde einstellte, wunderbarerweise gerettet worden wäre.

Das alles wurde auf eine so feine dezente Art und dabei so begeistert vorgetragen, daß es den Wunsch erwecken mußte, solchen Vorbildern nachzueifern.

Man hätte zuletzt glauben können, es sei hienieden die einzige Aufgabe der Frau, ihre Person fortgesetzt den Launen von Soldaten zum Opfer zu bringen.

Die beiden barmherzigen Schwestern schienen nichts zu hören; sie waren immer in tiefe Gedanken versunken. Fettklößchen sprach kein Wort.

Den ganzen Nachmittag überließ man sie ihren Gedanken. Aber anstatt, wie bisher, Madame zu sagen, nannte man sie jetzt einfach „Fräulein“, ohne daß jemand genau gewußt hätte, weshalb; es war, als wolle man ihr ein Teil der Achtung wieder entziehen, die sie genossen hatte, und sie ihre beschämende Lage recht fühlen lassen.

Als die Suppe aufgetragen war, erschien Herr Follenvie wie tags zuvor und sagte wieder wie damals: „Der preußische Offizier läßt Fräulein Rousset fragen, ob sie anderen Sinnes geworden ist.“

Fettklößchen erwiderte trocken: „Nein, Herr Follenvie!“

Während des Abendessens verlor das Bündnis an Kraft. Loiseau brachte einige unglückliche Sätze hervor. Jeder zerbrach sich vergeblich den Kopf, um ein paar neue Beispiele zu finden, als sich die Gräfin, wahrscheinlich ohne Hintergedanken, verpflichtet fühlte, das Gespräch auf die Religion zu bringen, und an die ältere der barmherzigen Schwestern Fragen über das Leben der Heiligen stellte. Gewiß hatten viele von ihnen Handlungen vollbracht, die in unseren Augen Verbrechen sind; aber die Kirche vergibt und heiligt diese Taten, wenn sie zu Ehren Gottes oder zum Besten des Nächsten geschehen sind. Das war ein mächtiges Argument. Die Gräfin machte es sich zu Nutzen. Darauf wurde die ältere der beiden Schwestern, sei es durch ein heimliches Einverständnis, durch ein verstohlenes Entgegenkommen, wie es die Träger des geistlichen Gewandes auszeichnet, sei es einfach in einem Ausbruch eines glücklichen Stumpfsinns, einer willkommenen Dummheit, plötzlich eine furchtbare Stütze für den Plan. Man hatte sie für schüchtern gehalten, und sie zeigte sich kühn, beredt, leidenschaftlich; sie wurde nie beunruhigt durch ein Umhertasten in Gewissensfragen, ihre Lehre schien eine eiserne Schutzwehr, ihr Glaube wurde nie erschüttert, sie kannte keine Gewissensbisse. Sie fand das Opfer Abrahams selbstverständlich, denn auf einen Befehl von oben hätte sie unverzüglich Vater und Mutter umgebracht. Nach ihrer Meinung konnte nichts dem Herrn mißfallen, was mit löblicher Absicht geschah. Die Gräfin machte sich die geheiligte Autorität ihrer unerwarteten Helferin zu nutze und legte ihre Rede als erbauliche Umschreibung des Satzes aus: „Der Zweck heiligt die Mittel.“

„Also, Schwester“, fragte sie. „Sie glauben, daß Gott alle Wege gelten läßt und jedes Verbrechen vergibt, wenn der Beweggrund rein ist?“

„Wer dürfte daran zweifeln, gnädige Frau. Eine an sich tadelnswerte Handlung wird oft verdienstvoll durch den Gedanken, aus dem sie hervorwächst.“

Und so fuhren sie fort, sich Gottes Willen zu entwirren, indem sie voraussahen, daß die fromme Frau sich entschließen würde, ihn in Dinge hineinzuziehen, die ihn wirklich nichts angehen können. Alles das wurde diskret, andeutungsvoll, geschickt vorgebracht. Aber jedes Wort der barmherzigen Schwester schlug eine Bresche in den empörten Widerstand der Kurtisane. Als dann die Unterhaltung ein wenig abschweifte, sprach die Frau mit dem pendelnden Rosenkranze von ihrem Orden, ihrer Oberin, von sich selbst und ihrer zierlichen Nachbarin, der lieben Schwester Saint-Nicéphore. Sie waren nach Havre beordert, um in den Hospitälern die Hunderte von kranken Soldaten zu pflegen, die an den Pocken erkrankt waren. Sie beschrieb diese Unglücklichen und schilderte ihre Krankheit. Und während sie durch die Launen dieses Preußen unterwegs aufgehalten wären, könnten so und soviel Franzosen sterben, die sie vielleicht hätte retten können. Gerade ihre Spezialität sei es, Soldaten zu pflegen, sie wäre auf der Krim gewesen, in Italien, in Österreich; und während sie von diesen Kriegen erzählte, offenbarte sie sich plötzlich als eine jener Nonnen mit Trommeln und Trompeten, die geschaffen scheinen, den Feldzügen zu folgen, die Verwundeten im Gewühl der Schlacht aufzulesen, und es besser als ein Feldherr verstehen, mit einem Worte aufsässige Haudegen zu bändigen, eine wahre Hurraschwester, deren pockennarbiges Gesicht, das gleichsam von zahllosen Kugeln verwüstet war, ein Bild von den Verheerungen des Krieges zu sein schien.

Niemand sprach mehr ein Wort, als sie geendet hatte, so groß erschien die Wirkung ihrer Rede.

Sofort nach Beendigung der Mahlzeit zogen sich alle sehr schnell auf ihr Zimmer zurück, um vor dem nächsten Morgen, ziemlich spät, nicht wieder zu erscheinen.

Das Mittagessen verlief ruhig. Man gab der Saat, die man ausgestreut hatte, Zeit zu keimen und Früchte zu treiben.

Die Gräfin schlug vor, nachmittags einen Spaziergang zu machen. Bei dieser Gelegenheit ergriff der Graf, wie es verabredet war, den Arm von Fettklößchen und blieb mit ihr hinter den anderen zurück.

Er sprach mit ihr familiär, väterlich und ein wenig von oben herab in dem Ton, den Männer von Rang im Verkehr mit solchen Mädchen anschlagen, nannte sie ‚mein liebes Kind' und ließ sie die Distanz seiner hohen sozialen Stellung, seine Unnahbarkeit fühlen. Ziemlich unvermittelt überfiel er sie mit der Frage: „Sie ziehen es also wirklich vor, uns wie sich selbst allen

Gewalttätigkeiten der Preußen auszusetzen, ehe Sie einem von ihnen eine Gefälligkeit erweisen, die Sie in Ihrem Leben so vielen geleistet haben?"

Fettklößchen antwortete nicht. Er packte sie bei ihrer Gutherzigkeit, bei der Vernunft, bei ihren Gefühlen. Er verstand es, der Herr Graf zu bleiben, und ihr dabei galant den Hof zu machen, kurz, äußerst liebenswürdig zu sein. Er übertrieb die Größe des Opfers, das sie bringen würde, sprach von der Dankbarkeit aller und fing plötzlich an, sie zu duzen: „Und weißt du, meine Liebe, er könnte sich rühmen, ein so hübsches Mädchen besessen zu haben, wie er wohl nicht leicht eines in seiner Heimat findet."

Sie antwortete nichts und schloß sich der Gesellschaft wieder an.

Ins Gasthaus zurückgekehrt, stieg sie in ihr Zimmer hinauf und erschien nicht wieder. Die Unruhe erreichte ihren Höhepunkt. Was würde sie tun? Wenn sie nicht nachgäbe – was dann?

Die Essensstunde schlug; man erwartete sie vergebens. Herr Follenvie trat ein und meldete, Fräulein Rousset fühle sich unwohl, man solle sich ruhig zu Tisch setzen. Alle spitzten die Ohren. Der Graf näherte sich dem Wirt und fragte ganz leise: „Ist es soweit?" – „Ja." Aus Anstand sagte er nichts zu seinem Gefährten. Aber er machte eine bezeichnende Kopfbewegung zu ihnen hinüber. Alle seufzten erleichtert, und die Gesichter leuchteten auf. Loiseau schrie: „Sapperlot, Sapperlot, ich zahle Champagner, wenn's welchen gibt in diesem Etablissement!" und Frau Loiseau bekam einen Schreck, als der Wirt mit vier Flaschen in der Hand zurückkam. Alle waren plötzlich mitteilsam und lärmend geworden. Eine tolle Freude hatte die Herzen ergriffen. Der Graf schien erst jetzt zu bemerken, daß Frau Carré-Lamadon entzückend sei. Der Fabrikant machte der Gräfin den Hof. Die Unterhaltung wurde lebhaft, sprühend und witzig.

Plötzlich verzog Loiseau angstvoll das Gesicht, hob die Arme und schrie: „Ruhe!" Alles schwieg überrascht, fast erschrokken. Er bog den Kopf zur Seite, horchte, mahnte mit beiden Händen zur Stille, richtete die Augen gegen die Decke, horchte von neuem und sagte, wieder mit seiner natürlichen Stimme: „Beruhigen Sie sich, alles geht gut."

Man stellte sich, als verstände man nicht, aber es wurde doch gelächelt.

Nach einer Viertelstunde führte er diesen Scherz von neuem vor und wiederholte ihn noch öfter im Verlauf des Abends. Er tat, als spräche er mit jemand in der oberen Etage und gab ihm zweideutige Ratschläge, kurz, er benahm sich wie ein richtiger Commis voyageur. Zuweilen nahm er auch eine traurige Miene an und seufzte: „Armes Mädchen!" oder einen Ausdruck von Wut und knirschte mit den Zähnen: „Verdammter Preuße verdammter!" Zuweilen, wenn man gar nicht daran dachte, stieß er mit zitternder Stimme mehrmals ein „Genug, genug!" hervor und fügte hinzu, als spräche er zu sich selbst: „Wer weiß, ob wir sie wiedersehen! Ob er sie nicht damit umbringt, der Elende!"

So erbärmlich geschmacklos diese Scherze auch waren, so amüsierten sich doch alle dabei, und niemand fühlte sich dadurch verletzt, denn die moralische Entrüstung hängt, wie alles, vom Milieu ab, und die Atmosphäre, die sich nach und nach in diesem Kreise gebildet hatte, war voll schlüpfriger Gedanken.

Beim Nachtisch fingen sogar die Damen an, geistvolle diskrete Anspielungen zu machen. Die Augen leuchteten, man hatte viel getrunken. Der Graf, der bei allen Anzüglichkeiten, die er aussprach, sein würdevolles Aussehen behielt, fand einen Vergleich, der mit großem Beifall aufgenommen wurde. Er sprach von dem Ende des Winters am Pol und der Freude der Schiffbrüchigen, die einen Weg nach dem Süden offen sehen.

Loiseau erhob sich schwungvoll, ein Glas Champagner in der Hand: „Ich trinke auf unsere Befreiung!" Alle sprangen von den Stühlen auf, man klatschte Beifall. Sogar die beiden barmherzigen Schwestern machten, von den Damen aufgefordert, den Versuch, ihre Lippen in den schäumenden Wein zu tauchen, den sie noch nie gekostet hatten. Sie fanden, er schmecke ähnlich wie Brauselimonade, nur feiner natürlich.

Loiseau gab der Stimmung Ausdruck: „Nur schade, daß wir kein Klavier haben, wir sollten jetzt Quadrille tanzen!"

Cornudet hatte kein Wort gesagt und sich nicht gerührt. Er schien ganz in ernste Gedanken versunken zu sein und zog zuweilen mit einer wütenden Gebärde an seinem langen Bart, als wolle er ihn noch mehr in die Länge ziehen. Aber gegen Mitternacht, als man sich eben trennen wollte, taumelte Loiseau gegen seinen Stuhl, schlug ihm plötzlich auf den Bauch und stammelte: „Sie sind wohl nicht bei Laune heute abend; Sie sprechen ja gar nichts, Bürger?" Mit einem Ruck hob Cornudet den Kopf und musterte die ganze Gesellschaft mit einem funkelnden und furchtbaren Blick. „Ich sage Ihnen allen, daß Sie eine Niederträchtigkeit begangen haben!" Er erhob sich, ging zur Tür, wiederholte nochmals: „Eine Niederträchtigkeit!" und verschwand.

Alle erstarrten für einen Augenblick. Loiseau stand blöd und verwirrt, aber schnell fand er seine Frechheit wieder, und plötzlich schüttelte er sich vor Lachen und sagte ein paarmal: „Ihnen hängen die Trauben zu hoch, mein Lieber." Als man nicht verstand, erzählte er seine Schlüssellochgeheimnisse. Sofort war die glänzende Laune wieder hergestellt. Die Damen lachten wie toll. Der Graf und Frau Carré-Lamadon vergossen Tränen vor Lachen. Sie konnten es nicht glauben.

„Wissen Sie es bestimmt? Er wollte . . ."

„Ich sag' Ihnen: ich hab' es gesehen!"

„Und sie wollte nicht . . . ?"

„Weil der Preuße im Zimmer nebenan war."

„Nicht möglich!"

„Ehrenwort."

Der Graf erstickte fast. Der Fabrikant hielt sich mit beiden Händen den Bauch. Loiseau fuhr fort:

„Nun verstehen Sie wohl, daß er der Sache von heute keinen Geschmack abgewinnen kann. Nein, ganz und gar nicht.

Und hustend, keuchend, krank vor Lachen verabschiedete man sich.

Als sie ins Bett stieg, fragte Frau Loiseau, die zur Gattung der Brennesseln gehörte, ihren Mann, ob er bemerkt habe, daß diese hochnäsige kleine Frau Carré-Lamadon den ganzen Abend gelb im Gesicht ausgesehen habe: „Man kennt ja die Sorte Frauen: wenn es sich um eine Uniform handelt . . . ! Ob eine französische, oder eine preußische, das ist ihnen sehr gleichgültig! Mitleid ist das nicht, du lieber Gott!"

Die ganze Nacht über ging es durch den dunklen Korridor wie ein Knistern: leise Geräusche, kaum wahrnehmbar, ähnlich einem Flüstern, ein Tappen von nackten Füßen und kaum hörbares Knacken. Spät erst schlief man ein. Lange noch fielen Lichtstreifen durch die Spalten der Türen. Denn der Champa-

gner soll ja die Wirkung haben, daß er einen nicht schlafen läßt . . .

Am anderen Morgen lag helle Wintersonne über dem blendenden Schnee. Die endlich angespannte Postkutsche stand vor dem Tor, während eine Schar weißer Tauben, den Kopf in ihre dicken Federn eingezogen, mit roten Augen, in deren Mitte die Pupille als schwarzer Punkt stand, gravitätisch zwischen den Beinen der sechs Pferde promenierte und Haferkörner aus dem dampfenden Mist pickte.

Der Kutscher, in seinem Schafpelz, rauchte auf dem Bock seine Pfeife, und alle die glückstrahlenden Passagiere beeilten sich, Vorräte für die Weiterreise in den Wagen zu packen.

Man erwartete nur noch das Fettklößchen. Endlich kam auch sie.

Sie schien ein wenig verwirrt und beschämt und kam scheu auf ihre Reisegenossen zu, die sich alle plötzlich abwandten, als hätten sie sie nicht bemerkt. Der Graf nahm würdevoll den Arm seiner Frau, um sie so vor der unreinen Nähe zu schützen.

Das derbe Mädchen blieb betroffen stehen, dann raffte sie allen Mut zusammen und wandte sich mit einem bescheiden geflüsterten „Guten Morgen, gnädige Frau . . .“ an die Frau des Fabrikanten. Diese nickte nur einen leichten, etwas beleidigten Gruß, den sie mit einem Blick gekränkter Tugend begleitete. Alle schienen sehr beschäftigt, und man hielt sich von ihr fern, als brächte sie eine ansteckende Krankheit mit. Dann stürzte alles auf den Wagen zu; sie stieg allein als letzte ein und setzte sich still auf ihren Platz von früher.

Man schien sie nicht zu sehen und nicht zu kennen. Aber Frau Loiseau, die sie von fern mit tiefer Geringschätzung ansah, sagte halblaut zu ihrem Mann: „Ein Glück, daß ich nicht neben ihr sitze!“

Der schwere Wagen zog an, die Reise ging weiter. Zuerst sprach niemand. Fettklößchen wagte nicht, die Augen aufzuschlagen. Sie fühlte sich vor allen ihren Nachbarn erniedrigt, und zugleich vor sich selbst gedemütigt durch die Küsse dieses Preußen, in dessen Arme man sie förmlich geworfen hatte.

Die Gräfin brach das peinliche Schweigen, indem sie sich an Frau Carré-Lamadon wandte.

„Sie kennen, glaube ich, Frau d’Étrelles?“

„Ich bin sogar befreundet mit ihr.“

„Eine entzückende Frau!“

„Bezaubernd. Eine wahrhaft vornehme Natur; äußerst gebildet übrigens. Künstlerin bis in die Fingerspitzen; sie singt wundervoll und zeichnet vollendet.“

Der Fabrikant plauderte mit dem Grafen. Und durch das Fenstergerassel drangen wiederholt die Worte: „Coupon, Termin, Wechsel, Verfalltag.“

Loiseau, der ein altes Kartenspiel aus der Wirtschaft eingesteckt hatte, das durch fünfjährigen Gebrauch auf schlecht abgewischten Tischen ganz dick geworden war, zog es hervor und spielte mit seiner Frau eine Partie Besigue.

Die barmherzigen Schwestern nahmen ihre langen hängenden Rosenkränze vom Gürtel, machten gleichzeitig das Zeichen des Kreuzes, und plötzlich fingen ihre Lippen an, sich heftig zu bewegen, lautlos und immer rascher; ihr Gemurmel überstürzte sich, als gälte es einen Wettlauf im Oremus, und von Zeit zu Zeit küßten sie eine Perle, bekreuzigten sich von neuem und nahmen ihre schnelles anhaltendes Gemurmel wieder auf.

Cornudet saß unbeweglich, in Gedanken.

Nach drei Stunden Fahrt steckte Loiseau die Karten ein und sagte: „Man bekommt Hunger.“

Seine Frau zog sogleich ein verschnürtes Paket hervor und wickelte ein Stück kaltes Kalbfleisch aus. Sie schnitt es ordentlich in feine Stücke, und beide fingen zu essen an.

„Wir sollten es ebenso machen“, sagte die Gräfin. Und sie packte ihre für vier Personen berechneten Vorräte aus. Sie befanden sich in einer länglichen Schüssel, auf deren Deckel ein Hasenkopf aus Fayence angebracht war, zum Zeichen, daß ein Hase in einer Pastete darunter begraben lag, ein sehr kräftiges Fleischgericht: das braune Wildfleisch war mit weißem Fett durchspickt und mit anderem feinen Haché gemischt. Ferner gab es ein schönes Stück Schweizerkäse, das in eine Zeitung gewickelt war, auf dessen fettiger Rinde sich die Worte „Vermischte Nachrichten“ abgedruckt hatten.

Die beiden barmherzigen Schwestern packten einen Kranz Würste aus, die nach Knoblauch rochen, und Cornudet, der mit beiden Händen zugleich in seine weiten Paletottaschen fuhr, zog aus der einen vier harte Eier, aus der anderen ein knuspriges Brot hervor. Er löste die Schale ab, warf sie unter seine Füße in das Stroh und biß in die Eier; gelbe Dotterteilchen, die in seinen Bart gerieten, leuchteten dort wie Sterne.

Fettklößchen hatte in der Eile und Aufregung ihres Aufbruches an nichts denken können und betrachtete nun, aufgebracht, bebend vor Erregung, alle diese Leute, die sich gütlich taten. Zuerst erfaßte sie ein unbändiger Zorn, und sie öffnete den Mund, um ihnen alle ihre Schändlichkeiten mit einer Reihe von Verwünschungen ins Gesicht zu schreien, die sie bereits auf den Lippen hatte. Aber sie konnte nicht sprechen, die Erbitterung schnürte ihr die Kehle zu.

Niemand sah sie an, niemand dachte an sie. Sie fühlte sich wie erstickt durch die Verachtung dieser ehrwürdigen Schufte, die sie zuerst geopfert und jetzt weggeworfen hatten wie einen unsauberen und nutzlosen Gegenstand. Dann dachte sie an ihren großen Korb voll guter Sachen, die diese Leute gierig verschlungen hatten, an ihre beiden Hühner in leuchtendem Gelee, ihre Pasteten, ihre Birnen, ihre vier Flaschen Bordeaux. Plötzlich ließ ihre Wut nach, wie ein zu straff gespanntes Seil reißt: sie fühlte, wie sie dem Weinen nahe war. Sie machte verzweifelte Anstrengungen, es zu unterdrücken, sie sträubte sich, schluckte wie ein Kind an ihren Tränen, aber sie ließen sich nicht zurückhalten, glänzten schon am Rand ihrer Wimpern, und bald liefen zwei große Tropfen langsam über ihre Wangen. Andere folgten schnell; wie Wassertropfen, die aus einem Felsen sickern, rannen sie auf die Wölbung ihrer Brust hernieder. Sie saß gerade, mit starrem Blick, das Gesicht ernst und blaß und hoffte, niemand würde sie anblicken.

Aber die Gräfin hatte es bemerkt und gab ihrem Mann ein Zeichen. Er zuckte die Achseln, als wollte er sagen: „Was willst du, es ist nicht meine Schuld." Frau Loiseau hatte ein triumphierendes Lächeln auf der Lippe und murmelte: „Sie weint über ihre Schande."

Die beiden barmherzigen Schwestern hatten die Reste ihrer Wurst in ein Papier gewickelt und vertieften sich wieder in ihre Gebete.

Cornudet, der die Eier verdaute, streckte seine langen Beine unter die gegenüberliegende Bank, warf sich zurück, kreuzte die Arme, lächelte wie ein Mann, dem ein guter Witz einfällt, und begann die Marseillaise zu pfeifen.

Alle Gesichter verdüsterten sich. Offenbar gefiel das Nationallied seinen Reisegefährten in diesem Augenblick nicht. Sie wurden unruhig und nervös und sahen aus, als wollten sie heulen wie Hunde, die eine Drehorgel hören. Er bemerkte es, unterbrach sich aber nicht. Einige Male trällerte er sogar die Worte:

„Amour sacré de la patrie,
Conduis, soutiens nos bras vengeurs;
Liberté, liberté chérie,
Combats avec tes défenseurs!“

Der Schnee war hart, es ging schneller vorwarts. Bis nach Dieppe, während langer, langweiliger Stunden der Fahrt über holprige Wege, bei sinkender Nacht, dann in der tiefen Dunkelheit des Wagens, fuhr Cornudet fort, mit wilder Starrköpfigkeit seine einförmige Rachemelodie zu pfeifen, die müden, angegriffenen Köpfe zu peinigen und zu zwingen, seinem Gesang vom Anfang bis zum Ende zu folgen, immer wieder zu folgen, um ihnen Wort für Wort und Takt für Takt einzuschärfen.

Fettklößchen weinte noch immer; zuweilen übertönte ein Schluchzen, das sie nicht unterdrücken konnte, das Pfeifen und erstarb in der Dunkelheit.

Freund Patience

„Weißt du, was aus Leremy geworden ist?"

„Er ist Hauptmann im sechsten Dragoner-Regiment."

„Und Pinson?"

„Unterpräfekt."

„Und Racollet?"

„Tot."

Wir suchten nach anderen Namen, bei denen uns jugendliche Gesichter mit dem goldbordierten Käppi auf dem Kopf einfielen. Wir hatten später einige unserer Schulkameraden mit großen Bärten, kahlen Köpfen, als Ehemänner und als Väter mehrerer Kinder wiedergefunden, und die Veränderungen, die uns bei diesen Begegnungen auffielen, hatten einen peinlichen Nachgeschmack gehabt, denn sie zeigten uns, wie kurz das Leben, wie vergänglich, wie veränderlich alles ist.

Mein Freund sagte: „Und Patience, der dicke Patience?"

Ich stieß eine Art Geheul aus: Ach der! Das mußt du hören! Ich war vor vier oder fünf Jahren auf einer Inspektionsreise in Limoges und wartete, bis es Zeit zum Mittagessen war. Ich saß in dem großen Café am Theaterplatz und langweilte mich furchtbar. Kaufleute kamen zu zweit, zu dritt oder zu viert und tranken ihren Absinth oder Wermut, sprachen ganz laut von ihren Geschäften und von den Geschäften anderer, lachten heftig oder sprachen leiser, wenn sie sich etwas Wichtiges oder Heikles mitzuteilen hatten.

Ich sagte mir: ‚Was soll ich nach dem Essen anfangen?' Und ich sah den langen Abend in dieser Provinzialstadt vor mir, einen schwerfälligen, unbehaglichen Spaziergang durch unbekannte Straßen in jener drückenden, melancholischen Stimmung, die auf den einsamen Reisenden von den Vorübergehenden ausströmt, die ihm alle so ganz und gar fremd sind, von dem provinzmäßigen Schnitt der Röcke, Hosen und Hüte und den lokalen Gewohnheiten und der eigentümlichen Aussprache; eine durchdringende Melancholie, die auch aus den Häusern, den Läden, den seltsam geformten Wagen strömt, und aus

ganz gewöhnlichen Geräuschen, an die man nicht gewöhnt ist, eine peinigende Melancholie, unter deren Druck wir den Schritt beschleunigen, als fühlten wir uns ganz verloren in einem gefährlichen Land, die sich auf uns legt, daß wir uns nach dem Hotel zurücksehnen, nach dem häßlichen Hotel, in dessen Zimmer es nach tausenderlei bedenklichen Dingen duftet, an dessen Bett man nur zögernd herantritt und in dessen verstaubter Waschschüssel noch ein Haar liegt.

Ich dachte an all das und sah zu, wie das Gas angesteckt wurde. Ich fühlte mich immer einsamer und beklemmter, je dunkler es wurde. Was sollte ich nach dem Essen tun? Ich war allein, ganz allein und gottverlassen!

Ein dicker Mann hatte sich an den Nebentisch gesetzt und rief mit dröhnender Stimme: „Kellner, meinen Bitteren!"

Das ‚mein' in diesem Ruf klang wie ein Kanonenschuß. Ich

begriff sofort, daß alles im Leben sein war, nur sein! Daß es keinem andern gehörte. Daß er seinen Charakter, seinen Appetit, seine Hose, sein, was weiß ich, in einer ganz besonderen und viel vollkommeneren Form als irgendein anderer besaß. Dann blickte er befriedigt um sich. Man brachte ihm seinen Bittern und er rief: „Meine Zeitung!“ Ich fragte mich: „Welche mag wohl seine Zeitung sein?“ Der Name derselben sollte mich über seine Anschauungen, seine Grundsätze, seine Theorien, seine Eigenschaften und seine Sonderbarkeiten aufklären.

Der Kellner brachte den TEMPS. Ich war überrascht. Warum gerade den TEMPS? Dies ernste, belehrende, vorsichtige, abwägende Blatt! Ich dachte mir, es ist ein ernster Mann mit gediegenen Grundsätzen und geregelten Gewohnheiten, kurz, ein guter Staatsbürger!

Er setzte sich einen goldenen Kneifer auf die Nase, lehnte sich zurück, und ehe er zu lesen begann, warf er nochmals einen Blick um sich. Er bemerkte mich und begann sofort, mich ununterbrochen und aufdringlich zu beobachten. Schon wollte ich ihn fragen, warum er mir soviel Aufmerksamkeit schenkte, als er von seinem Platz aus rief: „Donnerwetter, das ist ja Gontran Lardois!“

„Gewiß, Sie irren sich nicht“, erwiderte ich.

Er stand auf und kam mit ausgetreckten Händen auf mich zu: „Na, alter Freund, wie geht's dir denn?“

Ich war ganz verblüfft, denn ich erkannte ihn absolut nicht. Ich stammelte: „Jawohl . . . gewiß . . . und Ihnen?“

Er lachte. „Ich wette, du erkennst mich nicht wieder?“

„Nein, absolut nicht . . . aber . . . ich glaube . . .“

Er schlug mir auf die Schulter. „Ach schwatz' doch nicht, ich bin Patience! Robert Patience, dein Schulfreund, dein Kamerad!“

Jetzt erkannte ich ihn wieder. Ja, es war Robert Patience, mein Schulkamerad.

Ich schüttelte ihm die Hand, die er mir entgegenstreckte. „Und du? Geht es dir gut?“

„Großartig!“ Sein Lächeln sang ein förmliches Triumphlied. „Was machst du denn hier?“ fragte er. Ich erklärte ihm, ich sei Inspektor im Finanzministerium und befände mich hier auf einer Dienstreise. Er deutete auf das Ordensband in meinem Knopfloch und sagte: „Du hast es weit gebracht!“

„Danke, es geht“, erwiderte ich. „Und du?“

„O ja, ausgezeichnet.“

„Was treibst du denn?“

„Ich bin Geschäftsmann.“

„Verdienst du Geld?“

„Viel. Ich bin sehr reich. Du mußt morgen bei mir frühstükken. Ich wohne in der Rue du Coq-qui-Chante, du mußt dir meine Wohnung ansehen!“ Er zögerte eine Sekunde und fragte dann weiter: „Du bist doch noch immer der nette Kerl von damals?“

„Na, ich hoffe.“

„Und nicht verheiratet?“

„Nein.“

„Um so besser. Und bist du immer noch so lustig und ißt gern Kartoffeln?“

Ich fand ihn allmählich entsetzlich gewöhnlich, aber trotzdem erwiderte ich: „Gewiß.“

„Und für hübsche Mädchen schwärmst du auch noch?“

„Das ist selbstverständlich.“

Er lachte befriedigt. „Famos! Famos! Weißt du noch, wie wir in Bordeaux unseren ersten Ulk machten, als wir in der Kneipe bei Roupie zusammen soupierten? Das war ein lustiger Abend!“

Ich erinnerte mich dieses lustigen Abends allerdings noch, und diese Erinnerung stimmte mich fröhlich. Noch an mancherlei andere Dinge mußten wir denken, und so ging es her und hin: „Weißt du noch damals, wie wir den Aufseher bei dem alten Latoque in den Keller sperrten?“

Er lachte, schlug mit der Faust auf den Tisch und sagte: „Ja, ja, ja. Und denkst du noch an das Geheul, das Herr Marin, unser Geographielehrer, erhob, als wir hinter der Landkarte eine Rakete losgehen ließen, gerade als er uns die vulkanischen Erscheinungen auf der Erde erklärte?“

Plötzlich fragte ich ihn: „bist du verheiratet?“

„Seit zehn Jahren, lieber Freund!“ rief er. „Ich habe vier Kinder, ganz reizende Bälge! Aber du wirst sie ja sehen, und die Mutter auch.“

Wir sprachen laut. Die anderen drehten sich um, und sahen erstaunt zu uns herüber. Plötzlich zog mein Freund seine Uhr heraus, einen Chronometer, dick wie ein Kürbis, und rief:

„Donnerwetter! Das ist schade, aber ich muß fort! Abends bin ich nicht frei."

Er stand auf, nahm meine beiden Hände, schüttelte sie, als wenn er mir die Arme ausreißen wollte, und sagte: „Also abgemacht, morgen zum Frühstück!"

„Abgemacht."

*

Ich hatte den Vormittag über mit dem General-Steuereinnehmer zu arbeiten. Er wollte mich zum Frühstück bei sich behalten, aber ich teilte ihm mit, daß ich mich schon mit einem Freund verabredet hatte, und ich fragte ihn: „Wissen Sie, wo die Rue du Coq-qui-Chante ist?"

„Gewiß", erwiderte er, „nur fünf Minuten von hier. Da ich nichts zu tun habe, will ich Sie begleiten." Und wir gingen zusammen fort. Bald kamen wir in die gesuchte Straße. Sie war breit, ganz hübsch und lag auf der Grenze zwischen Stadt und Feld. Ich betrachtete die Häuser und sah die Nr. 17. Es war eine Art Privatvilla mit einem Garten dahinter. Die Fassade war in italienischer Art mit Fresken geschmückt und kam mir ziemlich geschmacklos vor. Göttinnen mit Graburnen waren darauf zu sehen und andere, deren geheime Schönheiten hinter Wolkenschleiern verborgen waren. Zwei steinerne Liebesgötter hielten die Hausnummer. Ich sagte zu dem General-Steuereinnehmer: „Ich bin am Ziel!" und reichte ihm die Hand, um mich zu verabschieden. Er machte eine rasche, sonderbare Bewegung, aber er sagte nichts und schüttelte die Hand, die ich ihm reichte.

Ich klingelte. Ein Dienstmädchen öffnete und ich fragte: „Wohnt hier Herr Patience?"

„Jawohl", erwiderte sie. „Wollen Sie ihn selbst sprechen?"

„Gewiß."

Ich trat ein. Der Hausflur war gleichfalls mit Malereien geschmückt, die wahrscheinlich dem Pinsel irgendeines unbekannten Künstlers entstammten. Paul und Virginie umarmten sich unter rosigbestrahlten Palmenbäumen. Eine orientalische Laterne hing von der Decke herab. Mehrere Türen waren durch auffallende Teppiche verkleidet. Am meisten fiel mir jedoch der Geruch auf. Es war ein betäubendes Parfüm, das an Poudre de riz und feuchten Schimmel gemahnte. Ein unbeschreiblicher Duft schwebte in der drückenden Luft, die schwer war wie in einem Dampfbad, wo sich die Menschen massieren lassen. Ich

stieg hinter dem Dienstmädchen eine Marmortreppe hinauf, auf der ein orientalischer Teppich lag, und wurde in einen prachtvoll eingerichteten Salon geführt.

Ich blieb allein und blickte mich um. Das Zimmer war sehr reich möbliert, aber überladen wie das eines Emporkömmlings mit etwas zotigen Neigungen. Auf Kupferstichen aus dem vorigen Jahrhundert, die übrigens ganz wertvoll waren, sah man halbnackte Frauen mit hohem, gepuderten Kopfputz, die von galanten Herren in interessanten Stellungen überrascht wurden. Eine andere Dame lag in einem großen, zerwühlten Bett und schäkerte mit dem Fuß mit einem Hündchen, das sich in den Kissen versteckte. Eine andere wehrte sich liebenswürdig gegen ihren Liebhaber, dessen Hand unter ihren Röcken verschwunden war. Auf einem Bilde sah man vier Füße, während die dazu gehörigen Körper hinter einem Vorhang versteckt gedacht waren. Der weite Raum, der von weichen Polstern umzogen war, war ganz und gar erfüllt von dem faden, betäubenden Geruch, der mir schon vorher aufgefallen war.

Ich trat an das Fenster, um mir den Garten anzusehen, dessen Bäume mir aufgefallen waren. Er war sehr groß, prachtvoll und schattig, ein breiter Weg führte um einen Rasenplatz herum, auf dem ein Springbrunnen hoch in die Luft sprang, verlor sich dann im Gebüsch und wurde weiterhin wieder sichtbar. Plötzlich erschienen dort unten, ganz hinten zwischen den Baumgruppen drei Frauen. Sie hielten sich untergefaßt und gingen langsam dahin, in langen weißen Morgenkleidern, die reich mit Spitzen besetzt waren. Zwei waren blond, die dritte brünett. Sie verschwanden gleich wieder unter den Bäumen. Diese flüchtige reizende Erscheinung entzückte mich und weckte eine ganze Welt von Poesie in mir. Sie waren kaum einen Moment sichtbar gewesen in dem Rahmen der Blätter und Bäume, auf dem Hintergrund des stillen, schönen Parkes, und plötzlich sah ich die schönen Frauen aus dem vorigen Jahrhundert vor mir, wie sie unter den Buchen lustwandelten, die schönen Frauen, deren galante Bilder an den Wänden an leichtes Liebesgetändel gemahnten, und ich dachte an jene blühende, geistvolle, zärtliche Zeit, wo die Sitten so milde und die Lippen so gefällig waren.

Eine laute Stimme schreckte mich auf. Patience war hereingetreten und streckte mir strahlend die Hände entgegen. Er sah mir mit schlauem Zwinkern ins Auge, als wollte er mir verliebte Geständnisse machen und mit einer weitausgreifenden, imponierenden Armbewegung zeigte er mir seinen Park, sowie die drei Frauen, die im Hintergrund wieder auftauchten, und sagte dann mit triumphierender Stimme: „Und nun denke dir, daß ich so gut wie mit nichts angefangen habe . . . nur mit meiner Frau und meiner Schwägerin."

Die Mitgift

Niemand wunderte sich darüber, daß Herr Simon Lebrument sich mit Fräulein Jeanne Cordier verheiratet hatte. Lebrument hatte die Kanzlei des Notars Papillon gekauft und er brauchte natürlich Geld, um sie zu bezahlen. Fräulein Jeanne Cordier besaß flüssige 300 000 Franken in Banknoten und guten, auf den Inhaber lautenden Papieren. Lebrument war ein schöner, eleganter Mensch, ein guter Notar. Seine Eleganz hatte zwar etwas provinzmäßiges, aber es war doch immerhin Eleganz, wie man sie in Boutigny-le-Rebours nicht häufig fand.

Fräulein Cordier war anmutig und frisch. Ihre Anmut war vielleicht ein bißchen linkisch und ihre Frische ein wenig künstlich, aber alles in allem war sie ein schönes, begehrenswertes Mädchen. Die Hochzeitsfeier stellte ganz Boutigny-le-Rebours auf den Kopf. Man bewunderte lebhaft das junge Ehepaar, das sein Glück in der neuen Wohnung verbergen wollte und sich entschlossen hatte, erst nach einigen Tagen ungestörten Zusammenseins nur einen kleinen Ausflug nach Paris zu machen.

Dies erste Zusammensein gestaltete sich allerliebst, da Lebrument die näheren Beziehungen zu seiner Frau mit ganz ungewöhnlicher Geschicklichkeit, mit Zartgefühl und Zuverlässigkeit anzuknüpfen wußte. Er handelte nach dem Grundsatz: „Wer warten kann, kommt auch zum Ziel", und er verstand es, zugleich geduldig und energisch zu handeln. Der Erfolg stellte sich auch prompt und glänzend ein. Nach vier Tagen vergötterte Frau Lebrument ihren Gatten. Sie konnte gar nicht mehr ohne ihn sein. Sie mußte ihn den ganzen Tag um sich haben, um ihn zu liebkosen, ihn zu küssen, ihm die Augen und den Bart zu streicheln. Sie setzte sich auf seine Knie, nahm ihn bei den Ohren, sah ihm zärtlich in die Augen und sagte: „Augen zu! Mund auf!" Er tat, wie ihm geheißen, machte den Mund auf, schloß die Augen, wobei er sie nur ein klein wenig offen behielt, und bekam dann einen sehr langen, sehr zärtlichen, sehr innigen Kuß, bei dem es ihm prickelnd über den Rücken lief. Und er seinerseits konnte gar nicht genug Zärtlichkeiten, genug Lip-

pen, genug Hände, kurz, gar nicht genug von seiner ganzen Persönlichkeit haben, um seiner Frau vom Morgen bis zum Abend und vom Abend bis zum Morgen Vergnügen zu machen.

*

Als so die erste Woche verflossen war, sagte er zu seiner jungen Gattin: „Wenn du willst, fahren wir nächsten Dienstag nach Paris. Wir wollen es dann wie ein Paar Verliebte machen, die nicht verheiratet sind. Wir wollen in die Restaurants, ins Theater, in die Tingeltangel, kurz überall hingehen." Sie hüpfte vor Freude. „Ach, ja, ja, so bald als möglich wollen wir hin!"

„Und da man an alles denken soll", fuhr er fort, „so sage auch deinem Vater, daß er die Mitgift bereithält. Ich will sie mitnehmen und bei dieser Gelegenheit sogleich den Notar Papillon bezahlen."

„Ich werde es morgen früh Papa sagen", erwiderte sie.

Und er nahm sie in die Arme und begann wieder mit ihr jene kleinen Zärtlichkeiten, für die sie seit acht Tagen so lebhaft schwärmte.

Am nächsten Dienstag begleiteten der Schwiegervater und die Schwiegermutter ihre Tochter und ihren Schwiegersohn an den Zug, der sie nach der Hauptstadt führen sollte. Der Schwiegervater sagte zu seinem Schwiegersohn: „Ich versichere Sie, es ist unklug, so viel Geld in Ihrer Brieftasche mitzunehmen." Aber der junge Notar lächelte: „Seien Sie unbesorgt, Schwiegerpapa, ich bin an solche Dinge gewöhnt. Sie können sich denken, daß ich zuweilen in meinem Beruf beinahe eine Million bei mir trage. Wir vermeiden auf diese Weise wenigstens eine ganze Menge Formalitäten und Umstände. Seien Sie unbesorgt."

Der Schaffner rief: „Nach Paris! Einsteigen!"

Sie stiegen rasch in ein Coupé, in dem zwei alte Damen saßen. Lebrument flüsterte seiner Frau ins Ohr: „Das ist unangenehm, ich werde nicht rauchen können." Sie erwiderte ebenso leise: „Mir ist es auch sehr unangenehm, aber nicht wegen deiner Zigarren."

Der Zug pfiff und setzte sich in Bewegung. Die Fahrt dauerte eine Stunde und in dieser Zeit konnten sie sich nicht viel sagen, denn die beiden alten Frauen schliefen leider nicht.

Sobald sie am Bahnhof Saint-Lazare ausgestiegen waren, sagte Lebrument zu seiner Frau: „Wenn es dir recht ist, Liebling, wollen wir zunächst auf dem Boulevard frühstücken. Wir können uns dann in aller Ruhe unser Gepäck holen, um es in das Hotel schaffen zu lassen." Sie stimmte sofort zu: „Ja, ja, wir wollen im Restaurant frühstücken! Ist es weit?"

„Ja, ziemlich", sagte er „aber wir wollen einen Omnibus nehmen.

Sie war erstaunt. „Warum nehmen wir nicht eine Droschke?"

Lächelnd schalt er sie: „Also das ist deine Sparsamkeit! Eine Droschke für eine Fahrt von fünf Minuten, sechs Sous die Minute! Na ja, da läßt du dir nichts abgehen."

„Du hast recht", sagte sie ein bißchen verwirrt.

Ein schwerer Omnibus trottete mit seinen drei Pferden an ihnen vorbei, und Lebrument rief: „Kondukteur! He, Kondukteur!" Der massige Wagen hielt an, der junge Notar drängte seine Frau hinein, und sagte ganz schnell: „Geh du hinein, ich steige oben hinauf, damit ich vor dem Frühstück noch wenigstens eine Zigarre rauchen kann."

Sie hatte keine Zeit ihm zu antworten, denn der Kondukteur, der ihren Arm erfaßt hatte, um ihr beim Aufsteigen behilflich zu sein, schob sie in den Wagen. Sie sank verwirrt auf eine Bank und erblickte durch das hintere Fenster verblüfft die Füße ihres Mannes, der auf das Verdeck kletterte. Sie saß unbeweglich zwischen einem dicken Herrn, der nach Pfeife, und einer alten Frau, die nach Hund roch. Die übrigen Reisenden saßen stumm nebeneinander. Ein Kommis[1] aus einem Krämergeschäft, eine Arbeiterin, ein Sergeant von der Infanterie, ein Herr mit einer goldenen Brille und einem seidenen Hut mit kolossalem, wie eine Dachrinne aufgestülpten Rand, zwei sehr wichtig und verdrießlich aussehende Damen, deren ganze Haltung zu sagen schien „wir fahren zwar mit, aber es ist eigentlich unter unserer Würde', zwei fromme Schwestern, ein Mädchen mit bloßem Kopf und ein Leichenträger. Es war wie eine Sammlung von Karikaturen, ein komisches Museum, eine Reihe possenhafter menschlicher Gesichter, wie die drolligen Hampelmänner, nach denen man auf Jahrmärkten in den Schießbuden zielt. Die Stöße des Wagens wiegten und schüttelten sie ziemlich durch-

[1]Frz. Handlungsgehilfe.

einander, daß die schlaffe Haut auf ihren Backen erzitterte. Der Lärm der Räder schläferte sie ein, so daß sie ganz idiotisch aussahen.

Die junge Frau saß unbeweglich. „Warum ist er nicht mit mir gekommen?“ fragte sie sich. Unbestimmte Trauer erfüllte sie. „Er hätte sich diese Zigarre wirklich sparen können.“ Die frommen Schwestern machten ein Zeichen, daß angehalten werden sollte. Dann stiegen sie, eine nach der anderen aus, wobei es um sie her fade, wie nach alten Unterröcken roch. Der Wagen fuhr weiter und hielt dann wieder. Eine Köchin mit rotem Gesicht stieg ganz außer Atem ein. Sie setzte sich und stellte den Korb mit den Vorräten auf ihre Knie; sofort roch es in dem ganzen Omnibus stark nach Seifenwasser.

„Es ist weiter, als ich gedacht hatte“, sagte Jeanne bei sich. Der Leichenträger stieg aus und wurde durch einen Kutscher ersetzt, der einen intensiven Stallgeruch mit sich brachte. Das Mädchen mit dem bloßen Kopf erhielt als Nachfolger einen Dienstmann, dessen Füße durch ihren Geruch verrieten, wieviel der Mann zu laufen hatte. Die Frau Notar fühlte sich sehr unbehaglich und verlassen, am liebsten hätte sie geweint, ohne zu wissen, warum. Einige Personen stiegen aus, andere kamen herein, und der Omnibus fuhr immer weiter durch unendlich lange Straßen, hielt an den Stationen und setzte sich wieder in Bewegung.

„Wie weit es ist!“ dachte Jeanne. „Wenn er nur nicht aus Zerstreutheit übersehen hat, an der richtigen Stelle auszusteigen, oder wenn er gar eingeschlafen ist! Er war seit einigen Tagen sehr abgespannt.“

Nach und nach stiegen alle Mitfahrenden aus, und sie blieb allein, ganz allein. Der Kondukteur rief: „Vaugirard!“ Da sie sich nicht rührte, rief er nochmals: „Vaugirard!“ Sie sah ihn an, sie begriff, daß das Wort ihr galt, da sonst niemand mehr in dem Wagen war. Zum dritten Mal sagte der Mann: „Vaugirard! Wir sind in Vaugirard! Zum Donnerwetter! Ich hab's ja schon hundertmal gerufen!“

„Ist das weit vom Boulevard?“

„Von welchem Boulevard?“

„Vom Boulevard des Italiens.“

„Da sind wir schon eine ganze Weile vorbei.“

„Ach bitte, rufen Sie meinen Mann!“

Jeanniot

„Ihren Mann? Wo ist er?“

„Auf dem Verdeck.“

„Auf dem Verdeck? Da ist schon lange kein Mensch mehr.“

Sie zuckte vor Schreck zusammen. „Was? Das ist unmöglich! Er ist doch mit mir zusammen aufgestiegen! Sehen Sie nur nach, er muß da sein!“

Der Kondukteur wurde unverschämt. „Na, nun ist's genug, Kleine! Für einen Mann, der dir durch die Finger geht, findest du zehn andere! Der ist ausgekniffen, futsch! Wir werden auf der Straße schon einen anderen finden.“

Die Tränen kamen ihr in die Augen und sie sagte: „Sie irren sich! Ich versichere Sie, Sie irren sich! Er hatte eine dicke Brieftasche unter dem Arm.“

Der Kondukteur lachte. „Eine dicke Brieftasche, ach so, Der! Der ist schon an der Madleinekirche abgestiegen. Jedenfalls hat er Sie sitzen lassen, hahaha!“

Der Wagen hielt. Sie stieg aus und blickte unwillkürlich nach dem Verdeck des Omnibus hinauf. Es war vollkommen leer.

*

Sie fing an zu weinen und ohne daran zu denken, daß sie gehört und beobachtet wurde, sagte sie ganz laut: „Was soll ich nun anfangen?“ Der Büroinspektor trat heran. „Was ist passiert?“ Der Kondukteur erwiderte spöttisch: „Die Dame hat ihren Mann verloren! Er hat sie unterwegs sitzenlassen.“

„Gut. Das geht Sie nichts an“, erwiderte der andere. „Kümmern Sie sich um Ihren Dienst!“ Und er wandte sich ab.

Sie ging nun geradewegs vor sich hin. Sie war viel zu verstört und erschrocken, um sich überhaupt klarzumachen, was geschehen war. Wo sollte sie hingehen? Was sollte sie tun? Was mochte aus ihm geworden sein? Wie konnte er sich nur so irren? Wie konnte er so vergeßlich und so unglaublich zerstreut oder rücksichtslos sein! Sie hatte zwei Francs in der Tasche. An wen sollte sie sich wenden? Und plötzlich dachte sie an ihren Cousin Barral, der Unterchef im Marineministerium war. Sie hatte gerade noch genug, um eine Droschke bis dahin zu bezahlen, und ließ sich in seine Wohnung fahren. Sie traf ihn gerade, als er aus der Tür trat, um in sein Ministerium zu gehen. Genau wie Lebrument trug er eine dicke Brieftasche unter dem Arm. Sie sprang aus ihrem Wagen. „Henry!“ rief sie. Er blieb verblüfft stehen. „Jeanne! Sie hier? Und ganz allein? Was machen Sie hier? Wo kommen Sie her?“

Mit Tränen in den Augen stammelte sie: „Eben habe ich meinen Mann verloren!“

„Verloren? Wo denn?“

„Auf einem Omnibus.“

„Auf einem Omnibus? . . . Oh . . .“

Und weinend erzählte sie ihm ihr Abenteuer.

Er hörte ihr nachdenklich zu und fragte: „War er heute morgen ganz ruhig?“

„Ja.“

„So. Hatte er viel Geld bei sich?“

„Gewiß. Er hatte meine Mitgift bei sich.“

„Ihre Mitgift? . . . Ihre ganze Mitgift? . . .“

„Ja. Alles! Er wollte die Kanzlei bezahlen, die er gekauft hat.“

„Ja, liebe Cousine, dann ist Ihr Mann augenblicklich schon über die belgische Grenze.“

Sie verstand noch nicht und stotterte: „Mein Mann . . . was meinen Sie?“

„Ich meine, er hat Ihr Geld gestohlen, weiter nichts!“

Sie stand ganz verstört vor ihm und murmelte: „Oh . . . das . . . das . . . ist erbärmlich!“ Die Aufregung überwältigte sie und sie sank ihrem Vetter schluchzend an die Weste. Da die Vorübergehenden schon stehen blieben und ihnen neugierig zusahen, drängte er sie ganz sanft in die Haustür. Er hielt sie umschlungen und geleitete sie die Treppe zu seiner Wohnung hinauf, Er klingelte, und als sein Dienstmädchen ihm ganz erstaunt die Tür öffnete, befahl er: „Sophie, gehen Sie sofort hinüber ins Restaurant und holen Sie Frühstück für zwei Personen! Ich gehe heute nicht ins Ministerium.“

Der Schnurrbart

Schloß Solles, Montag, den 30. Juli 1883.

„Meine liebe Lucie, es gibt nichts Neues. Wir leben nur im Zimmer und sehen in den Regen. Bei dem schrecklichen Wetter kann man nicht ausgehen und wir spielen deshalb Komödie. Ach, Liebste, wie albern sind die Salonstücke, die jetzt geschrieben werden. Die Scherze fegen darin wie Kanonenkugeln herum und schlagen alles nieder. Kein Witz, kein Naturell, keine Laune, keine Eleganz. Diese Schriftsteller haben wirklich keine Ahnung von der Gesellschaft. Sie wissen absolut nicht, wie wir denken und sprechen. Ich will ihnen gern gestatten, unsere Sitten, Gebräuche und Manieren zu mißachten, aber kennen müßten sie sie wenigstens. Wenn sie geistreich sein wollen, machen sie Wortspiele, über die man in der Kaserne allenfalls lachen würde, und wenn sie lustig sein wollen, machen sie Witze, die sie auf den Höhen des äußeren Boulevards, in jenen sogenannten Künstlerkneipen gesammelt haben, wo seit fünfzehn Jahren immer dieselben Studentenscherze wiederholt werden.

Kurz, wir spielen Komödie. Da wir nur zwei Frauen sind, spielt mein Mann die Dienstmädchenrollen, und zu diesem Zweck hat er sich rasieren lassen. Du kannst Dir nicht denken, liebste Lucie, wie ihn das verändert hat! Ich erkenne ihn gar nicht wieder . . . Wenn er sich seinen Schnurrbart nicht sofort wieder wachsen läßt, könnte ich ihm, glaub' ich, untreu werden, so mißfällt er mir jetzt.

Wahrhaftig, ein Mann ohne Schnurrbart ist gar kein Mann mehr. Vollbärte hab' ich nicht gern, sie machen fast immer einen vernachlässigten Eindruck, aber der Schnurrbart, der Schnurrbart ist für ein Männergesicht einfach unentbehrlich. Nein, Du kannst Dir nicht vorstellen, wie lieb diese kleine Haarbürste auf der Oberlippe für das Auge ist und . . . für den . . . ehelichen Verkehr. Ich habe über diesen Punkt allerlei Gedanken gesammelt, aber ich trau' mich nicht, sie Dir zu schreiben. Mündlich will ich sie Dir gern mitteilen . . . aber ganz leise. Man findet so schwer das richtige Wort für gewisse

Dinge, und manches von ihnen, das man gar nicht umgehen kann, sieht auf dem Papier so ordinär aus, daß ich es nicht niederschreiben mag. Außerdem ist das Thema so heikel, so mißlich und so anstößig, daß man nur mit unendlicher Geschicklichkeit ungestraft daran rühren könnte.

Schlimm für Dich, wenn Du mich nicht verstehst. Du mußt schon versuchen, ein bißchen zwischen den Zeilen zu lesen, Liebste.

Ja, als mein Mann rasiert zu mir kam, begriff ich zunächst, daß ich mich nie in einen Schauspieler oder in einen Prediger verlieben könnte, und wäre es Pater Didon, der noch der reizendste von allen ist. Als ich dann später allein mit ihm (mit

meinem Manne) blieb, wurde es noch schlimmer. Liebste Lucie, laß Dich nie von einem Manne ohne Schnurrbart küssen; solche Küsse schmecken nach nichts, aber wirklich nach gar nichts. Es fehlt der Reiz, das Mark und der . . . Pfeffer, jawohl, der Pfeffer eines richtigen Kusses. Der Schnurrbart erst gibt ihm die Würze.

Stelle Dir vor, man legt Dir ein Stück trockenes oder . . . feuchtes Pergament auf die Lippen, das ist der Kuß eines rasierten Mannes. Er lohnt wirklich nicht die Mühe.

Du fragst mich, worin der verführerische Reiz des Schnurrbarts beruht. Weiß ich es? Zunächst kitzelt er ganz entzückend. Man fühlt ihn schon vor dem Mund, und unsern Leib überläuft bis zu den Fußspitzen ein wonniges Prickeln. Er liebkost schmeichelnd die Haut, unsere Nerven zucken köstlich unter ihm und wir erschauern leicht, als wäre uns empfindlich kalt. Und am Halse! Hast Du schon je einen Schnurrbart an Deinem Hals gefühlt? Das berauscht und erregt und läuft einem über den Rücken bis in die Fingerspitzen. Man windet sich, man schüttelt die Schultern, man wirft den Kopf zurück, man möchte fliehen und bleiben, es ist herrlich und peinlich, aber es tut so gut!

Und dann . . . ich weiß wirklich nicht, ob ich es aussprechen darf . . . Ein Mann, der uns liebt, so recht von Herzen liebt, weiß eine Menge kleiner Stellchen zu finden, wo ein Kuß sich verstecken kann, Stellchen, an die man von selbst kaum denken würde. Ohne Schnurrbart verlieren auch diese Küsse viel von ihrem Reiz, und außerdem werden sie dadurch fast unpassend. Eine Lippe ohne Schnurrbart ist nackt wie ein unbekleideter Körper; und etwas muß man stets anhaben, so wenig wie Du willst, aber etwas muß sein!

Der Schöpfer . . . eine andere Bezeichnung wage ich bei solchen Dingen nicht zu gebrauchen . . . der Schöpfer hat so sorgfältig alle Schlupfwinkel unseres Fleisches verhüllt, in denen die Liebe sich verbergen soll. Ein rasierter Mund erinnert an eine Quelle, um die herum man das Wäldchen abgeholzt hat, in dem man zu trinken und zu ruhen gewöhnt war.

Ich muß dabei an den Ausspruch eines Politikers denken, der mir seit drei Monaten nicht aus dem Kopf will. Mein Mann, der die Zeitungen aufmerksam verfolgt, las mir eines Abends eine höchst sonderbare Rede unseres Landwirtschaftsministers vor, der damals Herr Méline hieß. Ist er inzwischen durch einen anderen ersetzt worden? Ich weiß es nicht.

Ich hörte nicht zu, aber der Name Méline fiel mir auf. Ich erinnerte mich ... warum weiß ich eigentlich nicht ... an Murgers Szenen aus dem Leben der Bohèmiens. Ich glaubte, es wäre von einer Grisette die Rede. Deshalb blieben mir ein paar Bruchstücke im Gedächtnis. Herr Méline behauptete also vor den Bewohnern von Amiens, glaub' ich, etwas, dessen Sinn mir bisher nicht klargeworden war: Ohne Landwirtschaft gibt es keine Vaterlandsliebe! Eben jedoch habe ich den Sinn davon erfaßt und ich behaupte jetzt, ohne Schnurrbart gibt es keine Liebe. Wenn man das so ausspricht, klingt es komisch, was?

Ohne Schnurrbart gibt es keine Liebe!

Ohne Landwirtschaft gibt es keine Vaterlandsliebe, behauptete Herr Méline. Und der Minister hatte recht, ich verstehe ihn jetzt.

Auch aus einem ganz andern Gesichtspunkt ist der Schnurrbart etwas sehr Wesentliches. Er gibt dem Gesicht seinen Charakter. Durch ihn sieht es sanft, zärtlich, heftig, bärbeißig, verschwiemelt oder unternehmend aus. Der Mann mit einem richtigen Vollbart, der Mann, der sich alle Haare auf den Backen wachsen läßt ... oh pfui! ... kann nie sehr geistreich aussehen, da alle seine Züge verdeckt sind. Und die Form der Kinnbacken und des Kinns ist für den Kenner oft sehr vielsagend.

Ein Mann mit Schnurrbart bewahrt sich gleichzeitig seine Eigenart und eine gewisse Ausdrucksfähigkeit.

Und wie verschiedenartig können Schnurrbärte aussehen! Bald sind sie hoch gedreht, gekräuselt und kokett. Solche scheinen besonders die Frauen zu lieben.

Bald sind sie spitz wie Nadeln und drohend. Solche schwärmen für Weine, Pferde und Schlachten.

Bald sind sie kolossal und hängen lang herab. Hinter solchen dicken Schnurrbärten verbirgt sich meist ein vortrefflicher Charakter, Güte, die an Schwäche grenzt, und Sanftmut, die fast in Schüchternheit ausartet.

Zunächst jedoch verehre ich den Schnurrbart, weil er französisch ist, echt französisch. Wir haben ihn von unseren Vorfahren, den Galliern, geerbt und er ist bis heute das Sinnbild unseres Nationalcharakters geblieben.

Er ist renommistisch, liebenswürdig und tapfer. Er taucht

gern in den Wein und weiß elegant zu lachen, während die breiten, bärtigen Kinnbacken schwerfällig sind in allem, was sie tun.

Mir fällt dabei eine Geschichte ein, bei der ich heiße Tränen geweint habe, durch die ich aber auch den Schnurrbart auf Männerlippen liebengelernt habe.

Es war während des Krieges bei Papa. Ich war damals noch ein ganz junges Mädchen. Eines Tages wurde in der Nähe des Schlosses gekämpft. Vom frühen Morgen an hatte ich Kanonen und Gewehrfeuer gehört und am Abend quartierte sich ein deutscher Oberst bei uns ein. Er zog schon am nächsten Morgen weiter. Papa wurde gemeldet, es lägen viele Tote auf den Feldern. Er ließ sie aufheben und sie zu uns bringen, damit sie zusammen beerdigt würden. Sie wurden zu beiden Seiten einer langen Fichtenallee nebeneinander gelegt, wie sie herbeigetragen wurden. Da sie zu riechen begannen, wurde Erde über ihre Körper geschüttet, bis das große Grab gegraben wäre. So konnte man nur ihre Köpfe sehen, die mit ihren geschlossenen Augen aus der Erde zu wachsen schienen.

Ich wollte sie sehen. Als ich jedoch die beiden langen Reihen verzerrter Gesichter erblickte, dachte ich, mir würde übel werden. Dann betrachtete ich sie, eins nach dem andern, und suchte zu erraten, was für Männer es gewesen waren.

Die Uniformen waren mit Erde bedeckt, und doch, Liebste, erkannte ich die Franzosen an ihrem Schnurrbart sofort heraus.

Einige hatten sich noch am Tag des Kampfes rasiert, als wollten sie bis zum letzten Augenblick gefallen! Ihr Bart war freilich etwas nachgewachsen, denn du weißt ja, er wächst auch noch nach dem Tode. Bei anderen mochte er acht Tage alt sein, aber alle trugen den französischen Schnurrbart, den ganz charakteristischen, stolzen Schnurrbart, der zu sagen schien: „Verwechsle mich nicht mit meinem bärtigen Freund, Kleine, ich bin ein Landsmann."

Ich habe geweint, heftiger geweint, als wenn ich die armen Toten nicht erkannt hätte.

Es ist Unrecht von mir, daß ich Dir davon erzählt habe. Jetzt bin ich traurig und kann nicht länger mit Dir schwatzen. Also lebe wohl, liebe Lucie, ich küsse Dich herzlichst.

Es lebe der Schnurrbart. Jeanne."

Für wortgetreue Wiedergabe

Guy de Maupassant.

Bett Nr. 29

Wenn der Hauptmann Epivent durch die Straßen ging, blickten sich alle Frauen nach ihm um. Er war so recht der Typus des schönen Husarenoffiziers. Er spazierte beständig einher und spreizte sich, er war stolz und eitel auf seine Schenkel, seine Taille und seinen Schnurrbart. Sein Schnurrbart, seine Taille und seine Schenkel waren aber auch prächtig. Der erstere war sehr stark und blond, wie reifes Getreide; er fiel in schöner Fülle martialisch über die Lippen herab, aber er war sorgfältig gedreht und lief dann zu beiden Seiten des Mundes in zwei mächtige Spitzen aus. Seine Taille war schlank, als trüge er ein Korsett, während sich über ihr breit und kräftig die Männerbrust wölbte. Seine Schenkel waren wundervoll, ein Paar Schenkel, wie sonst nur Athleten oder Tänzer sie haben, und unter dem enganliegenden Tuch der roten Hose zeichnete sich das Spiel seiner Muskeln deutlich ab.

Beim Gehen drückte er die Knie durch und hielt Beine und Arme breit auseinander. Bei diesem wiegenden Reitergang kommen Beine und Rumpf trefflich zur Geltung und zu der Uniform paßt er prächtig, während er im Zivilrock herzlich gewöhnlich aussieht.

Wie viele Offiziere kleidete die Ziviltracht auch den Hauptmann Epivent sehr schlecht. In einem grauen oder schwarzen Tuchrock sah er genau wie ein Verkäufer aus irgendeinem Geschäft aus. In Uniform jedoch war er prächtig anzusehen. Er hatte übrigens einen hübschen Kopf, eine schlanke, gebogene Nase, blaue Augen und eine schmale Stirn, aber einen kahlen Kopf. Der Hauptmann hatte keine Ahnung, warum ihm die Haare ausgegangen waren, tröstete sich aber darüber, denn er wußte, daß bei einem starken Schnurrbart der Kopf ruhig auch ein wenig kahl sein darf.

Er verachtete im allgemeinen alle Menschen ausnahmslos, jedoch hatte seine Verachtung allerlei Abstufungen. Zivilisten existierten für ihn überhaupt nicht. Er betrachtete sie gleich Tieren und schenkte ihnen nicht mehr Aufmerksamkeit als den Spatzen und den Hühnern. Für ihn gab es in der Welt nur Offiziere, aber er schätzte keineswegs alle Offiziere gleich hoch. Im Grunde achtete er nur die schönen Männer, denn bei den Soldaten war ihm das stattliche Aussehen die Hauptsache. Der Soldat war ein Teufelskerl, der für Krieg und Liebe geschaffen war, ein Kerl mit kräftiger Faust, der gut zu Pferde saß, weiter nichts. Die Generäle des französischen Heers klassifizierte er nach ihrer Figur, ihrer Haltung und ihrem martialischen Aussehen. Bourbaki war für ihn der größte Kriegsmann der heutigen Zeit.

Über die kurzen, dicken Linienoffiziere, die beim Marschieren schnaufen, konnte er herzlich lachen, aber mit fast an Ekel streifender Mißachtung sah er auf die armen, schwächlichen Kerlchen, die von der polytechnischen Schule kamen, auf diese mageren, bebrillten und ungeschickten Menschen, die nach seiner Überzeugung, für die Uniform so paßten, wie ein Kaninchen zum Messelesen. Er war empört, daß man diese dünnbeinigen Mißgeburten mit dem Krabbengang im Heer überhaupt duldete. Diese Menschen, die nichts trinken und wenig essen und denen eine mathemathische Gleichung lieber ist als ein schönes Mädchen.

Bei dem schönen Geschlecht feierte der Hauptmann Epivent stets Triumphe. Wenn er mit einer Dame soupierte, betrachtete er es als selbstverständlich, daß er die Nacht mir ihr das Lager teilte, und wenn sich seinem Siege für denselben Abend wirklich unübersteigliche Hindernisse entgegenstellten, wußte er wenigstens ganz genau, daß am nächsten Tage die ‚Fortsetzung folgt'. Seine Kameraden brachten ihn nicht gern mit ihren Geliebten zusammen und die Geschäftsinhaber, deren hübsche Frauen im Laden tätig waren, kannten, fürchteten und haßten ihn über alle Maßen.

Ging er vorüber, so wechselte die Kaufmannsfrau unwillkürlich durch die Scheiben des Schaufensters einen Blick mit ihm, einen Blick der mehr wert ist als ein zärtliches Wort, der Bitte und Antwort, Verlangen und Geständnis zugleich ausdrückt. Der Gatte drehte sich dann instinktiv rasch um und sah den

OUTARDE

stolzen, stattlichen Offizier wütend an. War der Hauptmann lächelnd und zufrieden mit dem Eindruck, den er hervorrief, verschwunden, so stieß der Kaufmann die vor ihm liegenden Waren nervös durcheinander und meinte: „Auch so ein Truthahn! Wann werden wir endlich nicht mehr diese Nichtstuer zu ernähren brauchen, die säbelklirrend durch die Straßen ziehen. Mir ist ein Fleischer lieber, als ein Soldat. Wenn der Blut auf der Schürze hat, ist es wenigstens Tierblut. Er ist ein nützlicher Mensch und er braucht sein Messer nicht, um Menschen zu töten. Mir ist es unbegreiflich, wie man dulden kann, daß diese öffentlichen Mörder ihre Mordwerkzeuge auf den Promenaden spazieren führen. Ich weiß wohl, sie sind unentbehrlich, aber man sollte sie wenigstens verstecken und sie nicht in rote Hosen und blaue Jacken wie in Maskenkostüme stecken.

Der Henker wird doch im allgemeinen nicht aufgeputzt, nicht wahr?“

Die Frau erwidert nichts und zuckt unmerklich die Achseln, aber der Gatte ahnt diese Bewegung mehr, als er sie sieht und ruft: „Es ist sehr läppisch, diesen Kerlen auch noch nachzublikken!“

Hauptmann Epivents Ruf als Eroberer war übrigens in der ganzen französischen Armee bekannt.

*

Im Jahre 1868 kam sein Regiment, die 102. Husaren, nach Rouen in Garnison. Er wurde bald bekannt in der Stadt. Allabendlich kam er gegen fünf Uhr auf den Korso Boiëldieu und trank im Theatercafé seinen Absinth. Aber ehe er in das Café ging, machte er einen Gang um die Promenade, um seine Schenkel, seine Taille und seinen Schnurrbart zur Schau zu stellen. Die Kaufleute von Rouen gingen mit den Händen auf dem Rücken um diese Zeit gleichfalls spazieren. Sie sprachen von ihren Geschäften, von Hausse und Baisse, blickten zu ihm hinüber und murmelten: „Donnerwetter, ist das ein schöner Mann!“

Als sie später wußten, wer er war, sagten sie: „Der Hauptmann Epivent! Doch ein stattlicher Kerl!“

Wenn die Frauen ihm begegneten, machten sie eine ganz komische Bewegung mit dem Kopf, als ob sie leicht erschauer-

ten, als fühlten sie sich in seiner Gegenwart schwach und fast entkleidet. Sie senkten leicht den Kopf und um ihre Lippen schwebte der Schatten eines Lächelns, das Verlangen, er möchte sie hübsch finden und ihnen einen Blick gönnen. Ging er mit einem Kameraden spazieren, so murmelte dieser jedesmal, wenn er dasselbe Manöver sah, unweigerlich mit neidischer Eifersucht: „Der verdammte Epivent hat wahrhaftig Glück!"

Unter den Weibern, die feste Verhältnisse hatten, entstand ein förmlicher Kampf, ein wahres Wettrennen um ihn. Um fünf Uhr, wenn die Offiziere dort waren, kamen sie alle auf den Korso Boiëldieu und zu zweit fegten sie dort mit ihren Schleppen auf und nieder, während die Leutnants, Hauptleute und Majore, gleichfalls zu zweit, mit ihren Säbeln über das Trottoir rasselten, ehe sie in das Café eintraten.

Eines Abends ließ die schöne Irma, die Geliebte des reichen Fabrikanten Templier-Papon, gegenüber dem Theatercafé ihren Wagen halten und stieg aus, als wollte sie bei dem Litographen Paulard Papier oder Visitenkarten bestellen. Dabei ging sie an den Offizierstischen vorüber und warf dem Hauptmann Epivent einen Blick zu, als ob sie sagen wollte: „Wann Sie wollen!" Das war so auffallend, daß Oberst Prune, der mit seinem Adjutanten den grünen Likör trank, unwillkürlich knurrte: „Der Kerl hat wirklich ein unverschämtes Glück!"

Das Wort des Obersten sprach sich herum und Hauptmann Epivent wurde durch diese maßgebende Anerkennung so gerührt, daß er am nächsten Tage in voller Uniform verschiedene Male unter den Fenstern der Schönen auf und ab ging.

Sie sah ihn, kam ans Fenster und lächelte. Noch am selben Abend wurde er ihr Geliebter.

Sie zeigten sich ganz öffentlich, kompromittierten sich gegenseitig und waren beide stolz auf ihr Abenteuer.

In der Stadt sprach man nur noch von der Liebe der schönen Irma zu dem Offizier. Nur Herr Templier-Papon wußte nichts davon.

Hauptmann Epivent strahlte im hellsten Ruhmesglanz und bei jeder Gelegenheit sagte er: „Irma sagte mir vorhin . . . Irma sagte mir heute nacht ... Als ich gestern mit Irma speiste ..."

Länger als ein Jahr prunkte und brüstete er sich in Rouen mit dieser Liebe, als sei sie eine Fahne, die er vom Feinde erobert.

Er fühlte sich größer in dieser Eroberung und beneidet. Seine Zukunft war gesichert und er rechnete mit Bestimmtheit auf das ersehnte Kreuz der Ehrenlegion, denn aller Augen waren auf ihn gerichtet, und wenn man gesehen wird, wird man nicht so leicht vergessen.

*

Da brach der Krieg aus und das Regiment des Hauptmanns wurde als eins der ersten an die Grenze geschickt. Der Abschied war sehr schmerzlich. Er dauerte eine ganze Nacht.

Der Säbel, die roten Hosen, Käppi und Dolman waren von der Stuhllehne zu Boden geglitten; Kleider, Unterröcke, Seidenstrümpfe lagen gleichfalls zwischen den Uniformstücken auf dem Teppich umher, das Zimmer sah wüst aus wie nach einer Schlacht und Irma schlang mit aufgelöstem Haar wie wahnsinnig ihre Arme verzweifelt um den Hals des Offiziers und preßte ihn an sich. Dann ließ sie ihn los, wälzte sich auf dem Boden, warf die Möbel um, riß die Fransen von den Sesseln und biß sich in die Füße, während der Hauptmann, trotz seiner Rührung, sie nur ungeschickt zu trösten vermochte.

„Irma, meine kleine Irma, es geht doch nicht anders, es muß sein“, sagte er.

Hin und wieder wischte sie sich mit der Fingerspitze eine Träne fort, die ihr im Auge aufquoll.

Bei Tagesanbruch schieden sie. Sie folgte ihrem Geliebten zu Wagen bis zur ersten Station. Und als sie sich endlich trennen mußten, küßte sie ihn, fast im Angesicht des ganzen Regiments. Man fand das sehr lieb und brav. Die Kameraden schüttelten dem Hauptmann die Hand und sagten: „Glückspilz! Die Kleine hat wahrhaftig Gemüt.“

Man fand etwas wie Patriotismus darin.

*

Das Regiment hatte während des Krieges viel durchzumachen. Der Hauptmann schlug sich wie ein Held und erhielt endlich das Kreuz der Ehrenlegion. Als der Krieg zu Ende war, kam er wieder nach Rouen in die Garnison zurück.

Gleich nach seiner Rückkehr erkundigte er sich nach Irma,

aber niemand konnte ihm genaue Auskunft über sie geben. Die einen behaupteten, sie hätte mit dem preußischen Generalstab sehr liederlich gelebt, die anderen, sie wäre zu ihren Eltern gegangen, die Landwirte in der Gegend von Yvetot waren.

Er schickte seinen Burschen auf die Mairie, um das Verzeichnis der Verstorbenen einzusehen. Der Name seiner Geliebten stand nicht darin.

Er stellte seinen tiefen Kummer öffentlich zur Schau und schob dem Feind sein Unglück in die Schuhe. Die Preußen, die Rouen okkupiert hatten, trügen die Schuld an dem Verschwinden der jungen Frau, erklärte er. „Im nächsten Krieg sollen mir die Halunken dafür büßen", setzte er hinzu.

Als er eines Morgens zum Frühstück ins Kasino kam, brachte ihm ein Dienstmann, ein alter Mann mit einer Bluse und einer lackierten Mütze, einen Brief. Er öffnete ihn und las: „Mein Liebling. Ich bin im Hospital. Ich bin krank, sehr krank. Willst Du mich nicht besuchen? Ich würde mich so freuen! Irma."

Der Hauptmann erblaßte und meinte mitleidig: „Zum Teufel auch, das arme Mädchen! Gleich nach dem Frühstück will ich zu ihr!"

Am Offizierstisch sprach er die ganze Zeit nur davon, daß Irma im Krankenhaus sei, aber, hol' ihn der Henker, er würde sie schon herausbringen! Daran waren wieder nur die verdammten Preußen schuld. Gewiß war sie ganz allein, ohne Geld, im Elend geblieben, denn ihre Wohnung hatten sie sicherlich ausgeplündert. Die gemeinen Kerle!

Alle hörten ihm bewegt zu.

Kaum hatte er seine Serviette zusammengerollt und in den hölzernen Ring gesteckt, so stand er auf, nahm seinen Säbel vom Kleiderständer, hob die Brust, um sich die Taille schlanker zu machen, schnallte sich den Gurt um und ging rasch nach dem städtischen Krankenhaus.

In der Anstalt jedoch, wo er Einlaß zu finden hoffte, wurde ihm der Zutritt streng verwehrt, und er mußte erst seinen Oberst aufsuchen, dem er den Fall auseinandersetzte und der ihm dann eine Zeile an den Direktor mitgab.

Dieser ließ den schönen Hauptmann erst im Vorzimmer warten und gab ihm dann mit kühlem, mißbilligendem Gruß einen Passierschein.

Schon an der Tür zu dieser Heimstätte des Elends, des Lei-

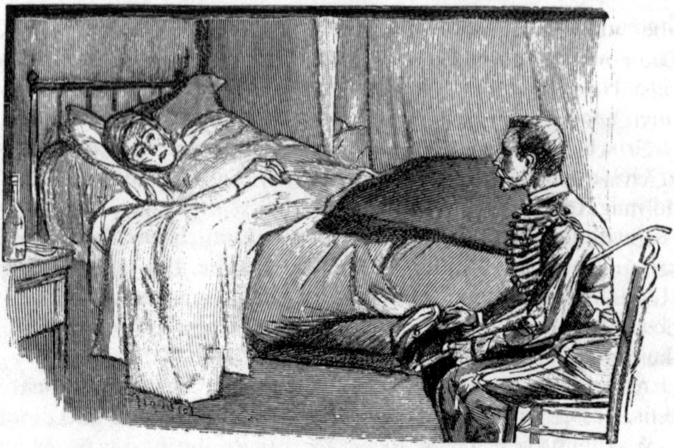

dens und des Todes hatte er sich bedrückt gefühlt. Ein diensttuender junger Mensch geleitete ihn. Um kein Geräusch zu machen, ging er auf den Fußspitzen durch lange Korridore, in denen es fade nach Schimmel, Krankheit und Arzneien roch. Das tiefe Schweigen des Krankenhauses wurde nur hin und wieder durch murmelnde Stimmen unterbrochen.

Zuweilen sah der Hauptmann durch eine offene Tür in einen Schlafsaal auf eine lange Reihe von Betten, unter deren Kissen menschliche Körperformen sich abzeichneten. Die Genesenden saßen auf Stühlen am Fußende ihrer Lagerstätten und nähten. Sie trugen die Krankentracht aus grauer Leinwand und hatten weiße Mützen auf.

Vor einem dieser Säle voller Kranken blieb sein Führer plötzlich stehen. Über der Tür stand in fetten Buchstaben: ‚Abteilung für Syphilis'.

Der Hauptmann zitterte und fühlte, wie er rot wurde. Auf einem kleinen Holztisch neben dem Eingang bereitete eine Krankenwärterin eine Arznei.

„Ich will Sie führen", sagte sie, „es ist Bett Nr. 29."

Sie schritt dem Offizier voran und an einem Bett sagte sie: „Hier."

Man sah nur ein Gewirr von Kissen. Selbst der Kopf war unter Kissen verborgen. Überall richteten sich bleiche, erstaunte Gesichter in den Betten empor und blickten auf die Uniform, junge und alte Frauen, aber in der einfachen, vorgeschriebenen Tracht sahen sie alle häßlich und gewöhnlich aus.

Der Hauptmann war ganz verwirrt. In der einen Hand hielt er seinen Säbel, in der anderen sein Käppi und murmelte: „Irma."

Sofort bewegte es sich heftig in dem Bett und das Gesicht seiner Geliebten wurde sichtbar. Aber sie sah so entstellt, so welk und mager aus, daß er sie nicht wiedererkannte.

Keuchend vor Erregung stammelte sie: „Albert! . . . Albert! . . . Du bist's . . . Oh . . . wie gut . . . wie gut . . ."

Und Tränen stürzten ihr aus den Augen.

Die Wärterin brachte einen Stuhl: „Setzen Sie sich, Herr Hauptmann."

Er setzte sich und sah in das blasse, elende Gesicht des Mädchens, das er so schön und frisch verlassen hatte.

„Was fehlt dir?" fragte er.

Weinend erwiderte sie: „Du hast es ja gesehen, es steht ja über der Tür."

Sie zog sich die Decke bis über die Augen.

In Scham und Verwirrung fragte er: „Wo hast du dir das geholt, mein armes Kind?"

„Von diesen schmutzigen Preußen", murmelte sie. „Sie haben mich fast mit Gewalt genommen und mich vergiftet."

Er wußte nicht, was er noch weiter sagen sollte. Er sah sie an und drehte sein Käppi auf den Knien hin und her.

Die anderen Kranken blickten zu ihm herüber und ihm war, als röche es nach Schmutz, nach verdorbenem Fleisch und nach Schande in diesem Schlafsaal mit den Mädchen, die alle an der verächtlichen, schrecklichen Krankheit litten.

„Ich glaube nicht, daß ich wieder gesund werde", murmelte sie. „Der Arzt meint, ich sei sehr schwer krank."

Als sie jetzt das Kreuz auf der Brust des Offiziers erblickte, rief sie: „Oh, du bist ausgezeichnet worden! Das freut mich, Das freut mich! Könnte ich dich doch küssen!"

Wie Furcht und Ekel überlief es den Hauptmann bei dem Gedanken an diesen Kuß. Er hätte am liebsten fortgehen mögen, an die Luft, um diese Frau nicht mehr zu sehen. Trotzdem blieb er, denn er wußte nicht, unter welchem Vorwand er aufstehen und sich verabschieden sollte.

„Hast du dich denn nicht in Behandlung begeben?" stammelte er.

„Nein, ich wollte mich rächen, und wenn ich selbst daran zugrunde ging! Und ich habe sie auch vergiftet, alle, alle, so viele ich konnte. So lange sie in Rouen waren, wollte ich mich nicht kurieren lassen."

Mit verwirrtem Ton, der fast heiter klang, meinte er: „Das hast du gut gemacht."

Sie wurde lebhafter und ihre Backen röteten sich, als sie sagte: „Gewiß, manch einer soll durch mich sterben. Ich bürge dir dafür, ich habe mich gerächt."

Nochmals sagte er: „Um so besser."

Dann stand er auf: „Ich muß dich jetzt verlassen, weil ich um vier Uhr bei dem Oberst sein muß."

In heftiger Erregung sagte sie: „Schon! Du willst schon fort! . . . Du bist ja kaum gekommen . . ."

Er wollte jedoch um jeden Preis fort. „Du siehst doch, ich bin sofort gekommen", sagte er, „aber ich muß um vier Uhr unter allen Umständen beim Oberst sein."

„Ist es immer noch Oberst Prune?" fragte sie.

„Immer noch. Er ist zweimal verwundet worden."

„Und deine Kameraden? Sind welche von ihnen gefallen?"

„Gewiß. Saint-Timon, Savagnat. Poli, Sapreval, Robert, von Courson, Pasafil, Santal, Caravan und Poivrin sind tot. Sahel wurde ein Arm weggeschossen, Courvoisin ein Bein zerschmettert und Paquet hat das rechte Auge verloren."

Gespannt hörte sie ihm zu, dann stammelte sie plötzlich: „Komm, gib mir einen Kuß, eh' du gehst, Frau Langlois ist nicht da."

Trotz des Ekels, der in ihm aufstieg, legte er seine Lippen auf ihre bleiche Stirn, während sie ihren Arm um ihn schlang und heiße Küsse auf das blaue Tuch seines Dolmans preßte.

„Du kommst doch wieder, sag', du kommst doch! Versprich mir, daß du wiederkommst!"

„Ja, ich verspreche es dir."

„Wann? Kommst du Donnerstag?"

„Ja. Donnerstag."

„Donnerstag um zwei."

„Gewiß. Donnerstag um zwei."

„Versprichst du es mir?"

„Ich verspreche es dir."

„Adieu, mein Liebling."

„Adieu."

Als er verwirrt fortging, folgten ihm alle Augen durch den Saal. Er beugte seine hohe Gestalt um möglichst klein zu wirken, und als er auf die Straße trat, atmete er auf.

*

Abends fragten ihn die Kameraden: „Na, und Irma?"

Befangen erwiderte er: „Sie hat eine Lungenentzündung, es geht ihr schlecht."

Ein kleiner Leutnant jedoch, der etwas in der Luft witterte, zog Erkundigungen ein, und als der Hauptmann am nächsten Tage ins Kasino kam, wurde er mit einer Salve von Gelächter und Scherzen empfangen. Endlich konnten sie sich rächen.

Es wurde außerdem bekannt, daß Irma mit den Offizieren des preußischen Generalstabs ein tolles Leben geführt habe, daß sie mit einem Oberst von den blauen Husaren und mit noch manchem andern zu Pferde durch das Land gezogen sei und daß sie in Rouen nur noch die ‚Preußendirne' hieße.

Acht Tage lang war der Hauptmann das Opfer des Regiments. Durch die Post erhielt er allerlei belehrende Rezepte, Adressen von Spezialärzten und sogar Arzneien, deren Charakter auf dem Paket angegeben war.

Der Oberst, dem man die Sache mitgeteilt hatte, erklärte: „Da hat der Hauptmann ja eine nette Bekanntschaft gemacht! Ich werde ihm meinen Glückwunsch nicht vorenthalten."

Nach zwölf Tagen wurde er durch einen zweiten Brief Irmas gerufen. Er zerriß ihn wütend und antwortete nicht.

Acht Tage später schrieb sie ihm von neuem, es ginge zu Ende mit ihr und sie wolle ihm Lebewohl sagen.

Er antwortete nicht.

Nach einigen Tagen besuchte ihn der Geistliche des Krankenhauses. Die unverehelichte Irma Pavolin bäte ihn, noch einmal an ihr Sterbebett zu kommen. Er wagte nicht, dem Geistlichen eine ablehnende Antwort zu geben und ging ins Krankenhaus. Aber in seinem Herzen wühlten häßlicher Ärger, verletzte Eitelkeit und beleidigter Stolz.

Er fand sie nur wenig verändert und dachte, sie hätte ihn zum Narren gehalten.

„Was willst du von mir?" fragte er.

„Ich wollte dir Lebewohl sagen, ich glaube, es geht mit mir zu Ende."

Er glaubte ihr nicht: „Hör mal, du machst mich zum Gespött des ganzen Regiments, das darf so nicht weitergehen!"

„Was habe ich dir getan?" fragte sie.

Er ärgerte sich, daß er ihr darauf nichts erwidern konnte.

„Glaube nicht, daß ich noch mal hierherkomme, damit sich alles über mich lustig macht!"

Sie sah ihn mit ihren erloschenen Augen an, in denen es zornig auffunkelte.

„Was habe ich dir getan?“ fragte sie nochmals. „War ich vielleicht nicht liebenswürdig gegen dich? Habe ich dich je um etwas gebeten? Ohne dich wäre ich mit Herrn Templier-Papon zusammengeblieben und läge heute nicht hier. Nein, wenn irgend jemand mir Vorwürfe machen will, du darfst es nicht.“

Mit vibrierendem Ton erwiderte er: „Nein, ich mache dir keine Vorwürfe, aber ich darf dich nicht wiedersehen, denn dein Benehmen mit den Preußen war eine Schande für die ganze Stadt.“

Mit einem Ruck richtete sie sich in ihrem Bett auf: „Mein Benehmen mit den Preußen? Aber ich sage dir doch, sie haben mich mit Gewalt genommen, und ich sage dir auch, ich habe mich nicht kurieren lassen, weil ich sie vergiften wollte. Hätte ich gesund werden wollen, das war doch, weiß Gott, nicht schwer! Aber ich wollte sie töten, und ich habe sie getötet!“

Er blieb stehen. „Jedenfalls war es eine Schande“, sagte er.

Sie hatte eine Art Erstickungsanfall, dann fuhr sie fort: „Was ist eine Schande? Daß ich mich totkrank machte, um sie zu vernichten. So sprachst du nicht, als du mich in der Rue Jeanne d'Arc besuchtest? So, das ist eine Schande! Du mit deinem Kreuz der Ehrenlegion hast nicht so viel fertig bekommen! Ich habe es mehr als du verdient, hörst du, ich habe mehr Preußen getötet, als du!“

Er stand ganz starr vor ihr und bebte vor Entrüstung. Schweig . . . du weißt . . . schweig . . . an diese Dinge . . . ich dulde es nicht . . . daran lasse ich nicht rühren.“

Sie hörte nicht mehr auf ihn.

„Trotzdem habt ihr den Preußen nicht viel Schaden getan! Es wäre nicht passiert, hättet ihr sie nicht nach Rouen kommen lassen. Ihr hättet sie zurückhalten müssen, ihr! Ich habe ihnen mehr Schaden getan, als du! Jawohl, ich! Und ich muß sterben, während du herumstolzierst und mit den Weibern schön tust . . .“ Aus jedem Bett richtete sich ein Kopf in die Höhe und alle Blicke waren auf den Mann in Uniform gerichtet, der jetzt stotterte:

„Schweig . . . du weißt . . . schweig . . .“

Aber sie schwieg nicht und rief: „Jawohl, du bist ein schöner Geck! Ich kenne dich! Ich sage dir, ich habe ihnen mehr Schaden getan, als du, ich habe mehr getötet, als dein ganzes Regiment zusammen . . . du . . . du. . . Geh . . . du Kapaun!“

Er ging wirklich, er floh mit hastigen Schritten davon, zwischen den zwei Reihen Betten hindurch, in denen die syphilitischen Kranken sich bewegten. Hinter sich her hörte er Irmas keuchende, zischende Stimme: „Mehr als du, jawohl, ich habe mehr getötet, als du, mehr als du . . ."

Er sprang die Treppe hinunter und nahm immer vier Stufen auf einmal. Er lief nach Hause und schloß sich ein.

Am nächsten Tage erfuhr er, daß sie gestorben sei.

Der Protektor

In seinen kühnsten Träumen hatte er nicht gehofft, daß er jemals so hoch steigen würde. Als Sohn eines Gerichtsvollziehers aus der Provinz kam Jean Marin wie so viele andere ins Quartier Latin, um Jura zu studieren. In den verschiedenen Kneipen, deren Stammgast er nacheinander gewesen war, hatte er mit zahlreichen studierenden Schwätzern Freundschaft geschlossen, die auf der Bierbank lebhaft politisch kannegießerten. Er bewunderte sie und folgte ihnen hartnäckig von Café zu Café und wenn er Geld hatte, hielt er sie sogar frei. Dann wurde er Advokat und verlor die Prozesse, die er führte. Eines Morgens las er in der Zeitung, einer seiner alten Freunde aus dem Quartier Latin sei zum Deputierten gewählt worden, und wieder folgte er ihm wie ein treuer Hund. Er wurde der Freund, der alle unangenehmen Gänge und jeden Frondienst auf sich nahm,

nach dem man schickte, wenn man ihn gerade brauchte, und mit dem man nicht viel Umstände machte. Aber eine parlamentarische Fügung des Schicksals wollte es, daß aus dem Abgeordneten ein Minister wurde, und so rückte auch der treue Freund höher hinauf. Später wurde Jean Marin zum Staatsrat ernannt.

*

Zuerst überkam ihn der Stolz so mächtig, daß er fast den Kopf verlor. Er spazierte durch die Straßen, nur, weil es ihm Vergnügen machte, sich zu zeigen, als hätte man ihm seine Stellung schon an der Nase ansehen können. Er wußte es stets so einzurichten, daß er bei den Kaufleuten und Zeitungsverkäufern und selbst zu den Droschkenkutschern bei der unpassendsten Gelegenheit sagte: „Ich bin nämlich Staatsrat!" Später empfand er ganz natürlich infolge seiner Würde, ferner als zwingende Notwendigkeit seiner Stellung und weil es die Pflicht eines mächtigen und großmütigen Mannes war, ein unbezwingliches Bedürfnis, zu protegieren. Er bot jedermann seine Unterstützung an, bei jeder Gelegenheit und mit unerschöpflicher Freigebigkeit. Traf er auf den Boulevards irgendeinen seiner Bekannten, so stürzte er entzückt auf ihn zu, schüttelte ihm die Hände, erkundigte sich nach seiner Gesundheit und erklärte dann ohne weiteres: „Ich bin nämlich Staatsrat und stehe zu Ihrer Verfügung. Wenn ich Ihnen mit irgend etwas dienlich sein kann, so verfügen Sie über mich. In meiner Stellung reicht mein Arm weit!"

Mit dem Bekannten, den er so getroffen, ging er dann in ein Café, verlangte Feder, Tinte und einen Briefbogen, „nur einen Bogen, Kellner, ich will nur einen Empfehlungsbrief schreiben." Und er schrieb Empfehlungsbriefe, zehn, zwanzig, fünfzig, täglich; er schrieb sie im Café Americain, bei Bignon, bei Tortoni, in der Maison Dorée, im Café Riche, bei Helder, im Café Anglais, im Café Napolitain, kurz überall, überall. Er schrieb an alle Beamten der Republik, von den Friedensrichtern bis zu den Ministern aufwärts, und er war glücklich, völlig glücklich.

*

Als er eines Morgens seine Wohnung verließ, um in den Staatsrat zu gehen, begann es zu regnen. Er schwankte, ob er eine Droschke nehmen sollte, aber er nahm keine und ging zu Fuß weiter. Der Guß wurde immer heftiger und überschwemmte die Bürgersteige und den Fahrdamm. Herr Marin sah sich gezwungen, in einen Hausflur zu flüchten. Ein alter Priester stand dort schon, ein alter, weißhaariger Priester. Ehe Herr Marin Staatsrat wurde, liebte er den Klerus nicht, jetzt aber behandelte er ihn achtungsvoll, seitdem ein Kardinal ihn in einer schwierigen Angelegenheit höflich um Rat gefragt hatte. Der Regen floß in Strömen und zwang die beiden Männer, bis zur Portierloge zu flüchten, um nicht mit Schmutz bespritzt zu werden. Herr Marin, der stets gern sprach, um sich wichtig zu machen, meinte: „Ein scheußliches Wetter, Herr Abbé!"

Der alte Priester verbeugte sich. „Gewiß, es ist sehr unangenehm, wenn man nur auf ein paar Tage nach Paris gekommen ist."

„So, Sie kommen aus der Provinz?"

„Jawohl, ich bin nur auf kurze Zeit hier."

„Wenn man nur ein paar Tage in der Hauptstadt ist, ist solch ein Regen allerdings sehr störend. Wir Beamten, die wir das ganze Jahr hier wohnen, kümmern uns nicht viel darum."

Der Abbé erwiderte nichts. Er sah auf die Straße, wo es jetzt nicht mehr so heftig regnete, und plötzlich entschloß er sich, raffte seine Soutane in die Höhe, wie Frauen sich die Röcke heben, um über eine Pfütze hinwegzuschreiten. Als Herr Marin sah, daß er gehen wollte, rief er: „Sie werden ganz naß werden, Herr Abbé! Warten Sie noch ein paar Augenblicke, es hört gleich auf." Der Abbé blieb unentschlossen stehen und sagte dann: „Ich habe es sehr eilig, ich muß zu einer dringenden Besprechung." Herr Marin schien ganz verzweifelt. „Sie werden vollständig durchweicht werden. Darf man fragen, in welchen Stadtteil sie wollen?" Der Pfarrer schien zu überlegen, dann sagte er: „Ich will nach dem Palais Royal."

„Wenn Sie gestatten, kann ich Ihnen in diesem Falle den Schutz meines Regenschirmes anbieten. Ich muß in den Staatsrat! Ich bin nämlich Mitglied des Staatsrats."

Der alte Priester hob die Nase, sah seinen Nachbar an und sagte: „Ich danke Ihnen verbindlichst, ich nehme es mit Vergnügen an." Herr Marin faßte ihn unter den Arm und nahm ihn mit sich. Er führte ihn und wachte über ihn. Er gab ihm gute Ratschläge. ,,Nehmen Sie sich vor der Pfütze in acht, Herr Abbé! Am meisten sind die Wagenräder zu fürchten, die bespritzen einen von Kopf bis Fuß mit Kot! Hüten Sie sich vor den Regenschirmen der anderen! Für die Augen gibt es nichts Gefährlicheres als solche Fischbeinspitze! Namentlich die Weiber sind unerträglich. Sie achten auf nichts und fahren Ihnen mit ihren Sonnenschirmen oder Regenschirmen direkt ins Gesicht.

Aus dem Wege gehen sie nie jemanden, sie glauben, die ganze Stadt gehört ihnen, auf den Bürgersteigen und den Straßen sind sie die Herrinnen. Ich finde, ihre Erziehung muß sehr vernachlässigt sein.“ Herr Marin lachte. Der Pfarrer erwiderte nichts. Gebückt schritt er dahin und suchte sich sorgfältig die Stellen aus, wo er mit dem Fuß hintreten konnte, ohne sich weder die Schuhe noch die Soutane zu beschmutzen.

„Sie kommen wahrscheinlich zur Erholung nach Paris?“ meine Herr Marin.

„Nein, ich bin in Geschäften hier“, erwiderte der Priester.

„So. Handelt es sich um ein wichtiges Geschäft? Dürfte ich Sie fragen, um was es sich handelt? Wenn ich Ihnen nützlich sein kann, stehe ich zu Ihrer Verfügung.“

Der Pfarrer schien verwirrt und murmelte: „Oh, es ist eine unbedeutende, persönliche Angelegenheit, eine kleine Differenz, die ich mit . . . meinem Bischof habe. Das dürfte Sie nicht interessieren. Es ist eine . . . eine interne Angelegenheit . . . eine rein kirchliche Sache.“

Marin warf ein: „Aber diese Dinge unterstehen ja gerade dem Staatsrat. Bitte, verfügen Sie über mich.“

„Allerdings. Ich will auch gerade in den Staatsrat gehen. Ich muß mit den Herren Lereyère und Savon und vielleicht auch mit Herrn Petitpas sprechen.“ Herr Marin blieb stehen. „Das sind ja meine Freunde, Herr Abbé, meine besten Freunde! Reizende Menschen und ganz vortreffliche Kollegen. Ich will Sie aufs wärmste an alle drei empfehlen. Sie können sich ganz und gar auf mich verlassen.“

Der Pfarrer bedankte sich tausendmal und erschöpfte sich in Entschuldigungen. Herr Marin strahlte. „Ja, Sie können wirklich von Glück sagen, Herr Abbé, Sie sollen sehen, dank mir wird sich Ihre Sache wie geschmiert erledigen.“

Sie kamen in den Staatsrat. Herr Marin führte den Priester in sein Büro, bot ihm einen Stuhl an, den er vor das Feuer schob und setzte sich dann selbst an den Tisch und begann zu schreiben: „Mein verehrter Kollege, gestatten Sie mir, Ihnen aufs wärmste einen ehrwürdigen Geistlichen zu empfehlen, der zu den würdigsten und verdienstvollsten gehört, Herrn Abbé . . .“ Er unterbrach sich und fragte: „Wie war doch Ihr werter Name?“

„Abbé Ceinture.“

Herr Marin schrieb weiter. „Herr Abbé Ceinture, der in einer Angelegenheit, über die er mit Ihnen sprechen wird, Ihre Liebenswürdigkeit in Anspruch nehmen möchte. Ich bin glücklich, mein verehrter Kollege, daß ich bei dieser Gelegenheit . . .“ Und er schloß mit den üblichen Höflichkeitsphrasen. Als er die drei Briefe geschrieben hatte, gab er sie seinem Schützling und dieser empfehl sich mit unendlichen Verbeugungen.

*

Herr Marin erledigte seine Arbeiten, ging nach Hause und verbrachte den Tag in aller Ruhe, schlief friedlich, erwachte fröhlich und ließ sich die Zeitungen bringen. Das erste Blatt, das er aufschlug, war eine radikale Zeitung. Er las: „Unser Klerus und unsere Beamten. Wir werden nicht aufhören, von den Freveltaten des Klerus immer wieder Notiz zu nehmen. Ein Priester, namens Ceinture, der überführt worden ist, gegen die bestehende Regierung konspiriert zu haben, und der verschiedener schändlicher Handlungen angeklagt ist, die wir nicht einmal andeuten können, und der außerdem in dem Verdacht steht, ein früherer Jesuit gewesen zu sein und sich jetzt erst in einen einfachen Priester verwandelt zu haben, und der nun aus Gründen, die nicht näher genannt werden können, von seinem Bischof kassiert wurde und nach Paris berufen worden ist, um sich wegen seines Betragens zu verantworten, hat einen glühenden Verteidiger in einem gewissen Marin gefunden, der Staatsrat ist und der sich nicht gescheut hat, dem Missetäter in der Soutane die wärmsten Empfehlungsbriefe an alle Beamten der Republik, seine Kollegen zu geben. Wir möchten die Aufmerksamkeit des Ministeriums auf die unqualifizierbare Handlungsweise dieses Staatsrats lenken . . .“

Herr Marin sprang auf, kleidete sich an und lief zu seinem Kollegen Petitpas. Dieser kam ihm in großer Erregung entgegen und rief: „Sagen Sie mir, sind Sie wahnsinnig, daß Sie mir diesen alten Vagabunden empfehlen?“ Herr Marin stotterte verwirrt: „Nein doch, Sie müssen wissen, ich . . . ich habe mich täuschen lassen! Er sah so anständig aus . . . er hat mich betrogen . . . unerhört betrogen! Bitte, lassen Sie ihn streng verurteilen! Ganz streng! Ich will schreiben. Sagen Sie mir, an wen ich schreiben muß, damit er verurteilt wird. Ich will den Generalstaatsanwalt und den Erzbischof von Paris ersuchen, jawohl, den Erzbischof! . . .“ Er setzte sich hastig an Herrn Petitpas' Schreibtisch und schrieb: „Ich habe die Ehre, Ew. Hochwürden zur Kenntnis zu bringen, daß ich das Opfer der Intrigen und Lügen eines gewissen Abbé Ceinture geworden bin, der mich hintergangen hat. Ich wurde durch die Versicherungen dieses Priesters getäuscht und habe . . .“

Als er den Brief unterzeichnet und kuvertiert hatte, wandte er sich zu seinem Kollegen und sagte: „Sehen Sie, lieber Freund, lassen Sie sich das eine Lehre sein, empfehlen Sie nie jemand!“

Haarflut

Die Wände der Zelle waren nackt und weiß getüncht. Ein enges, vergittertes Fenster, das so hoch angebracht war, daß man nicht hinauflangen konnte, erhellte den kleinen trübseligen Raum. Der Wahnsinnige, der auf einem Strohstuhl saß, blickte uns starr und unruhig an. Er war sehr mager, seine Wangen waren eingefallen und dem Haar, das fast weiß war, sah man an, daß es in wenigen Monaten gebleicht war. Seine Kleider schienen zu weit für seine dürren Glieder, für seine eingefallene Brust, seinen mageren Leib. Man fühlte, dieser Mann wurde durch seine Gedanken verwüstet und zerstört durch eine fixe Idee, wie eine Frucht, an der ein Wurm nagt. Sein Wahnsinn lebte zäh, quälend und verzehrend in diesem Kopf. Sie fraß allmählich den Leib auf. Sie, die unsichtbare, unfaßbare, körperlose Idee unterwühlte sein Fleisch, schlürfte sein Blut und verlöschte sein Leben. Solch ein Mensch, der durch ein Traumbild getötet wird, ist ein geheimnisvolles Rätsel. Dieser Besessene flößte Angst, Furcht und Mitleid ein. Welch fremdartiges, furchtbares und tödliches Traumbild mußte hinter dieser Stirn wohnen und sie mit so tiefen unauslöschlichen Falten durchziehen?

Der Arzt sagte mir: „Er hat schreckliche Tobsuchtsanfälle. Er ist einer der sonderbarsten Wahnsinnigen, die ich je gesehen habe. Er ist von erotischem Leichenwahnsinn befallen, eine Art Leichenliebe erfüllt ihn. Er hat übrigens ein Tagebuch geschrieben, das uns seine geistige Erkrankung ganz klar enthüllt. Sein Wahnsinn läßt sich darin sozusagen mit Fingern greifen. Wenn es Sie interessiert, können Sie das Dokument durchlesen." Ich folgte dem Doktor in sein Arbeitszimmer, und er übergab mir das Tagebuch des armen Menschen. „Lesen Sie es", sagte er, „und sagen Sie mir Ihre Ansicht."

Das Heft enthielt folgendes:

*

Bis zu meinem zweiunddreißigsten Jahre lebte ich ruhig und gar nicht verliebt. Das Leben schien mir ganz einfach, gut und leicht. Ich war reich. Ich fand Geschmack an einer Menge Dinge, während ich mich für nichts leidenschaftlich interessierte. Das Leben ist so schön. Glücklich erwachte ich jeden Tag und tat, was mir gefiel. Befriedigt legte ich mich zu Bett und sorglos und ruhig hoffte ich auf den kommenden Tag, auf die Zukunft. Ich hatte ein paar Geliebte gehabt, ohne daß ich je im Herzen ein tolles Verlangen empfunden hätte, oder daß meine Seele nach dem Besitz noch von Liebe gemartert wurde. So zu leben ist schön. Liebe ist besser, aber furchtbar, und doch müssen jene, die wie alle übrigen lieben, ein großes Glück empfinden, wenn auch weniger heiß vielleicht als das meine, denn über mich ist die Liebe in ganz unglaublicher Weise gekommen.

Da ich reich war, so sammelte ich altertümliche Möbel und sonstige alte Kunstsachen, und oft dachte ich an die unbekannten Hände, die diese Dinge berührt hatten, an die Augen, die bewundernd auf ihnen geruht, an die Herzen, die sie geliebt hatten. Ja, man liebt die Dinge! Oft betrachtete ich Stunden und Stunden lang eine kleine Uhr aus dem vorigen Jahrhundert. Sie war so zierlich, so hübsch mit ihrer Emaille und ihrem getriebenen Gold. Sie ging noch immer wie an jenem Tage, als eine Frau sie gekauft hatte und entzückt war, daß sie diesen reizenden Schmuck endlich besaß. Sie hatte nicht aufgehört zu zucken, sie hatte ihr mechanisches Leben weitergelebt und sie pochte noch immer ihr regelmäßiges Ticktack, obwohl schon ein Jahrhundert vergangen war. Wer mochte sie zum ersten Mal in einem warmen Stoff auf seiner Brust getragen haben, wo das Herz der Uhr und das Herz eines Weibes schlug? Welche Hand hatte sie zwischen ihren warmen Fingerspitzen gehalten und sie wieder und wieder herumgedreht, um dann die Porzellanhirten zu trocknen, die durch die Feuchtigkeit der Haut ein wenig angelaufen waren? Welche Augen hatten auf dem blumigen Zifferblatt nach der ersehnten Stunde gespäht, nach der teuren göttlichen Stunde?

Wie gern hätte ich die Frau kennengelernt und gesehen, die dieses seltene, kostbare Kunstwerk ausgewählt hatte! Sie ist tot! Mich hält das Verlangen nach Frauen von früher gefangen. Ich liebe durch die Ferne hin alle die, die geliebt haben. Die Geschichte vergangener Zärtlichkeit erfüllt mein Herz mit Trauer. Oh Schönheit, Lächeln, Jugend, Zärtlichkeit, Hoffnung! Das alles sollte unsterblich sein! Ganze Nächte lang habe ich über die armen Frauen von ehemals geweint, die so schön, so zärtlich, so sanft waren, deren Arme sich dem Kuß entgegenstreckten, und die nun tot sind. Der Kuß ist unsterblich! Er geht von Lippe zu Lippe, von Jahrhundert zu Jahrhundert, von Alter zu Alter. Die Männer fangen ihn auf, geben ihn weiter und sterben.

Die Vergangenheit reizt mich, die Gegenwart erschreckt mich, denn die Zukunft ist der Tod. Ich klage um alles, was geschehen ist, ich weine um alle, die gelebt haben, ich möchte die Zeit stillstehen lassen und die Stunden aufhalten. Aber sie gehen weiter, sie gehen vorüber; sie rauben mir von Sekunde zu Sekunde etwas von meinem Ich für das Nichts des nächsten Tages. Und ich werde niemals wieder lieben! Lebt wohl, ihr, die ihr von gestern seid, ich liebe euch!

Aber ich bin nicht zu beklagen. Ich habe die gefunden, auf die ich gewartet habe, und ich habe durch sie unermessene Freuden gekostet.

An einem sonnigen Vormittag ging ich durch Paris spazieren mit fröhlichem Herzen und freudigen Schritten, und ich betrachtete mit dem unbestimmten Interesse des Flaneurs die Schaufenster. Plötzlich erblickte ich bei einem Antiquitätenhändler einen italienischen Schrank aus dem siebzehnten Jahrhundert. Es war ein sehr schönes und seltenes Stück. Ich schrieb ihn einem italienischen Künstler, Vitelli, zu, der zu jener Zeit berühmt war. Dann ging ich weiter. Warum verfolgte mich die Erinnerung an diesen Schrank so lebhaft, daß ich wieder umkehrte? Ich blieb nochmals vor dem Laden stehen, um ihn noch einmal anzusehen, und ich fühlte, daß er mich in Versuchung führte. Die Versuchung ist ein sonderbares Ding. Man betrachtet einen Gegenstand, und allmählich verführt und verwirrt er uns und erfüllt uns ganz wie ein Frauenantlitz. Sein Zauber durchdringt uns, ein seltsamer Zauber, der aus der Form, der Farbe und dem ganzen Charakter des Gegenstandes entspringt, und schon liebt man ihn, begehrt man ihn und will ihn besitzen. Das Verlangen nach Besitz ergreift uns; ein Verlangen, das erst sanft, fast schüchtern ist, das aber wächst, bis es heftig und unwiderstehlich wird. Die Händler scheinen aus dem leuchtenden Blick das geheime, wachsende Verlangen des Käufers zu erraten.

Ich kaufte den Schrank und ließ ihn sofort zu mir bringen. Ich stellte ihn in meinem Schlafzimmer auf. Ich bedaure alle, die nichts von den Flitterwochen wissen, die ein Sammler mit dem Kunstwerk verbringt, das er gekauft hat. Man liebkost es mit Auge und Hand, als wäre es von Fleisch. Man tritt jeden Augenblick wieder zu ihm heran, man denkt beständig an ihn, wo man auch geht, was man auch tut. Das liebende Gedenken an

ihn folgt uns auf die Straße, in die Gesellschaft, überall hin, und wenn man nach Hause kommt, betrachtet man es mit der Zärtlichkeit eines Liebhabers, ehe man noch Handschuhe und Hut abgelegt hat.

Acht Tage lang vergötterte ich wirklich diesen Schrank. Jeden Augenblick öffnete ich seine Türen und Kasten. Ich befühlte ihn mit Entzücken und kostete alle stillen Freuden des Besitzes aus.

Als ich eines Abends die Dicke eines Brettes prüfte, bemerkte ich, daß dahinter ein verborgenes Versteck sein müßte. Mir klopfte das Herz, und die ganze Nacht über suchte ich nach deisem Geheimnis, ohne es entdecken zu können. Am nächsten Morgen gelang es mir, indem ich in eine Ritze des Holzes eine Messerklinge stemmte. Ein Brett glitt herunter, und ich erblickte auf einem Grund von schwarzem Samt die wundervolle Haarflut einer Frau. Ja, eine Haarflut, eine riesige Flechte blonden, fast roten Haares, die dicht an der Haut abgeschnitten sein mußte, und die mit einem goldenen Band zusammengebunden war. Ich war verwirrt, erregt und verblüfft. Ein kaum merkbarer Duft, so alt, daß er nur noch die Seele eines Duftes zu sein schien, wehte mir aus dem geheimnisvollen Versteck und von der seltsamen Reliquie entgegen. Ich nahm das Haar sanft und fast fromm aus seinem Versteck. Sofort rollte es auseinander in goldener Flut, die bis auf den Boden fiel. Es war dicht und leicht, zart und glänzend wie der feurige Schweif eines Kometen.

Eine seltsame Erregung ergriff mich. Was war das? Wann, wie und warum war dieses Haar in diesem Schrank verschlossen worden? Welches Abenteuer, welches Drama verbarg sich hinter diesem Andenken? Wer hatte es abgeschnitten? Ein Liebhaber am Tage des Abschieds, ein Gatte am Tage der Rache, oder vielleicht sie selbst, die dies Haar auf ihrer Stirn getragen, an einem Tag der Verzweiflung? Hatte man in der Stunde, da sie ins Kloster trat, diese Haarflut hier hineingeworfen wie ein Pfand, das man der lebenden Welt zurücklassen wollte? Oder hatte in der Stunde, da man die junge, schöne Tote ins Grab legen wollte, er, der sie liebte, diesen Schmuck ihres Hauptes sich bewahrt, als das einzige, was er von ihr bewahren konnte? Den einzigen lebenden Rest ihres Fleisches, der nicht verwesen durfte, das einzige, was er noch liebkosen und küssen konnte in der Wut seines Schmerzes! War es nicht sonderbar, daß dieses Haar sich so erhalten hatte, während von dem Körper, auf dem es geboren wurde, nicht ein Atom mehr existierte? Es lief mir durch die Finger, es kitzelte mir die Haut mit seltsamer Liebkosung, als liebkoste mich eine Tote. Ich fühlte mich zärtlich erregt, als wenn ich weinen müßte. Ich hielt es lange, lange in der Hand. Dann war es mir, als reizte es mich, als wäre etwas Verborgenes, Seltsames darin zurückgeblieben. Und ich legte es wieder auf den Samt, den die Zeit gebleicht hatte. Ich schob den Kasten zu und schloß den Schrank ab und träumend wanderte ich durch die Straßen.

*

Traurig ging ich vor mich hin und ich fühlte mich auch verwirrt, wie man nach einem heißen Liebeskuß verwirrt ist. Mir war's, als hätte ich früher schon einmal geliebt, und als hätte ich diese Frau gekannt. Und wie ein Seufzer stiegen Villons Verse mir auf die Lippen:

Wohin entschwand die Römerin
Flora, die schönste aller Frauen,
Und Thaïs, wo entschwand sie hin,
Die, schön wie sie, war anzuschauen?
Im Schilfe, das den Bach umdüstert,
Das Echo leise murmelnd flüstert:
Auch Frauenschönheit, die uns rührt das Herz,
Vergänglich ist sie, wie der Schnee im März.
– – – – – – – – – – – –
Die lilienweiße Königin,
Die einst so hold ihr Lied gesungen,
Bertha, Bietris, – längst dahin –
Das Meer der Zeit hat sie verschlungen.
Wo ist Jeanne d'Arc, die Gottgesandte,
Sie, die man in Rouen verbrannte?
Was fragst du immer wieder, pochend Herz? –
Vergänglich alles, wie der Schnee im März.

Als ich nach Hause kam, fühlte ich das unwiderstehliche Verlangen, meinen seltsamen Fund wiederzusehen. Ich nahm ihn heraus, befühlte ihn und es lief mir wie ein Schauer durch die Glieder. Trotzdem änderte sich mein gewöhnlicher Zustand einige Tage nicht, obwohl ich unaufhörlich lebhaft an die Haarflut denken mußte. Sobald ich nach Hause kam, mußte ich sie sehen und befühlen. Wenn ich den Schlüssel des Schrankes umdrehte, erzitterte ich, wie wenn man die Tür der Geliebten öffnet, denn in meiner Hand und in meinem Herzen empfand ich das wirre, sonderbare, stetige, sinnliche Verlangen, meine Finger in diese wundervolle Flut toten Haares zu tauchen. Hatte ich sie dann genug geliebkost und den Schrank wieder verschlossen, so hatte ich beständig das Gefühl, als wäre sie noch da, als wäre sie ein lebendes, verborgenes, gefangenes Geschöpf. Ich fühlte sie und verlangte sie noch immer. Wieder hatte ich das gebieterische Bedürfnis, sie herauszunehmen, sie zu betasten und mich bis zum Unbehagen an dieser kalten, frostigen, reizvollen, betörenden, köstlichen Berührung zu berauschen.

So lebte ich einen Monat oder zwei, ich weiß es nicht mehr. Sie besaß mich und beunruhigte mich. Ich war glücklich und unglücklich zugleich, als wartete ich auf Liebesgenuß, wie nach dem Geständnis, das der heißen Umschlingung vorhergeht. Ich schloß mich mit ihr ein, um sie auf meiner Haut zu fühlen und meine Lippen darin zu versenken, um sie zu küssen und zu beißen. Ich rollte sie mir um das Gesicht, ich trank sie, und über meine Augen ließ ich ihre goldene Flut rieseln, um durch sie hindurch den Tag ganz blond zu sehen.

Ich liebte sie. Ja, ich liebte sie! Ich konnte nicht mehr ohne sie leben und hielt es nicht mehr eine Stunde aus, ohne sie zu sehen, und ich wartete . . . wartete . . . auf was? Ich wußte es nicht . . . auf sie. Eines Nachts fuhr ich jäh aus dem Schlaf, mit dem Gedanken, ich sei nicht allein in meinem Zimmer. Und doch war ich allein. Aber ich konnte nicht wieder einschlafen, und da ich mich wie im Fieber hin und her wälzte, stand ich auf, um die Haarflut zu berühren. Sie kam mir noch zarter, noch lebender vor als sonst. Kehren die Toten zurück? Die Küsse, mit denen ich sie erwärmte, machen mich fast ohnmächtig vor Glück. Ich legte mich zu ihr und ich preßte sie an meine Lippen wie eine Geliebte, die man besitzen will.

Die Toten kommen wieder! Sie ist gekommen. Ja ich habe sie gesehen und ich habe sie in meinen Armen gehalten, ich habe sie besessen, so wie sie einst im Leben war, groß, blond und duftig, mit zartem Busen und mit ihren leierförmig gestalteten

Hüften. Liebkosend glitt ich über die göttliche Wellenlinie, die sich von der Brust bis zu den Füßen zieht, und ich folgte jeder Biegung ihres Fleisches. Ja, ich habe sie besessen, alle Tage, alle Nächte. Sie ist wieder gekommen, die Tote. Die schöne Tote, die Göttliche, die Geheimnisvolle, die Unbekannte, jede Nacht!

Mein Glück wurde so groß, daß ich es nicht mehr verbergen konnte. In ihrer Nähe fühlte ich ein übermenschliches Entzükken, eine tiefe, unerklärliche Freude, die Unfaßbare, die Unsichtbare, die Tote zu besitzen. Kein Liebender kann glühendere, furchtbarere Freude empfinden! Ich konnte mein Glück nicht mehr verbergen. Ich liebte sie so heiß, daß ich sie nicht mehr von mir lassen konnte. Ich nahm sie stets und überall hin mit mir. Ich ging mit ihr in der Stadt spazieren wie mit einer Frau. Ich führte sie ins Theater, in vergitterte Logen wie meine Geliebte . . . Aber man hat sie gesehen . . . man hat sie geahnt . . . man hat sie mir genommen . . . und mich hat man ins Gefängnis geworfen wie einen Gefangenen . . . man hat sie mir genommen, oh Jammer!

*

Das Manuskript brach hier ab, und als ich mit entsetztem Blick zu dem Arzt aufsah, ertönte durch die Anstalt plötzlich ein furchtbarer Schrei; das Geheul ohnmächtiger Wut und verzweifelten Verlangens.

„Hören Sie ihn?“ sagte der Doktor. „Der unzüchtige Wahnsinnige muß fünfmal täglich geduscht werden. Außer ihm hat nur der Sergeant Betrand die Toten geliebt.“

Ganz erregt vor Staunen, Schrecken und Mitleid stammelte ich: „Aber . . . diese Haarflut . . . existiert sie wirklich?“

Der Arzt stand auf, öffnete einen Schrank mit Medizinflaschen und Medikamenten und warf mir durch sein Arbeitszimmer hindurch eine lange Welle blonden Haares zu, das mir wie ein goldener Vogel entgegenflatterte. Ich zitterte, als ich auf meiner Hand seine liebkosende, leichte Berührung fühlte. Das Herz klopfte mir vor Ekel und Lust. Vor Ekel, als hätte ich einen Gegenstand berührt, der zu einem Verbrechen gedient hatte, vor Lust, als träte eine schändliche rätselvolle Versuchung an mich heran.

Der Arzt zuckte die Achseln und sagte: „Der menschliche Geist ist zu allem fähig!“

Wie Vater Boniface ein Verbrechen entdeckte

Als der Briefträger Boniface aus dem Posthaus trat, rechnete er sich aus, daß er heute keinen so weiten Weg zu machen habe und das war ihm ganz recht. Er hatte die Umgegend des Flekkens Vireville abzugehen, und wenn er abends mit seinen langen müden Schritten heimkehrte, hatte er manchmal mehr als vierzig Kilometer hinter sich.

Das Austragen würde also diesmal schnell abgemacht sein, er konnte sogar unterwegs noch ein wenig bummelnd doch um drei Uhr nachmittags wieder zu Hause sein. Das waren wirklich angenehme Aussichten.

Er ging also auf der Straße nach Sennemare zum Dorf hinaus und begann seine Arbeit. Es war Juni, der Monat, da alles grünt und blüht, der schönste Monat auf dem Land.

Vater Boniface hatte eine blaue Bluse an und auf dem Kopf sein schwarzes Käppi, das mit roten Tressen besetzt war. Er ging auf den schmalen Fußpfaden quer durch die Felder, die mit Kohl und Getreide bebaut waren. Die Ähren reichten ihm bis an die Schulter. Es sah beinahe aus, als ob sein Kopf, der noch eben aus den Halmen heraussah, auf einem stillen, grünlichen Meer dahinschwämme, das in dem leichten Wind sanft hin und her wogte.

Durch die hölzerne Pforte, die im Schatten mächtiger Buchen an der Böschung angebracht war, betrat er die einzelnen Bauernhöfe und begrüßte den Pächter: „Guten Tag, Meister Chicot.“ Dann reichte er ihm seine Zeitung LE PETIT NORMAND. Der Pächter wischte sich die Hand an der Hose ab, nahm das Blatt in Empfang und ließ es in die Tasche gleiten, um es nach dem Essen in Ruhe zu lesen.

Der Hund, der an einer Tonne unter dem Apfelbaum lag, schnappte wütend um sich und zerrte an seiner Kette, und der Briefbote ging, ohne sich noch einmal umzuwenden, mit militä-

risch langen Schritten weiter. Die linke Hand ruhte auf der Brieftasche, während er mit der rechten seinen Stock schwang, der neben ihm hinmarschierte, ebenso gleichmäßig und eilig wie er selbst.

So verteilte er seine Briefe und Drucksachen im Dörfchen Sennemare, dann wandte er sich querfeldein, um dem Steuereinnehmer seine Post zu bringen – er wohnte etwa einen Kilometer vom Dorf entfernt in einem einsamen kleinen Haus.

Der neue Steuereinnehmer, Monsieur Chapatis, war erst in der vorigen Woche hier eingetroffen und hatte vor kurzem geheiratet.

Er hielt sich eine Pariser Zeitung, und wenn Boniface Zeit hatte, pflegte er manchmal einen Blick hineinzuwerfen, ehe er sie dem Empfänger ablieferte.

Er öffnete also seine Brieftasche, holte das Blatt heraus, zog es aus dem Kreuzband, entfaltete es und begann im Weitergehen zu lesen. Die erste Seite interessierte ihn nicht besonders. Politik ließ ihn überhaupt kalt. Die Börsenberichte überschlug er ebenfalls, aber dafür verschlang er das Vermischte mit großer Leidenschaft. Und heute war es sehr reichhaltig. Die Geschichte von einem Verbrechen, das in der Wohnung eines Försters begangen worden war, erregte ihn so, daß er mitten in einem Kleefeld stillstand, um mit Muße noch einmal zu lesen. Die Einzelheiten waren fürchterlich . . . Ein Holzhauer hatte, als er morgens beim Forsthaus vorbeikam, auf der Schwelle Blutspuren gesehen. Es sah aus, als wenn jemand Nasenbluten gehabt hätte.

„Der Förster wird gestern abend ein Kaninchen geschlachtet haben“, dachte er. Aber als er dann näher trat, entdeckte er, daß die Tür offen stand und das Schloß aufgebrochen war. Nun lief er voller Angst zum Dorf, um den Bürgermeister zu benachrichtigen. Der Bürgermeister ließ den Flurschützen und den Schullehrer holen, und dann machten sich alle vier zum Forsthaus auf.

Sie fanden den Förster mit durchschnittener Kehle vor dem Kamin, seine Frau lag erdrosselt im Bett, und die kleine sechsjährige Tochter war zwischen zwei Matratzen erstickt.

Briefträger Boniface war von dem Gedanken an diesen Mord, dessen fürchterliche Einzelheiten er förmlich vor sich zu sehen glaubte, so ergriffen, daß ihm die Beine ganz lahm wurden, und er ganz laut vor sich hinsagte: „Gott im Himmel, was gibt’s doch für schlechte Menschen.“

Dann steckte er die Zeitung wieder in den Papierstreifen und ging weiter, den Kopf voll von dem Verbrechen. Bald hatte er

Monsieur Chapatis' Wohnung erreicht, er öffnete die Gartenpforte und näherte sich dem Hause. Es war ein niedriges Gebäude und lag wenigstens fünfhundert Meter vom nächsten Hause entfernt.

Der Briefträger stieg die beiden Stufen hinauf, legte die Hand an den Türgriff und versuchte zu öffnen. Die Tür war verschlossen. Dann entdeckte er, daß auch die Fensterläden geschlossen waren. Es schien heute noch niemand von den Bewohnern draußen gewesen zu sein.

Das beunruhigte ihn, denn Monsieur Chapatis war sonst immer früh auf. Boniface sah nach der Uhr. Es war erst zehn Minuten nach sieben, also fast eine Stunde früher als sonst. Aber trotzdem hätte der Einnehmer doch schon aufgestanden sein müssen.

Nun ging er rund um das Haus herum, mit größter Vorsicht, als ob er ein gefährliches Unternehmen wagte. Er bemerkte jedoch nichts Verdächtiges außer einigen Fußspuren in einem Erdbeerbeet. Aber als er dann an dem einen Fenster vorbeikam, blieb er, von plötzlicher Angst gelähmt, regungslos stehen. Drinnen hatte jemand gestöhnt.

Er trat näher, stieg über eine Thymianrabatte weg und legte sein Ohr an den Fensterladen, um besser hören zu können. Und wirklich, es stöhnte jemand. Er hörte es ganz deutlich, erst klang es wie lange, schmerzliche Seufzer, dann wie eine Art Röcheln und dabei wie ein stummer Kampf. Dann wurde das Stöhnen stärker, rascher, immer deutlicher und ging schließlich in lautes Schreien über.

Boniface zweifelte jetzt nicht mehr daran, daß in der Wohnung des Einnehmers ein Verbrechen begangen würde und lief mit Riesenschritten durch den kleinen Garten zurück, quer durch die Ebene und über die Kornfelder. Er rannte so schnell, daß ihm der Atem ausging und die Brieftasche um seine langen Beine flog. Keuchend und in höchster Erregung kam er schließlich bei der Polizeiwache an.

Wachtmeister Malentour war gerade dabei, mit Hammer und Nägeln einen zerbrochenen Stuhl auszubessern. Bautier, der Gendarm, hielt das beschädigte Möbel zwischen den Beinen und setzte die Nägel an die Bruchstelle, während der Wachtmeister eifrig an seinem Schnurrbart kaute und seinem Untergebenen alle Augenblicke auf die Finger schlug. Dabei waren

seine Augen vor Aufmerksamkeit ganz kugelrund und feucht geworden.

Sobald der Briefträger die beiden sah, rief er: „Kommen Sie schnell. Man ermordet den Steuereinnehmer, schnell, schnell."

Die beiden Männer hielten in ihrer Arbeit erstaunt inne und blickten erstaunt auf, wie Leute, die man mitten in der Arbeit überraschend stört. Als Boniface sah, daß sie sich nicht weiter beeilten, wiederholte er: „Schnell, schnell. Die Diebe sind noch im Hause. Ich habe das Geschrei gehört – es ist höchste Zeit."

Der Wachtmeister legte seinen Hammer auf die Erde und fragte: „Wer hat Ihnen diese Tatsachen mitgeteilt?"

Und der Briefträger antwortete: „Ich wollte die Zeitung und zwei Briefe abgeben, als ich bemerkte, daß die Tür verschlossen und der Einnehmer noch nicht aufgestanden war. Nun ging ich ums Haus herum, um zu sehen, was denn los sei, und da hörte ich, wie jemand stöhnte, als wenn er erdrosselt oder ihm die Kehle abgeschnitten würde. Da bin ich, so schnell ich konnte, weggelaufen, um Sie zu holen. Es ist höchste Zeit."

Der Wachtmeister richtete sich auf und sagte: „Und Sie haben nicht selbst Hilfe geleistet?"

Ganz erschrocken erwiderte der Briefträger: „Ich fürchtete, allein in der Minderzahl zu sein."

Der Wachtmeister, der jetzt ganz überzeugt war, erklärte: „Ich will mich nur anziehen und dann komme ich sofort mit."

Damit trat er in das Haus, und der Gendarm, der den Stuhl trug, folgte ihm.

Gleich darauf erschienen sie wieder und alle drei traten in großer Eile den Weg zum Ort des Verbrechens an. Als sie in die Nähe des Hauses kamen, gingen sie vorsichtshalber etwas langsamer, und der Wachtmeister zog seinen Revolver. Dann drangen sie in den Garten ein und näherten sich der Mauer. Keine neue Fußspur wies darauf hin, daß die Übeltäter das Weite gesucht hätten. Die Tür war immer noch verriegelt und die Fenster geschlossen.

„Wir haben sie", murmelte der Wachtmeister.

Vater Boniface, der vor Erregung zitterte, ließ ihn auf der anderen Seite gehen, zeigte auf das eine Fenster und sagte: „Da ist es."

Der Wachtmeister ging ganz allein hin und legte sein Ohr an den Laden. Die beiden anderen hielten den Blick starr auf ihn gerichtet und warteten, jeden Augenblick zuzuspringen.

Lange blieb er regungslos stehen und horchte. Um den Kopf ganz nahe ans Fenster legen zu können, hatte er seinen Dreimaster abgenommen und hielt ihn in der rechten Hand. – Was mochte er wohl hören? – Seine unbeweglichen Züge verrieten nichts, aber plötzlich zog sein Schnurrbart sich in die Höhe, und sein Gesicht legte sich in Falten wie von unterdrücktem Lachen. Dann stieg er über die Buchsbaumrabatte und kam wieder zu den beiden Männern zurück, die ihn ganz verdutzt anstarrten.

Der Wachtmeister machte ihnen ein Zeichen, daß sie ihm auf den Zehenspitzen folgen sollten. Als sie an der Haustür vorbeikamen, befahl er Boniface, die Zeitung und die Briefe durch den Türspalt zu schieben.

Der Briefträger war ganz betreten und gehorchte stillschweigend.

„Und nun vorwärts", sagte der Wachtmeister.

Aber sobald sie zur Pforte hinaus waren, wandte er sich mit verschmitztem Lächeln und listigen Augenzwinkern an Boniface.

„Gott, was sind Sie für ein Spaßvogel!"

„Wieso?" fragte der Alte. „Ich hab's gehört, ich kann Ihnen schwören, daß ich's gehört habe."

Aber jetzt konnte der Polizist sich nicht länger halten. Er brach in lautes Gelächter aus. Er lachte, als ob er ersticken wollte und hielt sich mit beiden Händen den Bauch. Die Augen waren voller Tränen und er schnitt die fürchterlichsten Grimassen.

Ganz verblüfft sahen die beiden anderen ihn an.

Da er vor Lachen immer noch nicht sprechen konnte, machte

er eine Bewegung, eine zotenhafte Geste, die erklären sollte, was er meinte.

Als die beiden ihn immer noch nicht verstanden, wiederholte er sie noch ein paarmal und wies dabei mit dem Kopf auf das Haus, in dem sich immer noch nichts regte.

Dem Gendarm ging plötzlich ein Licht auf, und er brach nun ebenfalls in ungeheures Lachen aus.

Der Alte stand verdutzt zwischen den beiden Männern, die sich vor Lachen krümmten.

Endlich beruhigte sich der Wachtmeister und rief, während er Boniface scherzend einen Schlag vor den Bauch gab: „Ach, Sie Hanswurst, Sie elender Spaßvogel. – Sie haben ein großartiges Verbrechen entdeckt."

Der Briefträger riß die Augen weit auf und wiederholte: „Ich kann's Ihnen schwören, daß ich es gehört habe."

Der Wachtmeister fing wieder an zu lachen.

Der Gendarm hatte sich an den Grabenrand ins Gras gesetzt, um sich nach Herzenslust winden zu können.

„Aha. – Du hast's gehört. – Sag' mal, ermordest du deine Frau auch manchmal? Alter Spaßvogel!"

„Meine Frau?"

Er sann lange nach und sagte dann: „Meine Frau – ja, die heult auch, wenn ich sie schlage . . . Aber sie heult nur, wenn sie Grund dazu hat . . . Hat Chapatis denn seine Frau geprügelt?"

Da faßte der Wachtmeister ihn in förmlicher Ekstase bei den Schultern und drehte ihn wie eine Puppe. Dann flüsterte er ihm etwas ins Ohr. Starr vor Staunen stand der Alte da.

Dann wurde er nachdenklich und murmelte: „Nein . . . so nicht . . . so nicht. Meine hat nichts gesagt . . . Ich hätte nie gedacht, daß so was möglich ist . . . ich hätte schwören mögen, daß es Angstgeschrei war."

Und ganz verwirrt und beschämt ging er seinen Weg durch die Felder weiter. Der Gendarm und der Wachtmeister lachten noch immer und riefen ihm noch aus der Ferne derbe Kasernenwitze nach, während das schwarze Käppi sich durch das leise wogende Ährenmeer langsam entfernte.

Rose

Die beiden jungen Frauen sitzen förmlich vergraben unter Blumen allein in dem großen Landauer, der über und über mit Sträußen beladen ist, wie ein Riesenkorb. Auf dem Vordersitz zwei weiße Atlasschalen mit Nizzaveilchen, auf dem Bärenfell über den Knien eine Flut von Rosen, Nelken, Margeriten, Timberrosen, Orangenblüten, umwunden mit schmalen Seidenbändern. Beinahe zu schwer dies duftende, leuchtende Bett für die beiden zarten Körper. Nur Arme und Schultern und ein wenig von der Taille, die eine in Blau, die andere in Lila, schauen daraus hervor. –

Die Peitsche des Kutschers steckt zwischen Anemonen, das Lederzeug der Pferde ist mit Violen geschmückt, die Radspeichen mit Reseden, und an der Stelle der Laternen prangen zwei mächtige, runde Buketts, die sich seltsam ausnehmen, fast wie die Augen dieses rollenden blühenden Ungetüms. –

Der Landauer fährt in raschem Trab die Rue d'Antibes dahin, vor und hinter und neben ihm andere geschmückte Wagen, alle von Frauen besetzt, die in der Flut von Veilchen untertauchen. Denn Cannes feiert heute sein Blumenfest.

Man langt auf dem Boulevard de la Foncière an, wo die Schlacht geschlagen werden soll. Gleich einem nicht endenwollenden Band gleiten die ganze Bahn der riesigen Avenue entlang zwei Reihen bekränzter Equipagen aneinander vorbei. Von hüben und drüben wirft man sich Blumen zu. Wie Kugeln sausen sie durch die Luft, an den rosigen Gesichtern vorüber und flattern in den Staub, wo sie ein Troß von Gassenjungen einheimst.

Eine dichte, lärmende und doch stille Menschenmenge auf beiden Trottoirs schaut zu, im Zaum gehalten von berittenen Gendarmen, rücksichtslos zurückgedrängt, wenn sie sich allzu neugierig in die Nähe wagt, damit nur ja kein unreines Element sich unter die Vornehmen, Reichen mische.

Von den Wagen ruft man sich an, tauscht Grüße, bombardiert sich mit Rosen. Ein Wagen voll von lauter hübschen Frau-

en, alle in Höllenrot, zieht besonders die Blicke auf sich. Ein Herr im Henri-Quatre-Kostüm schleudert mit unermüdlichem Eifer ein Riesenbukett, das an einem Gummiband befestigt ist. Die Damen bergen ihr Gesicht, die Männer ducken sich, um dem Anprall auszuweichen, aber das duftige Geschoß beschreibt gewandt einen Bogen und kehrt zu seinem Besitzer zurück, der es sofort wieder in eine andere Richtung entsendet.

Die beiden jungen Frauen spenden mit vollen Händen aus ihrem Blumenarsenal und werden dafür mit einem Hagel von Blumen bedeckt. Nach etwa einer Stunde sind sie endlich müde und geben Befehl, sie an den Golf Juan, am Meer entlang zu fahren.

Die Sonne verschwindet hinter dem Esterel; wie eine schwarze Silhouette auf Goldgrund hebt sich der vielzackige Kamm des langgestreckten Berges ab. Blau und blank dehnt sich das Meer bis zum fernen Horizont, wo es sich mit dem Himmel eint. Das Geschwader, das im Golf vor Anker liegt, erscheint wie eine Herde unförmiger, regungslos auf dem Wasser ruhender Tiere, wie die Riesenleiber apokalyptischer Wesen, bepanzert und behöckert, mit federleichten Masten gekrönt und mit Augen, die zu leuchten beginnen, sobald es dunkel wird.

Die jungen Frauen schauen unter ihrer schweren Pelzdecke träumend hinüber. Endlich sagt die eine:

„Wie wundervoll ist es doch. An solchen Abenden scheint alles gut und schön zu sein. Nicht, Margot?“

„Ja, gewiß“, versetzte sie, „aber etwas fehlt immer.“

„Was denn? – Ich fühle mich vollkommen glücklich, ich habe keinen Wunsch.“

„Doch. – Du denkst nur nicht daran. Mag auch das Wohlbehagen, das uns physisch durchströmt, noch so groß sein, immer begehren wir noch etwas – etwas fürs Herz.“

Die andere lächelte:

„Ein bißchen Liebe?“

„Ja.“

Sie schwiegen und sahen wieder vor sich hin. Dann murmelte die, die sich Marguerite nannte: „Mir kommt das Leben unerträglich vor ohne sie. Ich brauche Liebe, und wenn's nur die eines Hundes ist. Übrigens geht es uns allen so, du magst sagen, was du willst, Simonne.“

„Nein, Margot, gewiß nicht. – Viel eher will ich von jemand geliebt sein, als von irgendeinem beliebigen Geschöpf. – Meinst du, es wäre mir zum Beispiel angenehm, geliebt zu werden von – von –“

Sie blickte hinaus in die Landschaft und besann sich, von wem sie wohl geliebt werden könnte. Nachdem sie die Runde rings um den Horizont gemacht, blieben ihre Augen auf den beiden Metallknöpfen, die auf dem Rücken des Kutschers glänzten, haften und lachend fügte sie hinzu: „von meinem Kutscher."

Madame Margot lächelte kaum merklich und sagte leise: „Ich versichere dir, es ist sehr amüsant, von einem Dienstboten geliebt zu werden. Ich habe es zwei-, dreimal erlebt. Sie machen so drollige Augen, man könnte sich totlachen dabei. Natürlich stellt man sich um so strenger, je verliebter sie sind, und eines schönen Tages setzt man sie unter dem ersten, besten Vorwand vor die Tür. Man würde sich ja lächerlich machen, wenn es jemand merkte."

Madame Simonne hatte nachdenklich zugehört, dann erklärte sie:

„Nein, entschieden nicht. Mir würde die Liebe eines Lakaien nicht genügen. Wie bist du denn dahintergekommen, daß sie dich liebten?"

„Genau wie bei anderen Männern, sie wurden dumm."

„Mir kommen die andern nicht so dumm vor, wenn sie mich lieben."

„Blödsinnig einfach, meine Liebe, unfähig ein vernünftiges Wort zu reden, zu erwidern, überhaupt irgend etwas zu kapieren."

„Und du? – Wie war es denn dir zumute dabei? – Warst du gerührt, – oder geschmeichelt?"

„Gerührt? – nein, – geschmeichelt? – ja, etwas. – Das fühlt man sich immer, wenn sich einer in uns verliebt – sei es, wer es sei."

„Margot, ich bitte dich!"

„Allerdings. Hör zu, ich will dir eine seltsame Geschichte erzählen, die mir passiert ist. Du kannst daraus ersehen, wie eigentümlich und undefinierbar das ist, was in solchen Fällen in uns vorgeht. – Es sind im Herbst etwa vier Jahre. Ich hatte eine Kammerjungfer. Fünf oder sechs hatte ich nacheinander probiert, aber alle taugten nichts, und ich verzweifelte beinahe daran, noch eine zu finden. Da lese ich eine Annonce, daß ein junges Mädchen, das nähen, sticken, frisieren und nebenbei auch englisch könne, eine Stelle suche. Gute Zeugnisse ständen zur Verfügung.

Ich schrieb an die betreffende Adresse, und am folgenden Tag stellte sie sich vor.

Sie war ziemlich groß, mager, etwas blaß und schien sehr schüchtern. Sie hatte schöne schwarze Augen, wundervollen Teint und gefiel mir sofort. Ich verlangte ihre Zeugnisse zu sehen, und sie gab mir eines, ein englisches, denn sie kam, wie sie sagte, eben aus dem Hause von Lady Rymwell, bei der sie zehn Jahre gewesen war.

In dem Zeugnis war ausdrücklich bemerkt, daß das Mädchen aus freiem Entschluß ihre Stellung verließe, um wieder nach Frankreich zurückzukehren, und daß man ihr während ihrer ganzen, langen Dienstzeit nur eines habe vorwerfen können; ein wenig französische Koketterie.

Das Verschämte dieser Umschreibung in dem englischen Satze entlockte mir nur ein Lächeln, und ich engagierte das Mädchen sofort.

Noch am gleichen Tage trat sie bei mir an. Rose nannte sie sich.

Nach vier Wochen schwärmte ich förmlich für sie. Sie war eine Perle, eine Akquisition erster Klasse. – Im Frisieren besaß sie einen Geschmack ohnegleichen, und einen Hut aufzustekken verstand sie besser, als die beste Modistin, selbst Kleider konnte sie schneidern. Ich war starr über die Geschicklichkeit. So gut war ich noch nie bedient worden.

Beim Ankleiden zeigte sie eine fabelhaft leichte Hand, ihre Finger spürte man überhaupt nicht. Mir ist nämlich nichts widerwärtiger, als körperliche Berührung mit solchen Leuten.

Ich nahm bald geradezu faule Gewohnheiten an, so behaglich war es mir, von dieser langen, schüchternen Person, die alle Augenblicke rot wurde und nie eine Silbe redete, von Kopf bis zu Fuß, vom Hemd bis zum Handschuh angezogen zu werden. Nach dem Baden frottierte und massierte sie mich, während ich auf dem Diwan lag und etwas der Ruhe pflegte. Ich betrachtete sie wahrhaftig weit eher wie eine Art Freundin, als wie ein einfaches Dienstmädchen.

Nun, eines Morgens läßt mich der Portier auf höchst geheimnisvolle Weise ersuchen, mir etwas sagen zu dürfen. Erstaunt lasse ich ihn eintreten. Es war ein sehr zuverlässiger Mensch, früherer Soldat, ein ehemaliger Bursche meines Mannes.

Er schien nicht recht zu wissen, wie er sein Anliegen vorbrin-

gen sollte. Endlich brachte er stotternd heraus: ‚Gnädige Frau, ein Polizeikommissar steht unten.‘

‚Was will er?‘ – fuhr ich auf.

‚Er möchte Haussuchung halten.‘

Nun ist die Polizei zwar eine sehr segensreiche Einrichtung, aber ich kann sie nicht ausstehen. Ich finde den Beruf nicht sehr ehrenwert. Und so gab ich denn ebenso verletzt wie verstimmt zur Antwort: ‚Wozu Haussuchung? Zu welchem Zweck? Er darf nicht herein.‘

‚Er behauptet, es sei ein Verbrecher hier verborgen‘, erwiderte der Portier.

Jetzt wurde ich ängstlich und befahl, der Polizeikommissar möchte zu mir kommen, ich wünschte Aufklärung. – Der Mann hatte ganz gute Manieren und trug das Kreuz der Ehrenlegion. Er bat erst um Entschuldigung und dann behauptete er, unter meinen Dienstboten müsse sich ein Sträfling befinden.

Ich war empört, erklärte, daß ich für mein ganzes Dienstpersonal garantieren könne und zählte alle der Reihe nach auf:

‚Der Portier Pierre Courtin, ehemaliger Soldat.'

‚Der ist es nicht.'

‚Der Kutscher François Pingau, Bauer aus der Champagne. Sohn von einem Pächter meines Vaters.'

‚Der ist's auch nicht.'

‚Ein Stallknecht, ebenfalls aus der Champagne und gleichfalls der Sohn einer mir bekannten Bauernfamilie, und dann der Diener, den Sie eben gesehen haben.'

‚Der ist's auch nicht.'

‚Nun also, dann haben Sie sich eben geirrt.'

‚Verzeihen Sie, gnädige Frau, ich bin überzeugt, daß ich mich nicht täusche. Da es sich um einen gefährlichen Verbrecher handelt, darf ich Sie wohl ersuchen, Ihre gesamte Dienerschaft hier vor Ihren und meinen Augen antreten zu lassen.'

Erst weigerte ich mich, dann gab ich nach und ließ meine Leute, Männlein und Weiblein, heraufkommen.

Der Kommissar musterte sie mit einem einzigen Blick und erklärte:

‚Das sind nicht alle.'

‚Bitte, es ist nur noch meine Kammerjungfer da, ein junges Mädchen, das schwerlich mit einem Sträfling verwechselt werden kann.'

‚Darf ich sie ebenfalls sehen?'

‚Gewiß.'

Ich klingelte und alsbald erschien Rose. Kaum hatte sie das Zimmer betreten, als der Kommissar ein Zeichen gab. Zwei Männer, die ich bisher nicht gesehen hatte, da sie sich hinter der Tür versteckt gehalten hatten, stürmten auf sie zu und banden ihr mit Stricken die Hände zusammen.

Ich schrie auf vor Entrüstung und wollte auf sie zu, um Rose zu schützen. Der Kommissar aber hielt mich davon ab.

‚Gnädige Frau, – dies Mädchen ist ein Mann, namens Jean Nicolas Lecapet, 1879 wegen Mordes nach begangener Notzucht zum Tode verurteilt. Seine Strafe wurde in lebenslanges Zuchthaus umgewandelt. Vor vier Monaten ist er entsprungen und seither fahnden wir nach ihm.‘

Ich war entsetzt, außer mir. Ich konnte es nicht glauben.

Der Kommissar entgegnete lachend:

‚Ich kann Ihnen nur einen Beweis liefern – sein rechter Arm ist tätowiert.‘ Er schlug den Ärmel zurück – es stimmte.

Was die weiteren Ausweise anbelange, – setzte der Kommissar nicht gerade geschmackvoll hinzu – dürfe ich mich auf ihn verlassen. –

Und sie nahmen meine Kammerjungfer mit. –

Und nun, – kannst du das glauben? – Das Gefühl, das in mir vorherrschte, war nicht Ärger, so an der Nase herumgeführt, so betrogen und lächerlich gemacht worden zu sein, nicht die Schande, daß mich dieser Mensch aus- und angezogen, mich unter den Händen gehabt – nein – sondern eine tiefe Demütigung – eine Demütigung als Frau. Weißt du, was ich meine?“

„Nein, nicht ganz.“

„Na, – denk ein wenig nach. – Er war verurteilt – dieser Kerl – wegen Notzucht – nun ja! Und ich – ich dachte an die – der er Gewalt angetan – und das – demütigte mich. So – verstehst du nun?“

Und Madame Margot antwortete nicht. Sie sah nur vor sich hin, geradeaus, mit starrem, eigentümlichem Blick und einem Sphinxlächeln, wie es Frauen manchmal eigen ist, auf die beiden glitzernden Livréeknöpfe.

Das Geständnis

Die Mittagssonne brennt heiß auf die Felder herab. In sanften Wogen dehnen sich die Äcker zwischen den Baumgruppen der einzelnen Pachthöfe über den nackten Leib der Erde hin wie ein strahlenförmiger Mantel, auf dem das reife Gelb der Roggenfelder mit dem lichten Grün des Hafers und dem dunklen Klee abwechselt.

Fern auf dem Hügel endlos in Reih und Glied die Kühe. Einige liegen ruhig auf dem Boden, andere stehen mitten in dem großen Kleefeldmeer, weidend und wiederkäuend, die großen Augen geblendet von dem grellen Licht und geschlossen.

Zwei Frauen, Mutter und Tochter, gehen hintereinander den schmalen Fußweg zwischen den Kornfeldern auf die Tiere zu. Mit schwankenden Schritten bewegen sie sich vorwärts. Jede von beiden trägt zwei Blecheimer, die durch ein auf den Schultern ruhendes hölzernes Joch in gleichmäßigem Abstand vom Körper gehalten werden. Jedesmal, wenn sie einen Schritt machen, wirft die blanke Metallfläche das Sonnenlicht wie eine weiße blendende Flamme zurück.

Die Frauen reden kein Wort miteinander. Sie gehen die Kühe melken. Bei der Herde angekommen, setzen sie einen von ihren Eimern hin und ermuntern die zunächst liegenden Kühe durch einen Fußtritt zum Aufstehen. Langsam richten sich die Tiere empor, zuerst nur auf den Vorderbeinen dann erheben sie langsam den schwerfälligen Körper, den das mächtig angeschwollene Euter förmlich herabzuziehen scheint.

Jetzt knien die beiden Malivoires, Mutter und Tochter, unter dem Bauch der Kuh nieder. Mit einer raschen Handbewegung ziehen sie die aufgeblähten Zitzen an, bei jedem Druck ergießt sich ein dünner Milchstrahl in den Eimer, und der gelbliche Schaum steigt bis an den Rand. Sie gehen von einem Tier zum anderen, die ganze Reihe entlang. Sobald sie mit einer Kuh fertig sind, wird sie losgemacht und an einem frischen Weidefleck wieder angebunden.

Nach beendigter Arbeit machen sie sich auf den Rückweg.

Unter dem Gewicht der vollen Eimer gehen sie jetzt noch langsamer. Die Mutter geht voran und die Tochter folgt – aber plötzlich bleibt sie stehen, stellt ihre Eimer auf den Boden und fängt an zu weinen.

Als Mutter Malivoire keine Schritte mehr hinter sich hört, wendet sie sich erstaunt um: „Ja, was hast du denn?" fragt sie ganz verblüfft.

Und Celeste stöhnt leise, wie ein Kind, das Schläge bekommen hat. Sie ist ein großes Mädchen, sonnenverbrannt mit rotblondem Haar. Ihre Wangen sind so braun und mit Sommersprossen so bedeckt, als ob ihr bei der Arbeit in der Sonnenhitze ein Feuerregen das Gesicht gepeitscht hätte.

„Ich kann meine Milch nicht mehr tragen", murmelt sie.

Die Mutter blickt sie argwöhnisch an und fragt noch einmal: „Was hast du denn?"

Celeste windet sich zwischen ihren Eimern am Boden und bedeckt ihr Gesicht mit der Schürze. „Ich kann nicht mehr, es zieht so sehr."

Zum dritten Mal wiederholt jetzt die Mutter: „Was hast du?"

„Ich glaube, ich bin schwanger", stöhnt das Mädchen. Dann fängt es an zu schluchzen.

Nun stellt auch die Alte ihre Eimer hin. Sie ist so bestürzt, daß sie keine Worte findet. Endlich stammelt sie: „Du – du – wie ist das möglich? Du dummes Frauenzimmer?"

Die Malivoires waren wohlhabende Pächtersleute und hatten große Macht in der ganzen Gegend. Sie waren allgemein geachtet, und man fürchtete sie wegen ihrer Schlauheit.

„Ich glaube, es ist so", stieß Celeste hervor.

Ganz erschrocken blickte die Alte auf ihre Tochter, die sich weinend vor ihr auf dem Boden wand. Dann schrie sie: „Du bist in Umständen, – du – wo hast du das her, du liederliches Frauenzimmer?"

Und Celeste murmelte ganz erschüttert: „Ich glaub in Polyte seinem Wagen."

Die Alte bemühte sich, den Zusammenhang zu begreifen. Sie wollte herausbekommen, wer dieses Unglück über ihre Tochter gebracht hatte. Wenn es irgendein reicher, angesehener Bauernsohn war, so würde die Sache sich ja arrangieren lassen, das Unglück wäre dann nicht so groß. Celeste war ja nicht die erste, der so etwas passierte. Aber trotzdem war es ihr sehr unangenehm, wenn sie an ihre Stellung und an das Gerede der Leute dachte.

Sie forschte weiter: „Wer hat dir das angetan, du Schwein?"

Celeste war entschlossen alles zu gestehen und antwortete: „Ich glaube, es war Polyte."

Jetzt geriet Mutter Malivoire in furchtbaren Zorn. Sie stürzte sich auf ihre Tochter und fing an wie wahnsinnig auf sie los zu schlagen, so daß ihr die Haube vom Kopf flog.

Ihre Faustschläge fielen auf Kopf, Rücken und Körper des Mädchens nieder. Celeste lag ausgestreckt am Boden zwischen ihren Eimern, die sie wenigstens noch etwas schützten, und verbarg ihre Gesicht in den Händen. Alle Kühe hatten erstaunt zu weiden aufgehört, sich umgedreht und sahen die beiden mit großen Augen an. Die letzte muhte und wandte das Maul der Frau zu. Mutter Malivoire schlug so lange auf die Tochter los, bis ihr der Atem ausging. Dann hielt sie inne. Sie kam allmählich wieder zur Besinnung und wollte sich jetzt ganz über die Situation klarwerden.

„Polyte? – mein Gott, wie ist das möglich? Wie hast du das tun können? – Mit 'n Postkutscher? – Hast du denn den Verstand verloren? Warum hast du dir denn so 'n Kerl ausgesucht, der nichts hat und nichts ist?"

Celeste lag immer noch am Boden und schluchzte. „Ich habe doch nichts für die Fahrt zu bezahlen brauchen."

Die alte normannische Bäuerin hatte begriffen.

Jeden Mittwoch und Sonnabend ging Celeste auf den Markt, um die Produkte des Pachthofes, Geflügel, Rahm und Eier, zu verkaufen.

Um sieben Uhr früh machte sie sich auf den Weg, ihre beiden ungeheuren Körbe am Arm. In dem einen waren die Milchgefäße, im andern das Geflügel. So ging sie bis an die Landstraße, um auf den Postwagen nach Yvetot zu warten. Ihre Waren legte sie auf die Erde nieder und setzte sich dann in den Chausseegraben, während die Hühner ihre kurzen spitzen und die Enten ihre breiten, platten Schnäbel durch die Stäbe des Weidenkorbes steckten und mit ihren runden Augen dumm und erstaunt um sich blickten.

Dann kam der Postwagen, der wie ein großer, gelber Koffer mit einer schwarzen Ledermütze aussah, mit einem weißen Gaul langsam dahergerasselt.

Polyte, der Kutscher, war ein großer, lustiger Bursche. Trotz seiner Jugend hatte er schon einen ziemlichen Bauch. Sein Hals und sein Gesicht waren durch Sonnenbrand, Sturm und Regen und durch den häufigen Branntweingenuß rot wie Ziegel.

Er knallte mit der Peitsche und rief schon von weitem: „Morgen, Mademoiselle Celeste, wie geht's?"

Sie reichte ihm die Körbe hinauf, die er auf dem Verdeck des Wagens unterbrachte. Dann stieg sie selbst ein, und da der Tritt ziemlich hoch war, kamen jedesmal ihre kräftigen Waden, die in blauen Strümpfen steckten, zum Vorschein.

Und jedesmal machte Polyte denselben Witz: „Dünner sind sie noch nicht geworden."

Sie fand das sehr komisch und lachte hell auf. Dann rief er: „Hüh, Kokotte", und der magere Gaul setzte sich in Bewegung. Währenddessen hatte Celeste aus der Tiefe ihrer Tasche ihr Portemonnaie hervorgeholt und zog langsam zehn Sous heraus – sechs Sous für sich selbst und vier für die Körbe. Sie reichte Polyte das Geld über seine Schulter hin. Er nahm es an sich und sagte: „Na, wie wär's heute mit einem kleinen Späßchen?"

Dabei lachte er aus vollem Halse und wandte sich zurück, um sie nach Herzenslust betrachten zu können.

Es kostete sie jedesmal große Überwindung, für die drei Kilometer Fahrt einen halben Franc herauszugeben. Wenn sie kein Kleingeld hatte, litt sie noch mehr darunter und konnte sich kaum entschließen, das Geldstück wechseln zu lassen.

Eines Tages, als sie gerade bezahlen wollte, sagte sie: „Für so eine gute Kundin wie ich sollten Sie mit sechs Sous zufrieden sein."

Er lachte: „So 'n hübsches Mädchen wie Sie ist doch mehr als sechs Sous wert."

Sie fuhr fort: „Das machte nicht mal vier Francs im Monat aus."

Er gab dem Gaul einen Peitschenhieb und rief: „Warten Sie. Ich bin kulant. Für einen kleinen Spaß fahre ich Sie umsonst."

„Wie meinen Sie?" fragte sie in aller Naivität.

Das amüsierte ihn so sehr, daß er vor Lachen husten mußte: „Ein Späßchen ist ein Späßchen – Donnerwetter – ein Späßchen zwischen Bursch und Mädchen, vorwärts zu zweit auch ohne Musik."

Sie begriff, was er meinte, wurde rot und erklärte: „Nee, für solche Geschichten bin ich nicht zu haben, Monsieur Polyte." – Aber das schüchterte ihn nicht weiter ein, er wurde immer vergnügter und wiederholte:

„Ach, so 'n Späßchen könnten wir doch mal riskieren, wir zwei."

Seitdem war es ihm zur Gewohnheit geworden, jedesmal, wenn sie ihr Fahrgeld bezahlte, zu fragen: „Na, wie steht's heute mit einem Späßchen?"

Sie faßte die Sache jetzt auch als guten Scherz auf und antwortete: „Nee, heute noch nicht, aber Sonnabend ganz bestimmt."

Er lachte aus vollem Halse und rief: „Topp! Also Sonnabend!"

Sie rechnete im stillen nach, daß diese Fahrten, die sie jetzt schon seit zwei Jahren machte, sie bereits achtundvierzig Francs gekostet hatten. Und achtundvierzig Francs bedeuten bei den Bauern eine große Summe. Dann rechnete sie weiter aus, daß sie in abermals zwei Jahren auf diese Weise schon beinahe hundert Francs ausgegeben haben würde.

Und so kam es an einem Frühlingstage, als sie ganz allein waren und er wie gewöhnlich fragte: „Na, wie steht's heute mit einem Späßchen?", daß sie antwortete: „Ganz wie Sie wollen, Monsieur Polyte."

Er war durchaus nicht überrascht. Er sprang über die Bank zu ihr in den Wagen und murmelte befriedigt: „Denn man zu! Ich hab' ja immer gewußt, daß Sie noch mal von selbst kommen würden."

Und das alte, weiße Pferd fing an ganz langsam dahinzutraben und hörte nicht auf die Stimme seines Herrn, die von Zeit zu Zeit aus dem Wagen rief: „Hüh, Kokotte! Man zu!"

Drei Monate später entdeckte Celeste, daß sie schwanger war.

In weinerlichem Ton hatte sie ihrer Mutter die ganze Geschichte erzählt, und die Alte fragte ganz bleich vor Wut: „Wieviel hat's denn eingebracht?"

„Es ist nun schon vier Monate her", antwortete Celste, „das macht acht Francs."

Aber nun wurde die Alte geradezu rasend vor Wut. Sie fiel von neuem über die Tochter her und schlug sie, bis ihr der Atem ausging. Dann richtete sie sich wieder auf: „Hast du ihm gesagt, daß du in anderen Umständen bist?"

„Gott soll mich bewahren, nein, das habe ich ihm nicht gesagt."

„Warum nicht?"

„Dann hätte ich vielleicht wieder bezahlen müssen.“

Die Alte dachte nach, dann nahm sie ihre Eimer wieder auf. „Na, man zu, steh auf und versuch weiterzugehen.“

Nach einer kleinen Pause begann sie wieder: „Und sage ihm nichts, hörst du, so lang er’s nicht von selbst merkt, vielleicht geht’s dann noch ein paar Monate.“ Celeste hatte sich erhoben. Sie weinte immer noch. Ihre Haare waren in Unordnung, und ihre Wangen brannten. Mit schwerfälligen Schritten machte sie sich wieder auf den Weg und murmelte vor sich hin: „Natürlich werde ich ihm nichts davon sagen.“

Der Schmuck

Sie war eines jener reizenden Geschöpfe, bei denen man glauben möchte, das Schicksal habe sie nur aus Versehen in kleinen dürftigen Beamtenverhältnissen zur Welt kommen lassen. Eine Mitgift hatte sie nicht, Chancen ebensowenig, und auch kein Mittel, Bekanntschaften zu machen, verstanden, geliebt und von einem vornehmen reichen Manne heimgeführt zu werden. So ließ sie sich denn an einen kleinen Angestellten im Kultusministerium verheiraten.

Sie zog sich schlecht an, da sie sich nicht putzen konnte, fühlte sich aber unglücklich und deklassiert, denn für Frauen gibt es weder Kaste noch Rasse. Schönheit, Anmut und Grazie sind ihre Herkunft und Familie. Ihr angeborener Takt, ihr Instinkt für Eleganz, ihre geistige Beweglichkeit sind ihre Hierarchie und machen das Kind der Straße der größten Dame von Welt gleich.

Sie litt, täglich, stündlich; für jede Feinheit und jeden Luxus fühlte sie sich geboren. Sie litt unter der Armseligkeit ihrer Wohnung, dem Elend der nackten Wände, der abgenützten Möbel und häßlichen Stoffe. Was andere Frauen aus ihren Kreisen gar nicht bemerkten, quälte und empörte sie. Der Anblick der kleinen Bretonin, die ihr bescheidenes Hauswesen besorgte, rief in ihr trostlose Verzweiflung und verstiegene Träume wach. Sie träumte von stillen, verschwiegenen Gelassen, mit orientalischen Teppichen verhängt, von hohen Bronzekandelabern beleuchtet; von stattlichen Lakaien in prächtigen Livrées, die, von der Gluthitze des Ofens eingeschläfert, träge auf mächtigen Lehnsesseln schlummern. Sie dachte an weite Prunkgemächer, mit altertümlicher Seide ausstaffiert, voll zierlicher Möbel mit kostbaren Nippes beladen; an kleine, kokette, parfümierte Salons, geschaffen für die Plaudereien des Fünfuhrtees mit ganz intimen guten Freunden, berühmten, begehrten Männern, deren Dienst alle Frauen ersehnen.

Wenn sie sich zum Essen niedersetzte, an den runden Tisch mit dem schon drei Tage alten Tischtuch, vor sich ihren Mann, der die Suppenschüssel aufdeckte und begeistert erklärte: „Ja, unsere gute Hausmannskost. Es gibt doch nichts Besseres auf der Welt!" Dann schwelgte sie im Geiste an reichbesetzter Tafel mit funkelndem Silber, dachte an Gobelins, die die Wände mit altmodischen Figuren und seltsamen Vögeln inmitten eines Zauberwaldes beleben, an ausgesuchte Gerichte auf herrlichem Geschirr, an galante Redensarten, im Flüsterton gesprochen und mit geheimnisvollem Lächeln gehört, während man eine rosige Forelle oder zartes Geflügel zerlegt.

Sie besaß weder Toiletten, noch Juwelen, sie hatte nichts. – Und doch war das ihre einzige Sehnsucht, ihre einzige Liebe, war das, wofür sie sich geschaffen fühlte. Sie hätte sich so gerne geschmückt, sich so gerne bewundern, beneiden, umschwärmen lassen.

Eine einzige reiche Freundin hatte sie, mit der sie im Kloster zusammengewesen war, aber sie brachte es nicht über sich, sie zu besuchen, so sehr litt sie, wenn sie die eigenen vier Wände wieder um sich sah. Und sie weinte, tagelang, vor Kummer, Gram und Verzweiflung.

Eines Abends kam ihr Mann freudestrahlend nach Hause, in der Hand ein großes Kuvert.

„Da", sagte er, „ist etwas für dich."

Hastig riß sie den Umschlag auf und zog eine Karte hervor, auf der die gedruckten Worte standen:

„Kultusminister Georges Ramponneau und Frau geben sich die Ehre, Herrn Loisel und Frau Gemahlin auf den 18. Januar zu einer Soiree im Hause des Ministeriums einzuladen."

Anstatt, wie er gehofft, in Jubel auszubrechen, warf sie die Einladung ärgerlich auf den Tisch und murmelte: „Was soll ich denn damit anfangen?"

„Aber, liebes Kind, ich glaubte, es würde dir Spaß machen! Du kommst doch so selten hinaus, und das ist die beste Gelegenheit dazu. Es hat mich Mühe genug gekostet, eine Karte zu erhalten. – Alle Welt will eine haben, man reißt sich darum und für uns Beamte sind nur wenige ausgegeben. Du wirst alle offiziellen Größen dort finden."

Sie hatte ungeduldig zugehört, dann sagte sie gereizt: „Gut, und in welcher Toilette soll ich hingehen, wenn ich fragen darf?"

Daran hatte er nicht gedacht.

„Ich dachte", meinte er kleinlaut, „in dem Kleid, das du immer fürs Theater anziehst. Es ist doch ganz gut . . ."

Verblüfft hielt er inne. Seine Frau weinte. Zwei dicke Tränen rollten langsam ihre Backe herab.

„Was hast du denn?" stotterte er.

Doch sie hatte sich schon wieder gefaßt und gab, ihre Tränen trocknend, gelassen zur Antwort:

„Nichts. Ich habe nichts anzuziehen und kann also auch nicht zu dem Fest gehen. Gib die Karte einem deiner Kollegen, dessen Frau besser ausgestattet ist als ich."

Er war unglücklich und er erwiderte:

„Aber, Mathilde! Wieviel würde denn eine anständige Toilette kosten, etwas Einfaches, was du auch bei anderen Gelegenheiten tragen könntest?"

Sie besann sich ein wenig, die Kosten im stillen berechnend und gleichzeitig überlegend, welche Summe sie nennen durfte, ohne ein sofortiges Nein und einen Ausruf des Entsetzens von seiten ihres Mannes, des immer sparsamen Beamten gewärtigen zu müssen.

Endlich sagte sie zögernd:

„Genau weiß ich es nicht, aber ich denke, mit 400 Franken könnte ich auskommen."

Er war etwas blaß geworden. Gerade so viel hatte er für eine Flinte zurückgelegt, um sich im nächsten Sommer mit einigen Freunden, die ab und zu sonntags in der Gegend von Nanterre Lerchen schossen, ein paar Jagdausflüge zu leisten. Doch er sagte:

„Meinetwegen, 400 Franken sollst du haben. Aber sieh zu, daß du etwas Schönes bekommst."

Der Festabend rückte näher. Das Kleid lag bereit, aber Frau Loisel schien gedrückt, unruhig und sorgenvoll.

„Was hast du nur?" fragte ihr Mann eines Abends. „Du bist so seltsam in den letzten Tagen."

„Ich ärgere mich", gab sie zur Antwort, „daß ich keinen Schmuck, rein gar nichts habe, was ich umlegen könnte. Ich werde geradezu ärmlich aussehen. Beinahe hätte ich Lust, überhaupt wegzubleiben."

„Nimm frische Blumen", schlug er ihr vor. „Das ist jetzt sehr chic. Für zehn Franken bekommst du schon zwei oder drei wundervolle Rosen."

Er überzeugte sie nicht.

„Nein", sagte sie, „es ist zu demütigend, unter lauter reichen Frauen als Aschenbrödel dazustehen."

„Wie dumm von dir!" rief ihr Mann plötzlich, „geh doch zu deiner Freundin Forestier und bitte sie, dir etwas von ihrem Schmuck zu leihen; du stehst doch gut genug mit ihr, um sie darum bitten zu können."

„Du hast recht!" jubelte sie. „Daß mir das nicht einfiel!"

Am folgenden Tage ging sie zu ihrer Freundin und klagte ihr ihre Not.

Frau Forestier trat an ihren Spiegelschrank, nahm eine große Kassette heraus, öffnete sie und sagte:

„Da, meine Liebe, wähle dir aus, was du brauchst."

Zuerst kamen Armbänder zum Vorschein, dann ein Perlenkollier, ein venezianisches Kreuz, Juwelen mit Gold wundervoll gearbeitet. Frau Loisel probierte vor dem Spiegel ein Stück nach dem anderen, langsam, langsam, als ob es ihr schwerfiele, sich davon zu trennen.

„Hast du noch etwas?" fragte sie immer wieder.

„Ja, suche nur. Ich weiß ja nicht, was du am liebsten haben möchtest."

Plötzlich entdeckte sie in einem schwarzen Atlasetui ein prachtvolles Brillanthalsband. Ihr Herz begann vor unbändigem Begehren zu klopfen. Ihre Hände bebten, als sie es anfaßte. Sie legte es sich über dem hochgeschlossenen Kleide um und blieb wie gebannt vor dem Spiegel stehen.

Endlich fragte sie zaghaft:

„Darf ich dies haben, nichts weiter, nur dies?"

„Selbstverständlich."

Sie fiel ihrer Freundin um den Hals, umarmte sie stürmisch und eilte mit ihrem Schatz von dannen.

Der große Tag war gekommen. Frau Loisel machte Furore. Sie war die hübscheste von allen, elegant, graziös, strahlend vor Freude, närrisch vor Glück. Die Männer blickten ihr nach, erkundigten sich nach ihrem Namen, alle wollten ihr vorgestellt sein. Sämtliche Attachés baten sie um einen Walzer. Selbst der Minister schenkte ihr seine Aufmerksamkeit.

Sie tanzte leidenschaftlich, trunken vor Seligkeit über ihren Triumph, über das Aufsehen, das sie machte, über die begehrlichen Blicke, die sie verfolgten. – Sie schwebte wie in einer Wolke von Glück. Es war so süß für ein Frauenherz, dies Bewundertwerden, dieser vollkommene, große Sieg.

Gegen vier Uhr morgens brach sie auf. Ihr Mann war schon nach Mitternacht eingenickt, in einem kleinen, entlegenen Salon, mit noch drei anderen Herren zusammen, deren Frauen sich prachtvoll amüsierten.

Er warf ihr über, was er für den Heimweg mitgenommen hatte, unscheinbares Zeug, wie sie es sonst zu tragen pflegte, und das herzlich wenig im Einklang stand mit der eleganten Toilette. Sie fühlte es und wollte entschlüpfen, ehe die anderen Frauen, die sich in ihre schweren Pelze hüllten, es merkten.

Loisel aber hielt sie zurück:

„Warte doch, du könntest dich erkälten, ich will eine Droschke besorgen."

Aber sie hörte nicht auf ihn, sondern eilte rasch die Treppe hinunter.

Als sie auf der Straße anlangten, war kein Wagen zu haben. Sie irrten umher, riefen jeden Kutscher an, den sie von weitem sahen. Schlotternd, verzweifelt kamen sie bis zur Seine; am Quai fanden sie endlich eines jener alten Vehikel, die sich in Paris nur bei Nacht hinauswagen, als schämten sie sich, ihre Schäbigkeit dem Tageslicht auszusetzen.

Vor ihrer Wohnung, Rue des Martyrs, wurden sie abgesetzt, und trübselig stiegen beide die Treppe hinauf. Für sie war's vorüber. Und er dachte daran, daß er um zehn Uhr wieder im Ministerium sein müsse.

Sie entledigte sich vor dem Spiegel der Tücher, in die sie sich eingehüllt hatte, und wollte sich noch einmal im Glanz ihrer Schönheit sonnen. Aber plötzlich stieß sie einen Schrei aus. Das Kollier an ihrem Hals war verschwunden.

Ihr Mann, der schon halb ausgekleidet war, fragte:

„Was ist?"

Außer sich wandte sie sich nach ihm um und sagte:

„Ich – ich – habe das Halsband von Frau Forestier nicht mehr!"

Entsetzt fuhr er auf:

„Was – wieso? – Das ist ja nicht möglich!"

Und sie durchsuchten das Kleid, den Mantel, die Taschen, alles! – Es war nicht zu finden.

„Bist du sicher, es beim Fortgehen noch gehabt zu haben?"

„Gewiß – im Vorsaal des Ministeriums habe ich noch danach gegriffen."

„Aber auf der Straße kann es nicht verloren gegangen sein, wir hätten es fallen gehört. Es muß also in der Droschke geblieben sein."

„Ja, das kann sein. Weißt du die Nummer?"

„Nein. Und du – hast du sie nicht angesehen?"

„Nein."

Fassungslos starrten sie sich an. Loisel fing an, sich wieder anzuziehen.

„Ich will den Weg, den wir zu Fuß gemacht haben, noch einmal zurückgehen, vielleicht finde ich es."

Und er ging. Sie blieb in ihrer Abendtoilette im kalten Zimmer, unfähig sich zu Bett zu legen, und saß wie geistesabwesend, zusammengesunken auf einem Stuhl.

Gegen sieben Uhr kam ihr Mann zurück. Er hatte nichts gefunden.

Er ging aufs Polizeirevier, in die Zeitungsredaktionen, um eine Belohnung auszusetzen; zu den Fuhrhaltern, kurz, überallhin, wo nur ein Funke von Hoffnung war.

Sie wartete den ganzen Tag auf ihn, immer in demselben Zustand der Betäubung über die furchtbare Katastrophe.

Am Abend endlich kam Loisel nach Hause, blaß und verstört, er hatte nichts ausgerichtet.

„Du mußt deiner Freundin schreiben", sagte er, das Schloß am Halsband sei zerbrochen und du müßtest es reparieren lassen. So gewinnen wir Zeit uns umzutun."

Sie ließ sich den Brief diktieren.

Nach Ablauf einer Woche hatten sie jede Hoffnung aufgegeben.

Loisel, um fünf Jahre gealtert, erklärte:

„Wir müssen daran denken, den Schmuck zu ersetzen."

Am nächsten Tag gingen sie mit dem leeren Etui zu dem Juwelier.

„Aus meinem Geschäft ist das Halsband nicht; wie es scheint, ist nur das Etui bei mir gekauft worden."

Nun wanderten sie von Juwelier zu Juwelier und fahndeten nach einem gleichen Stück, beide krank vor Kummer und Sorge. In einem Laden im Palais Royal trieben sie endlich ein Kollier auf, das ihnen dem verlorenen in jeder Beziehung zu gleichen schien.

Es sollte 40 000 Franken wert sein, für 36 000 wollte man es ihnen lassen.

Sie baten den Juwelier, es nicht vor Ablauf dreier Tage zu verkaufen und machten aus, daß man es für 34 000 wieder zurückgeben dürfe, im Fall sich das andere vor Ende Februar doch noch finden sollte.

Loisel besaß aus der Hinterlassenschaft seines Vaters 18 000 Franken, das übrige mußte geliehen werden. Und er lieh also; bei diesem 1000 Franken, bei jenem 500, 5 Louis hier, 3 Louis dort. Er stellte Wechsel aus, ließ sich in ruinöse Verpflichtungen ein, verhandelte mit Wucherern, mit allen Sorten Geldgebern. Er setzte alles aufs Spiel, die Ruhe seiner alten Tage, seinen ehrlichen Namen, und endlich ging er, Verzweiflung im Herzen, eine bange Zukunft voller Sorgen vor sich, voll physischer und moralischer Entbehrungen und legte für das neue Halsband die 36 000 Franken auf den Tisch.

Als Frau Loisel ihrer Freundin den Schmuck zurückbrachte, hieß es ziemlich ungnädig:

„Du hättest ihn schon etwas früher bringen dürfen, ich hätte ihn doch vielleicht brauchen können."

Sie machte des Etui nicht auf, wie Frau Loisel gefürchtet. Wenn es ihr aufgefallen wäre, daß es ein anderes Halsband war, was würde sie gedacht oder gesagt haben? Am Ende hätte man sie für eine Diebin gehalten?

Frau Loisel machte nun die Bekanntschaft mit dem furchtbaren Leben der Armut. Aber sie nahm heroisch ihr Los auf sich. Die entsetzliche Schuld mußte abgezahlt werden. Und sie wollte sie zahlen. Das Mädchen wurde entlassen, die Wohnung mit einer Mansarde vertauscht.

Sie lernte arbeiten, sich mit den gröbsten Hausgeschäften, den schmutzigsten Küchenhantierungen befassen. Sie spülte Teller und Schüsseln, riß sich die rosigen Nägel wund an den schmierigen Töpfen und Kasserolen. Sie wusch die schmutzigste Wäsche, Hemden und Scheuerlappen, und hing sie selbst zum Trocknen auf. Jeden Morgen trug sie den Kehricht in den Hof, schleppte das Wasser hinauf, bei jedem Treppenabsatz Atem schöpfend. Sie machte ihre Einkäufe mit dem Korb am Arm, ging wie eine Arbeiterfrau gekleidet zum Obsthändler, zum Bäcker, zum Krämer, handelte, feilschte, steckte Grobheiten ein, erkämpfte sich Sou um Sou ihr elendes Geld.

Jeden Monat galt es Wechsel zu zahlen, neue aufzunehmen, Zeit zu gewinnen.

Loisel arbeitete abends, um die Bücher eines Geschäftsmannes in Ordnung zu bringen und saß nachts und machte Abschriften für fünf Sous die Seite.

Dieses Leben dauerte zehn Jahre.

Nach zehn Jahren hatten sie alles zurückbezahlt, alles, mit Zins und Zinseszinsen.

Mathilde Loisel sah jetzt aus wie eine alte Frau. Sie war das plumpe, derbe Weib der ärmeren Klassen geworden, das, schlecht frisiert, mit aufgeschürzten Röcken, roten Händen am Boden kniet und Dielen scheuert. Ihre Stimme klang schrill. Nur manchmal, wenn ihr Mann im Büro war, setzte sie sich ans

Fenster und dachte zurück an jenen Festabend, wo sie so schön und gefeiert gewesen war.

Wie wohl das alles gewesen wäre, wenn sie den Schmuck nicht verloren hätte? Wer weiß? Wie seltsam, wie wechselvoll doch das Leben ist. Wie wenig gehört dazu, um einen zu verderben oder zu retten!

An einem Sonntag ging sie aus, in die Champs-Elysées, um sich von den Mühseligkeiten der Woche zu erholen. Plötzlich sah sie eine Dame daherkommen mit einem Kind an der Hand. Es war Frau Forestier, noch immer jung, noch immer schön und begehrenswert.

Frau Loisel war bewegt. Sollte sie sie ansprechen? Ja, gewiß. Und jetzt, wo alles bezahlt war, wollte sie ihr alles sagen. Warum auch nicht?

Sie ging auf sie zu.

„Guten Tag, Jeanne."

Die andere erkannte sie nicht und wunderte sich, von dieser gewöhnlichen Frau so vertraut angesprochen zu werden.

„Bitte – ich weiß nicht – Sie müssen sich irren", sagte sie ganz verwirrt.

„O nein, ich bin Mathilde Loisel."

„Du, Mathilde?" rief ihre Freundin, „du Ärmste, wie du dich verändert hast!"

„Ja, ich habe schlimme Zeiten hinter mir, seitdem wir uns nicht mehr gesehen haben – und zwar deinetwegen."

„Meinetwegen? Wieso?"

„Du erinnerst dich doch an das Brillanthalsband, das du mir damals für das Fest im Ministerium geliehen hast?"

„Gewiß – ja und?"

„Nun, ich hatte es verloren."

„Wieso? Du hast es mir doch zurückgebracht."

„Ja, aber ein anderes, ähnliches, nicht deins. Und zehn Jahre haben wir gebraucht, bis es bezahlt war. Du kannst dir denken, leicht ist es uns nicht geworden, wo wir doch kein Vermögen haben. Aber jetzt ist's überstanden und ich bin heilfroh darüber."

Frau Forestier war stehengeblieben.

„Du hast ein Brillanthalsband gekauft als Ersatz für das meinige?"

„Ja, und nicht wahr, du hast es nicht einmal bemerkt; sie haben sich auch geglichen wie ein Haar dem anderen." Und ein Lächeln naiver Genugtuung flog über ihr Gesicht.

Tief bewegt streckte ihr Frau Forestier beide Hände entgegen:

„Arme Mathilde! Das meinige war ja nicht echt – es war höchstens 500 Franken wert!"

Das Glück

Es war Teestunde, und die Lampen waren noch nicht angezündet. Die Villa lag hoch oben am Meer. Eben war die Sonne untergegangen, der ganze Himmel glühte noch in rosigem Licht und sah aus, als ob er mit Goldstaub gepudert wäre. Regungslos wie eine riesige blankpolierte Metallscheibe lag das Mittelmeer im sterbenden Licht des Tages.

Drüben auf der rechten Seite zeichneten sich in der Ferne die zackigen Berge in schwarzen Silhouetten gegen den immer mehr erbleichenden Purpurhimmel ab.

Es wurde von der Liebe gesprochen. Man diskutierte wieder einmal über das uralte Thema und sagte alles Mögliche, was man schon hundertmal im Leben gesagt hatte.

Die sanfte Melancholie der Dämmerstunde stimmte die Seelen weich und brachte gleichsam einen müden Ton in das Gespräch. Das Wort Liebe kehrte immer wieder; bald war es eine starke Männerstimme, die es aussprach, bald die einer Frau mit hellem Klang. Es war, als ob dies Wort den Salon ganz füllte und wie ein kleiner Vogel darin umherschwirrte, oder wie ein Geist über der ganzen Gesellschaft schwebte.

Kann Liebe jahrelang dauern?

„Nein", behaupteten die einen, „aber gewiß", die anderen.

Beispiele wurden angeführt, einzelne Fälle erzählt und Vergleiche angestellt. Alle, Männer und Frauen, sprachen mit tiefer Bewegung und brennendem Interesse über die Liebe, das geheimnisvolle Ineinanderschmelzen zweier Wesen, das Erhabenste und doch auch das Banalste im Leben, während heiße Erinnerungen an Selbsterlebtes in ihnen aufstiegen, die sie nicht aussprechen durften und die sich doch fast gewaltsam auf ihre Lippen drängen wollten.

Plötzlich rief jemand, der schon eine ganze Zeitlang aufs Meer geblickt hatte:

„Sehen Sie doch einmal – dort hinten – was ist das?"

In weiter Ferne, am Horizont, sah man eine seltsame, unförmige graue Masse, die aus dem Meer emporzusteigen schien.

Die Damen waren aufgestanden und blickten überrascht hinaus. Sie hatten noch nie etwas Derartiges gesehen und konnten es sich nicht erklären. Schließlich sagte jemand:

„Es ist Korsika! Zwei- oder dreimal im Jahr kommt die Insel so wie heute zum Vorschein – unter bestimmten atmosphärischen Bedingungen – nämlich wenn die Luft so klar ist, daß der Wasserdampf, der die Ferne für gewöhnlich verschleiert, sich verflüchtigt."

Man konnte jetzt beinahe die Gipfel der Berge erkennen. Einige glaubten sogar zu sehen, daß sie mit Schnee bedeckt waren.

Die ganze Gesellschaft war in Unruhe gekommen. Es war fast, als ob dieses Phantom, das so plötzlich aus dem Meer emportauchte, ihnen Furcht einflößte. Vielleicht hatte man Visionen, und flog wie Kolumbus über unbekannte Meere und fremde Länder.

Ein alter Herr, der bis dahin noch kaum gesprochen hatte, meinte:

„Sehen Sie, diese Insel, die da drüben so plötzlich vor uns aufgestiegen ist, erinnert mich an ein merkwürdiges Erlebnis. Ich habe dort ein seltenes Beispiel von ausdauernder Liebe –

von märchenhaft glücklicher Liebe kennengelernt. Hören Sie zu!

Vor etwa fünf Jahren machte ich eine Reise nach Korsika, diesem wilden Inselland, das uns beinahe ferner liegt als Amerika, obgleich man es manchmal so wie heute von unserer Küste aus sieht.

Stellen Sie sich eine Welt vor, in der noch das absoluteste Chaos herrscht – wild durcheinandergeworfene Berge und dazwischen enge Schluchten, in denen mächtige Ströme dahinbrausen. Nirgendwo eine Ebene, nur ungeheure, wellige Granitfelder oder riesige Hügel, die zum einen Teil mit Geröll, zum anderen Teil mit hohen Fichten- oder Kastanienwäldern bedeckt sind. Es ist alles noch jungfräulicher, unbebauter Boden, obgleich man hier und da ein Dorf entdeckt, das wie ein wirrer Schutthaufen hoch am Berge liegt.

Nichts von Kultur und Industrie, nichts von Kunst. Nirgendwo findet man Spuren von Holzschnitzerei oder Skulptur, nichts erinnert an den kindlichen oder raffinierten Sinn der Alten für schöne graziöse Formen. Das ist gerade das Merkwürdige in diesem herben und schönen Land: die angestammte Gleichgültigkeit gegen alles, was Kunst heißt.

Italien, wo jeder Palast ein Meisterwerk ist, der wiederum tausend andere Meisterwerke birgt, – wo Marmor und Holz, Eisen und Bronze, wo jeder Stein Zeugnis vom Genie des Menschen ablegt, wo selbst der geringste Gegenstand aus dem Altertum, der einem zufällig in die Hand fällt, das göttliche Streben nach Anmut verrät – dieses Italien ist für uns alle das geheiligte Vaterland der Kunst. Wir lieben es, weil es uns die Macht und Größe, weil es uns den Triumph schöpferischer Intelligenz vor Augen führt.

Im Gegensatz dazu ist das wilde Korsika in einer Art Urzustand stehengeblieben. Der Mensch lebt hier in primitiven Hütten, gleichgültig gegen alles, was nicht mit seiner eigenen Existenz oder mit seinen Familienzwistigkeiten zusammenhängt. Er hat alle Eigenschaften und Fehler der Naturvölker beibehalten, – er ist ungestüm, leicht zum Haß bereit, blutdürstig, ohne es selbst zu wissen – aber auch wieder gastfreundlich, großmütig, aufopfernd und naiv. Er öffnet jedem Wanderer seine Tür und ist immer bereit, Freundschaft zu bieten, wenn man ihm nur ein wenig Sympathie entgegenbringt.

Ich durchstreifte die herrliche Insel schon seit einem Monat mit dem Gefühl, als ob ich am Ende der Welt wäre. Keine Herberge, kein Wirtshaus, keine Landstraße. Auf schmalen Fußwegen gelangt man zu den einsamen Weilern, die an die Felswände angeklebt scheinen, hoch über zerküfteten Abgründen, in denen Gießbäche mit dumpfem Grollen dahinbrausen. Man klopft an die Tür irgendeiner Hütte und bittet um Obdach für die Nacht. Man setzt sich mit an den ärmlichen Tisch und schläft unter dem ärmlichen Dach. Am nächsten Morgen dürckt man dem Gastgeber, der einen noch bis an die Grenze des Dorfes geleitet, zum Dank die Hand.

So erreichte ich eines Abends nach zehnstündigem Marsch eine einsame kleine Behausung tief unten im Tal. Die schroffen Berghänge waren mit Felsblöcken und Geröll bedeckt und umschlossen, wie düstere Kerkermauern, die kleine Schlucht, die einen trostlos melancholischen Eindruck machte.

Um die Hütte lag ein kleiner Garten mit ein paar Weinstökken und einigen mächtigen Kastanienbäumen – in dieser armen Gegend schon ein förmlicher Reichtum.

Die alte Frau, die mir öffnete, sah ernst und unerwartet sauber aus. Der Mann saß auf einem Strohstuhl und erhob sich zum Gruße und setzte sich, ohne ein Wort zu sagen, wieder hin. Seine Lebensgefährtin sagte: ‚Sie müssen entschuldigen, er ist taub – er ist schon zweiundachtzig Jahre alt.‘

Es überraschte mich, daß sie tadellos Französisch sprach, und ich fragte: ‚Sind Sie nicht aus Korsika?‘

‚Nein, wir sind vom Festland‘, antwortete sie, ‚aber wir wohnen schon seit fünfzig Jahren hier.‘

Fünfzig Jahre hier in diesem traurigen Loch! Mich überkam bei diesem Gedanken ein Gefühl von Angst und Schrecken.

Es erschien noch ein alter Schäfer, und man setzte sich zu Tisch. Es gab nur ein Gericht, eine dicke Suppe, Kartoffeln, Speck und Kohl zusammengekocht.

Als die Mahlzeit beendet war, setzte ich mich draußen vor die Tür. Die Melancholie der Landschaft schnürte mir das Herz zusammen. Ich hatte das beklommene Gefühl, das einen manchmal auf Reisen an trüben Abenden und in einer trostlosen Umgebung überkommt. Es ist einem dann zumute, als ob das Leben und die ganze Welt zu Ende wäre. – Die ganze Misere des Daseins kam mir zum Bewußtsein, seine Nichtigkeit – die Einsamkeit des menschlichen Herzens, über die man sich bis zum Tode immer wieder durch schöne Träume hinwegzutäuschen sucht.

Die alte Frau kam zu mir heraus und fragte mit der Neugier, die selbst in denen, die auf alles verzichtet haben, nie ganz stirbt: ‚Sie kommen aus Frankreich?'

‚Ja, ich reise zu meinem Vergnügen.'

‚Sind Sie vielleicht aus Paris?'

‚Nein, aus Nancy.'

Es kam mir so vor, als ob meine Antwort sie in heftige Erregung versetzte. Ich weiß selbst nicht wie es kam, daß ich das sah oder vielmehr fühlte. Sie wiederholte langsam:

‚Aus Nancy!'

Jetzt erschien auch der Mann mit der Ausdruckslosigkeit tauber Menschen in der Tür. Sie setzte hinzu: ‚Es macht nichts, – er versteht kein Wort.'

Nach ein paar Sekunden sagte sie: ‚Dann kennen Sie wohl viele Leute in Nancy?'

‚Oh ja, fast alle.'

‚Auch die Familie Sainte-Allaize?'

‚Freilich, sehr gut, sie war mit meinem Vater befreundet.'

‚Wie heißen Sie denn?'

Ich nannte meinen Namen. Sie blickte mich fest an und sagte mit leiser Stimme, als ob sie an längst entschwundene Zeiten dächte: ‚Ja ja, ich weiß ganz gut. – Und die Brisemares? – Was ist denn aus denen geworden?'

‚Sie sind alle tot.'

‚Ach, – und die Sirmonts? – Kennen Sie die auch?'

‚Gewiß – der letzte ist General.'

‚Henri de Sirmont', sagte sie jetzt, und eine tiefe Bewegung, eine Art Angst zitterte in ihrer Stimme. Es war, als ob ein unklares, aber mächtiges, ja beinah heiliges Gefühl sich in ihr Bahn bräche – ein Verlangen, zu beichten, von all diesen Dingen zu sprechen, die sie jahrelang gewaltsam zurückgedrängt hatte, und von diesen Menschen, deren bloßer Name ihr ganzes Wesen in Aufruhr versetzte.

‚Henri de Sirmont – ich weiß wohl – er ist mein Bruder.'

Überrascht erschrocken sah ich sie an. Plötzlich stieg eine Erinnerung vor mir auf.

Die Geschichte hatte damals in der aristokratischen Loraine

großes Aufsehen gemacht. Ein schönes, reiches junges Mädchen – Suzanne de Sirmont – hatte sich von einem Unteroffizier entführen lassen, der im Regiment ihres Vaters stand.

Er war ein schöner Bursche gewesen, dieser Soldat, der mit der Tochter seines Obersten durchging – ein Bauernsohn, dem der blaue Dolman ausgezeichnet stand. Sie hatte ihn wahrscheinlich öfters mit dem Regiment vorbeimarschieren sehen und sich in ihn verliebt.

Aber wie hatte sie es möglich gemacht, mit ihm zu sprechen? – Wie hatten sie sich verständigen können? – wie hatte sie den Mut gefunden, ihm zu verstehen zu geben, daß sie ihn liebte? – Das alles hat man nie erfahren.

Niemand hatte etwas davon geahnt. Aber eines Abends, als der Soldat seine Zeit abgedient hatte, war sie mit ihm verschwunden. Man suchte sie überall, aber sie wurden nie wieder gefunden. Man hörte auch niemals wieder von ihr und betrachtete sie als gestorben.

Jetzt fand ich sie hier in diesem wilden Tal wieder.

‚Ja, ich erinnere mich noch sehr wohl', sagte ich jetzt, ‚Sie sind Mademoiselle Suzanne.'

Sie nickte. Tränen rannen ihr aus den Augen. Dann wies sie mit einem Blick auf den Greis, der immer noch regungslos auf der Schwelle seiner Hütte stand und sagte: ‚Das ist er.'

Ich sah, daß sie ihn immer noch liebte, daß immer noch die alte Glut in ihren Augen flammte, wenn sie ihn anblickte.

‚Sind Sie denn wenigstens glücklich mit ihm gewesen?' fragte ich.

Sie antwortete aus tiefstem Herzen: ‚Ja, sehr glücklich. Er hat mich sehr glücklich gemacht. Ich habe es nie bereut.'

Ich blickte sie an, traurig und erstaunt über diese Macht der Liebe. Als reiches junges Mädchen war sie diesem Mann, diesem Bauern, gefolgt. Mit der Zeit war sie selbst zur Bäuerin geworden. Sie hatte sich an das rauhe Leben, ohne jede äußere Kultur, ohne allen Reiz, ohne allen Luxus gewöhnt, sich in das einfache Leben gefunden. Und sie liebte ihn immer noch. Sie war eine einfache Bauersfrau geworden mit leinenem Rock und Kopftuch. Sie aß von irdenem Geschirr und an einem einfachen Holztisch ihre ärmlichen, ländlichen Gerichte und schlief auf einem Strohlager an seiner Seite.

Sie hatte an nichts gedacht, nur an ihn, sich niemals zurückgesehnt nach Luxus, nach Schmuck und Toiletten, nach weichen Lehnstühlen und eleganten Räumen. Sie hatte nur ihn gewollt, nur ihn begehrt. Wenn er nur bei ihr war, schwanden alle anderen Wünsche.

In frühester Jugend hatte sie von alldem Abschied genommen, von ihren Gesellschaftskreisen und von denen, die sie liebten und erzogen hatten, um ganz allein mit ihm in diese Wildnis zu gehen.

Er war ihr alles gewesen, alles was sie vom Leben verlangt, erträumt und erhofft hatte. Und er hatte sie glücklich gemacht – ein langes Leben lang.

Sie hätte nicht glücklicher sein können.

Die ganze Nacht hörte ich das Schnarchen des alten Soldaten, der auf seinem Strohlager schlief, an der Seite des Weibes, das ihm durchs ganze Leben gefolgt war, und die ganze Nacht ging mir diese seltsame und doch so einfache Geschichte durch den Kopf, dies so überreiche Glück, das aus Nichts entstanden war.

Bei Sonnenaufgang nahm ich Abschied und schüttelte den beiden Alten herzich die Hand."

Der Erzähler schwieg. Eine Dame meinte: „Das ist ja alles ganz schön, aber diese Frau hat es sich doch zu bequem ge-

macht. Ihr Ideal war zu leicht zu erreichen, ihre Bedürfnisse zu primitiv. – Sie muß doch eine rechte Gans gewesen sein."

Jemand anders sagte langsam: „Aber sie ist glücklich gewesen."

Drüben am Horizont sank Korsika allmählich wieder ins Meer hinab und verschwand im Dunkel der Nacht, nachdem es wie eine Geistererscheinung emporgestiegen war, um von dem einfachen Liebespaar zu erzählen, dem seine Ufer Zuflucht gewährten.

Vendetta

Paolo Saverinis Witwe bewohnte ganz allein mit ihrem Sohn ein armseliges Häuschen auf den Wällen von Bonifacio.

Die Stadt ist auf einem Vorsprung des Gebirges erbaut, stellenweise hängt sie sogar förmlich über dem Meer und blickt über die klippenreiche Meerenge hinab auf die Küste von Sardinien.

Auf der anderen Seite, am Fuße der Stadt, hat der Strand einen riesigen viereckigen Einschnitt, der als Hafen dient. Hier legen die kleinen italienischen und sardinischen Fischerboote an, nach ihrer langen Rundfahrt zwischen den zwei steilen Mauern. Und alle vierzehn Tage kommt das gebrechliche alte Dampfschiff hereingefahren, das die Post von Ajaccio bringt.

Die Häuser schimmerten noch heller als das weiße Gebirge. Wie sie so an den Felsen hängen, gleichen sie fast den Nestern wilder Vögel, hoch über der furchtbaren Meeresschlucht, die kein Schiff zu passieren wagt.

Unablässig peitscht der Wind das Meer und die nackte Küste, wo er schon schreckliche Verheerungen angerichtet hat. Er fängt sich hier in der Meeresenge und verwüstet die beiden Ufer, an denen kaum noch ein Grashalm zu finden ist. Überall ragen die Felsen aus den Wogen empor, auf ihren schwarzen Spitzen sammelt sich der fahle Schaum des Meeres. Es sieht aus, als ob lauter abgerissene Leinwandfetzen auf dem Wasser schwämmen.

Das Haus der Witwe Saverini stieß fast auf den Strand, und von ihren drei Fenstern blickte man auf das wilde und eintönige Spiel der Brandung hinaus.

Dort lebte sie ganz allein mit ihrem Sohn Antonio und ihrer Hündin „Sémillante". – Es war ein großes mageres Tier, eine Art Schäferhund mit langem, rauhen Fell, der den jungen Mann auf der Jagd zu begleiten pflegte.

Eines Abends nach einem Streit wurde Antonio Saverini von Nicolas Ravolati meuchlings erstochen. Der Mörder floh noch in derselben Nacht nach Sardinien.

Die alte Mutter vergoß keine Träne, als man ihr den Leichnam ihres Sohnes brachte. Lange stand sie unbeweglich da und betrachtete ihn, dann legte sie ihre runzlige Hand auf seinen Körper und schwur ihm die Vendetta. Sie duldete es nicht, daß jemand bei ihr blieb; ganz allein mit dem heulenden Hund schloß sie sich bei dem Leichnam ein. Das Tier saß am Fußende des Bettes, es hatte den Kopf seinem Herrn zugewandt, klemmte den Schwanz zwischen die Beine und heulte unaufhörlich. Es wich nicht vom Fleck, gerade wie die Mutter, die sich immer wieder über den toten Sohn beugte, ihn betrachtete und heiße, stille Tränen weinte.

Der junge Mann lag auf dem Rücken, sein grobes Tuchwams war über der Brust durchlöchert und zerrissen. Er sah fast aus, als ob er schliefe, aber er war ganz mit Blut befleckt – sein Hemd, das man für den ersten Verband zerrissen hatte, seine Weste, seine Beinkleider, sein Gesicht und seine Hände. Auch in seinem Bart und seinen Haaren hingen ganze Klumpen geronnenes Blut.

Und jetzt begann die alte Mutter zu ihm zu reden. Beim Klang ihrer Stimme schwieg der Hund plötzlich.

„Sei nur ruhig, du sollst gerächt werden, mein Kleiner, mein Junge, mein armes Kind. Schlaf, schlaf, du sollst gerächt werden, hörst du? Die Mutter verspricht es dir. Und du weißt ja, die Mutter hält immer Wort."

Und langsam beugte sie sich zu ihm nieder und preßte ihre kalten Lippen auf seinen toten Mund.

Nun fing Sémillante wieder an zu heulen und stieß langgezogene Klagetöne aus, herzzerreißende, schreckliche Töne.

So blieben alle beide, die alte Frau und der Hund, bis zum Morgen sitzen.

Am andern Tage wurde Antonio Saverini begraben, und bald sprach man in Bonifacio nicht mehr von ihm.

Er hatte weder Brüder noch nahe Verwandte. Es war niemand da, der die Vendetta hätte auf sich nehmen können. Nur seine alte Mutter dachte Tag und Nacht daran.

Auf der anderen Seite der Meerenge konnte sie vom Morgen bis zum Abend einen weißen Punkt an der Küste sehen. Es war das kleine sardinische Dorf Longosardo, in das die korsischen Banditen flüchten, wenn sie sich vor Verfolgung fürchten. Sie sind fast die einzigen Bewohner des Dörfchens – von dort sehen sie die Küste ihres Vaterlandes und dort harren sie auf den Moment, wo sie in ihre Heimat zurückkehren können. Sie wußte es ganz genau, dorthin hatte auch Nicolas Revolati sich geflüchtet.

Den ganzen Tag über saß sie allein in ihrem Fenster, blickte dort hinunter und dachte an ihre Rache. Wie sollte sie es anfangen, sie, die gebrechliche Alte, die den Tod schon vor Augen sah? Aber sie hatte es versprochen, sie hatte es auf dem Leichnam ihres Sohnes geschworen. Sie durfte es nicht vergessen, sie durfte nicht warten. Was sollte sie tun? Sie schlief keine Nacht mehr, sie hatte weder Rast noch Ruhe und grübelte in einem fort darüber nach. Die Hündin schlummerte zu ihren Füßen, dann und wann erhob sie den Kopf und heulte in die Luft. Seitdem ihr Herr nicht mehr da war, heulte sie oft, als wollte sie ihn zurückrufen – es war, als ob nichts die Erinnerung an ihn in der Seele dieses Tieres auslöschen könnte.

Da, eines Nachts, als Sémillante wieder zu winseln begann, kam der Mutter plötzlich ein Gedanke – ein grausamer, wilder, blutdürstiger Gedanke. Bis zum Morgen überlegte sie, dann, bei Tagesanbruch, stand sie auf und ging in die Kirche. Dort warf sie sich auf die Steine nieder und flehte zu Gott, er möge ihr helfen und ihrem schwachen Körper die Kraft verleihen, daß sie ihren Sohn rächen könne.

Dann ging sie wieder nach Hause. In ihrem Hof stand ein altes Faß, das den Regen aus der Dachrinne aufnehmen sollte. Das leerte sie jetzt aus und stülpte es um, dann befestigte sie es mit Pfählen und Steinen am Boden, kettete Sémillante daran fest und ging ins Haus.

Lange ging sie in ihrem Zimmer auf und ab und sah beständig nach der Küste von Sardinien hinüber. Dort wohnte er, der Mörder ihres Sohnes.

Die Hündin heulte den ganzen Tag und die ganze Nacht. Am Morgen brachte ihr die Alte einen Napf mit Wasser, aber weiter nichts, keine Suppe, kein Brot.

Der Tag verging. Sémillante war ganz entkräftet und schlief ein. Am anderen Morgen funkelten ihre Augen, sie sträubte die Haare und zerrte verzweifelt an der Kette.

Die Alte gab ihr wieder nichts zu essen. Das Tier fing an, toll zu werden. So verstrich eine Nacht.

Bei Tagesanbruch ging Mutter Saverini zu ihrem Nachbar

und bat ihn um zwei Bund Stroh. Dann nahm sie alte Kleidungsstücke, die ihr Mann früher getragen hatte, und stopfte sie damit aus, so daß das Ganze einem menschlichen Körper glich.

Vor Sémillantes Lager steckte sie dann einen Stock in den Boden und richtete die Figur daran in die Höhe. Dann formte sie den Kopf aus einem Bündel alter Leinwand.

Die Hündin betrachtete die Strohpuppe ganz erstaunt und war ganz still, obgleich der Hunger an ihr nagte.

Dann ging die Alte zum Schlachter und kaufte ein langes Stück Blutwurst. Als sie zurückkam, machte sie in ihrem Hof, dicht bei dem Hundelager, ein Holzfeuer an und ließ die Wurst rösten. Sémillante war wie rasend, sie sprang, schäumte, starrte unverwandt auf das Feuer hin und sog den Duft ein, der ihr in die Nase drang.

Jetzt machte die Mutter aus der dampfenden Wurst eine Art Krawatte für den Strohmann, die sie ihm langsam um den Hals wand, als ob sie ihn damit erdrosseln wollte. Als sie fertig war, machte sie die Hündin los.

Mit einem riesigen Satz sprang das Tier der Puppe an die Gurgel, setzte die Pfoten auf ihre Schultern und begann sie zu zerreißen. Mit einem Stück seiner Beute im Rachen fiel es wieder zurück, dann stürzte es von neuem darauf los, grub die Zähne tief ins Fleisch, riß einzelne Stückchen von der Speise los, fiel wieder zurück und sprang dann wieder in die Höhe.

Still und unbeweglich, mit leuchtenden Augen, schaute die Alte zu. Dann legte sie das Tier wieder an die Kette, ließ es noch einmal zwei Tage hungern und begann das seltsame Experiment von neuem. Drei Monate hindurch gewöhnte sie das Tier an diesen Kampf um seine Mahlzeit, die es dann mit den Zähnen zerfleischte. Aber jetzt legte sie es nicht mehr an die Kette, sondern hetzte es mit einer einzigen Bewegung auf die Strohpuppe.

Sémillante hatte sogar gelernt, die Figur zu zerreißen, ohne daß irgendwelche Nahrung an ihrem Halse befestigt war, dann bekam sie zur Belohnung die geröstete Wurst.

Sobald sie den Mann nur sah, bebte sie schon, dann blickte sie ihre Herrin an und wartete, bis diese den Finger hob und mit pfeifender Stimme schrie: „Los!“

Als Mutter Saverini fand, daß es jetzt an der Zeit sei, ging sie zur Beichte und empfing an einem Sonntagmorgen mit ekstatischer Inbrunst das Abendmahl. Dann zog sie die Männerkleider an, kostümierte sich als Bettler und ließ sich mit ihrem Hunde von einem sardinischen Fischer auf die andere Seite der Meeresenge bringen.

In einem Leinwandbeutel hatte sie ein großes Stück Wurst mitgenommen. Sémillante fastete seit zwei Tagen. Alle Augenblicke zeigte ihr die Alte die duftende Nahrung, um sie zu reizen.

So kamen sie in Longosardo an. Die Alte humpelte durchs Dorf und fragte bei einem Bäcker nach Nicolas Ravolatis Wohnung. Er hatte sein altes Handwerk, die Tischlerei wieder aufgenommen und arbeitete ganz allein in seiner Werkstatt.

Die Alte stieß die Tür auf und rief:

„He, Nicolas."

Er wandte sich um, und nun ließ sie den Hund los und schrie:

„Los! Faß ihn! Faß ihn!"

Wie rasend sprang das Tier ihm an die Gurgel. Der Mann hob die Arme, suchte es zu packen und fiel dabei zu Boden. Ein paar Sekunden wand er sich noch an der Erde und schlug mit den

Füßen um sich. Dann blieb er unbeweglich liegen, während Sémillante ihm den Hals zerfleischte.

Zwei Nachbarn, die vor ihrer Tür saßen, sahen einen alten Bettler fortgehen. Ein schwarzer, ausgemergelter Hund lief neben ihm her und verschlang irgend eine bräunliche Masse, die sein Herr ihm gab.

Am Abend war die Alte wieder zu Hause. In dieser Nacht schlief sie erstmals wieder gut.

Coco

Der Hof der Familie Lucas wurde in der ganzen Gegend nur „die Meierei“ genannt. Eigentlich wußte niemand recht warum, wahrscheinlich lag es daran, daß die Bauern mit dem Ausdruck „Meierei“ den Begriff von Reichtum und Ansehen verbanden, denn der Besitz der Lucas war unzweifelhaft der größte, ergiebigste und am besten bewirtschaftete von allen umliegenden Bauerngütern.

Den geräumigen Hof umgab eine fünffache Reihe prächtiger Bäume, die die kurz gehaltenen, empfindlichen Apfelstämme vor dem scharfen Wind aus der Ebene schützen sollte. Außer mehreren langgestreckten Gebäuden, die zum Aufbewahren von Getreide und Viehfutter dienten, hatte er noch schöne, aus Quadern aufgeführte Viehställe, einen Stall für dreißig Pferde und das Wohnhaus, das mit seinen roten Backsteinmauern fast wie ein kleines Schloß aussah.

Der Dünger war in regelmäßigen Haufen aufgeschichtet, die Hunde, die den Hof bewachten, lagen vor ihren Hütten, und eine Menge Geflügel flatterte im hohen Gras umher.

Jeden Tag um die Mittagsstunde versammelten sich fünfzehn Personen – die Bauersleute mit ihren Knechten und Mägden – um den langen Küchentisch, auf dem die Suppe in einer großen irdenen Schüssel mit blauen Blumen dampfte. Der gesamte Viehbestand – Pferde, Kühe, Schweine und Hammel – war wohlgenährt, gut gepflegt und sauber gehalten. Meister Lucas, ein großer, etwas korpulenter Mann, machte dreimal am Tage seine Runde auf dem Hof, überwachte alles und übersah nichts.

Im Hintergrund des Stalles stand ein alter Schimmel, den man nur aus Mitleid noch leben ließ. Die Bäuerin wollte ihm das Gnadenbrot geben, bis er einmal von selbst sterben würde, denn sie hatte ihn selbst aufgezogen, und er gehörte mit zu ihren Jugenderinnerungen.

Ein fünfzehnjähriger Junge, mit Namen Isidor Duvat – man rief ihn gewöhnlich nur Sidor – war mit der Pflege dieses alten Invaliden betraut worden. Im Winter hatte er ihm seine tägliche

Ration Hafer und Stroh zu geben, und im Sommer, wenn das Tier an einem grasbewachsenen Abhang angebunden war, mußte er viermal am Tage hinausgehen und es umketten, damit es immer reichlich frisches Futter bekam.

Das alte Pferd war fast ganz gelähmt, seine Beine waren an den Knien und Füßen unförmig angeschwollen und so schwer, daß es sie nur mit Mühe heben konnte. Da es schon lange nicht mehr geschoren war, hatte es ganz lange, weiße Haare, und die tief herabhängenden Brauen verliehen ihm einen melancholischen Ausdruck. Wenn Sidor das Tier zur Weide führte, mußte er unaufhörlich am Strick ziehen, weil es sonst nicht von der Stelle zu bringen war. Schnaufend, mit gekrümmtem Rücken lief der Junge nebenher und fluchte voller Wut darüber, daß man ihm die Pflege der alten Schindmähre aufgebürdet hatte.

Die andern Leute auf dem Hof amüsierten sich über den Haß des Burschen gegen Coco und fragten ihn, um ihn noch mehr zu erbittern, beständig nach dem alten Pferd. Seine Kameraden neckten ihn ebenfalls damit, im ganzen Dorf nannte man ihn den „Coco-Sidor".

Der Bengel schäumte vor Wut darüber, und allmählich erwachte der Wunsch in ihm, sich an dem Pferd zu rächen.

Sidor war ein magerer, schmutziger Bengel mit langen Beinen und dichtem, borstigen roten Haar. Er galt für sehr dumm, denn wenn er etwas sagen wollte, stotterte er die Worte nur mühsam heraus, als ob sich in seinem blöden Bauernschädel kein klarer Gedanke Bahn brechen könnte. Er wunderte sich schon lange, daß man Coco immer noch am Leben ließ und ärgerte sich darüber, daß für dieses nutzlose Tier so viel Geld vergeudet wurde. Es war doch geradezu ein Unrecht, den teuren Hafer an den lahmen alten Gaul zu verschwenden, der schon längst nicht mehr arbeiten konnte. Und trotz dem Befehle seines Herrn maß er dem Tier das Futter sparsamer zu, schüttete ihm oft nur die halbe Ration Hafer in die Krippe und kargte mit Heu und Lagerstroh. In dem unklaren Kindergemüt wuchs allmählich ein seltsamer Haß auf, der feige, brutale Haß des rohen, habsüchtigen Bauern.

Als es wieder Sommer wurde, mußte er von neuem auf die Weide, um das Tier regelmäßig umzuketten. Er hatte ziemlich weit zu gehen. Mit jedem Morgen, wenn er schweren Schrittes durch die Kornfelder trotten mußte, steigerte sich sein Groll. Die Männer, die draußen arbeiteten, riefen ihm scherzend zu: „He, Sidor, kannst Coco von mir grüßen!"

Der Junge erwiderte nichts, aber im Vorübergehen brach er sich eine Gerte von der Hecke, und als er das alte Pferd an einer anderen Stelle wieder angebunden hatte, ließ er es erst eine Zeitlang ruhig grasen, dann kam er hinterlistig heran und schlug es in die Kniekehlen. Coco versuchte zu entfliehen, wollte ausschlagen, um den Hieben auszuweichen, und drehte sich am äußersten Ende seines Stricks in der Runde, als wenn ein Zauberkreis ihn gebannt hielte. Der Bursche lief immer hinterher, preßte die Zähne vor Wut fest aufeinander und schlug wie rasend darauf los.

Dann ging er langsam wieder fort, ohne sich ein einziges Mal umzuwenden, während das Pferd ihm mit seinen altersschwachen Augen nachsah. Es war ganz außer Atem von dem Laufen, und seine Flanken bebten. Erst als es die blaue Bluse des Bauernjungen in der Ferne verschwinden sah, senkte es den knochigen, weißen Kopf wieder, um weiter zu grasen.

Die Nächte waren jetzt so warm, daß man Coco draußen am Rande der Schlucht, hinter dem Gehölz, schlafen ließ. Außer Sidor kam niemand zu ihm herauf.

Der Junge amüsierte sich weiter noch damit, Coco mit Steinen zu werfen. Er ließ sich etwa zehn Schritt von ihm entfernt an einem Abhang nieder, blieb etwa eine halbe Stunde dort sitzen und warf von Zeit zu Zeit einen spitzen Kieselstein auf das Pferd, das angebunden vor seinem Peiniger stand und ihn unentwegt anblickte und nicht weiter zu grasen wagte, solange er noch da war.

Der Gedanke: warum soll man dieses Tier, das zu nichts mehr taugt, immer noch füttern? – ließ den Burschen nicht los. Es kam ihm vor, als ob diese elende Mähre die anderen Tiere um ihren Anteil am Futter betröge, als ob sie die Menschen und den lieben Gott bestähle, ja sogar ihn selbst schädigte, ihn, Sidor, der ja doch auch arbeiten mußte.

Von Tag zu Tag verkürzte er ihm jetzt den Raum, auf dem es weiden durfte, indem er den Holzpflock, an dem der Strick befestigt war, immer weniger vorrückte.

Auf diese Weise zum Fasten gezwungen, magerte das Tier ab und wurde immer schwächer. Es hatte nicht die Kraft, seine Fessel zu zerreißen und streckte nur den Kopf nach dem hohen, fetten Gras, das so nahe vor ihm stand, so verlockend duftete, und das es doch nicht erreichen konnte.

Aber eines Morgens kam Sidor auf den neuen Gedanken, Coco überhaupt nicht mehr umzuketten. Er hatte es satt, für dieses alte Gerippe immer den weiten Weg machen zu müssen.

Trotzdem ging er hin, um seine Rache auszukosten. Das Tier blickte ihn ängstlich an. Aber an diesem Tage schlug er es nicht, er ging nur um es herum, beide Hände in der Tasche. Er tat sogar, als ob er es umketten wollte, steckte dann aber den Pflock wieder in dasselbe Loch und zog, ganz selig über seine Idee, wieder ab.

Das Pferd sah, daß er fortging, und wieherte, um ihn zurückzurufen, aber der Bursche setzte sich in Trab und ließ es allein in seinem Tal stehen, ganz allein, fest angebunden und außerstande, auch nur einen einzigen Grashalm zu erreichen.

Coco war ganz ausgehungert und versuchte die grünen Halme zu erschnappen, die ihm dicht vor der Nase standen. Dann legte er sich auf die Knie, streckte den Hals lang aus und schob seine wulstigen, feuchten Lippen vor – vergebens.

Den ganzen Tag brachte das Tier auf diese Weise zu. Es wiederholte seine qualvollen und fruchtlosen Bemühungen, bis es völlig erschöpft war. Der Hunger wühlte in seinem Innern, und der Anblick der saftigen Grasflächen, die sich bis zum Horizont

vor ihm ausdehnten, machte seine Qual noch entsetzlicher. Der Bursche ließ sich den ganzen Tag nicht mehr blicken, sondern durchstreifte das Gehölz nach Vogelnestern. Erst am nächsten Morgen kam er wieder. Coco hatte sich ganz entkräftet auf den Boden hingestreckt. Als er das Kind sah, stand er auf, in der Hoffnung, endlich erlöst zu werden. Aber der Bauernjunge rührte den Pflock nicht einmal an. Er trat näher, sah das Tier an, warf ihm eine Handvoll Erde, die an dem weißen Fell zerstäubte, ins Gesicht, und ging pfeifend wieder fort.

Der Gaul blieb auf der Stelle stehen, bis er ihn nicht mehr sehen konnte. Als er einsah, daß seine Bemühungen, das Gras, das so dicht vor ihm stand, zu erreichen, vergeblich waren, legte er sich wieder auf die Seite und schloß die Augen.

Sidor blieb noch einen Tag fort. Als er dann wieder kam und sich Coco näherte, der immer noch ausgestreckt auf dem Boden lag, sah er, daß das Tier tot war.

Er blieb vor ihm stehen und blickte es an, voller Befriedigung über sein Werk. Dabei wunderte er sich noch, daß es so schnell gegangen war. Er berührte den Leichnam mit der Fußspitze, hob eines von den Beinen hoch und ließ es wieder fallen, dann setzte er sich auf ihn und starrte eine Zeitlang gedankenlos in das Gras.

Als er auf den Hof zurückkehrte, sagte er nichts von dem, was geschehen war, denn er wollte die Stunden, die er sonst brauchte, um das Pferd umzuketten, zum Herumstrolchen benutzen.

Am folgenden Tage suchte er es noch einmal auf. Als er näher kam, flatterten ein paar Raben in die Höhe, und zahllose Fliegen umsummten das gefallene Tier und krochen auf ihm herum.

Als Sidor diesmal heimkam, teilte er den Sachverhalt mit. Das Tier war so alt gewesen, daß niemand sich über seinen Tod wunderte. Der Bauer sagte zu den beiden Knechten: „Nehmt eure Spaten und begrabt ihn, wo er liegt."

Die Männer gingen hin und scharrten das alte Pferd an derselben Stelle ein, wo es vor Hunger gestorben war.

Und das Gras schoß in üppiger grüner Fülle über dem armen Kadaver empor, der jetzt seine Nahrung war.

Leichenwache

Sie war ohne Schmerzen gestorben, ruhig und gelassen, im Verhalten wie ein Mensch, dessen Leben ohne Makel gewesen war. Jetzt ruhte sie auf ihrem Bett, die Augen geschlossen, mit ruhigen Zügen, das lange, weiße Haar sorgfältig geordnet, so, als hätte sie sich zehn Minuten vor ihrem Tode noch frisiert. Man spürte, daß eine sanfte Seele in diesem Körper wohnte, daß jene Frau ein ungetrübtes Leben geführt und ein Ende in Frieden gefunden hatte.

Auf den Knien liegend, neben ihrem Bett, weinte ihr Sohn, ein Richter mit unbeugsamen Grundsätzen, weinte Marguerite, ihre Tochter, die den Nonnennamen Schwester Eulalie führte, aus tiefer Herzensqual. Ihre Kinder waren von Anfang an mit einer unerweichlichen Moral gerüstet, und waren den Glauben ohne jegliche Schwäche und die Pflicht ohne Paktieren gelehrt worden. Der Mann, der Richter, hielt das Gesetz hoch und traf die Schwachen ohne Erbarmen. Das Mädchen, durchdrungen von der Tugend, mit der es in dieser puritanischen Familie großgezogen wurde, hatte man, aus Abscheu vor den Menschen, mit Gott vermählt.

Sie hatten ihren Vater kaum gekannt und wußten nur, daß er ihre Mutter sehr unglücklich gemacht hatte, doch irgendwelche Einzelheiten waren ihnen nicht bekannt.

Die Nonne küßte voller Inbrunst die herabhängende Hand der Toten, die fast gleich dem Elfenbein des Kruzifixes war, das auf dem Bett lag. An der anderen Seite des ausgestreckten Körpers schien die andere Hand noch das Bettuch zu halten, das von dieser Geste zerknittert war, die man den Griff der Sterbenden nennt. Dieses Wäschestück hatte davon kleine, leinene Wellen bewahrt, gewissermaßen ein Andenken an jene letzten Bewegungen, die der ewigen Unsterblichkeit vorangehen.

Ein leichtes Klopfen an der Türe bewirkte, daß die schluchzenden Köpfe sich erhoben, und der Pfarrer, der zum Abendessen gegangen war, kehrte wieder zurück. Er hatte einen roten Kopf, war außer Atem durch die Verdauung, die ihn augenscheinlich sehr beschäftigte, denn er hatte seinen Kaffee stark mit Kognak gemischt, um gegen die Müdigkeit der letzten Nächte und auch dieser Nachtwache, die soeben begann, anzukämpfen. Er sah traurig drein, und zeigte jene falsche Trauer des Geistlichen, für den der Tod anderer Menschen nur Broterwerb ist. Er machte das Kreuzzeichen und näherte sich mit der ganzen Würde seines Berufes.

„Nun, meine armen Kinder, ich komme, um euch in diesen traurigen und schmerzlichen Stunden beizustehen."

Da erhob sich plötzlich Schwester Eulalie.

„Vielen Dank, Vater, aber wir, mein Bruder und ich, wünschen alleine bei ihr zu bleiben. Schließlich sind es die letzten Augenblicke, die wir sie noch sehen. Zudem wollen wir uns zu dritt wiederfinden wie einstmals, als wir . . . klein waren, und unsere arme . . . arme Mutter . . ."

Sie konnte nicht zu Ende sprechen, so strömten ihre Tränen, so sehr erstickte sie ihr Schmerz. Doch der Priester neigte sich beruhigt und dachte an sein warmes Bett.

„Wie ihr wollt, Kinder."

Er kniete nieder, bekreuzigte sich, betete, stand auf und zog sich sachte zurück. „Sie war eine Heilige", flüsterte er.

Sie blieben alleine zurück, die Tote und ihre Kinder. Eine im Hintergrund verborgene Pendeluhr warf ihren kleinen, regelmäßigen Laut in die Schatten; durch das offene Fenster drangen mit der schmachtenden Helle des Mondes die weichen Düfte von Heu und Wald herein. Kein Geräusch weit und breit, nur das Geräusch der Kröten und manchmal das Summen eines nächtlichen Insekts. Ein unendlicher Friede, eine göttliche Schwermut, ein erhabenes Schweigen umgaben die Tote, schienen von ihr auszuströmen, sich ins Freie zu ergießen und die Natur selbst zu besänftigen.

Und da rief der Richter, der noch immer auf den Knien lag, mit fast gebrochener, durch Linnen und Decken dringender Stimme: „Mama, Mama, Mama!"

Seine Schwester sank zu Boden, stieß ihre Fanatikerstirn gegen das Holz, wand sich und stöhnte wie unter Krämpfen: „Jesus, Jesus, Mama, Jesus!"

Von einer Woge des Grams geschüttelt, schluchzten beide in verzweifeltem Schmerz.

Langsam legte sich die Krise, und sie weinten wieder friedlicher, so wie ein ruhiger Regen den über das aufgepeitschte Meer jagenden Stürmen folgt.

Lange Zeit war vergangen, als sie sich wieder erhoben und die Leiche ihrer verschiedenen Mutter betrachteten. Und dann senkten sich jene ferne Erinnerungen, die gestern so süß, heute so quälend waren, mit all den kleinen, vergessenen Einzelheiten, jenen altvertrauten Einzelheiten über ihr Gemüt. Sie erinnerten sich an bestimmte Gelegenheiten, an ein Wort, ein Lächeln, und an den Tonfall der Stimme jenes Menschen, der nicht mehr zu ihnen sprechen würde. Sie sahen sie wieder, glücklich und ruhig, fanden ganze Sätze wieder, die sie gesagt bekommen hatten, erinnerten sich an manche Handbewegung, die ihr eigen war, wenn sie ihnen eine bedeutungsvolle Rede hielt.

Sie liebten sie, wie sie sie nie geliebt hatten. Und als sie ihre Verzweiflung ermaßen, wurden sie sich erst recht bewußt, wie verlassen sie sich jetzt fühlen würden. Es war ihr Halt, ihre Führung, der heitere Teil ihres Daseins, der jetzt verschwand, es war ihre Bindung an das Leben, die Mutter, die Gemeinschaft mit den Vorfahren . . . Und das alles hatten sie jetzt verloren. Nun wurden sie zu Einsamen, zu Verlassenen, und konnten nicht mehr hinter sich blicken.

Da sagte die Nonne zu ihrem Bruder: „Du weißt, wie Mama

immer ihre alten Briefe gelesen hat, die übrigens noch alle da in der Schublade sind. Wir könnten sie jetzt lesen, und damit in ihrer Nähe ihr ganzes Leben wiedererleben gleich einem Passionsweg . . .“

Und sie nahmen aus der Schublade etwa zehn Päckchen vergilbten Papiers, warfen diese Reliquien auf das Bett und griffen nach dem Päckchen, auf dem „Vater“ geschrieben stand, öffneten es und lasen.

Es waren jene verblichenen Episteln, die man in den alten Schreibtischen der Familien wiederfindet und die allesamt nach einem verflossenen Jahrhundert duften. Die erste begann: „Meine Liebste“, eine andere „Meine schöne, kleine Tochter“, wieder eine andere „Mein liebstes Kind“ oder auch „Meine teure Tochter“. Plötzlich begann die Nonne ganz laut zu lesen, und las der Toten ihre Geschichte vor mit allen zärtlichen Erinnerungen. Der Richter, der einen Ellbogen auf das Bett stützte, lauschte inbrünstig und sah seine Mutter an. Sogar die reglose Leiche schien glücklich zu sein.

Die Nonne Eulalie unterbrach sich und sagte auf einmal: „Wir müssen sie ins Grab legen, dann ein Leichentuch daraus machen und sie darin einhüllen.“ Und sie nahm ein anderes Päckchen, auf dem nichts stand. Sie las mit lauter Stimme:

„Meine Angebetene, ich liebe Dich, um den Kopf darüber zu verlieren. Seit gestern leide ich geradezu wie ein Verdammter, ganz von der Erinnerung an Dich versengt. Ich spüre Deine Lippen unter den meinen, Deine Augen unter meinen Augen, Dein Fleisch unter meinem Fleisch. Ich liebe Dich, ich liebe Dich! Du hast mich toll gemacht. Meine Arme öffnen sich, ich keuche, ganz von dem unermeßlichen Verlangen aufgewühlt, Dich noch zu besitzen. Mein Körper ruft nach Dir, begehrt Dich unendlich. In meinem Mund habe ich den Geschmack Deiner Küsse bewahrt ..."

Der Richter erhob sich, entriß der Nonne den Brief und suchte nach der Unterschrift. Jedoch es gab deren keine; nur unter den Worten „der Dich vergöttert" stand der Name „Henry". Aber ihr Vater hatte René geheißen. Er also war es nicht. Der Sohn stöberte hastig in dem Päckchen Briefe, riß einen anderen heraus und las: „Ich kann Deine Liebkosungen nicht mehr entbehren ..."

Aufrecht, ernst und streng wie in seinem Tribunal, betrachtete er die reglose Tote. Die Nonne stand wie eine Statue, mit Tränen in den Augenwinkeln, sah ihren Bruder an und zögerte. Er ging mit langsamen Schritten durch das Zimmer, trat an das Fenster hin und sann nach, den Blick in die Nacht verloren.

Als er sich endlich umwandte, stand Schwester Eulalie noch immer neben dem Bett. Aber sie weinte nicht mehr. Den Kopf hielt sie gesenkt.

Er näherte sich, griff nach den Briefen und warf sie ungeordnet in die Schublade zurück. Dann schloß er die Vorhänge des Bettes.

Als der Tag die Kerzen erblassen ließ, die auf dem Tisch wachten, erhob sich der Sohn schwerfällig aus seinem Stuhl, und ohne auch nur einen einzigen Blick auf die Mutter zu werfen, sagte er langsam: „Jetzt wollen wir gehen, Schwester."

Das Treibhaus

Herr und Frau Lerebour waren im gleichen Alter. Aber Herr Lerebour wirkte jünger, obschon er der schwächere Teil von beiden war. Sie lebten in der Nähe von Nantes auf einem hübschen Landgut, das sie sich von dem kleinen Vermögen, das ihnen der Handel mit den Rouener bunten Baumwollartikeln einbrachte, hatten leisten können.

Das Haus war von einem schönen Garten umgeben, zu dem außerdem ein Geflügelhof, chinesische Lustpavillons und ganz am Ende des Grundstücks ein kleines Treibhaus gehörten. Herr Lerebour war ein untersetzter Herr, rundlich und jovial, von der Jovialität eines kleinen Geschäftsmannes, der seine Ruhe genießt. Seine Lebensgefährtin, dürr, sehr eigensinnig und ewig mißvergnügt, hatte ihren Eheherrn nie um seine gute Laune bringen können. Sie färbte sich die Haare und gab sich von Zeit zu Zeit der Lektüre gewisser Romane hin, die ihre Seele träumerisch bewegten, wobei sie jedoch eine Miene aufsetzte, als

verachte sie solches Geschreibsel. Man erzählte von ihr, sie sei eine leidenschaftliche Natur, ohne daß sie je etwas tat, was diese Behauptung hätte rechtfertigen können. Immerhin äußerte ihr Gatte manchmal: „Meine Madame ist doch ein tolles Stückchen . . . !“ und machte dazu eine so vielsagende Miene, daß alle möglichen Vermutungen erweckt wurden.

Seit ein paar Jahren schon pflegte sie gegenüber ihrem Gatten eine Ausfälligkeit an den Tag zu legen, zeigte sie sich derart gereizt und bissig, als wurme sie insgeheim irgend etwas heftig, wofür es keine Worte gab. Das führte zu einem gespannten Verhältnis zwischen den beiden. Sie wechselten kaum noch ein vernünftiges Wort miteinander. Madame, deren Name Palmyre war, überhäufte bei jeder Gelegenheit Monsieur, der Gustave hieß, mit recht wenig schmeichelhaften Komplimenten, verletzenden Anspielungen, stichelnden Bemerkungen, ohne daß ein Grund ersichtlich war.

Er hielt den Buckel hin, etwas gelangweilt, doch immer lächelnd. Er verfügte über eine solche Portion Gemütsruhe, daß er diese ehelichen Szenen auf seine Weise hinnahm. Er fragte isch allerdings, was für unbekannte Gründe seine Ehehälfte haben mochte, ihn so von Tag zu Tag mehr anzugiften, denn er merkte immerhin, daß ihre Gereiztheit eine tiefere Ursache hatte, die aber so schwer zu ergründen war, daß es verlorene Liebesmühe für ihn gewesen wäre, ihr nachzuspüren.

Des öfteren bat er sie: „Na, laß doch mal sehen, meine Gute, sag schon, was du gegen mich hast? Ich merke, du verheimlichst mir was . . . !“

Sie gab in immer gleichem Ton zurück: „Aber ich habe doch nichts, überhaupt nichts. Wenn ich aber doch irgendwelchen Anlaß hätte, mißvergnügt zu sein, so wäre es deine verdammte Pflicht und Schuldigkeit, darauf zu kommen! Mir imponieren Männer nicht, die nichts verstehen, die so träge und begriffsstutzig sind, daß man sie erst mit der Nase darauf stoßen muß, damit sie kapieren, was los ist!“

Entmutigt murmelte er: „Ich seh schon, du willst nicht mit der Sprache heraus.“

Und er zog ab, durchaus beschäftigt damit, dem Rätsel auf die Spur zu kommen.

Die Nächte wurden besonders peinlich für ihn, denn sie teilten nach guter, einfacher Ehegepflogenheit, immer noch das

Doppelbett miteinander. Es gab keine Boshaftigkeit, mit der sie ihn nicht schikanierte. Sie suchte sich den Moment aus, da sie Seite an Seite lagen, um ihn mit den spöttischsten Bemerkungen zu überschütten. Vor allem warf sie ihm vor, er werde immer fetter: „Du nimmst mir ja den ganzen Platz weg, so dick wirst du. Du schwitzt mir den ganzen Rücken voll wie ein triefendes Faß Schmalz. Wenn du glaubst, das wäre mir angenehm –!"

Unter den albernsten Vorwänden trieb sie ihn aus den Federn, jagte ihn nach unten, um ihr die Zeitung zu holen oder das Flakon mit dem Orangenduftwasser, das er nicht finden konnte, weil sie es verkramt hatte. Und wütend rief sie ihm schrill entgegen: „Du müßtest doch wirklich wissen, wo so was zu finden ist, du Trottel, du . . . !" War er dann eine geschlagene Stunde in dem schlafenden Haus umhergetappt und kam mit leeren Händen wieder nach oben, da bekam er statt eines anerkennenden Wortes von ihr zu hören: „So, nun schnarche weiter! Für dich ist's die beste Entfettungskur, wenn ich dich ein bißchen in Bewegung bringe, du bist ja schwabbelig wie ein Schwamm!"

Alle Augenblicke weckte sie ihn wieder, behauptete, sie habe Magenkrämpfe, und verlangte, er solle ihr den Bauch mit einem mit Eau de Cologne durchtränkten Flanellappen massieren. Im Schweiße seines Angesichts versuchte er, ihrem Übel abzuhelfen, und war ganz trostlos, sie so leiden zu sehen. Er erbot sich, Céleste, das Stubenmädchen, wecken zu gehen. Da fuhr sie hoch wie eine Furie und fauchte ihn erst recht an: „Hach, kann es so was Blödes geben wie diesen Enfaltspinsel da! Hände weg, Schluß, mir ist das ganze Kranksein vergangen, schlaf weiter, du Trottel!"

Er erkundigte sich besorgt: „Du bist ganz sicher, daß du keine Schmerzen mehr hast . . . ?"

Mitleidlos schleuderte sie ihm ins Gesicht: „Ja, Schluß jetzt, laß mich schlafen! Mach mich nicht noch wilder! Ein Schlappschwanz bist du auf der ganzen Linie, du kannst nicht mal eine Frau massieren!"

Er schnaufte ganz verzweifelt: „Aber . . . meine Liebe . . ."

Sie sprang ihm fast ins Gesicht. „Kein Aber . . . Mir reicht es, verstanden! Laß mich bloß in Frieden . . ."

Damit drehte sie sich zur Wand.

Bald darauf rüttelte sie ihn eines Nachts so plötzlich wach, daß er vor Schreck in die Höhe fuhr und so rasch auf seine Sitzfläche kam, wie ihm das sonst nie passierte.

„Wa . . . ?“ lallte er. „Was ist los?“

Sie packte ihn am Arm und kniff ihn dermaßen, daß er fast aufgeschrien hätte. Sie zischelte ihm ins Ohr: „Ich habe ein Geräusch gehört, im Haus!“

Da er an das Alarmschlagen seiner Frau zur Genüge gewöhnt war, ließ er sich nicht gleich aus der Ruhe bringen und fragte gelassen: „Was für ein Geräusch, meine Beste?“

Sie zitterte wie Espenlaub und stammelte: „Ein Geräusch . . . na eben solch ein Geräusch . . . ein Geräusch von Schritten . . . Da ist jemand!“

Er traute ihr noch nicht recht: „Jemand? Du glaubst . . . ? Aber nein, du mußt dich täuschen. Wer denn, was willst du . . . ?“

Sie bebte an allen Gliedern: „Wer . . . ? Wer . . . ? Einbrecher, du Schwachkopf!“

Er schob sich gemächlich wieder unter seine Decke: „Aber woher denn, meine Liebe, kein Mensch ist da, du hast geträumt, bestimmt . . . !“

Da schleuderte sie die Bettdecke von sich, sprang aus dem Bett und schrie außer sich: „Feige bist du also auch noch? Aber ich denke nicht daran, mich massakrieren zu lassen, nur weil du ein solcher Schlappschwanz bist!“

Damit ergriff sie die Feuerzange und pflanzte sich in Kampfpositur vor der zugeriegelten Tür auf.

Von so beispielhafter Tapferkeit mitgerissen oder vielleicht auch in seiner Mannesehre bedroht, stieg er etwas knurrig aus den Federn, ergriff die Kohlenschippe ohne seine baumwollene Schlafmütze abzustreifen, und bezog Stellung neben seiner besseren Hälfte.

An die zwanzig Minuten lauerten sie so und verharrten in tiefstem Schweigen. Kein neues Geräusch störte die Ruhe des Hauses. Dann suchte Madame wütend wieder ihr Nachtlager auf und erklärte: „Aber trotzdem – ich nehme Gift drauf, daß irgend jemand da war . . . !“

Um einen neuen Streit zu vermeiden, unterließ er am nächsten Tag jede Anspielung auf jene nächtliche Panik.

Aber in der darauffolgenden Nacht rüttelte Madame Lerebour ihren Mann noch heftiger wach als das vorhergehende Mal und stammelte atemlos: „Gustave, Gustave, eben hat jemand die Gartentür aufgemacht!“

Solche Besessenheit erstaunte ihn denn doch und er meinte, seine Bettgefährtin habe somnambule Anwandlungen, und gerade wollte er sie diesem unheimlichen Trancezustand entreißen, als ihm schien, er vernehme wirklich ein leises Geräusch unterhalb der Hausmauer.

Er fuhr aus dem Bett, lief ans Fenster und sah – sah tatsächlich einen weißen Schatten, der eilig über den von Bäumen eingefaßten Weg lief.

Wankend murmelte er: „Da ist jemand!“ Dann nahm er alle seine Sinne zusammen, faßte sich wieder, und plötzlich, von der Wut des Hausherrn gepackt, in dessen Gehege man eingebrochen ist, legte er los: „Na, wartet – ihr sollt was erleben!“

Er stürzte zum Schreibpult, riß es auf, bewaffnete sich mit seinem Revolver und raste die Stiege hinunter.

Seine Frau hastete ganz aufgelöst hinter ihm her und zeterte: „Gustave, Gustave, lauf doch nicht weg von mir, laß mich nicht allein, Gustave, Gustave!“

Aber er hatte kein Ohr mehr für sie. Schon war er an der Gartentür. Da kletterte sie schnell wieder nach oben und verbarrikadierte sich in ihrem ehelichen Schlafgemach.

Sie lauschte fünf Minuten, zehn Minuten, eine Viertelstunde. Eine wahnsinnige Angst erfaßte sie. Zweifellos hatten sie ihn zur Strecke gebracht, gepackt, geknebelt, erwürgt. Wie gern hätte sie das Ballern seiner sechs Revolverschüsse gehört und die Gewißheit gehabt, daß er im Kampf stand und sich verteidigte. Aber das große Schweigen, dieses furchterregende Schweigen, das draußen herrschte, war zu viel für sie.

Sie klingelte nach Céleste. Céleste ließ sich nicht blicken, meldete sich nicht. Sie klingelte von neuem, mit letzter Kraft. Die Sinne wollten ihr schwinden. Das ganze Haus blieb grabesstumm.

Sie drückte die schweißbedeckte Stirn gegen die Scheibe und versuchte, die Finsternis draußen mit ihren Blicken zu durchdringen. Sie unterschied nichts als die schwärzeren Schatten der Hecken neben den grauen Spuren der Wege.

Es schlug halb zwölf. Drei Viertelstunden war ihr Mann bereits weg. Den sah sie nicht wieder: Nein, todsicher, sie würde ihn nie wiedersehen –! Aufschluchzend fiel sie auf die Knie.

Zweimaliges leichtes Klopfen gegen die Schlafzimmertür brachte sie mit einem Satz wieder auf die Füße. Monsieur Lerebours Stimme sprach: „Mach doch schon auf, Palmyre, ich bin's!“ Sie stürzte zur Tür, schloß sie auf und stand vor ihm, die Fäuste in die Seiten gestemmt, die Augen noch verquollen von Tränen: „Wo kommst du endlich her, du Untier? Ha, und mich läßt du inzwischen hier fast vergehen vor Angst, so allein, ach, und du bleibst seelenruhig weg, kümmerst dich gar nicht um mich, als ob ich überhaupt nicht da wäre ...“

Er hatte die Tür hinter sich zugezogen und lachte, lachte wie ein Narr, den Mund bis über beide Backen aufgerissen, die Hände überm Bauch, Tränen in den Augen.

Madame blieb vor Verblüffung die Sprache weg.

Er gluckste: „Das war ... das war, ha ... Céleste, die ihr ... ihr ... ihr Stelldichein hatte, im Treibhaus ... Wenn du wüßtest, was ich ... was ich ... was ich gesehen hab ...“

Sie hatte alle Farbe verloren und konnte sich vor Entrüstung nicht fassen: „Was erzählst du da ...? Céleste ... in mei ... in mei ... meinem Haus ... in mei-nem Treibhaus?! Und du hast ihn nicht auf der Stelle niedergeknallt, ihren Kerl da, diesen Lumpen? Du hattest deinen Revolver dabei und hast den Burschen nicht niedergeknallt ... ha ... und das ... das bei mir ...“

Madame sank auf ihre Sitzfläche und konnte vor lauter Entrüstung nicht mehr.

Er machte einen Luftsprung, schnipste mit den Fingern, daß es wie Kastagnetten klang, schnalzte mit der Zunge und wieherte in einem fort: „Wenn du wüßtest ... wenn du wüßtest ... “ Und wupps! drückte er sie auch schon ab.

Sie entwand sich seiner Umarmung. Und ihre Stimme schnappte vor Wut fast über: „Ich sag dir – das Mensch bleibt mir keinen Tag länger hier, verstanden? Keinen Tag ... keine Stunde! Wenn sie wiederkommt, fliegt sie in hohem Bogen hinaus ... !“

Lerebour hatte seine Ehehälfte um die Taille gefaßt und drückte ihr reihenweise Küsse auf den Hals, schmatzende Küsse wie einst. Ihr blieb die Luft weg, wie angenagelt saß sie da vor Staunen! Aber er, er ließ nicht locker mit seinen Armen und zog sie sacht zum Bett ...

Am Morgen, als es schon auf halb zehn zuging, klopfte Céleste leise an die Schlafzimmertür. Sie war ganz verwundert, daß ihre Herrschaft, die doch sonst beizeiten aus den Federn war, sich noch nicht blicken ließ.

Sie lagen im Bett und plauderten Seite an Seite fröhlich miteinander. Ganz starr blieb sie stehen und fragte: „Madame, und der Kaffee mit Sahne?“

Frau Lerebour erwiderte mildgestimmt: „Bring ihn her, liebes Kind, wir sind noch ein wenig mitgenommen, wir haben sehr schlecht geschlafen heute nacht . . .!“

Kaum war der dienstbare Geist des Hauses hinaus, da konnte sich Herr Lerebour nicht mehr halten vor Lachen, kitzelte seine Holde und prustete immer wieder: „Wenn du wüßtest, oh, wenn du wüßtest!“

Sie aber hielt ihm die Hände fest. „Na, wir werden ja sehen, bleib jetzt mal schön still, mein Lieber, es tut dir nicht gut, wenn du dich so mit Lachen verausgabst . . . !“

Und nachsichtig drückte sie ihm einen Kuß auf die Augen.

Madame Lerebour hat keinen Grund mehr, schlecht gelaunt zu sein. In hellen Nächten lustwandeln die beiden Ehegatten manchmal beschwingten Schrittes an ihren Hecken und Beeten

entlang und lassen sich treiben bis zu dem kleinen Treibhaus am Ende des Gartens. Dort bleiben sie stehen, nebeneinander gegen die Glasfenster gedrückt, als betrachteten sie da drinnen ein seltsames, doch äußerst amüsantes Schauspiel.

Céleste erhielt höheren Lohn.

Monsieur Lerebour nahm ganz schön ab.

Ein Duell

Der Krieg war zu Ende: Die Deutschen hielten Frankreich besetzt. Das Land zuckte und wand sich wie ein besiegter, niedergestürzter Ringer unter dem Knie des Gegners.

Aus dem verstörten, ausgehungerten, verzweifelten Paris fuhren die ersten Züge auf die neuen Grenzen zu. Langsam fuhren sie durch Felder und Dörfer. Die ersten Reisenden schauten durch die Fenster auf das verwüstete Land und die niedergebrannten kleinen Dörfer. Vor den Türen der erhaltengebliebenen Häuser saßen preußische Soldaten, die schwarze Helme mit einer Messingspitze trugen, rittlings auf Stühlen und rauchten ihre Pfeifen. Andere arbeiteten oder plauderten, als wären sie Familienmitglieder. In den Städten waren ganze Regimenter zu sehen, die auf den Plätzen exerzierten, und trotz des Geratters der Räder waren dann und wann rauhe Kommando zu hören.

Monsieur Dubuis, der während der gesamten Belagerungszeit der Pariser Nationalgarde angehört hatte, fuhr in die Schweiz, um seine Frau und seine Tochter abzuholen. Diese hatte er klugerweise vor Beginn der Invasion ins Ausland geschickt.

Hunger und Anstrengungen hatten seinem dicken Bauch, dem eines reichen, friedlichen Kaufmanns, nichts anhaben können. Er hatte die schrecklichen Geschehnisse mit trostloser Resignation und unter bitteren Worten über den zügellosen Wahnwitz der Menschen durchgestanden. Als er nun der Grenze entgegenfuhr, jetzt, wo der Krieg vorbei war, sah er zum erstenmal lebendige Preußen, obwohl er seinen Dienst auf den Wällen getreulich erfüllt und manche Wache in eiskalten Nächten geschoben hatte.

Mit zornigem Entsetzen schaute er diese bewaffneten, bärtigen Männer an, die sich auf dem Boden Frankreichs eingenistet hatten, als seien sie daheim, und er fühlte in seinem Innern eine Art von ohnmächtigem patriotischen Fieber und zugleich empfand er den jetzt dringend erforderlichen, neuen Antrieb, auf der Hut zu sein, der nicht mehr von uns gewichen ist.

In seinem Abteil befanden sich zwei Engländer, die aus Schaulust herübergekommen waren. Sie betrachteten alles mit ihren ruhigen, neugierigen Augen. Auch sie waren beide sehr dick. Sie unterhielten sich in ihrer Sprache, blätterten manchmal in ihrem Reiseführer, lasen laut daraus vor und waren bemüht, die darin angegebenen Ortschaften auch tatsächlich zu entdecken.

Als der Zug im Bahnhof einer kleinen Stadt hielt, stieg unvermutet ein preußischer Offizier ein und verursachte mit seinem Säbel an den beiden Trittbrettern des Waggons ein lautes Gerassel. Er war hochgewachsen, in seine Uniform eingezwängt und bis an die Augen mit Bart bedeckt. Sein rotes Haar schien zu flammen, und sein langer, etwas hellerer Schnurrbart stach auf beiden Seiten seines Gesichts ins Leere und halbierte es.

Sogleich fingen die beiden Egländer an, ihn mit neugierigem Lächeln zu mustern. Monsieur Dubuis dagegen tat, als lese er in

der Zeitung. Er kauerte sich in seiner Ecke zusammen wie ein Dieb beim Anblick eines Gendarmen, um möglichst der Aufmerksamkeit des preußischen Offiziers zu entgehen.

Der Zug setzte sich wieder in Bewegung. Die Engländer fuhren fort, sich zu unterhalten und die Schlachtorte zu suchen. Plötzlich, als einer den Arm ausstreckte und auf ein Dorf in der Ferne zeigte, machte der preußische Offizier seine Beine lang, warf sich zurück und sagte in einem schauderhaften Französisch:

„In dem Dorf habe ich zwölf Franzosen erschossen und mehr als hundert Gefangene gemacht."

Die höchst interessierten Engländer fragten sofort:

„Aoh! Wie heißen diese Dorf?"

Der Preuße antwortete: „Pharsbourg."

Er fuhr fort:

„Ich habe diese Franzosenlümmel bei den Ohren genommen!"

Dabei warf er Dubuis einen Blick zu und lachte arrogant in seinen Bartwuchs hinein.

Der Zug rollte weiter, nach wie vor durch besetzte Dörfer. Auf allen Landstraßen waren deutsche Soldaten zu sehen, an den Feldrainen, an den Schranken, oder sie saßen plaudernd vor den Kneipen. Sie bedeckten den Erdboden wie in Afrika die Heuschrecken.

Der Offizier streckte die Hand aus:

„Wenn ich den Oberbefehl gehabt hätte, dann hätte ich Paris genommen und alles niedergebrannt und alle Menschen getötet. Es gäbe dann kein Frankreich mehr!"

Aus Höflichkeit antworteten die Engländer lediglich:

„Aoh yes."

Er redete weiter:

„In zwanzig Jahren gehört ganz Europa uns. Preußen ist stärker als alle andern."

Die etwas unruhig gewordenen Engländer antworteten nicht mehr. Ihre unzugänglich gewordenen Gesichter sahen zwischen den langen Bartkoteletten wie Wachs aus. Da fing der preußische Offizier an zu lachen. Er lag noch immer ganz zurückgelehnt und spottete. Er spottete über das niedergeworfene Frankreich, beleidigte den am Boden liegenden Gegner. Er verhöhnte das unlängst besiegte Österreich, er verhöhnte den hartnäckigen, ohnmächtigen Widerstand der Departements. Er verhöhnte die Mobilgarde, die nutzlose Artillerie. Er verkündete, Bismarck werde aus den erbeuteten Geschützen eine eiserne Stadt erbauen. Und plötzlich rieb er sich die Reitstiefel an Monsieur Dubuis' Schenkel ab, und Dubuis sah weg, rot bis an die Ohren.

Die Engländer schienen allem gegenüber gleichgültig geworden zu sein, als befänden sie sich ganz plötzlich im Schutz ihrer Insel, weit weg von den Geräuschen der Welt.

Der Offizier zog seine Pfeife hervor und starrte dabei den Franzosen an.

„Haben Sie Tabak?"

Dubuis antwortete:

„Nein, Monsieur."

Der Deutsche fuhr fort:

„Bitte kaufen Sie mir welchen, wenn der Zug hält."

Und wieder fing er an zu lachen:

„Ich gebe Ihnen auch ein Trinkgeld."

Der Zug pfiff und fuhr langsamer. Die abgebrannten Bauten eines Bahnhofs glitten vorüber. Dann wurde gehalten.

Der Offizier machte die Waggontür auf und packte Dubuis am Arm:

„Sie erledigen jetzt meinen Auftrag, los, los!"

Ein preußischer Truppenteil hielt den Bahnhof besetzt. Andere Soldaten schauten vom hölzernen Zaun aus zu. Die Maschine pfiff schon zur Abfahrt. Da sprang Dubuis auf den Bahnsteig und stürzte trotz des Gefuchtels vom Bahnhofvorsteher ins Nachbarabteil.

Er war allein! Er knöpfte sich die Weste auf, solches Herzklopfen hatte er, und wischte sich schwer atmend die Stirn.

Abermals hielt der Zug an einer Station. Und plötzlich erschien in der Tür der preußische Offizier und stieg ein, und gleich darauf erschienen auch die beiden Engländer, neugierig wie sie waren. Der Deutsche setzte sich dem Franzosen gegenüber. Er lachte noch immer:

„Sie haben meinen Auftrag nicht durchführen wollen."

Dubuis antwortete:

„Nein."

Der Zug war gerade wieder angefahren.

Der Offizier sagte:

„Ich werde Ihnen den Schnurrbart abschneiden und meine Pfeife damit stopfen."

Und er streckte die Hand nach dem Gesicht seines Gegenübers aus.

Die nach wie vor unzugänglichen Engländer schauten mit ihren ruhigen Augen zu.

Schon hatte der Deutsche ein paar Härchen gefaßt und zupfte daran – da schlug ihm Dubuis mit dem Handrücken den Arm nieder, packte ihn am Kragen und warf ihn auf die Bank. Wahnsinnig vor Zorn, mit geschwollenen Schläfenadern und blutunterlaufenen Augen würgte er ihn mit der einen Hand und schlug ihn mit der andern, zur Faust geballten, mit wütenden Hieben ins Gesicht. Der Preuße wehrte sich, versuchte, seinen Säbel zu ziehen oder den auf ihm liegenden Gegner zu erdrücken. Aber Dubuis zerquetschte ihn fast mit dem ungeheuren Gewicht seines Bauchs, und schlug, schlug ohne Unterlaß, ohne Atem zu schöpfen, ohne zu wissen, wohin seine Hiebe fielen. Blut strömte. Der erdrosselte Deutsche röchelte, spie seine Zähne aus, versuchte abermals vergeblich, den außer sich geratenen dicken Mann abzuwerfen, der dabei war, ihn umzubringen.

Die Engländer waren aufgestanden und herangetreten, um besser sehen zu können. Voll freudiger Neugier standen sie da und schienen bereit, Wetten für oder gegen jeden der beiden Kämpfer abzuschließen.

Da stand der von einer solchen Anstrengung erschöpfte Dubuis auf und setzte sich wortlos hin.

Der Preuße stürzte sich nicht etwa auf ihn, dazu war er viel zu verstört, zu dumpf vor Verblüffung und Schmerz. Als er wieder zu Atem gekommen war, stieß er hervor:

„Wenn Sie mir nicht Genugtuung auf Pistolen geben, bringe ich Sie um."

Dubuis antwortete:

„Jederzeit. Mir ist es recht."

Der Deutsche fuhr fort:

„Wir kommen jetzt nach Straßburg. Ich nehme zwei Offiziere als Zeugen. Es ist Zeit genug, ehe der Zug weiterfährt."

Dubuis, der ähnlich wie die Lokomotive schnaufte, fragte die Engländer:

„Wollen Sie meine Zeugen sein?"

Beide antworteten aus einem Munde:

„Ooh yes!“

Und der Zug hielt.

Innerhalb einer Minute hatte der Preuße zwei mit Pistolen versehene Kameraden aufgetrieben, und sie gingen alle auf die Festungswälle.

Die Engländer zogen fortwährend ihre Taschenuhren, gingen schneller, überhasteten die Vorbereitungen, zeigten sich besorgt, denn sie wollten keinesfalls den Zug versäumen.

Dubuis hatte nie im Leben eine Pistole in der Hand gehabt. Er wurde zwanzig Schritt von seinem Gegner entfernt aufgestellt und gefragt:

„Fertig?"

Als er es bejahte, sah er, daß einer der Engländer seinen Regenschirm aufgespannt hatte, um sich vor der Sonne zu schützen.

Eine Stimme befahl:

„Feuer!"

Dubuis drückte ohne Zögern ab, wie es gerade kam, und zu seiner Verblüffung sah er den ihm gegenüberstehenden Preußen schwanken, die Arme hochstrecken und starr und steif auf die Nase fallen. Er hatte ihn erschossen.

Einer der Engländer stieß ein von Freude, befriedigter Neugier und glücklicher Ungeduld erfülltes „Aoh!" aus. Der andere, der noch immer die Taschenuhr in der Hand hielt, packte Dubuis am Arm und zog ihn mit den Laufschritten eines Sportsmanns zum Bahnhof.

Der erste Engländer lief mit geschlossenen Fäusten, preßte die Ellbogen an den Körper, und gab das Tempo an:

„Eins, zwei! Eins, zwei!"

Und alle drei trabten trotz ihrer Bäuche in einer Reihe einher und sahen aus wie Zeichnungen in einem Witzblatt.

Der Zug fuhr gerade an. Sie sprangen in ihren Waggon. Da nahmen die Engländer ihre Reisemützen ab, hoben sie hoch, schwenkten sie und riefen dreimal hintereinander:

„Hip, hip, hurrah!"

Darauf reichten sie mit ernster Miene einer nach dem andern Dubuis die rechte Hand, dann machten sie kehrt und nahmen wieder nebeneinander in ihrer Ecke Platz.

Reue

Herr Saval, der in Mantes allgemein nur „Vater Saval" hieß, ist soeben aufgestanden. Draußen regnet es. Trübes Herbstwetter; die Blätter fallen. Sie fallen langsam im Regen hernieder wie ein zweiter Regen, nur stärker, schwerfälliger. Herr Savals Laune ist nicht sehr gut. Er wandert vom Kamin zum Fenster und vom Fenster zum Kamin, hin und her. Es gibt schon düstere Tage im Leben. Und für ihn wird's wohl nur noch solche düsteren Tage geben, bei seinen zweiundsechzig Jahren! Einsam steht er da, ein alter Junggeselle, niemand kümmert sich um ihn. Zu traurig, so einsam und verlassen zu sein, ohne daß irgendein Herz für einen schlägt!

Er sinnt seinem öden, leeren Dasein nach. Er denkt an vergangene Tage, an seine Jugend, an das Haus, das Elternhaus; und dann ans Gymnasium, an die Ferien, an seine Studentenzeit in Paris. Danach kam des Vaters Krankheit und Tod.

Er zog wieder zu seiner Mutter. Fortan lebten der junge Mann und die alte Frau friedlich, wunschlos miteinander. Auch sie ist nun schon lange tot! Ach, das Leben ist zu traurig!

Er ist alleine geblieben. Und jetzt kommt er an die Reihe. Er wird dahingehen, auch er, und alles hat ein Ende. Es wird keinen Paul Saval mehr geben. Scheußlich! Und andere Menschen werden weiterleben, sich lieben, werden lachen. Ja, man wird weiter vergnügt sein, und er, er wird nicht mehr da sein! Merkwürdig, daß man bei dieser ewigen Todesgewißheit lachen, lustig sein, sich amüsieren kann. Wenn der Tod wenigstens nur wahrscheinlich wäre, dann könnte man noch allerlei Hoffnungen hegen; aber nicht mal das, man entgeht ihm nicht, ebensowenig wie der Nacht nach dem Tage.

Wenn noch irgend etwas sein Leben ausgefüllt hätte! Wenn er noch irgend etwas vollbracht, wenn er noch Abenteuer, besondere Freuden, Erfolge und allerlei Befriedigungen erlebt hätte! Aber nichts, nichts! Er hatte nichts fertiggebracht, nichts weiter, als nur immer wieder zur gleichen Stunde aufstehen, essen und schlafen gehen. Und so war er nach und nach zweiundsechzig Jahre alt geworden. Er hatte auch nicht, wie andere Männer, geheiratet. Warum? Ja, warum hatte er eigentlich nicht geheiratet? Er hätte es doch gekonnt, denn er war doch kein armer Schlucker. Hatte es ihm an Gelegenheit gefehlt? Vielleicht! So muß man sie eben an den Haaren herbeiziehen, solche Gelegenheiten! Er war schwerfällig, das war's. Seine Schwerfälligkeit war sein großes Unglück gewesen, sein Fehler, sein Laster. Wie viele Menschen zerstören ihr Leben, weil sie schwerfällig sind. Manche Naturen kommt es so schwer an, aufzustehen, sich in Bewegung zu setzen, sich zu besonderen Schritten zu entschließen, zu sprechen und bestimmte Fragen zu studieren.

Es hatte ihn auch niemals jemand geliebt. Keine Frau hatte in restloser Hingabe und Liebe an seiner Brust geruht, geschlafen. Er wußte nichts von dem köstlichen Fieber der Erwartung, dem göttlichen Beben eines Handschlages, dem Taumel siegender Leidenschaft.

Welch übermenschliches Glück mußte das Herz packen, wenn Lippen sich erstmals finden, wenn zwei Vernarrte, Betörte sich in seliger Umarmung zu einer unlöslichen Einheit verbinden.

Herr Saval hatte sich im Schlafrock vor dem Kamin niedergelassen.

Gewiß, sein Leben war hin, vollständig hin. Aber doch, einmal hatte er geliebt, wahrhaftig. Heimlich, schmerzlich und töricht, wie er alles anfing, hatte er geliebt. Ja, er hatte seine alte Freundin liebgehabt, Frau Sandres, die Frau seines alten Freundes Sandres. Ach! Wenn er sie als junges Mädchen gekannt hätte! Aber er war ihr zu spät begegnet, sie war schon verheiratet. Sicherlich, um sie hätte er angehalten. Und trotz allem, wie lieb hatte er sie gehabt, immer, vom ersten Tage an!

Er erinnerte sich, wie es ihn jedesmal gepackt hatte, wenn er sie sah, wie es ihn traurig gemacht, wenn er von ihr ging; er gedachte der Nächte, da er nicht hatte einschlafen können, weil er an sie hatte denken müssen.

Morgens beim Aufstehen war er immer etwas weniger verliebt als abends zuvor gewesen. Warum?

Wie hübsch war sie doch gewesen, zierlich, blondlockig und heiter. Sandres paßte nicht zu ihr. Jetzt war sie 58 Jahre alt. Sie schien zufrieden zu sein. Ach! Wenn sie ihn geliebt hätte, sie,

damals! Wenn sie ihn geliebt hätte! Und warum hätte sie ihn nicht lieben sollen, ihn, Saval, da er sie, Frau Sandres, doch auch liebgehabt!

Wenn sie nur ein wenig Ahnung davon gehabt hätte ... Hatte sie nichts erraten, nichts gemerkt, niemals etwas gespürt? Und wenn doch, was hatte sie gedacht? Wenn er gesprochen hätte, was hätte sie geantwortet?

Und Saval legte sich tausend andere Fragen vor. Er lebte sein Leben noch einmal, suchte sich eine Unmenge Einzelheiten und Kleinigkeiten zusammen.

Er erinnerte sich all der langen Skatabende bei Sandres, als dessen Frau noch jung und so reizend gewesen . . .

Er dachte an Dinge, von denen sie mit ihm gesprochen hatte, des Tones ihrer Stimme, die sie einst gehabt, all jener kleinen, stillschweigenden, lächelnden Übereinstimmungen, die so inhaltreich waren.

Er sann jenen Spaziergängen nach, die sie zu dreien an der Seine entlang gemacht hatten, ihren Picknicks im Grünen, stets sonntags, da Sandres im Landratsamt angestellt war. Und plötzlich stand wieder hell und klar jener Nachmittag vor seinem Auge, den er mit ihr in einem Wäldchen am Wasser verlebt hatte.

Sie waren morgens, jeder mit seinem kleinen Proviant bepackt, losmarschiert. Es war ein frischer Frühlingstag gewesen, berauschendes Wetter: Alles duftete, alles strahlte Glück aus. Die Vögel sangen noch einmal so heiter und flogen noch einmal so schnell wie sonst umher. Man hatte im Freien unter Weiden gefrühstückt, ganz dicht am Wasser, auf dem die Sonne brütete. Die Luft ging warm und roch kräftig und würzig; man sog sie in tiefen Zügen wie einen köstlichen Genuß ein. Wie gut tat solch ein Tag!

Nach dem Frühstück hatte Sandres sich lang auf den Rücken gelegt und war eingeschlummert. „Noch nie hab ich so gut geschlafen", hatte er gemeint, als er wieder aufgewacht war.

Frau Sandres hatte sich bei Saval eingehakt, und sie waren den Fluß entlanggeschlendert.

Sie stützte sich auf ihn. Lachend sagte sie: „Ich habe einen kleinen Schwips, lieber Freund, wahrhaftig, einen ganz kleinen Schwips." Er schaute sie an, zitternd bis ans Herz hinan, er fühlte, wie er bleich wurde und fürchtete, seine Augen möchten zu kühn werden, das Zittern seiner Hand könne sein Geheimnis verraten.

Sie hatte sich einen Kranz aus langen Gräsern und Wasserlilien gewunden und ihn gefragt: „Wie gefalle ich Ihnen?"

Als er nichts antwortete – denn er wußte nicht, was er antworten sollte, am liebsten wäre er in die Knie vor ihr gesunken – hatte sie wie unzufrieden aufgelacht und ihm glatt ins Gesicht geworfen: „Dummerjan, geh! Man sagt doch wenigstens etwas!"

Fast wären ihm Tränen gekommen, weil ihm noch immer nichts eingefallen war.

Alles das erwachte jetzt in ihm, genau wie am ersten Tage! Warum hatte sie ihm damals zugerufen: „Dummerjan, geh! Man sagt doch wenigstens was!"

Und er erinnerte sich wieder, wie zart sie sich an ihn gelehnt hatte. Als sie unter einem Baum gebückt hindurch gehen mußten, hatte er ihr Ohr an seiner Backe ganz nahe gefühlt, und er hatte sich scharf zurückgebogen, aus Furcht, sie könne diese Berührung für absichtlich halten.

Als er dann gesagt hatte: „Wäre es nicht Zeit, umzukehren?" hatte sie ihm einen merkwürdigen Blick zugeworfen. Bestimmt, sie hatte ihn ganz seltsam angeschaut. Damals hatte er nicht weiter darüber nachgedacht, und heute, ja heute erinnerte er sich genau daran.

„Wie Sie wünschen, mein Lieber. Wenn Sie müde sind, können wir ja umdrehen."

Und er hatte geantwortet:

„Müde bin ich gerade nicht; aber Sandres ist inzwischen vielleicht wieder wach?" Und sie hatte achselzuckend gesagt:

„Wenn Sie fürchten, mein Mann könne aufgewacht sein, ist's freilich besser, wir kehren um!"

Auf dem Rückwege war sie schweigsam gewesen und hatte nicht mehr seinen Arm genommen. Warum?

Dies Warum hatte er sich noch nie vorgelegt. Jetzt schien es etwas zu bedeuten, was er niemals verstanden hatte.

Was nur?

Herr Saval fühlte, wie ihm das Blut in den Kopf stieg, und er sprang ganz verwirrt auf, als vernähme er – dreißig Jahre jünger – Frau Sandres Stimme: „Ich liebe Sie!"

War es wirklich so? Diese Ahnung, die seine Seele zum ersten Male befiel, quälte ihn! War er wirklich so blind und taub gewesen?

Oh! Wenn es wahr gewesen, wenn er an seinem Glück vorbeigelaufen wäre, ohne es zu packen!

Er sagte sich: Das will ich wissen, darüber kann ich nicht wieder in Ungewißheit bleiben. Ich muß es wissen!

Und er zog sich schnell, in größter Eile an. Er dachte: „Zweiundsechzig Jahre bin ich alt, sie achtundfünfzig; ich kann sie ruhig danach fragen."

Und er hastete davon.

Das Haus von Frau Sandres lag auf der anderen Seite der Straße, dem seinen fast gegenüber. Er trat dort ein. Ein junges Dienstmädchen öffnete ihm auf sein Pochen.

Sie war erstaunt, ihn so früh zu sehen:

„Sie schon, Herr Saval; ist etwas passiert?"

Saval antwortete:

„Nein, mein Kind, aber sag doch deiner Herrin, ich möchte sie gleich sprechen."

„Gnädige Frau macht gerade Obst für den Winter ein; sie ist in der Küche und nicht angezogen, wissen Sie."

„Gut, gut, aber sag ihr nur, es handelt sich um etwas ganz Wichtiges."

Die Kleine eilte davon, und Saval ging unruhig, nervös, mit großen Schritten im Salon auf und ab. Er fühlte sich indessen gar nicht beklommen. Oh! Er würde sie eben fragen, wie man nach einem Kochrezept fragt. Er war doch schließlich zweiundsechzig Jahre alt!

Die Tür ging; sie kam. Eine dicke, breite, runde Frau, pausbäckig, mit lachendem Gesicht. Sie hielt beim Gehen die Hände weit vom Körper ab, die Ärmel waren aufgestreift und die nackten Arme braun vom Zuckersaft. Unruhig fragte sie:

„Was gibt's denn, lieber Freund; Sie sind doch nicht krank?"

Er erwiderte:

„Nein, verehrte Freundin, aber ich möchte Sie etwas fragen, was von sehr großer Bedeutung für mich ist und mich innerlich sehr peinigt. Versprechen Sie mir, ohne mir böse zu sein, ehrlich zu antworten?"

Sie lächelte:

„Ich bin doch immer ehrlich. Also reden Sie."

„Nun also: ich habe Sie vom ersten Tage an geliebt, da ich Sie kennengelernt habe. Haben Sie das geahnt?"

Sie antwortete lachend und mit einem Ton, der an ihrer Stimme Klang von einst erinnerte:

„Dummerjan! Ich habe es natürlich vom ersten Tage an gesehen!"

Saval begann zu zittern; er stotterte:

– „Sie haben es gewußt? . . . Dann . . ."

Und er schwieg.

Sie fragte:

„Dann? . . . Was dann?"

Er fuhr fort:

„Dann . . . was dachten Sie? . . . Was . . . was . . . was hätten Sie geantwortet?"

Sie lachte laut auf. Der Sirup tropfte ihr von den Fingern und fiel auf das Parkett.

„Ich? – Aber Sie haben mich ja nie gefragt. Ich hatte mich Ihnen doch nicht zu erklären."

Da ging er einen Schritt auf sie zu:

„Sagen Sie – Sagen Sie . . . Sie erinnern sich noch an den Tag, wo Sandres auf dem Rasen nach dem Picknick eingeschlafen war . . . wo wir zusammen gewesen, bis an die Wendung, die der Fluß da unten macht . . ."

Er hielt ein. Sie hatte aufgehört zu lachen und sah ihn gerade an. „Aber gewiß, ich erinnere mich an alles.“

Zitternd fuhr er fort:

„Nun . . . an jenem Tage . . . wenn ich da . . . etwas unternehmend gewesen wäre . . . was hätten Sie dann gemacht?“

Sie begann zu lächeln wie eine Frau, die nichts bereut und antwortete offen und mit klarer Stimme, mit etwas ironischem Unterton: „Ich wäre schwach gewesen, lieber Freund.“

Dann drehte sie sich auf den Hacken um und entfloh zu ihrem Eingemachten.

Saval trat auf die Straße. Er war niedergeschmettert, als hätte ihn ein Unglück getroffen. Mit großen Schritten lief er im Regen dahin, geradewegs zum Fluß hinab, ohne Ziel und Plan. Als er am Bachufer ankam, wendete er nach rechts hin und folgte dem Strom. Seine Kleider trieften vom Regen, sein Hut hatte, weich wie ein Lappen, jede Form verloren und tropfte wie eine Dachrinne. Er schritt stetig weiter, immer geradeaus. Und er kam zu dem Platz, wo sie an jenem Tage gefrühstückt hatten, an den zu denken ihn quälte und aufwühlte.

Da setzte er sich unter die kahlen Bäume und weinte.

Der Rächer

Als Antoine Leuillet die Witwe Mathilde Souris heiratete, war er schon länger als zehn Jahre in sie verliebt.

Souris war sein Freund gewesen, sein alter Studienkamerad. Leuillet hatte ihn sehr gern, allerdings hielt er ihn für ein bißchen einfältig. „Der arme Souris hat nicht gerade das Pulver erfunden", sagte er gern.

Als Souris Mathilde Duval heiratete, war Leuillet überrascht und durchaus betroffen, denn er war ein wenig verschossen in sie. Sie war die Tochter einer Nachbarsfrau, einer ehemaligen Kurzwarenhändlerin, die sich mit einem recht ansehnlichen Vermögen zur Ruhe gesetzt hatte. Sie nahm Souris um seines Geldes willen.

Danach nährte Leuillet andere Hoffnungen. Er machte der Frau seines Freundes den Hof. Er war ein ansehnlicher Mann, nicht dumm und ebenfalls reich. Er glaubte sich seines Erfolges sicher, und dennoch erlitt er Schiffbruch. So wurde er denn gänzlich zum Verliebten, einem Verliebten, den das Vertrauensverhältnis zu dem Ehemann der Angebeteten verschwiegen, schüchtern und verlegen machte. Madame Souris war der Meinung, daß er sie ohne alle eroberischen Nebenabsichten verehre, und schenkte ihm nicht ungern ihre Freundschaft. Das dauerte neun Jahre.

Eines Morgens jedoch brachte ihm ein Bote einige niedergeschlagene Zeilen der armen Frau. Souris war plötzlich an einem Herzschlag gestorben.

Es durchfuhr ihn ein heftiger Schreck, denn er befand sich im gleichen Alter. Aber unmittelbar danach überkam ihn eine tiefe Freude, ein unendliches Trostgefühl, ein Gefühl der Befreiung durchdrangen ihm Leib und Seele. Madame Souris war frei.

Indessen verstand er es, die betrübte Miene zur Schau zu tragen, die nun einmal geboten war. Auch wartete er die geziemende Zeit ab, er beobachtete alle Regeln der Schicklichkeit. Nach fünf Vierteljahren heiratete er die Witwe.

Man hielt diese Handlungsweise für natürlich, ja sogar großherzig. Es war die Tat eines guten Freundes und anständigen Menschen.

So wurde er denn doch noch glücklich, sehr glücklich sogar.

Sie lebten im herzlichsten Einvernehmen, da sie sich von Anfang an verstanden und geschätzt hatten. Sie hatten keinerlei Geheimnisse voreinander und erzählten sich ihre intimsten Gedanken. Leuillet liebte seine Frau mit ruhiger und vertrauensvoller Liebe. Er liebte in ihr die zärtliche, treu ergebene Gefährtin, mit der man sich auf einer Stufe weiß und auf die man bauen kann. Es blieb jedoch in seiner Seele ein seltsames, unerklärliches Gefühl von nachtragender Gehässigkeit gegen den verstorbenen Souris, der diese Frau als erster besessen, der die Blüte ihrer Jugend und ihrer Seele genossen, der sie leider sogar ein wenig banalisiert hatte. Die Erinnerung an den toten Gatten trübte das Glück des lebenden Gatten. Diese posthume Eifersucht peinigte hinfort Tag und Nacht Leuillets Herz.

Es kam so weit, daß er unaufhörlich von Souris sprach, nach tausend intimen und geheimen Einzelheiten fragte, alles, was seine Gewohnheiten und seine Person betraf, wissen wollte. Und er verfolgte ihn mit seinen Spottreden bis übers Grab hinaus. Er dachte voller Wohlgefallen an seine Verschrobenheiten, verweilte bei seinen lächerlichen Eigenschaften und ritt auf seinen Fehlern herum.

Immerfort rief er durch das ganze Haus nach seiner Frau:

„Hallo! Mathilde!"

„Ja?"

„Komm mal her, ich muß dich etwas fragen."

Stets kam sie lächelnd herbei, da sie sehr wohl wußte, daß er mit ihr über Souris sprechen wollte. Sie schmeichelte dieser harmlosen Narrheit ihres neuen Gatten.

„Sag mal, weißt du noch, wie mir Souris eines Tages hatte beweisen wollen, warum kleine Männer mehr geliebt würden als große?"

Dabei stürzte er sich in Gedankengänge, die für den Verstorbenen unangenehm waren, da er klein gewesen war, und bei denen er, Leuillet, insgeheim gut abschnitt, denn er war um einiges größer.

Und Madame Leuillet ließ ihn hören, daß er natürlich recht habe, völlig recht. Und sie lachte von ganzem Herzen, machte sich auf eine sanfte Weise über den ehemaligen Gatten lustig, damit es den neuen desto mehr freute, der es sich nie verkneifen konnte, als Schlußwort hinzuzufügen:

„Na, wie dem auch sei, Souris war dämlich."

Sie waren glücklich, vollkommen glücklich. Und Leuillet hörte nicht auf, seiner Frau seine Liebe zu beweisen, die durch die tagtägliche Gewohnheit nicht schwächer wurde.

Als sie eines Nachts beide nicht einschlafen konnten, da der Rausch einer wiedergewonnenen Jugend sie wachhielt, fragte Leuillet, der seine Frau eng an sich gedrückt hielt und sie herzhaft küßte, unvermittelt:

„Sag mal, mein Liebchen . . ."

„Was denn?"

„Souris . . . ja, das ist eine schwierige Frage . . . Ist Souris eigentlich . . . ein guter Liebhaber gewesen?"

Sie küßte ihn ebenso herzhaft und flüsterte:

„Nicht so wie du, mein Kater."

Er fühlte sich in seiner männlichen Eigenliebe geschmeichelt und fuhr fort:

„Er stellte sich doch sicher . . . dämlich an . . . nicht wahr?"

Sie antwortete nicht. Sie lachte lediglich ein kleines, boshaftes Lachen und verbarg das Gesicht am Hals ihres Mannes.

Er fragte:

„Sicher hat er sich doch sehr dämlich angestellt, und nicht . . . wie soll ich das nur ausdrücken . . . nicht gerade geschickt?"

Sie tat eine leichte Bewegung mit dem Kopf, die ausdrückte: „Nein . . . ganz und gar nicht."

Er fuhr fort:

„Da hat er dich wohl nachts recht gelangweilt, was?"

Diesmal riß die Offenherzigkeit sie fort, und sie antwortete:

„O ja!"

Er umarmte sie von neuem um dieser Bekundung willen und flüsterte:

„Was für ein dummer Kerl er doch gewesen ist! Du bist also nicht glücklich mit ihm gewesen?"

Sie antwortete:

„Nein. Es war manchmal nicht ganz leicht mit ihm."

Leuillet fühlte sich entzückt, und in seinem Innern stellte er für ihn höchst vorteilhafte Vergleiche zwischen der einstigen Lage seiner Frau und der gegenwärtigen an.

Eine Zeitlang blieb er stumm, dann schüttelte ihn ein Lachanfall, und er fragte:

„Sag mal . . .“

„Was denn?“

„Willst du auch ganz offen zu mir sprechen, ganz offen?“

„Aber natürlich!“

„Na ja, gut, schön, bist du niemals in Versuchung geraten, ihn . . . ihn zu betrügen, diesen dummen Kerl, den Souris?“

Madame Leuillet stieß ein kleines „Oh!“ aus, so schämte sie sich, und kuschelte sich noch enger an die Brust ihres Mannes. Aber er bemerkte, daß sie lachte.

Er beharrte:

„Na, gesteh es nur. Er sah ganz nach Hahnrei aus, der blöde Tropf. Es wäre so komisch, so komisch! Der gute Souris. Sag doch, sag doch, mein Herzchen, mir kannst du es doch sagen.“

Er beharrte auf diesem „mir“, da er mit Sicherheit glaubte, wenn sie schon Geschmack daran gefunden hätte, Souris zu betrügen, es mit niemand anders als mit ihm, Leuillet, hätte geschehen müssen, und er zitterte förmich vor Erwartung dieses Geständnisses, überzeugt, daß er sie, wäre sie nicht die tugendhafte Frau gewesen, daß er sie dann schon damals hätte haben können.

Aber sie antwortete nicht. Sie lachte in einem fort wie bei der Erinnerung an etwas unendlich Komisches.

Leuillet seinerseits begann ebenfalls zu lachen bei dem Gedanken, daß er Souris hätte Hörner aufsetzen können! Welch ein Spaß! Was für eine tolle Geschichte! Ja, wahrhaftig, welch eine tolle Geschichte!

Er stammelte, während das Lachen ihn schüttelte:

„Der arme Souris, der arme Souris, ach ja, er hat ganz danach ausgesehen, ach ja, ach ja!“

Nun wälzte sich Madame Souris unter der Bettdecke, lachte Tränen und stieß beinahe kleine Schreie aus.

Und Leuillet wiederholte:

„Los, gesteh es nur, gesteh es nur. Sei offen. Du siehst wohl ein, daß mir das nicht weiter unangenehm sein kann.“

Da stammelte sie, da ihr fast die Luft wegblieb: „Ja, ja!“

Der Mann redete beharrlich weiter:

„Ja, was? Komm, sag doch alles.“

Jetzt kicherte sie nur noch in sich hinein, hob den Mund bis an

Leuillets Ohren, der ein ihm angenehmes Geständnis erwartete, und flüsterte:

„Ja . . . ich habe ihn betrogen."

Ein eiskalter Schauer lief ihm durch Mark und Bein. Völlig verdattert stotterte er:

„Du . . . du . . . hast ihn . . . betrogen? . . . Ganz und gar?"

Sie meinte noch immer, daß ihm die Sache unendlichen Spaß mache und antwortete:

„Ja . . . ganz und gar . . . ganz und gar."

Er konnte nicht umhin, sich im Bett aufzusetzen, so sehr überkam es ihn. Er war dermaßen aus der Fassung, als habe er erfahren, daß er selbst betrogen worden sei.

Anfangs sagte er gar nichts. Dann, nach ein paar Sekunden, brachte er nichts hervor als ein schlichtes:

„Ah!"

Auch sie hatte zu lachen aufgehört. Sie hatte, zu spät, ihren Fehler eingesehen.

Schließlich fragte Leuillet:

„Und mit wem denn?"

Sie blieb stumm und suchte nach einer Rechtfertigung.

Und wieder fragte er:

„Mit wem?"

So sagte sie denn:

„Mit einem jungen Mann."

Er drehte sich jäh nach ihr um und sagte trocken:

„Daß es nicht mit der Köchin war, kann ich mir denken. Ich habe dich gefragt, mit welchem jungen Mann, verstehst du?"

Sie erwiderte nichts. Er ergriff die Bettdecke, die sie sich über den Kopf gezogen hatte, zerrte sie in die Bettmitte und wiederholte:

„Ich will wissen, mit welchem jungen Mann, verstehst du?"

Da stieß sie spitzig hervor:

„Daß ich nicht lache."

Aber er bebte vor Zorn:

„Was? Wie? Lachen willst du? Du machst dich über mich lustig? Aber damit kommst du bei mir an den Rechten, verstehst du? Ich will den Namen des jungen Mannes wissen!"

Sie erwiderte nichts, sondern blieb regungslos auf dem Rükken liegen.

Er packte sie beim Arm und zerrte ihn heftig:

„Hast du nun endlich verstanden. Ich verlange, daß du mir antwortest, wenn ich dich was frage.“

Da sprach sie gereizt:

„Ich glaube, du bist verrückt geworden. Laß mich in Ruhe!“

Er zitterte vor Wut und wußte nicht mehr, was er sagen sollte. Außer sich vor Zorn schüttelte er sie mit aller Kraft und sagte in einem fort:

„Hast du mich verstanden? Hast du mich verstanden?“

Um sich freizumachen, machte sie eine heftige Bewegung, und ihre Fingerspitzen streiften die Nase des Mannes. Er geriet in Jähzorn, da er meinte, sie habe ihn geschlagen, und wälzte sich auf sie.

Jetzt hatte er die Oberhand, ohrfeigte sie aus Leibeskräften und schrie dabei:

„Da, da, da, so, so, du Hure, du Luder, du Luder!“

Als er völlig außer Atem und am Ende seiner Kraft war, stand er auf und ging an den Waschtisch, um sich ein Glas Orangeade einzugießen, denn er fühlte sich gebrochen und vernichtet bis zur Ohnmacht.

Und sie lag im Bett und weinte. Sie schluchzte herzzerreißend, da sie fühlte, daß es durch ihre Schuld mit ihrem Glück aus sei.

Unter Tränen stammelte sie schließlich:

„Hör doch, Antoine, komm doch her, ich habe dich ja belogen, versteh mich doch, hör doch.“

Da sie nun zur Verteidigung bereit war und mit Vernunftgründen und listigen Ausreden ausgerüstet, hob sie ein wenig den zerzausten Kopf unter der zerknitterten Nachthaube.

Er aber drehte sich nach ihr um, trat zu ihr hin und war voller Scham, daß er sie geschlagen habe. Doch im tiefsten Grunde seines Gattenherzens fühlte er einen endlosen Haß gegen diese Frau aufsteigen, die den andern, den Souris, betrogen hatte.

Warten

Die Herren saßen nach dem Abendessen plaudernd im Rauchzimmer. Ihre Gesprächsthemen waren unverhoffte Erbschaften und absonderliche letztwillige Verfügungen. Le Brumant, der bedeutende, vielgenannte Rechtsanwalt, lehnte am Kamin und sagte: „Ich bin gegenwärtig auf der Suche nach einem Erben, der unter denkbar schrecklichen Umständen verschwunden ist. Es handelt sich dabei um eins der zugleich schlichten wie grauenvollen Dramen des Alltaglebens. Ein solcher Fall kann tagtäglich vorkommen, und dennoch ist er einer der entsetzlichsten, die zu meiner Kenntnis gelangt sind. Um folgendes geht es: Vor ungefähr einem halben Jahr wurde ich zu einer Sterbenden gebeten. Sie sagte zu mir:

‚Ich möchte Sie mit der heikelsten, schwierigsten und langwierigsten Aufgabe betrauen, die man sich denken kann. Bitte nehmen Sie Einblick in mein Testament, dort, auf dem Tisch.

Es ist für Sie ein Betrag von fünftausend Francs ausgesetzt, wenn Sie keinen Erfolg haben, und einer von hunderttausend Francs, wenn Sie Erfolg haben. Nach meinem Tode muß mein Sohn aufgefunden werden.‘

Sie bat mich, ihr behilflich zu sein, als sie sich im Bett aufrichtete, um leichter sprechen zu können. Ihre gebrochene, halb erstickte Stimme entrang sich ihr pfeifend. Ich befand mich in einem sehr reichen Hause. Das mit gediegener, schlichter Vornehmheit ausgestattete Schlafzimmer war mit Stoffen ausgespannt, die dick wie Mauern waren. Dem Auge waren sie so angenehm, daß sie einem das Gefühl einer Liebkosung gaben, und so stumm, daß sie die Worte in sich aufnahmen, sie verschwinden und verklingen ließen.

Die Sterbende sprach weiter:

‚Sie sind der erste Mensch, dem ich mein furchtbares Schicksal erzähle. Hoffentlich bringe ich die Kraft auf, damit zu Ende zu kommen. Ich kenne Sie als einen Mann von Herz und zugleich als einen Mann von Welt, und Sie müssen alles ganz genau wissen, damit in Ihnen der Wunsch wach wird, mir mit allen Ihren Kräften zu helfen. Hören Sie mich an.

Vor meiner Heirat habe ich einen jungen Mann geliebt, dessen Antrag meine Familie zurückgewiesen hat, weil er nicht reich genug war. Kurze Zeit danach habe ich einen sehr reichen Mann geheiratet. Ich habe ihn aus Unwissenheit geheiratet, auch aus Furcht, aus Gehorsam, aus Lässigkeit, wie junge Mädchen eben heiraten.

Ich bekam ein Kind, einen Jungen. Mein Mann ist ein paar Jahre danach gestorben.

Der junge Mensch, den ich geliebt, hatte sich ebenfalls verheiratet. Als ich Witwe geworden war, empfand er unsäglichen Schmerz darüber, daß er nicht mehr frei war. Er besuchte mich, und er weinte und schluchzte herzzerbrechend vor mir. Er wurde mein Freund. Vielleicht hätte ich ihn nicht wiedersehen dürfen. Doch bedenken Sie, wie einsam, traurig, wie verzweifelt ich war! Und ich liebte ihn noch immer. Wie tief leidet man bisweilen! Ich hatte auf der Welt niemanden außer ihm, da meine Eltern gleichfalls gestorben waren. Er kam häufig zu mir und verbrachte ganze Abende bei mir. Ich hätte ihm nicht erlauben dürfen, daß er so oft kam, weil er ja doch verheiratet war. Aber ich hatte nicht die Kraft, mich zu trennen.

Was soll ich große Worte machen? . . . Er ist mein Geliebter geworden. Wie es dazu gekommen ist? Was weiß man denn schon! Meinen Sie, daß es anders enden kann, wenn zwei Menschen durch die unwiderstehliche Macht gegenseitiger Liebe zueinander gedrängt werden? Meinen Sie, man könne immerfort Widerstand leisten, immerfort gegen das ankämpfen, was der Mann, den man vergöttert, mit flehentlichen Bitten und betörenden Worten, unter Selbsterniedrigungen und bewegt von Leidenschaft fordert, der Mann, den man glücklich sehen will, dessen geringsten Wunsch man erfüllen, den man mit allen erdenklichen Freuden überschütten möchte und den man zur

Verzweiflung bringt, nur um dem zu gehorchen, was die Welt Ehre nennt? Welch eine Kraft hätte dazu gehört, welch ein Verzicht auf Glück, welch eine Entsagung, und welch eigensüchtiges Bedachtsein auf den guten Ruf, nicht wahr?

So bin ich denn seine Geliebte geworden, und ich bin glücklich gewesen. Zwölf Jahre lang bin ich glücklich gewesen. Allerdings bin ich auch, und das ist meine größte Schwäche, meine größte Feigheit, die Freundin seiner Frau geworden.

Wir haben meinen Sohn gemeinsam erzogen, wir haben aus ihm einen Mann gemacht, einen wahrhaften Mann, einen klugen, einsichtigen, willensstarken, von edlen und großen Gedanken erfüllten Mann. So ging es, bis er siebzehn wurde.

Er, mein Sohn, hatte meinen . . . meinen Geliebten ebenso lieb wie ich, denn er war von uns beiden in gleicher Weise geliebt und behütet worden. Er nannte ihn mit einem Kosenamen, er verehrte ihn unendlich, denn es waren ihm von seiner Seite immer nur wohlmeinende Ratschläge und Beispiele der Rechtschaffenheit, der Ehre und Redlichkeit zuteil geworden. Er sah ihn als einen treuen, bewährten und ergebenen Kameraden seiner Mutter an, als eine Art moralischen Vater, Vormund, Beschützer, oder wie ich es ausdrücken soll.

Vielleicht hat er sich, da er es ja von Kindheit an gewöhnt war, niemals Gedanken darüber gemacht, daß er den Mann immerfort in unserem Hause sah, um mich, um ihn bemüht, unabhlässig mit uns beschäftigt.

Eines Tages wollten wir zu dritt zu Abend essen (das war für mich immer ein Fest); ich wartete auf die beiden und überlegte, wer wohl als erster kommen werde. Die Tür ging auf, es war mein alter Freund. Ich ging mit ausgebreiteten Armen auf ihn zu, und er drückte mir einen langen überglücklichen Kuß auf die Lippen.

Plötzlich erscholl ein Geräusch, ein leises Rascheln. Die geheimnisvolle Empfindung der Anwesenheit eines Dritten überlief uns, und erschauernd wandten wir uns um. Jean mein Sohn, stand da, aufgereckt, fahl, und starrte uns an.

Es war ein Augenblick grausiger Verwirrung. Ich schreckte zurück, dann streckte ich meinem Sohn bittend die Hände hin. Aber ich sah ihn nicht mehr. Er war hinausgegangen.

Wir sind voreinander stehengeblieben, zu Boden geschmettert, keines Wortes fähig. Dann bin ich in einen Sessel gesunken und habe einen wirren, starken Drang zur Flucht verspürt, zum Weglaufen in die Nacht hinaus, um auf alle Zeit zu verschwinden. Dann stieg ein krampfhaftes Schluchzen in mir hoch, und ich weinte, geschüttelt von Zuckungen, mit zerrissener Seele und gepeinigten Nerven. Ich hatte das gräßliche Gefühl eines Unheils, das nicht wieder gutzumachen war, und empfand unendliche Scham, in die ein Mutterherz in solchem Augenblick versinkt.

Er . . . er blieb ratlos vor mir stehen. Er wagte weder, zu mir zu kommen, noch mich anzusprechen oder mich anzurühren, aus Furcht, der Junge könne wiederkommen. Schließlich sagte er:

‚Ich will zu ihm gehen . . . mit ihm reden . . . ihm alles erklären . . . Ja, ich muß zu ihm . . . er soll es wissen . . .'

Damit ging er hinaus.

Ich wartete . . . ich wartete, ich war außer mir und fuhr beim geringsten Geräusch zusammen, geschüttelt von Furcht und irgendeiner unbeschreiblichen und unerträglichen Erregung beim leisesten Aufknistern des Kaminfeuers.

Ich wartete eine Stunde, zwei Stunden, und ich spürte, wie in meinem Herzen eine unbekannte Furcht immer mehr wuchs, eine solche Angst, wie ich sie nicht einmal dem ärgsten Verbrecher für zehn Minuten wünsche. Wo war mein Junge? Was tat er?

Gegen Mitternacht brachte mir ein Bote einen Brief meines Geliebten. Ich weiß ihn noch auswendig:

‚Ist Dein Sohn wiedergekommen? Ich habe ihn nicht gefunden. Ich bin unten auf der Straße. Um diese Zeit möchte ich lieber nicht heraufkommen.'

Ich schrieb mit Bleistift auf dasselbe Blatt:

‚Jean ist nicht wiedergekommen. Du mußt ihn finden.'

Die gaze Nacht habe ich in meinem Sessel gesessen und gewartet.

Wahnsinn packte mich. Es überkam mich Lust zu heulen, herumzulaufen, mich am Boden zu wälzen. Dabei machte ich nicht die mindeste Bewegung; ich wartete und wartete. Was mochte er angestellt haben? Ich versuchte, es herauszubekommen, es zu erraten. Aber ich gewann keine Klarheit, trotz aller Bemühungen, trotz aller Qualen meiner Seele!

Dann überschauerte mich die Angst, daß sie einander begeg-

neten. Was würde dann geschehen? Was würde mein Junge tun? Furchtbare Zweifel zerrissen mich, schreckliche Vermutungen. Nicht wahr, Sie können all das nachempfinden?

Mein Zimmermädchen, das nichts ahnte und nichts begriff, kam wieder und wieder herein. Sie glaubte wohl, ich sei wahnsinnig geworden. Mit einem Wort oder einer Handbewegung wies ich sie hinaus. Sie holte den Arzt, der einen Nervenzusammenbruch feststellte.

Ich wurde zu Bett gebracht. Ich bekam Gehirnfieber.

Als ich nach langer Krankheit wieder zu Bewußtsein kam, gewahrte ich an meinem Bett meinen . . . Geliebten . . . allein. Ich schrie auf:

‚Mein Sohn! . . . Wo ist mein Sohn?'

Er antwortete nicht. Ich brachte stammelnd hervor:

‚Tot . . . tot . . . Hat er sich das Leben genommen?'

Er erwiderte:

‚Nein, nein, ich schwöre es dir. Aber wir haben ihn nicht finden können, trotz aller Bemühungen.'

Da befiel mich ein jäher, rasender Zorn. Man verfällt ja in unerklärliche, sinnlose Wutausbrüche, und ich schleuderte ihm entgegen:

‚Ich verbiete dir, wiederzukommen und mich wiederzusehen, ehe du ihn nicht gefunden hast. Geh!'

Er ist gegangen.

Ich habe sie beide niemals wiedergesehen, weder den einen noch den andern, und so lebe ich nun seit zwanzig Jahren.

Können Sie sich da hineindenken? Können Sie die ungeheuerliche Marter nachempfinden, das langsame, stetige Zerfleischtwerden eines Mutterherzens, eines Frauenherzens, und das jammervolle, endlose . . . endlose Warten? – Nein . . . jetzt endet es ja . . . denn nun sterbe ich. Ich sterbe, ohne daß ich sie wiedergesehen habe . . . weder den einen . . . noch den andern!

Er, mein Freund, hat mir seit zwanzig Jahren jeden Tag geschrieben. Und ich, ich habe ihn nie vorgelassen, nicht einmal auf eine Sekunde. Denn mir ist, als müsse im gleichen Augenblick, in dem er hier einträte, auch mein Sohn zurückkommen! – Mein Sohn! – Mein Sohn! – Ist er tot? Lebt er? Wo hält er sich verborgen? Vielleicht irgendwo in der Ferne, jenseits der großen Meere, in so entlegenen Ländern, daß ich nicht einmal ihren Namen weiß. Denkt er wohl an mich? . . . Oh, wenn er wüßte! Wie grausam doch Kinder sind! Ob ihm wohl klar ist, zu welch grausigem Leiden er mich verdammt hat? Ahnt er denn, welcher Hoffnungslosigkeit, welcher Marter er mich, die ich noch jung gewesen bin, lebendigen Leibes überantwortet hat, bis zu meinem letzten Lebenstag, mich, seine Mutter, die ihn mit der ganzen Gewalt der Mutterliebe geliebt hat? Ist das nicht grausam? Sagen Sie doch!

All das sollen Sie ihm sagen. Sie sollen ihm meine letzten Worte wiederholen:

‚Mein Junge, mein lieber, lieber Junge, sei fortan nicht so hart gegen deine armen Mitmenschen. Das Leben ist ohnehin schon brutal und grausam genug! Mein lieber Junge, bedenke, was für ein Leben deine Mutter, deine arme Mutter, von dem Tag an geführt hat, an dem du sie verlassen hast. Mein lieber Junge, verzeih ihr und hab sie lieb, sie, die nun tot ist, denn sie hat die fürchterlichste aller Bußen auf sich genommen.‘

Sie atmete zitternd, als habe ihr Sohn in diesem Augenblick vor ihr gestanden, als habe sie zu ihm gesprochen. Dann sagte sie noch:

‚Sie sollen ihm auch sagen, daß ich ihn nie wiedergesehen habe . . . den andern.‘

Wieder schwieg sie. Dann fuhr sie mit gebrochener Stimme fort:

‚Bitte, lassen Sie mich jetzt allein. Ich möchte einsam sterben, weil die beiden ja nicht bei mir sind.‘“

Rechtsanwalt Le Brumant fuhr fort:

„Und ich bin weggegangen, meine Herren, und habe geweint wie ein Narr, so sehr, daß mein Kutscher sich nach mir umgedreht und mich betrachtet hat.

Und daß man sich nun vorstellen muß, daß sich in unserer nächsten Nähe tagtäglich ähnliche Dramen abspielen!

Ich habe den Sohn nicht gefunden, diesen . . . ich weiß nicht, wie Sie über ihn denken. Ich sage es dennoch: diesen . . . Verbrecher von einem Sohn.“

Der erste Schnee

Am blauen Wasser entlang verläuft der lange Promenadenweg La Croisette in flachem Bogen. Auf der rechten Seite schiebt sich in der Ferne das Esterel-Gebirge ins Meer vor. Mit seinen zahlreichen, zackigen, bizarr geformten Gipfeln bildet es eine anmutige Südkulisse, begrenzt so den Blick und riegelt den Horizont ab.

Zur Linken dehnen sich die Inseln Sainte-Marguerite und Saint-Honorat in die Flut und zeigen ihre Rücken, auf denen Nadelgehölz wächst.

Rings um den weiten Golf, längs der mächtigen Berge, die rund um Cannes gelagert sind, sieht das weiße Gewimmel der Villen aus, als ob sie alle in der Sonne eingeschlafen wären. Schon aus der Ferne sind sie zu erkennen, die weißen Häuser, mit denen die Berghänge in ihrer ganzen Länge gesprenkelt sind. In dem dunklen Grün wirken sie wie Schneereste.

Die dem Strand am nächsten gelegenen öffnen ihre

schmiedeeisernen Gittertore nach der breiten Promenade hin, gegen die die Wellen geruhsam anlaufen. Das Wetter ist schön, die Luft milde. Den lauen Wintertag stört kaum ein kühler Windhauch. Über die Gartenmauern schauen Apfelsinen- und Zitronenbäume mit einer Fülle goldener Früchte. Langsamen Schrittes gehen Damen über den Sand der Prunkstraße. Mal plaudern sie mit Herren, mal sehen sie Kindern zu, die mit Reifen spielen.

Gerade verläßt eine junge Dame ihr hübsches kleines Haus, dessen Tür unmittelbar auf die Croisette hinausgeht. Sie bleibt einen Augenblick stehen, überschaut die Spaziergänger, lächelt und geht schleppenden Schrittes auf eine leere Bank zu, von der aus man das Meer erblicken kann. Der kurze Weg strengt sie an, sie setzt sich und atmet hastig. Ihr blasses Gesicht gleicht dem einer Toten. Sie hüstelt und führt die durchsichtigen Finger an die Lippen, als wolle sie die schwächenden Hustenanfälle zurückhalten.

Sie blickt auf zum sonnigen, von Schwalben belebten Himmel, zu den wunderlich geformten Gipfeln des Esterel in der Ferne, und auf das blaue, ruhige, schöne Meer zu ihren Füßen. – Wieder lächelt sie und flüstert vor sich hin:

„Oh! Wie glücklich ich doch bin!“

Dennoch weiß sie, daß sie sterben muß, daß sie wohl nicht mehr den Frühling erleben wird, daß übers Jahr dieselben Leute über diese Promenade gehen werden, die jetzt an ihr vorüberschlendern, daß sie die laue Luft dieses milden Landstrichs atmen werden mit ihren Kindern, die dann schon ein wenig größer geworden sind, das Herz voll Hoffnung, Liebe und Glück, während das, was von ihrem armen Körper heute noch übrig ist, in einem Eichensarg vermodert und das Seidenkleid, das sie sich als Totengewand bestimmt hat, nur noch ihre Knochen einhüllt.

Dann ist sie nicht mehr. Das Leben wird für die andern dennoch weitergehen. Für sie jedoch ist alles aus, für immer und ewig. Sie ist nicht mehr. Sie lächelt und atmet so tief, wie sie es mit ihren kranken Lungen vermag, den weichen Duft der Gärten.

Und sie versinkt in besinnliche Träumerei.

Erinnerungen steigen auf. Vor vier Jahren wurde sie mit einem normannischen Edelmann verheiratet. Er war ein hochgewachsener, bärtiger Mann, gebräunt, mit breiten Schultern, kurzem Verstand und immer froher Laune.

Sie waren aus finanziellen Gründen zusammengeführt worden, von denen sie nicht das mindeste wußte. Nur zu gern hätte sie ‚nein' gesagt. Aber sie hatte ein ‚Ja' genickt, um dem Vater und der Mutter den Wunsch zu erfüllen. Sie war Pariserin, heiter und lebensfroh.

Ihr Mann brachte sie auf sein normannisches Schloß. Es war ein weitläufiges Gebäude aus behauenem Stein, umgeben von mächtigen, sehr alten Bäumen. Eine hohe Fichtengruppe versperrte den Blick von der Front aus. Zur Rechten gewährte eine Lücke die Aussicht über die Ebene, die sich nackt und kahl bis zu den fernen Bauernhöfen erstreckte. Vor dem Tore lief ein schmaler Fahrweg vorüber, die einzige Verbindung mit der großen, etwa drei Kilometer entfernten Landstraße.

Oh, sie erinnert sich an alles: an ihre Ankunft, an ihren ersten langen Tag in der neuen Wohnung, an das abgeschiedene Leben, das sie in der Zeit danach dort geführt hat.

Als sie aus dem Wagen gestiegen ist, hat sie das alte Gebäude angeschaut und lachend erklärt:

„Lustig sieht es nicht gerade aus!"

Ihr Mann hat ebenfalls gelacht und geantwortet:

„Ach was! Es lebt sich gut darin. Du wirst es schon merken. Ich wenigstens habe mich hier noch nie gelangweilt."

Diesen ganzen ersten Tag hatten sie sich umarmt und geküßt, und das war ihr nicht eben langweilig vorgekommen. Am nächsten Tag hatte das gleiche Spiel begonnen, und so war die ganze erste Woche in Zärtlichkeiten vorbeigegangen.

Dann hatte sie sich damit beschäftigt, das Hausinnere herzurichten und umzugestalten. Das dauerte einen guten Monat. Ein Tag nach dem andern wurde mit unbedeutenden Beschäftigungen hingebracht, die sie dennoch völlig beanspruchten. Sie lernte den Wert und die Wichtigkeit der kleinen Dinge im Leben kennen. Sie machte die Entdeckung, daß man sich für den Preis der Eier interessieren könne, die je nach der Jahreszeit ein wenig teurer oder billiger wurden.

Es war Sommer. Sie ging auf die Felder hinaus und sah der Ernte zu. Die Heiterkeit des Sonnenscheins paßte gut zu derjenigen ihres Herzens.

Es wurde Herbst. Ihr Mann fing an, auf die Jagd zu gehen.

Frühmorgens brach er mit seinen Hunden Médor und Mirza auf. Dann blieb sie allein, ohne übrigens über Henrys Fernsein allzu traurig zu sein. Zwar hatte sie ihn recht gern, aber er fehlte ihr nicht. Wenn er heimkam, waren es vor allem die Hunde, die ihre Zärtlichkeit beanspruchten. Allabendlich sorgte sie mit geradezu mütterlicher Liebe für sie, streichelte sie immerfort und gab ihnen tausend reizende Kosenamen, mit denen ihren Mann zu benennen ihr nie in den Sinn gekommen wäre.

Er erzählte ihr immer in der gleichen Weise von seinen Jagderlebnissen. Er beschrieb ihr die Orte, wo er Rebhühner aufgestöbert hatte; er gab seiner Verwunderung Ausdruck, daß in Joseph Ledentus Klee sich kein Hase gezeigt habe, oder er schien verärgert, daß Monsieur Lechapelier aus Le Havre stets an der Grenze seines Reviers herumstreiche, um das Wild abzuschießen, das er, Henry de Parville, ausgemacht habe.

Sie antwortete:

„Ja, das ist wirklich nicht nett von ihm", und dachte dabei an andere Dinge.

Es wurde Winter, ein kalter, regnerischer normannischer Winter. Endlose Regenschauer prasselten auf die Schieferplatten des mächtigen steilen Daches, das sich wie eine Klinge zum Himmel reckte. Die Wege verwandelten sich in Schmutzbäche, das Land wurde zum Morast. Kein Geräusch als das des niederrauschenden Wasser war zu hören, keine Bewegung wahrzunehmen als der wirbelnde Flug der Krähen, die wolkenhaft aufstoben, sich auf ein Feld niederließen und dann abermals fortflogen.

Gegen vier Uhr nachmittags kam das Heer der düsteren Vögel und ließ sich in den großen Buchen nieder, die links vom Schloß standen. Dabei stießen sie mißtönende Schreie aus. Wohl eine Stunde lang flatterten sie von Wipfel zu Wipfel, schienen sich zu zanken, krächzten und vollführten in dem grauen Gezweig ein schwarzes Hin und Her.

Sie sah jeden Abend zu ihnen hin, schweren Herzens, und es überkam sie die düstere Schwermut der Nacht, die über das öde Land sank.

Dann läutete sie nach der Lampe und rückte näher an das Feuer heran. Sie verbrannte große Holzscheite, ohne daß es ihr gelang, die riesengroßen, feuchten Zimmer zu erwärmen. Sie fror den ganzen Tag, überall, im Salon, bei den Mahlzeiten, in ihrem Schlafzimmer. Es fror sie durch Mark und Bein, wie sie meinte. Ihr Mann kam erst zum Abendessen heim, denn er war immerfort auf der Jagd, oder er befaßte sich mit dem Saatgut, der Feldarbeit, mit allem, was es auf dem Gut zu tun gab.

Er kam guter Dinge und schmutzig heim, rieb sich die Hände und meinte:

„Tolles Wetter!“

Oder auch:

„Fein, jetzt ans Feuer zu rücken!“

Manchmal fragte er:

„Na, wie geht es uns denn heute? Sind wir zufrieden?“

Er war wohlauf, wunschlos glücklich und ersehnte nichts, was über dieses einfache, gesunde, ruhige Leben hinausgegangen wäre.

Anfang Dezember, als es anfing zu schneien, litt sie dermaßen unter der eisigen Luft im Schloß, dem alten Schloß, das im Lauf der Jahrhunderte immer kälter geworden zu sein schien, gerade wie die Menschen es im Lauf der Jahre werden, daß sie eines Abends ihren Mann bat:

„Sag doch, Henry, könntest du hier nicht eine Heizung einbauen lassen? Dann würden die Wände trockener werden. Mir wird den ganzen Tag lang nicht richtig warm.“

Zunächst war er sprachlos wegen des absonderlichen Gedankens, daß in sein Herrenhaus eine Heizung eingebaut werden solle. Es wäre ihm weit natürlicher erschienen, wenn die Hunde vom Silbergeschirr hätten fressen sollen. Dann stimmte er mit der ganzen Kraft seiner breiten Brust ein ungeheures Gelächter an und sagte immer wieder:

„Eine Heizung! Eine Heizung! Hahaha! Welch ein Spaß!“

Sie beharrte darauf:

„Glaub mir nur, man gefriert hier zu Eis! Du merkst es nicht, weil du immer in Bewegung bist, aber man gefriert zu Eis.“

Er antwortete, wobei er noch immer lachte:

„Schluß damit! Man gewöhnt sich daran, überdies ist es gut für die Gesundheit. Du wirst sehen, es bekommt dir vortrefflich. Wir sind doch keine Pariser, zum Donnerwetter! Wir hokken doch nicht hinterm Ofen! Außerdem ist es bald Frühling.“

Anfang Januar widerfuhr ihr ein großes Unglück. Ihre Eltern

kamen durch einen Wagenunfall ums Leben. Sie fuhr zum Begräbnis nach Paris. Und während des nächsten halben Jahres war nichts als die Trauer in ihrer Seele.

Die Milde der schönen Jahreszeit brachte sie schließlich wieder zu sich, und bis zum Herbst lebte sie in einer wehmütigen Gedankenlosigkeit.

Als die Kälte langsam wieder einsetzte, stand die Zukunft zum ersten Mal düster vor ihr. Was würde sie fortan erleben? Nichts. Welche Erwartung, welche Hoffnung konnten ihr Herz erfreuen? Keine einzige. Ein Arzt, der befragt worden war, hatte erklärt, sie werde niemals Kinder bekommen.

Noch bitterer, noch grausamer als im vergangenen Jahr litt sie unablässig unter der Kälte. Sie hielt ihre zitternden Hände über die großen Kaminflammen. Das lodernde Feuer brannte auf ihrem Gesicht. Über ihren Rücken jedoch schienen eisige Schauer zwischen Körper und Kleidung hinabzugleiten. Sie bebte von Kopf bis Füßen. Unzählige Zugwinde schienen sich in den Zimmern eingenistet zu haben, es zog schneidend und heimtückisch. Es war wie der Ansturm einer Schar erbitterter Feinde. Immerfort war sie ihnen ausgesetzt, unaufhörlich bliesen sie sie an. Bald auf den Händen, bald auf dem Hals spürte sie ihren eisigen, gefährlichen Atem.

Von neuem erwähnte sie die Heizung. Aber ihr Mann hörte sich das an, als habe sie ihn um den Mond gebeten. Der Einbau einer solchen Vorrichtung auf Parville kam ihm ebenso unmöglich vor wie die Entdeckung des Steins der Weisen.

Als er eines Tages geschäftlich in Rouen gewesen war, brachte er seiner Frau einen niedlichen kupfernen Fußwärmer mit, den er lachend eine ‚tragbare Heizung' nannte, und er meinte, das reiche völlig aus, um sie fortan vor jeder Kälteempfindung zu schützen.

Ende Dezember wurde ihr deutlich, daß sie dieses Leben nicht länger ertragen könne, und eines Abends beim Essen fragte sie schüchtern:

„Sag mal, mein Lieber, könnten wir nicht für eine oder zwei Wochen nach Paris reisen, ehe es Frühling wird?"

Er war verblüfft:

„Nach Paris? Nach Paris? Aber wieso denn? Ach, was soll das nur? Hier zu Hause haben wir es doch wunderschön! Auf was für komische Einfälle du manchmal kommst!"

Sie stammelte:

„Aber das wäre doch mal eine kleine Abwechslung.“

Er verstand das nicht:

„Warum denn eine Abwechslung? Möchtest du Theater, Abendgesellschaften, Essen im Restaurant? Du hast doch ganz genau gewußt, als du hierher kamst, daß Abwechslungen solcher Art hier nicht möglich sind!“

Aus diesen Worten und vor allem aus dem Ton, in dem sie gesprochen wurden, hörte sie einen Vorwurf heraus. Sie schwieg. Sie war schüchtern und sanft, ohne Widerstand und ohne Willen.

Im Januar brach heftige Kälte ein. Dann bedeckte der Schnee die Erde.

Als sie eines Abends wieder die große, wirbelnde und schwankende Krähenwolke beobachtete, die die Bäume umflatterte, fing sie, ohne sich dagegen wehren zu können, an zu weinen.

Ihr Mann kam ins Zimmer. Ganz überrascht fragte er:

„Was hast du denn?“

Er selbst war glücklich, völlig glücklich, denn er hatte sich nie ein anderes Leben und andere Freuden gewünscht. Er war in diesem schwermütigen Lande geboren und aufgewachsen. Er fühlte sich an diesem Ort körperlich und geistig wohl.

Er verstand nicht, daß man Verlangen nach Abwechslung haben, daß man sich nach mannigfachen Freuden sehnen könne; er verstand nicht, daß es manchen Menschen unnatürlich erscheint, während der vier Jahreszeiten an ein und demselben Ort zu bleiben; er schien gar nicht zu wissen, daß der Frühling, der Sommer, der Herbst und der Winter für sehr viele Menschen neue Freude in einer neuen Umgebung mit sich zu bringen vermögen.

Sie wußte nicht, was sie antworten sollte, und trocknete sich schnell die Augen. Schließlich stotterte sie vor sich hin:

„Ich habe ... ich ... ich bin ein bißchen traurig ... ich langweile mich ein bißchen ...“

Doch sie erschrak, als sie das gesagt hatte, und sie fügte schnell hinzu:

„Und dann ... mir ist ... ich friere ein bißchen.“

Bei diesen Worten fuhr er auf:

„Ja! Natürlich ... wieder mal deine Idee mit der Heizung.

Aber laß nur, zum Donnerwetter! Nicht ein einziges Mal hast du dich erkältet, seit du hier bist.“

Die Nacht kam. Sie ging hinauf in ihr Zimmer, denn sie hatte es durchgesetzt, daß sie allein schlief. Sie ging zu Bett. Aber selbst im Bett fror sie. Sie dachte:

‚So geht es nun immer weiter, immer, bis ich tot bin.‘

Und sie dachte an ihren Mann. Wie hatte er nur sagen können:

‚Nicht ein einziges Mal hast du dich erkältet, seit du hier bist.‘

Sie mußte also krank werden, sie mußte husten, damit er einsah, daß sie litt.

Es überkam sie ein Unwille, der verzweifelte Unwille der Schwachen, der Furchtsamen.

Einen Husten mußte sie bekommen. Dann würde er Mitleid mit ihr haben. Gut, dann würde sie eben einen Husten bekommen. Er sollte sie schon husten hören. Dann müßte der Arzt geholt werden. Er sollte schon sehen, ihr Mann, er sollte schon sehen!

Mit bloßen Füßen war sie aufgestanden, und ein kindlicher Gedanke ließ sie lächeln:

‚Ich will nun mal eine Heizung, und ich werde sie schon bekommen. Ich huste einfach so sehr, daß er sich schon entschließen muß, sie einbauen zu lassen.‘

Und beinahe nackt setzte sie sich auf einen Stuhl. Sie wartete eine Stunde, zwei Stunden. Sie klapperte mit den Zähnen, doch merkte sie nicht, daß sie sich erkältete. Da entschloß sie sich zur Anwendung stärkerer Mittel.

Geräuschlos verließ sie ihr Schlafzimmer, stieg die Treppe hinab und öffnete die Gartentür.

Die schneebedeckte Erde schien abgestorben. Rasch streckte sie den nackten Fuß aus und tauchte ihn in den weichen, eisigen Schaum. Eine Empfindung von Kälte, die schmerzhaft wie eine Wunde war, stieg ihr bis ins Herz. Aber sie streckte auch noch das andere Bein aus und begann, langsam die Stufen hinabzusteigen.

Dann schritt sie über das Rasenparterre, wobei sie sich sagte:

‚Bis zu den Tannen will ich gehen.‘

Sie ging mit kleinen Schritten und atmete dabei schwer. Jedesmal, wenn sie den nackten Fuß in den Schnee setzte, meinte sie, sie müsse ersticken.

Sie rührte mit der Hand an die erste Tanne, als wolle sie sich vergewissern, daß sie tatsächlich ihren Vorsatz durchgeführt habe. Dann kehrte sie um. Ein paarmal meinte sie, sie werde umsinken, so schwindelig und schwach fühlte sie sich. Bevor sie jedoch wieder hineinging, setzte sie sich in den Schnee und nahm sogar eine Handvoll und rieb sich die Brust damit.

Dann ging sie ins Haus und legte sich zu Bett. Nach einer Stunde war ihr, als habe sie einen Ameisenhaufen in der Kehle. Andere Ameisen liefen ihr an allen Gliedern entlang. Dennoch schlief sie.

Am andern Morgen hustete sie und konnte nicht aufstehen.

Sie hatte eine Lungenentzündung. Im Fieber redete sie irre, und in ihren Delirien bat sie immerfort um eine Heizung. Der Arzt verlangte, daß eine eingebaut werde. Henry fügte sich verwirrt und widerwillig.

Sie konnte nicht wieder gesund werden. Die schwer angegriffenen Lungen ließen für ihr Leben fürchten.

„Wenn sie hierbleibt, übersteht sie den Winter nicht", sagte der Arzt.

Man schickte sie nach dem Süden.

Sie ging nach Cannes, erlebte die Sonne, gewann das Meer lieb und atmete den Duft blühender Orangenbäume.

Im Frühling kehrte sie dann heim in den Norden.

Jetzt aber lebte sie in steter Furcht, gesund zu werden, in steter Furcht vor den langen normannischen Wintern. Sobald es ihr besser ging, machte sie nachts ihr Fenster auf und dachte dabei an die milden Gestade des Mittelmeers.

Nun muß sie sterben. Sie weiß es. Sie ist glücklich.

Sie blättert in einer Zeitung, die sie noch nicht entfaltet hat, und liest die Überschrift: ‚Der erste Schnee in Paris.'

Da durchrieselt sie ein Schauer, und dann lächelt sie. Sie schaut nach dem Esterel hinüber, das die untergehende Sonne rosig überhaucht. Sie schaut in den weiten, blauen, so blauen Himmel, über das weite, blaue, so blaue Meer und steht auf.

Langsamen Schrittes geht sie ins Haus, nur wenn sie husten muß, bleibt sie stehen; denn sie ist zu lange draußen geblieben und ihr ist kalt geworden, ein bißchen kalt.

Sie findet einen Brief ihres Mannes. Sie öffnet ihn lächelnd und liest:

‚Mein Liebes,

ich hoffe, daß es Dir gutgeht und daß Du Dich nicht allzu sehr nach unserm schönen Land sehnst. Seit ein paar Tagen haben wir herrlichen Frost, und der verheißt Schnee. Ich meinerseits schwärme für solches Wetter, und Du kannst mir glauben, daß ich mich hüte, Deine verfluchte Heizung anzustecken . . .‘

Sie hört auf zu lesen. Sie ist ganz glücklich, daß sie den Einfall mit der Heizung gehabt hat. Ihre rechte Hand, die den Brief hält, sinkt langsam auf ihre Knie, während sie die linke zum Mund erhebt, als ob sie den bösartigen Husten, der ihr die Brust zerreißt, abwehren wollte.

Übertragen von Ernst Sand

Das Haus Tellier

I.

Man ging jeden Abend gegen elf Uhr hin, wie ins Café. Es waren immer dieselben sechs oder acht Personen, die sich dort trafen, keine Nachtschwärmer, sondern achtbare Männer, Kaufleute und Söhne guter Familien aus der Stadt. Man trank seinen Chartreuse und schäkerte dabei ein wenig mit den Mädchen oder man plauderte in allen Ehren mit „Madam“, die sich der allgemeinsten Achtung erfreute. Noch vor Mitternacht ging man nach Hause; nur die jüngeren Leute blieben zuweilen länger.

Es war ein kleines, gemütliches, gelb angestrichenes Haus an einer Ecke hinter der Kirche Saint-Etienne. Aus den Fenstern sah man auf den Hafen mit seinen Schiffen, die entladen wurden, auf den großen, salzigen Moarast, der die „Kloake“ genannt wurde, und auf ein Stück des Ufers mit einer altersgrauen Kapelle.

Die „Madam" entstammte einer angesehenen Bauernfamilie aus dem Eure-Departement und sie hatte sich ihrem neuen Beruf genauso gewidmet, wie sie ein Putzgeschäft oder einen Wäscheladen übernommen hätte. In der Normandie weiß man auf dem Lande nichts von dem Stigma der Schande, das man der Prostitution in der Stadt aufgeprägt hat. Der Bauer sagt: „Das ist ein einträgliches Gewerbe", – und er läßt sein Kind ein Dirnenhaus halten, als wenn es ein Fräuleinstift wäre.

Sie hatte das Haus übrigens von einem alten Onkel geerbt. Die „Madam" und ihr Mann, die bis dahin ein Gasthaus in der Nähe von Yvetot besaßen, verkauften es sofort, da ihnen das Geschäft in Fécamp viel vorteilhafter erschien, und eines schönen Morgens übernahmen sie die Leitung des Unternehmens, das der Aufsicht nicht länger entbehren konnte. Beides waren brave Leute, die sich bei ihrem Personal und bei den Nachbarn sofort beliebt zu machen wußten. Den Mann rührte schon nach zwei Jahren der Schlag. Er war in dem neuen Beruf, der ihn zu behaglichem Nichtstun verurteilte, übermäßig dick geworden und, sozusagen, vor Gesundheit erstickt.

Die „Madam“ wurde, seitdem sie Witwe geworden war, von den Stammgästen des Hauses vergeblich umworben; sie hielt sich jedoch durchaus ehrbar und selbst ihre Pensionärinnen konnten ihr nicht das Geringste nachsagen. Sie war groß, üppig und appetitlich. Ihr Teint war im Dämmerlicht des stets geschlossenen Hauses bleich geworden und glänzte wie lackiert. Ein kleines falsches Haarteil von frisierten Löckchen umgab ihre Stirn und gab ihr ein jugendliches Aussehen, das zu der Reife ihrer Formen nicht ganz paßte. Sie war gleichmäßig lustig und freundlich und sie machte gern einen Scherz, aber stets mit einer gewissen Zurückhaltung, die sie auch in ihrem neuen Beruf noch nicht abgelegt hatte. Derbe Ausdrücke waren ihr stets ein wenig unangenehm, und wenn ein Gast das Haus, das sie leitete, bei seinem richtigen Namen nannte, ärgerte und entrüstete sie sich. Sie war ein zartbesaitetes Gemüt und, obwohl sie ihre Mädchen wie Freundinnen behandelte, betonte sie doch gern, daß sie nicht aus dem gleichen Holz geschnitzt sei.

In der Woche machte sie mit einem Teil ihrer Truppe zuweilen eine Spazierfahrt in einem Mietwagen, dann tollten sie auf den Wiesen an dem kleinen Bach herum, der das Tal von Valmont durchfließt. Sie trieben es dann ganz wie die Pensionsmädchen, die einen freien Nachmittag haben. Sie spielten aller-

G LEMOINE . sc

lei kindliche Spiele und waren ausgelassen wie Gefangene, die endlich einmal wieder an die frische Luft kommen. Auf dem Rasen aßen sie ihren kalten Aufschnitt und tranken Apfelwein dazu, und wenn es Nacht wurde, fuhren sie angenehm abgespannt uns sanft erregt nach Hause. Im Wagen küßten sie dann die „Madam", wie man eine liebevolle, freundliche und zärtliche Mutter küßt.

Das Haus hatte zwei Eingänge. An der Straßenecke wurde abends eine Art verräucherten Cafés geöffnet, das für die gewöhnlichen Leute und die Matrosen bestimmt war. Von den Damen, die im Hause beschäftigt wurden, widmeten sich zwei speziell diesem Teil der Kundschaft. Unter der Assistenz des Kellners Friedrich, eines kleinen, blonden und bartlosen Jünglings, der aber kräftig wie ein Stier war, servierten sie Wein und Schnaps an den wackligen Marmortischchen, setzten sich den Gästen auf den Schoß und animierten sie auf jede Weise zum Trinken.

Die anderen drei Damen – es waren im ganzen nur fünf – bildeten gewissermaßen den aristokratischen Teil und blieben für die Gesellschaft im ersten Stock reserviert, solange sie nicht unten gebraucht wurden und oben keine Gäste waren.

Der Jupitersalon, in dem sich die angesehenen Bürger des Ortes versammelten, war blau tapeziert und mit einem großen Bild geschmückt, das Leda mit dem Schwan darstellte. Man gelangte in das Zimmer über eine Wendeltreppe, von der eine schmale, unscheinbare Tür auf die Straße führte. Über dieser Tür brannte die ganze Nacht hindurch eine vergitterte, kleine Lampe, ähnlich denen, die man noch in manchen Städten unter den in die Mauer eingefügten Madonnenbildern findet.

Das feuchte, alte Gebäude roch leicht nach Schimmel. Hin und wieder huschte ein Hauch von Eau de Cologne durch die Gänge, oder von unten herauf drang durch die geöffnete Tür donnerähnlich das Geschrei der zechenden Gäste, so daß die Herren im ersten Stock unruhig und angeekelt das Gesicht verzogen.

Die „Madam", deren Kunden auch ihre Freunde waren, verließ den Salon nicht und ließ sich dort voll Interesse von ihnen alles erzählen, was in der Stadt vorging. Ihre gediegene Unterhaltung bot eine Ablenkung von dem unaufhörlichen Geschwätz der drei Mädchen, sie war der ruhende Pol inmitten der

zweideutigen Scherze der beleibten Bürger, die sich hier allabendlich die bescheidene und ehrbare Ausschweifung gönnten, ein Gläschen Likör in Gesellschaft öffentlicher Dirnen zu trinken.

Die drei Damen im ersten Stock hießen Fernande, Raphaela und die dicke Rosa. Da das Personal nicht groß war, hatte man versucht, in jeder von ihnen eine Probe, gleichsam einen weiblichen Typus zu bieten, damit jeder Besucher hier wenigstens ungefähr die Verwirklichung seines Ideals finden könnte.

Fernande repräsentierte die „schöne Blondine". Sie war ein großes, fettes und wabbeliges Bauernmädchen, von derem Gesicht die angeborene Röte nicht weichen wollte und deren flachsartiges, kurzes, helles und farbloses Haar, das gehecheltem Hanf glich, den Schädel nur dürftig bedeckte.

Raphaela, eine Hafendirne aus Marseille, spielte die Rolle

der unentbehrlichen „schönen Jüdin". Sie war mager und hatte rotgefleckte Hängebacken. Ihr schwarzes Haar, das von Rinderfett glänzte, war an den Schläfen in Löckchen gelegt. Ihre Augen hätte man sehr hübsch nennen können, wäre das rechte nicht durch eine Hornhaut entstellt gewesen. Ihre gebogene Nase überragte ein vorspringendes Gebiß, in dem oben zwei falsche Zähne allzu grell von den übrigen abstachen, die mit den Jahren die dunkle Tönung alten Holzes angenommen hatten.

Die dicke Rosa war eine kleine Fleischkugel mit einem mächtigen Bauch über winzigen Beinchen. Sie sang von morgens bis abends mit heiserer Stimme bald lustige, bald gefühlvolle Liedchen, erzählte unendliche, nichtssagende Geschichten, sie schwieg nur, wenn sie aß, und schwatzte weiter, sobald sie mit essen fertig war, sie war immer in Bewegung und geschmeidig wie ein Eichkätzchen, trotz ihres Fettes und ihrer kurzen Beinchen. Ihr Lachen, das wie eine Kette schriller Schreie klang, ertönte unaufhörlich und ohne Anlaß überall, bald da, bald dort, bald im Zimmer, bald auf der Treppe oder im Café.

Die zwei Mädchen unten im Parterregeschoß waren Luise, genannt „Triefauge", und Flora, die „Schaukel", weil sie etwas hinkte. Die eine verkörperte die Gestalt der Freiheit und trug beständig eine dreifarbige Schärpe; die andere ging als Spanierin in einem Phantasiekostüm mit Goldmünzen aus Kupfer, die in ihrem mohrrübenfarbenem Haar bei jedem ihrer ungleichen Schritte auf- und niedertanzten. Beide machten den Eindruck von Köchinnen, die sich zu einem Maskenball ausgeputzt hatten. Da sie weder häßlicher noch hübscher als andere gewöhnliche Mädchen und wie richtige Kellnerinnen aussahen, hatte man ihnen am Hafen den Spitznamen „Die zwei Pumpen" gegeben.

Friedliche Eintracht, die nur selten durch Eifersucht gestört wurde, herrschte unter den fünf Mädchen, dank der versöhnlichen Klugheit der „Madam" und dank ihrer unerschütterlichen guten Laune.

Das Haus war in seiner Art das einzige in der kleinen Stadt und erfreute sich lebhaften Besuchs. Die „Madam" hatte ihm einen so anständigen Anstrich zu geben gewußt, sie war gegen jeden Besucher so liebenswürdig und zuvorkommend und ihr gutes Herz war so bekannt, daß man ihr in gewissem Sinne volle Hochachtung entgegenbrachte. Die Stammgäste ließen es sich

für sie gern etwas kosten und waren stolz, wenn sie ihnen etwas freundschaftlicher entgegenkam. Und trafen sie sich tagsüber bei ihren Geschäftsgängen in der Stadt, dann sagte einer zum andern: „Heute abend, Sie wissen ja schon wo!“ wie man sich sagt: „Wir wollen uns nach Tisch im Café treffen!“ Kurzum, das Haus der Frau Tellier war eine Art Klublokal geworden, in welchem selten jemand den täglichen Zusammenkünften fernblieb.

Gegen Ende Mai fand nun eines Abends Herr Poulin, der Holzhändler und frühere Bürgermeister, der zuerst zur Stelle war, die Tür verschlossen. Die kleine Lampe brannte nicht hinter ihrem Gitter und das Haus lag still und wie ausgestorben. Dann ging er langsam die Straße zurück und auf dem Marktplatz begegnete er Reeder Duvert, der auch dorthin wollte. Sie gingen zusammen zurück, aber ohne Erfolg. Da hörten sie plötzlich ganz in ihrer Nähe lauten Lärm und, als sie um die Ecke bogen, sahen sie vor dem Haus einen ganzen Haufen englischer und französischer Matrosen, die mit den Fäusten an die verschlossenen Läden des Cafés schlugen. Um sich nicht zu kompromittieren, machten sich die beiden Bürger rasch aus dem Staube, bis ein leises „Pst" sie stillstehen ließ. Es war der Fischhändler Tournevau, der sie erkannt hatte und sie nun anrief. Sie erzählten ihm die Sache, die ihm noch unangenehmer war als ihnen. Als verheirateter Mann und Familienvater, der sehr streng überwacht wurde, kam er nur sonnabends hierher, wie er sagte „securitatis causa", wobei er auf eine Maßregel der Sanitätspolizei anspielte, über deren periodische Wiederkehr sein Freund Doktor Borde ihn informiert hatte. Heute war nun sein Abend und er sah sich jetzt für die ganze Woche beraubt.

Die drei Männer machten einen großen Bogen bis zum Kai hinunter. Unterwegs trafen sie den jungen Herrn Philipp, den Sohn des Bankiers, auch einen Stammgast, und den Steuereinnehmer Pimpesse. Alle zusammen gingen denn nochmals nach der Jüdenstraße zurück, um einen letzten Versuch zu machen. Aber die entrüsteten Matrosen umlagerten noch immer das Haus, schrien und bombardierten es mit Steinen. Die fünf Stammgäste aus dem ersten Stock retirierten deshalb so schnell als möglich und wanderten nun ziellos durch die Straßen.

Sie begegneten noch Herrn Dupuis, dem Versicherungsagenten, und dem Handelsrichter Vasse, und ihr langer Spaziergang führte sie zunächst nach dem Hafendamm. Nebeneinander setzten sie sich auf die steinerne Brustwehr und sahen dem Spiel der Wellen zu. In der Dunkelheit leuchtete der Schaum der Wellenkämme gleich hellen Lichtern auf, die ebenso rasch wieder verschwanden, wie sie gekommen waren, und das monotone Geräusch des Meeres, das seine Wogen gegen die Felsen warf, tönte weithin das ganze Ufer entlang durch die Nacht. Als die trübseligen Spaziergänger eine Weile so gesessen hatten, meinte Herr Tournevau: „Lustig ist das nicht!" – „Gewiß nicht!" bestätigte Herr Pimpesse, und langsam gingen sie nach der Stadt zurück. Nachdem sie einige Straßen durchwandert hatten, traten sie wieder auf den Marktplatz, wo sich die Herren Pimpesse und Tournevau plötzlich wegen eines eßbaren Pilzes zu streiten begannen, den einer von ihnen in der Umgegend gefunden haben wollte.

Da die Stimmung durch die Langeweile allgemein eine sehr gereizte geworden war, wäre es womöglich noch zu Tätlichkeiten gekommen, wenn die anderen sich nicht ins Mittel gelegt hätten. Herr Pimpesse ging wütend fort, und sofort erhob sich ein neuer Streit zwischen Herrn Poulin, dem früheren Bürgermeister, und dem Versicherungsagenten Herrn Dupuis wegen des Gehalts des letzteren und der Nebeneinkünfte. die er sich verschaffen könnte. Von beiden Seiten regnete es Beleidigungen, als plötzlich ein furchtbares Geschrei losbrach. Die Matrosen, die vor dem verschlossenen Haus nicht länger vergeblich warten wollten, drangen auf den Platz. Zu zweit Arm in Arm bildeten sie eine lange Kette und fluchten lauthals. Die Herren aus dem ersten Stock versteckten sich in einen Torweg, und die heulende Bande verschwand in der Richtung der Abtei. Lange noch hörte man ihren Lärm, der schwächer und schwächer wurde, wie ein weiterziehender Sturm, bis endlich wieder völlige Ruhe herrschte. Herr Poulin und Herr Dupuis waren noch so wütend aufeinander, daß sie, ohne sich zu grüßen, nach Hause gingen.

Die vier anderen setzten sich wieder in Bewegung und gingen instinktiv nach dem Haus der Frau Tellier. Es war noch immer verschlossen, stumm und unzugänglich. Ein Betrunkener klopfte ruhig und hartnäckig mit leisen Schlägen an die Tür des Cafés, dann hielt er inne und rief halblaut nach dem Kellner Friedrich. Als ihm niemand antwortete, setzte er sich endlich auf die Stufe vor der Tür, um dort die weiteren Ereignisse abzuwarten. Die Bürger wollten sich gerade entfernen, als die lärmende Menge vom Hafen wiederum am Eingang der Straße erschien. Die französischen Matrosen brüllten die Marseillaise, die englischen ihr Rule Britannia. Noch einmal stürmte alles mit Gewalt gegen die Mauern, dann zog der Schwarm wieder dem Kai zu, wo die Matrosen der beiden Nationen sich untereinander eine große Schlacht lieferten. Einem Engländer wurde dabei ein Arm gebrochen und einem Franzosen das Nasenbein eingeschlagen. Der Betrunkene weinte jetzt vor der Tür, wie Säufer und eigensinnige Kinder zu weinen pflegen. Die Bürger entfernten sich endlich, und nach und nach kam wieder Ruhe über die erregte Stadt. Auf dem oder jenem Platz erhob sich noch manchmal Augenblicke Stimmengewirr, dann erstarb es in der Ferne.

Nur ein einziger, Herr Tournevau, irrte noch immer durch die Straßen. Er war verzweifelt, daß er nun bis zum nächsten Sonnabend warten sollte, er hoffte auf irgendeinen Zufall, er begriff es nicht und war wütend darüber, wie die Polizei es dulden konnte, daß ein Etablissement, das dem allgemeinen Wohl diente, und das von ihr überwacht und beschützt wurde, überhaupt geschlossen werden durfte.

Längs den Häusern entlangschleichend, kam er immer wieder zurück und forschte nach einer Erklärung. Da bemerkte er ein Plakat, das an der Tür befestigt war. Rasch steckte er ein Wachskerzchen an und las die folgenden, mit großer, ungeübter Schrift geschriebenen Worte: „Wegen des ersten Abendmahls geschlossen!“

Nun ging er, denn er wußte, daß da nichts zu machen war. Der Betrunkene hatte sich quer vor die ungastliche Tür gelegt und

war eingeschlafen. Am nächsten Tage fanden alle Stammgäste, einer nach dem andern, Gelegenheit, durch die Straße zu gehen, wobei sie irgendwelche Papiere unter dem Arm hatten, um sich einen geschäftlichen Anstrich zu geben. Und mit flüchtigem Seitenblick las jeder die geheimnisvolle Ankündigung: „*Wegen des ersten Abendmahls geschlossen!*"

II.

Die „Madam" hatte einen Bruder, der sich in ihrer Heimat, in Virville, als Tischler etabliert hatte. Als Frau Tellier noch die Gastwirtschaft in Yvetot besaß, hatte sie das Töchterchen dieses Bruders über die Taufe gehalten. Sie gab ihr den Namen Constance, Constance Rivet, wie sie selbst von väterlicher Seite eine Rivet war. Der Tischler wußte seine Schwester in guten Verhältnissen und verlor sie nicht aus den Augen, obwohl sie sich nicht oft sahen, da sie beide durch ihren Beruf festgehalten wurden und weil außerdem einer weitab vom andern wohnte. Aber da das Mädchen gerade zwölf Jahre alt geworden war und in diesem Jahre zum ersten Mal das Abendmahl nehmen sollte, benutzte er die Gelegenheit zu einer Wiederannäherung und schrieb seiner Schwester, er erwarte sie zu dieser Festlichkeit. Da die älteren Verwandten schon tot waren, konnte sie es ihrem Patenkind nicht abschlagen und sagte zu. Ihr Bruder, der Joseph hieß, hoffte im stillen, er würde es vielleicht durchsetzen, daß seine Schwester, die selbst keine Kinder hatte, bei dieser Gelegenheit ihr Testament zugunsten der Kleinen machte.

Der Beruf seiner Schwester machte ihm nicht die geringsten Bedenken, um so weniger, als in seiner Heimat ja niemand darum wußte. Sprach man von ihr, so sagte man nur: „Frau Tellier ist eine Dame in Fécamp", wobei man annehmen konnte, sie lebe von ihren Renten. Fécamp liegt von Virville zwanzig Meilen entfernt, und auf dem Lande sind zwanzig Meilen für den Bauern schwerer zu überwinden, als für den zivilisierten Menschen der Ozean. Die Bewohner Virvilles waren niemals über Rouen hinausgekommen, und die Leute in Fécamp zog nichts nach dem kleinen Dörfchen, das ganz verloren mitten in der Ebene lag und das zudem noch zu einem anderen Departement gehörte. Kurz, man wußte von nichts.

Als aber der Termin für das Abendmahl immer näher rückte, kam die „Madam" in große Verlegenheit. Sie hatte keine Wirtschafterin und traute sich nicht, ihr Haus auch nur für einen Tag allein zu lassen. Alle die kleinen Eifersüchteleien, die zwischen den Damen aus dem ersten Stock und denen von unten herrschten, wären dann unfehlbar zum Ausbruch gekommen. Außerdem hätte Friedrich sich zweifellos betrunken, und wenn er betrunken war, schlug er wegen eines Ja oder eines Nein einen Menschen tot. Sie entschloß sich daher, die ganze Gesellschaft mitzunehmen, mit Ausnahme des Kellners, dem sie bis zum zweitnächsten Tage Urlaub gab. Der Bruder, den sie deswegen befragte, hatte nichts einzuwenden und übernahm es, allen Mädchen für eine Nacht Quartier zu verschaffen. So führte denn am Samstagmorgen der Achtuhrschnellzug die „Madam" und ihre Begleiterinnen in einem Coupé zweiter Klasse von dannen.

Bis Beuzeville blieben sie allein und schwatzten wie die Elstern. An dieser Station stieg ein Ehepaar zu ihnen ein. Der Mann, ein alter Bauer, trug eine blaue Bluse mit zerknittertem Kragen und weiten, am Handgelenk geschlossenen Ärmeln, die mit etwas weißer Stickerei verziert waren. Auf dem Kopf hatte er einen alten Zylinder, dessen rötliche Haare wie Borsten abstanden, in der einen Hand hielt er einen mächtigen grünen Regenschirm, in der andern einen großen Korb, aus dem drei Enten mit erschrockenen Gesichtern herausguckten. Die Frau saß in ihrem bäuerlichen Gewand ganz steif da. Sie hatte ein Gesicht wie eine Henne und ihre Nase war spitz wie ein Schnabel. Sie saß ihrem Mann gegenüber und rührte sich nicht; sie war offenbar ganz überrascht, sich in so vornehmer Gesellschaft zu finden. Tatsächlich konnte man in dem Coupé von allen möglichen schreienden Farben förmlich geblendet werden. Die „Madam" hatte das Blauseidene angezogen, sie war vom Kopf bis Fuß ganz blau. Darüber trug sie einen leuchtend roten Schal aus unechtem französischen Kaschmir. Fernande hatte sich in eine schottische Robe eingeknallt, deren Taille mit aller Gewalt von ihren Gefährtinnen geschnürt worden war, so daß sich der sonst hängende Busen in zwei mächtigen Kuppeln emporwölbte und unter dem Kleiderstoff beständig auf und nieder wogte wie eine flüssige Masse. Raphaela trug im Haar einen Federschmuck, der wie ein Vogelnest aussah, und dazu ein goldgesticktes lila Kleid, dessen etwas orientalischer Charakter ihr gut zu ihrem jüdischen Gesicht stand. Die dicke Rosa sah in einem rosa Rock mit breiten Volants wie ein zu dickes Kind, wie ein verfetteter Zwerg aus, und die beiden Pumpen schienen sich ihre seltsamen Kostüme aus alten mit Blattwerk verzierten Fenstervorhängen, wie sie zur Zeit der Restauration Mode waren, zurechtgeschnitten zu haben.

Sobald sie in ihrem Abteil nicht mehr allein waren, warfen sich die Damen würdevoll in Positur und sprachen von allerlei ernsten Dingen, um recht gesetzt zu erscheinen. Aber in Bolbec stieg noch ein Herr mit blondem Vollbart, mit vielen Ringen und einer goldenen Uhrkette ein und legte in das Netz über sich eine Anzahl Pakete, die in Glanzleinwand eingewickelt waren. Er sah lustig und gutmütig aus. Er grüßte und fragte lächelnd: „Die Damen wechseln wohl die Garnison?" Diese Frage brachte die Damen einigermaßen in Verwirrung. Endlich faßte sich die „Madam" und, um die Ehre des Korps zu retten, erwiderte sie streng: „Sie könnten etwas höflicher sein!" Er entschuldigte sich: „Verzeihung, ich meinte natürlich das Kloster." Die „Madam" wußte nichts zu entgegnen, oder vielleicht fand sie die Berichtigung auch ausreichend; sie kniff die Lippen zusammen und nickte würdevoll mit dem Kopf.

Der Herr, der zwischen der dicken Rosa und dem alten Bauern saß, begann nun den drei Enten, deren Köpfe aus dem Korb hervorsahen, mit den Augen zuzublinken. Als er dann merkte, daß er das Publikum allmählich für sich gewann, kitzelte er die Tiere unter dem Schnabel und, um die Gesellschaft zu erheitern, hielt er ihnen drollige Reden. „Haben wir unser Pfuh – Pfuhlchen verlassen müssen? Koang! Koang! Koang! Wollen wir jetzt das kleine Bratspießchen kennenlernen? Koang! Koang! Koang!“ Die armen Tiere drehten ängstlich die Köpfe hin und her, um sich seinen Liebkosungen zu entziehen, und machten vergebliche Anstrengungen, aus ihrem Weidengefängnis herauszukommen, dann fingen sie plötzlich alle drei verzweifelt an zu schreien: „Koang! Koang! Koang! Koang!“ Das war für die Mädchen das Signal zu stürmischem Gelächter. Sie beugten sich vor und stießen einander, um besser sehen zu können. Sie interessierten sich wie toll für die Enten und der Herr wurde immer liebenswürdiger, geistreicher und unternehmender.

Rosa mischte sich dazwischen, beugte sich über die Beine ihres Nachbarn und küßte die drei Tiere auf den Schnabel. Nun wollten auch die andern Damen sie nach der Reihe küssen. Der Herr nahm die Mädchen auf seine Knie, ließ sie hopsen und kniff sie; plötzlich duzte er sie sogar. Die beiden Bauersleute waren noch entsetzter als ihr Geflügel. Mit ängstlichen Augen blickten sie um sich und wagten nicht sich zu bewegen. Auf ihren alten, runzligen Gesichtern zeigte sich kein Lächeln und nicht die geringste Bewegung. Dann bot der Herr, natürlich ein Geschäftsreisender, den Damen im Scherz Hosenträger an. Er holte eines seiner Pakete herunter und öffnete es. Das war eine List, denn in dem Paket waren Strumpfbänder. Es waren Strumpfbänder von allen Sorten, von blauer Seide, von rosa, von roter, von malvenfarbener und ponceauroter Seide, mit Metallschnallen daran, die zwei ineinander verschlungene, vergoldete Liebesgötter darstellten. Die Mädchen schrien laut auf vor Freude, dann prüften sie die Muster mit jenem angeborenen Ernst, der jeder Frau eigen ist, wenn sie um einen Toilettengegenstand feilscht. Sie beratschlagten sich untereinander mit Blicken und geflüsterten Worten und die „Madam“ betrachtete voll Verlangen ein Paar orangefarbene Strumpfbänder, die breiter und imposanter waren als die übrigen, so richtige Strumpfbänder für die Herrin des Hauses. Der Herr schien sich etwas zu überlegen und wartete. „Bitte, Kinder“, sagte er dann, „ihr müßt sie anprobieren!“ Alles schrie entrüstet durcheinander und die Mädchen rafften die Röcke um ihre Beine zusammen, als fürchteten sie eine Vergewaltigung. Er aber wartete ruhig den richtigen Moment ab. „Wenn Sie nicht wollen, packe ich wieder ein“, meinte er. Dann setzte er mit feinem Lächeln hinzu: „Den Damen, die die Probe versuchen, biete ich ein Paar zur Auswahl an.“ Aber sie wollten nicht und lehnten sich würdevoll zurück. Nur die beiden Pumpen machten so un-

glückliche Gesichter, daß er ihnen nochmals seinen Vorschlag machte. Flora, die „Schaukel“, schien ganz besonders begehrlich zu sein und zauderte sichtlich. Er wurde dringender: „Nur Mut, mein Kind, da die lila Strumpfbänder müssen großartig zu deinem Kleid passen.“ Da faßte sie sich ein Herz, hob ihren Rock hoch und das dicke Bein einer Kuhmagd in einem schlechtsitzenden, groben Strumpf wurde sichtbar. Der Herr beugte sich nieder, befestigte das Strumpfband erst unter dem Knie und dann darüber. Er kitzelte dabei das Mädchen leise, so daß sie zusammenzuckte und leicht aufschrie. Als er fertig war, gab er ihr das lila Paar und fragte: „Wer kommt jetzt dran?“ Alle schrien durcheinander: „Ich! Ich!“ Er begann mit der dikken Rosa, bei der eine unförmige, ganz runde Sache, ohne jede Fessel zum Vorschein kam, eine richtige Blutwurst, wie Raphaela sagte. Fernande wurde von dem *Commis voyageur* lebhaft beglückwünscht, denn ihre mächtigen Säulen begeisterten ihn. Die mageren Schienbeine der schönen Jüdin hatten weniger Erfolg. Luise, das „Triefauge“, bedeckte aus Ulk den Herrn mit ihrem Rock, so daß die „Madam“ eingreifen mußte, um dem

unpassenden Scherz ein Ende zu machen. Endlich streckte Frau Tellier selbst ihr Bein vor, ein schönes, wohlgerundetes und fleischiges normannisches Bein. Überrascht und entzückt lüftete der Reisende galant seinen Hut, um als echter französischer Kavalier dieser vollkommenen Wade seine Hochachtung zu erweisen. Die beiden Bauersleute schielten, wie erstarrt vor Verblüffung, immer nur mit einem Auge nach der Seite, und sie sahen dabei so ganz und gar wie zwei erschrockene Hühner aus, daß der Herr mit dem blonden Vollbart ihnen ein ‚Kikeriki' direkt ins Gesicht krähte. Das entfesselte natürlich aufs neue stürmische Heiterkeit.

Die beiden Alten stiegen mit ihrem Korb, ihren Enten und ihrem Regenschirm in Motteville aus und man hörte noch, wie die Frau im Fortgehen zu ihrem Mann sagte: „Die liederlichen Weibsbilder fahren gewiß auch nach diesem Satansnest Paris."

Der liebenswürdige Commis verließ in Rouen den Zug, nachdem er vorher noch so unverschämt geworden war, daß Frau Tellier ihn nachdrücklich zur Ruhe verweisen mußte. Als moralische Nutzanwendung bemerkte sie dazu: „Das hat man davon, wenn man sich mit dem ersten besten einläßt."

In Oissel wechselten sie den Zug und fanden auf der nächsten Station Herrn Joseph Rivet, der sie mit einem großen Leiterwagen erwartete, auf dem lauter Stühle standen und vor den ein Schimmel gespannt war. Der Tischler umarmte höflich sämtliche Mädchen und half ihnen auf den Wagen. Drei saßen auf den drei Stühlen hinten, Raphaela, die „Madam" und ihr Bruder setzten sich vorn auf die drei Stühle und Rosa, für die kein Platz mehr war, machte es sich, so gut es ging, auf dem Schoß der langen Fernande bequem. Dann setzte sich der Wagen in Bewegung. Aber der stuckernde Trab des Kleppers schüttelte den Wagen so fürchterlich, daß die Stühle hin und her tanzten und die Reisenden bald nach links, bald nach rechts in die Luft flogen. Dabei bewegten sie sich wie die Hampelmänner, schnitten verzweifelte Gesichter, kreischten vor Angst auf und verstummten plötzlich wieder bei einem noch stärkeren Stoß. Sie klammerten sich an den Seiten des Wagens fest, die Hüte rutschten in den Rücken, auf die Nase oder auf die Schulter, und der Schimmel lief immer weiter. Er streckte den Hals lang vor und den Schwanz hielt er ganz waagerecht, ein kurzes, haarloses Rattenschwänzchen, mit dem er sich von Zeit zu Zeit die Weichen schlug. Joseph Rivet stemmte ein Bein auf die Deichsel, das andere hatte er untergeschlagen. Die Zügel hielt er mit hochgehobenen Ellbogen und alle Augenblicke ließ er eine Art Glucksen hören. Der Schimmel spitzte dann die Ohren und lief noch schneller.

Zu beiden Seiten des Weges wogten grüne Felder. Da und dort bildete blühender Raps einen großen gelben Fleck, aus dem ein gesunder, kräftiger Duft aufstieg, ein durchdringender und doch zarter Duft, den der Wind weithin trug. Zwischen hochstehendem Roggen drängten Kornblumen ihre blauen Köpfchen hervor. Die Mädchen hätten davon gern welche gepflückt, aber Herr Rivet wollte nicht anhalten. Dann kam ein Feld, das ganz und gar in Blut getaucht zu sein schien, so dicht war es mit Mohnblumen überschwemmt. Und mitten durch diese Felder, die im farbigen Schmuck der Blumen standen, trabte der Schimmel mit dem Wagen dahin, der selbst einen Strauß noch intensiver gefärbter Blumen zu tragen schien. Bald verschwand er hinter den hohen Bäumen eines Gutshofes, bald tauchte er hinter dem Laub wieder hervor und durch die gelben und grünen Felder, die bald rot, bald blau getupft waren, zog er weiter mit dem Karren voll grell gekleideter Mädchen, der im Sonnenschein dahinhüpfte.

Es schlug ein Uhr, als sie vor dem Hause des Tischlers hielten. Sie waren vor Müdigkeit wie zerschlagen und ganz blaß vor Hunger. Denn seit dem frühen Morgen hatten sie nichts zu sich genommen. Frau Rivet eilte herbei, half einer nach der andern vom Wagen, und umarmte sie, sobald sie den Fuß auf den Boden setzten. Ihre Schwägerin küßte sie unaufhörlich ab, um sich bei ihr möglichst in Gunst zu setzen. Dann aßen sie in der Werkstatt, die schon für das morgige Festmahl ausgeräumt war. Ein guter Eierkuchen und Bratwurst, die mit prickelndem Apfelwein begossen wurde, brachten die Gesellschaft bald wieder in die beste Laune. Rivet hatte ein Glas zum Trinken gebracht und seine Frau deckte den Tisch, kochte, brachte die Speisen, trug sie wieder fort und flüsterte jeder einzelnen ins Ohr: „Sind Sie auch gut versorgt?“ Die Bretter, die an der Wand lehnten, und die Hobelspäne, die in den Ecken zusammengefegt waren, rochen stark nach gehobeltem Holz und strömten einen harzigen Geruch aus, der in jeder Tischlerwerkstatt zu finden ist und der einem tief in die Lungen dringt.

Man wollte die Kleine sehen, aber sie war in der Kirche und sollte erst abends nach Hause kommen. Die Gesellschaft unternahm daher einen Spaziergang, um sich ein wenig die Gegend zu besehen. Das kleine Dörfchen wurde von einer Hauptstraße durchschnitten. Etwa zehn Häuser lagen längs dieser einzigen Straße, in denen die Kaufleute des Ortes wohnten, der Schlächter, der Krämer, der Tischler, der Kaffeehausbesitzer, der Schuhflicker und der Bäcker. Die Kirche, die am Ende dieser Art Straße lag, war von einem schmalen Friedhof umgeben, und vier mächtige Linden vor ihrem Portal beschatteten sie vollständig. Sie war ganz stillos aus Hausteinen erbaut und wurde von einem schiefergedeckten Glockenturm überragt. Rivet war zwar noch im Arbeitsanzug, aber er hatte seiner Schwester höflich den Arm gereicht und schritt majestätisch an ihrer Seite. Seine Frau war ganz erregt über das goldgestickte Kleid

Raphaelas und schritt zwischen dieser und Fernande. Die dicke Rosa trottete hinterher mit Luise Triefauge und Flora, der Schaukel, die ganz außer Atem mithinkte.

Die Bauern traten unter die Türen. Die Kinder hörten auf zu spielen und hinter einer halb gelüfteten Gardine wurde ein Kopf mit einer Kattunschlafmütze sichtbar. Eine fast blinde Frau auf Krücken bekreuzte sich wie vor einer Prozession und jeder blickte noch lange all den schönen Damen aus der Stadt nach, die so weit her gekommen waren, um dem ersten Abendmahl der Tochter Joseph Rivets beizuwohnen. Der Tischler stieg dadurch außerordentlich in der allgemeinen Achtung.

Als sie an der Kirche vorbeikamen, hörten sie drinnen die Kinder singen: ein geistliches Lied, das von dünnen, spitzen Stimmchen zum Himmel geschrien wurde. Aber die „Madam“ erlaubte nicht, daß sie hineingingen. Die kleinen Engel sollten nicht gestört werden. Zum Schluß machten sie einen Gang durch die Felder, ließen sich die größeren Besitzungen aufzählen und über den Ertrag des Bodens und den Viehstand Auskunft geben, dann führte Joseph Rivet seinen Trupp Weiber wieder nach Hause und zeigte ihnen ihre Schlafstellen. Da der Raum sehr beschränkt war, waren in jedem Zimmer zwei untergebracht. Rivet sollte diesmal in der Werkstatt auf den Hobelspänen schlafen; seine Frau wollte mit ihrer Schwägerin das Bett teilen und im Zimmer nebenan mußten Fernande und Raphaela zusammenschlafen. Luise und Flora wurden auf einer Matratze in der Küche untergebracht und Rosa blieb allein in einer dunklen kleinen Kammer über der Treppe, dicht neben dem engen Hängeboden, auf dem diese Nacht die Kommunikantin schlafen mußte.

Als die Kleine nach Hause kam, regnete es förmlich Küsse auf sie. Alle Mädchen wollten sie liebkosen, genau aus demselben, gewohnheitsmäßigen Bedürfnis nach Zärtlichkeit, das sie im Coupé mit den Enten schäkern ließ. Jede nahm das Kind auf den Schoß, streichelte ihm das zarte blonde Haar und umarmte es in plötzlicher Aufwallung heftiger Zuneigung. Das Kind war schon ganz beherrscht von den frommen Gedanken an die bevorstehende Absolution und ließ sich ruhig und geduldig alles gefallen. Da der Tag für alle ziemlich anstrengend gewesen war, ging man nach dem Essen bald zu Bett. Das grenzenlose Schweigen der Felder, dem etwas Heiliges innewohnt, senkte sich auf das Dörfchen nieder, dies tiefe, durchdringende Schweigen, das bis zu den Sternen zu reichen scheint. Die Mädchen, die an die lärmenden Abende in ihrem öffentlichen Haus gewöhnt waren, fühlten sich erregt durch die stumme Ruhe der schlummernden Erde. Schauer liefen über ihre Haut, nicht vor Kälte, sondern Schauer der Einsamkeit, die aus einem wirren und unruhigen Herzen kommen.

Sobald sie immer zu zwei und zwei im Bett waren, drängten sie sich eng aneinander, als müßten sie Schutz suchen vor dieser überwältigenden Stille. Aber die dicke Rosa, die ganz allein in ihrer dunklen Kammer lag, war nicht daran gewöhnt, mit leeren Armen zu liegen und es wurde ihr ganz unheimlich zumute. Sie konnte keinen Schlaf finden und setzte sich auf den Bettrand, als sie hinter der Bretterwand neben ihrem Kopf leises Schluchzen hörte, als wenn ein Kind weint. Erschrocken rief sie leise und ein schwaches Stimmchen antwortete ihr. Es war die Kleine, die sonst immer im Zimmer bei ihrer Mutter schlief und die sich nun auf ihrem engen Hängeboden ängstigte. Rosa stand ganz entzückt auf und leise, um niemand zu wecken, ging sie zu dem Kind. Sie nahm es mit sich in ihr warmes Bett, drückte es an ihre Brust, küßte und wiegte es, überschüttete es mit übertriebenen Liebkosungen und schlief endlich selbst ruhig ein. Und bis zum Morgen lag die Kommunikantin mit ihrer Stirn auf der nackten Brust der Prostituierten.

Um fünf Uhr zum „Angelus" läutete die kleine Kirchenglocke mit aller Macht und weckte die Damen, die gewöhnlich bis tief in den Mittag hinein schliefen, um sich von ihren nächtli-

chen Strapazen zu erholen. Die Bauern im Dorf waren schon auf. Die Frauen gingen geschäftig von Tür zu Tür, plauderten lebhaft und brachten vorsichtig kurze Musselinkleidchen, die steif wie Pappe waren, oder große Wachskerzen mit einem Seidenband mit goldenen Fransen in der Mitte oder mit Eindrükken im Wachs an den Stellen, die für die Hand bestimmt waren. Die Sonne stand strahlend schon hoch an dem klaren blauen Himmel, der am Horizont schwach rosa gefärbt war von der letzten Spur der Morgenröte. Hühnervölker trippelten vor den Häusern und ein schwarzer Hahn mit leuchtendem Hals hob zuweilen den Kopf mit dem purpurnen Kamm, schlug mit den Flügeln und krähte schmetternd in die Luft, worauf die anderen Hähne ihm antworteten.

Wagen kamen aus den umliegenden Dörfern und setzten an den Türschwellen hochgewachsene Frauen aus der Normandie ab in ihren dunklen Kleidern mit dem Fichu, das über der Brust gekreuzt war und durch ein jahrhundertealtes silbernes Schmuckstück zusammengehalten wurde. Die Männer hatten die blaue Bluse mit dem neuen schwarzen Rock vertauscht oder mit einem alten Frack aus grünem Tuch, dessen beide Schöße lang herunterhingen. Als die Pferde in den Stall geführt waren, stand längs der Hauptstraße eine doppelte Reihe ländlicher Gefährte, Kastenwagen, Kabrioletts, Tilburys, Leiterwagen, Wagen jeder Form und jeden Alters. Die einen ließen die Nase zur Erde hängen oder sie hatten sich auf den Hintern gesetzt und streckten die Deichsel gen Himmel.

Im Hause des Tischlers ging es geschäftig her wie in einem Bienenkorb. Die Mädchen in Nachtjacke und Unterrock trugen die dünnen, kurzen Haare, die durch den Gebrauch zerfressen und zerrupft erschienen, noch lose über den Rücken hängen und waren dabei, das Kind anzukleiden. Die Kleine stand auf einem Tisch und rührte sich nicht, während Frau Tellier die nötigen Anordnungen traf. Man seifte sie ab, kämmte sie, machte ihr das Haar und kleidete sie an. Mit Hilfe unzähliger Nadeln ordnete man die Falten des Kleides, steckte die zu weite Taille fest und machte die ganze Toilette so elegant als möglich. Als alles fertig war, setzte man das geduldige Kind auf einen Stuhl und befahl ihm, sich nicht zu bewegen. Und die ganze Schar Weiber lief davon, um sich selbst anzuziehen.

Die kleine Kirchenglocke begann wieder zu läuten. Ihr dün-

ner, armseliger Klang stieg zum Himmel, um sich gleich zu verlieren, wie ein allzu schwaches Stimmchen, das sofort von der blauen Unendlichkeit verschlungen wird. Die Kommunikanten traten aus der Tür und gingen nach dem Kommunalgebäude, das die beiden Schulen und die Bürgermeisterei enthielt. Es lag ganz am Ende des Dorfes, während das Gotteshaus das andere Ende okkupiert hielt. Hinter den Kleinen schritten die Eltern im Festtagsgewand, mit verlegenen Gesichtern und den ungeschickten Bewegungen von Menschen, die sich beständig über die Arbeit bücken müssen. Die kleinen Mädchen verschwanden in einer Wolke von schneeigem Tüll, der fast wie Schlagsahne aussah, während die Knaben, ganz wie die Piccolos in den Cafés, sich den Kopf tüchtig mit Pomade eingeschmiert hatten und mit weit auseinandergespreizten Beinen dahinschritten, um sich die schwarze Hose nicht schmutzig zu machen.

Jede Familie setzte eine besondere Ehre darein, daß eine möglichst große Anzahl Verwandte von außerhalb dem Kind das Geleit gaben, und so erzielte der Tischler einen geradezu durchschlagenden Erfolg. Das ganze Regiment Tellier, die „Madam“ an der Spitze, folgte Constance. Der Vater reichte seiner Schwester den Arm, die Mutter ging neben Raphaela, Fernande mit Rosa und die beiden Pumpen zusammen, so zog der Zug dahin, majestätisch wie ein Generalstab in voller Uniform. Die Wirkung auf das Dorf war kolossal. Im Schulhaus scharten sich die kleinen Mädchen um die Haube der frommen Schwester und die Knaben sammelten sich um den Hut des Lehrers, der ein schöner Mann war und zu repräsentieren verstand. Als der Zug sich in Bewegung setzte, wurde ein Lied angestimmt. Die Knaben zogen zu zweit in langer Reihe zwischen den ausgespannten Wagen zu beiden Seiten des Weges dahin, ihnen folgten die Mädchen in derselben Ordnung. Die Einheimischen hatten den Stadtdamen aus Hochachtung den Vortritt gelassen und so folgten diese unmittelbar hinter den Kindern. Sie verlängerten noch die doppelreihige Prozession, drei schritten links, drei rechts, und mit ihren grellfarbigen Toiletten wirkten sie wie ein Knalleffekt aus einem Kunstfeuerwerk.

Als sie in die Kirche traten, war das Volk ganz verblüfft. Man drehte sich um, man drängte und stieß sich, um sie zu sehen. Und selbst die Frömmsten sprachen fast ganz laut, so starr waren sie über den Anblick dieser Damen, die mehr Goldstickereien auf sich hatten, als selbst die Meßgewänder der Kirchensänger. Der Bürgermeister bot ihnen seine Bank an, die erste Bank rechts neben dem Chor und Frau Tellier nahm darauf mit ihrer Schwägerin, mit Fernande und Raphaela Platz. Die dicke Rosa und die beiden Pumpen setzten sich mit dem Tischler auf die zweite Bank. Der Kirchenchor war dicht gefüllt mit knienden Kindern, auf der einen Seite die Mädchen, auf der anderen die Knaben, und die langen Kerzen in ihren Händen sahen wie Lanzen aus, die sich nach allen Richtungen gegeneinander beugten. Vor dem Chorpult standen drei Männer und sangen mit voller Stimme. Sie zogen die volltönenden lateinischen Silben übermäßig in die Länge und das „Amen" mit seinem unendlichen a–a währte eine Ewigkeit, wobei das Serpent ihnen wacker zur Seite stand, indem es seine einförmige Note endlos aushielt und sie aus seinem breiten kupfernen Maul herausbrüllte. Eine spitze Kinderstimme gab die Replik und ein Priester, der in einem Chorstuhl saß und ein viereckiges Barett auf dem Kopfe hatte, stand von Zeit zu Zeit auf, murmelte irgend etwas und setzte sich wieder, während die drei Sänger von neuem loslegten, das Auge starr auf das dicke Choralbuch gerichtet, das aufgeschlagen vor ihnen auf den ausgebreiteten Flügeln eines aus Holz geschnitzten Adlers lag.

Dann wurde es still. Die ganze Gemeinde warf sich, wie in einer einzigen Bewegung, auf die Knie und der Priester, der das Hochamt abhielt, erschien. Er war ein alter, ehrwürdiger Mann mit weißen Haaren und er beugte sich tief über den Kelch, den er in der linken Hand trug. Ihm voran schritten zwei Meßdiener in rotem Gewand und hinter ihm wurde die Menge der Kirchensänger in ihren derben Schuhen sichtbar, die sich zu beiden Seiten des Chors aufstellten. Eine kleine Glocke tönte in das tiefe Schweigen hinein. Das Hochamt begann. Der Priester ging langsam vor dem goldenen Tabernakel hin und her, beugte bald das Knie, bald rezitierte er mit seiner gebrochenen, vor Alter meckernden Stimme die vorbereitenden Gebete. Sobald er schwieg, fielen die Kirchensänger und das Serpent zusammen ein und auch die Männer in der Kirche sangen mit, aber nicht so stark und demütig, wie die Mitglieder der Gemeinde es tun sollen.

Plötzlich jauchzte das Kyrie eleison aus allen Kehlen und allen Herzen zum Himmel. Die alte gewölbte Decke wurde durch

G LEMOINE

diesen jähen Aufschrei so heftig erschüttert, daß Staubkörnchen und Teilchen wurmstichigen Holzes herunterfielen. Die Sonne, die auf das Schieferdach prallte, machte die kleine Kirche zum richtigen Backofen, und tiefe Erregung, ängstliche Spannung, das Nahen des unergründlichen Geheimnisses legte sich beklemmend auf die Herzen der Kinder und schnürte den Müttern die Kehle zusammen. Der Priester, der sich einen Augenblick gesetzt hatte, schritt zum Altar zurück und entblößten Hauptes, nur im Schmuck seines silberweißen Haares, begann er mit zitternden Bewegungen den übernatürlichen Akt. Er wandte sich den Gläubigen zu, streckte die Hände gegen sie aus und sprach: *„Orate, fratres!“* Betet, meine Brüder! Und sie beteten alle. Der alte Pfarrer stammelte ganz leise die höchsten, geheimnisvollen Worte, die kniende Menge rief Gott an und den Kindern wurde ganz schlecht vor maßloser Angst.

In diesem Augenblick dachte Rosa, die ihre Stirn in die Hände gepreßt hatte, plötzlich an ihre Mutter, an die Kirche in ihrem Heimatdorf und an ihr erstes Abendmahl. Sie glaubte sich wieder an jenen Tag zurückversetzt, an dem sie selbst noch so klein war und in ihrem weißen Kleidchen fast versank. Sie begann zu weinen. Zuerst weinte sie leise und die Tränen tropften langsam von ihren Augenlidern. Dann aber wuchs mit der Erinnerung auch ihre Erregung und klopfenden Herzens fing sie an zu schluchzen. Sie hatte ihr Taschentuch herausgezogen, sie trocknete sich die Augen und preßte das Tuch vor Nase und Mund, um nicht aufschreien zu müssen. Vergebens! Eine Art Röcheln drang aus ihrer Kehle und zwei andere tiefe, herzzerreißende Seufzer antworteten ihr. Ihre beiden Nachbarinnen, die neben ihr knieten, Luise und Flora, waren von denselben Erinnerungen überwältigt worden und stöhnten gleichfalls und weinten bitterlich. Da Tränen aber ansteckend wirken, bekam alsbald auch die „Madam“ feuchte Augen, und als sie sich zu ihrer Schwägerin wandte, sah sie, daß ihre ganze Bank weinte.

Der Priester vermenschlichte den Leib Gottes. Die Kinder hatten überhaupt keinen Gedanken mehr, in glühender Frömmigkeit lagen sie auf den Fliesen und in der Kirche zog bald hier, bald dort eine Frau, eine Mutter, eine Schwester ihr kattunenes, kariertes Taschentuch, während sie die linke Hand heftig gegen das klopfende Herz drückten. Die seltsame Sympathie, die jede Erregung erweckt, und der Anblick der schönen Damen, die zitternd und schluchzend vor ihnen knieten, hatten sie weich gestimmt. Wie der Feuerfunke, der ein ganzes reifes Kornfeld in Flammen setzt, hatten die Tränen Rosas und ihrer Begleiterinnen sich im Nu auf die ganze Menge übertragen. Bald schluchzten Männer, Weiber, Greise, die jungen Burschen in ihren neuen Blusen, kurz alle, und über ihren Häuptern schien etwas Übermenschliches zu schweben, eine flutende Seele, der wunderbare Atem eines unsichtbaren und allmächtigen Wesens.

Da ertönte auf dem Chor der Kirche ein kurzer, dumpfer Schlag. Die fromme Schwester hatte auf ihr Buch geklopft und damit das Zeichen zum Beginn der Kommunion gegeben. Und die Kinder traten bebend in frommem Fieber an den heiligen Tisch. Die ganze Reihe kniete nieder. Der alte Priester hielt das Ziborium aus vergoldetem Silber in der Hand, ging an ihnen vorüber und reichte ihnen mit zwei Fingern die geweihte Hostie, den Leib Christi, die Erlösung der Welt. Sie öffneten krampfhaft den Mund mit verzerrtem, ganz bleichem Gesicht und geschlossenen Augen. Und das lange Tuch, das ihnen unter das Kinn gehalten wurde, zitterte wie fließendes Wasser.

Plötzlich war die ganze Kirche wie von einer Art Wahnsinn erfüllt, die Menge bewegte sich wie im Delirium und überall wurde stürmisches Seufzen und ersticktes Schreien laut. Es fuhr daher wie ein Windstoß, der die Wälder beugt, der alte Priester stand mit der Hostie in der Hand aufrecht und unbeweglich, wie gelähmt durch die allgemeine Erregung, und er sagte sich: Das ist Gott! Gott ist unter uns, er verkündet uns seine Gegenwart und steigt durch meine Stimme zu seinem knienden Volk hernieder! Und er stammelte leidenschaftliche Gebete, ohne die Worte zu finden. Gebete, die aus dem Herzen kamen und sich feurig zum Himmel emporschwangen. Er beendete die Austeilung des Abendmahls in so frommer Überreizung, daß ihm die Beine fast den Dienst versagten, und als er selbst das Blut seines Herrgotts getrunken hatte, da versank er in wortlose Dankbarkeit.

Die Menge hinter ihm beruhigte sich allmählich. Die Kirchensänger, die durch die Würde ihrer weißen Chorhemden etwas Haltung gewannen, sangen weiter, wenn auch mit etwas weniger fester und ganz verschleierter Stimme. Und auch das Serpent klang etwas heiser, als hätte das Instrument gleichfalls geweint. Da erhob der Priester seine Hände, machte ihnen ein Zeichen, daß sie schweigen sollten, und zwischen den zwei Reihen der Kommunikanten hindurch, die noch ganz in selige Ekstase versunken waren, trat er bis an das Gitter des Chors vor. Die ganze Gemeinde hatte inzwischen unter heftigem Stuhlrücken wieder Platz genommen und jeder schneuzte sich jetzt aus Leibeskräften. Sobald man den Pfarrer bemerkte, wurde es still, und er begann mit leiser, zögernder, verschleierter Stimme zu sprechen:

„Meine lieben Brüder, meine lieben Schwestern, meine Kinder, ich danke euch aus tiefstem Herzen. Ihr habt mir eben die größte Freude meines Lebens bereitet. Ich fühlte, wie Gott auf meinen Ruf zu uns herabstieg. Er ist gekommen, er war hier gegenwärtig und er erfüllte eure Seelen und ließ eure Augen überquellen. Ich bin der älteste Priester im ganzen Sprengel, und seit heute bin ich auch der glücklichste. Ein Wunder ist in unserer Mitte geschehen, ein wahrhaftiges, ein großes, ein herrliches Wunder. Während Jesus Christus zum ersten Mal in den Körper dieser Kleinen drang, hat sich der Heilige Geist, die himmlische Taube, der Atem Gottes auf uns herniedergesenkt, er hat uns durchdrungen, uns ergriffen und gebeugt, wie sich das Rohr vor dem Winde neigt." Mit klarerer Stimme wandte er sich dann zu den beiden Bänken, auf denen die Gäste des Tischlers saßen. „Dank vor allen ihnen, meine teuren Schwestern, die ihr von so weit hergekommen seid und die ihr mit eurer Gegenwart, mit eurem augenfälligen Glauben, mit eurer überzeugenden Frömmigkeit uns allen ein so heilsames Beispiel geworden seid. Ihr seid eine Erbauung für meine Gemeinde, eure Tränen haben die Herzen erwärmt, und ohne euch hätte dieser große Tag vielleicht nicht sein wahrhaft göttliches Gepräge erhalten. Zuweilen genügt ein einziges auserwähltes Lamm, damit der Herr zu der ganzen Herde herniedersteigt." Die Stimme versagte ihm und er schloß: „Daß euch die Gnade werde, ist mein Wunsch. So soll es geschehen!" Und er schritt zum Altar zurück, um das Hochamt zu beenden.

Jetzt aber drängte alles zum Fortgehen und die Kinder selbst wurden unruhig, denn die lange geistige Anspannung hatte sie müde gemacht. Außerdem hatten sie Hunger, und ohne den Schluß des Gottesdienstes abzuwarten, entfernten sich die Eltern, einer nach dem andern, um für das Essen zu sorgen. Am Ausgang entstand ein lärmendes Gedränge, ein wirres Durcheinander von kreischenden Stimmen. Die Menge bildete auf beiden Seiten Spalier, und als die Kinder erschienen, stürzte sich jede Familie auf das ihre. Constance wurde von sämtlichen Mädchen sofort gefaßt, umringt und abgeküßt. Rosa namentlich konnte sich darin gar nicht genug tun. Endlich nahm sie das Kind bei der einen Hand, Frau Tellier bemächtigte sich der anderen, Raphaela und Fernande hoben ihren langen Musselinrock in die Höhe, damit er nicht schmutzig würde, und Luise

und Flora beschlossen mit Frau Rivet den Zug. Das Kind, das noch ganz von seinem Gott durchdrungen war, schritt inmitten dieses Ehrengeleits dahin.

Das Festmahl war in der Werkstatt auf langen Brettern angerichtet, die von Querhölzern gestützt wurden. Durch die Türen, die sich nach der Straße zu öffneten, drang die ganze Lustigkeit des Dorfes herein. Überall bewirtete man sich. Durch jedes Fenster sah man einen Tisch voll sonntäglich geputzter Menschen und fröhliches Lärmen drang aus allen Häusern. Die Bauern tranken in Hemdsärmeln unvermischten Apfelwein aus vollen Gläsern und in jedem Kreise sah man zwei Kinder, hier zwei Mädchen, dort zwei Knaben, die in einer der beiden Familien speisten. In der glühenden Mittagshitze fuhr zuweilen ein Karren mit einem alten Klepper in stolperndem Trab durch die Dorfstraße und der Mann in der Bluse, der die Zügel führte, warf einen neidischen Blick auf die Schmauserei ringsum.

In der Wohnung des Tischlers hielt sich die Lustigkeit in gewissen reservierten Grenzen, denn die Erregung vom Morgen klang noch immer nach. Nur Rivet selbst war schon wieder ganz im Zuge und trank kolossal. Frau Tellier sah jeden Augenblick nach der Uhr, denn wenn sie nicht zwei Tage hintereinander feiern wollte, mußten sie den Zug um 8 Uhr 55 benutzen, der sie gegen Abend nach Fécamp zurückbrachte. Der Tischler machte alle möglichen Anstrengungen, um ihre Aufmerksamkeit abzulenken, aber die „Madam" ließ sich nichts vormachen, in Geschäftssachen verstand sie keinen Spaß. Sobald sie den Kaffee getrunken hatten, befahl sie ihren Mädchen, sich sofort bereit zu halten. Dann wandte sie sich zu ihrem Bruder: „Du wirst jetzt gleich anspannen!" Und sie selbst ging hinauf, um sich reisefertig zu machen. Als sie wieder herunterkam, wartete schon ihre Schwägerin auf sie, um mit ihr wegen der Kleinen zu sprechen. Es entspann sich eine lange Unterhaltung, die eigentlich resultatlos verlief. Die Bäuerin stellte es mit geheuchelter Rührung zwar sehr schlau an, aber Frau Tellier, die das Kind auf den Knien hielt, verpflichtete sich zu nichts und machte nur allerlei unbestimmte Versprechungen. Sie würde sich um das Kind kümmern, außerdem eilte ja die ganze Sache nicht so, man würde sich ja noch öfters sehen.

Inzwischen kam der Wagen immer noch nicht und auch die Mädchen kamen nicht herunter. Dagegen hörte man von oben

her lautes Lachen, Schreien, Händeklatschen und Gepolter. Während die Tischlersfrau nun in den Stall ging, um nachzusehen, ob der Wagen bereit sei, stieg die „Madam“ hinauf. Rivet, der total betrunken und nur halb bekleidet war, machte den vergeblichen Versuch, Rosa zu vergewaltigen, wobei diese vor Lachen sterben wollte. Die beiden Pumpen hielten ihn an den Armen zurück und suchten ihn zu beruhigen, da nach der Feierlichkeit von heute morgen ihnen die ganze Szene unpassend erschien. Raphaela und Fernande aber reizten ihn immer noch mehr und hielten sich die Seiten vor Lachen. Dabei kreischten sie jedesmal laut auf, wenn der Betrunkene wieder einen vergeblichen Versuch machte. Der Tischler hatte vor Wut einen ganz roten Kopf bekommen und machte die heftigsten Anstrengungen, die beiden Weiber abzuschütteln, die sich an ihn angeklammert hatten. Dabei zerrte er fortwährend mit aller Gewalt an Rosas Rock und rief lallend: „Du willst nicht, alte Schlampe?“ Aber Frau Tellier trat entrüstet hinzu, packte ihren Bruder bei den Schultern und warf ihn so heftig hinaus, daß er gegen die Wand flog. Eine Minute später hörte man, wie er sich im Hof Wasser über den Kopf pumpte, und als er mit dem Wagen ankam, war er schon ganz beruhigt. Nun begann die Fahrt genau wie tags zuvor, und der kleine Schimmel zog wieder in seinem raschen, tänzelnden Trab los.

In der glühenden Sonnenhitze entfaltete sich die Lustigkeit, die während des Essens noch gedämpft gewesen war, immer freier. Die Mädchen amüsierten sich jetzt über das Stoßen des alten Kastens, sie stießen sogar noch die Stühle ihrer Nachbarinnen und wollten sich halb totlachen. Die vergeblichen Versuche Rivets hatten sie so recht in Stimmung gebracht. Eine Flut von Licht lag über den Feldern und blendete förmlich die Augen. Die Räder wirbelten zwei Staubsäulen auf, die auf der breiten Straße noch lange hinter dem Wagen hertanzten. Plötzlich bat Fernande, die für Musik schwärmte, Rosa, sie möchte doch etwas singen, und diese stimmte sofort vergnügt das Lied vom „Dicken Pfarrer von Meudon“ an. Aber die „Madam“ gebot ihr alsbald Schweigen, da sie das Lied für den heutigen Tag nicht passend fand. „Sing' uns lieber etwas von Béranger“, meinte sie. Rosa zögerte ein paar Sekunden, dann sang sie mit ihrer abgenutzten Stimme die „Großmutter“:

„Jüngst Großmama Geburtstag feiert
Und trinkt sogar ein Spitzglas Wein.
Kinder – sie lustig uns beteuert –
's war doch zu schön, verliebt zu sein!
  Vorbei ist's, wie schade,
  Nicht rund mehr das Kinn,
  Nicht rund mehr die Wade –
  Die Jugend dahin!“

Und die „Madam“ und die Mädchen wiederholten im Chor:

  „Vorbei ist's, wie schade,
  Nicht rund mehr das Kinn,
  Nicht rund mehr die Wade –
  Die Jugend dahin!“

„Das ist famos“, erklärte Rivet, den der Refrain begeisterte, und Rosa sang sofort weiter:

„Mama, du bist nicht brav geblieben?
– Ich? Nein! Mit fünfzehn ward mir klar,
Daß jung und hübsch ich, um zu lieben,
Daß alles sonst nur Unsinn war!“

Alle heulten wieder den Refrain mit, während Rivet im Takt mit dem Fuß auf die Deichsel stampfte und mit den Zügeln auf den Rücken des Schimmels klopfte, der auch von dem Rhythmus angesteckt zu werden schien und plötzlich in einen so rasenden Galopp verfiel, daß die Damen im Wagen ganz und gar durcheinandergeworfen wurden. Sie lachten wie toll und standen wieder auf. Und das Lied wurde aus Leibeskräften weiter gebrüllt, unter der brennenden Sonne, über die reifenden Kornfelder, beim Galopp des kleinen Schimmels, der jetzt jedesmal, wenn der Refrain kam, zum Gaudium aller seine hundert Meter galoppierte. Hin und wieder guckte ein Steinklopfer von seiner Arbeit auf und blickte durch seine Drahtbrille dem Wagen nach, der heulend und wie toll durch den Staub dahinflog. Als sie am Bahnhof ausstiegen, wurde der Tischler gerührt. „Schade, daß ihr fort müßt, es wäre noch so lustig geworden!“

Die „Madam“ erwiderte ihm jedoch verständig: „Jedes Ding hat seine Zeit, man kann sich nicht immer amüsieren.“ Da fuhr Rivet ein Gedanke durch den Kopf: „Wißt ihr, ich besuche euch nächsten Monat in Fécamp!“ Und dabei sah er Rosa mit listigen, verschmitzten Augen an. „Genug“, meinte die „Madam“, „man muß vernünftig sein! Du kannst uns besuchen, wann du willst, aber du darfst keine Dummheiten machen!“

Er antwortete nichts, aber als er jetzt den Zug pfeifen hörte, küßte er die Mädchen eins nach dem andern ab. Als die Reihe an Rosa kam, suchte er vergeblich ihren Mund, den sie ihm mit einer raschen Kopfbewegung jedesmal entzog, wobei sie mit geschlossenen Lippen lachte. Er kriegte sie nun fest zu packen, aber er kam doch nicht zum Ziel, denn ihn hinderte seine lange Peitsche, die er in der Hand behalten hatte und mit der er nun bei jeder Bewegung hinter dem Rücken des Mädchens verzweifelt herumwirtschaftete.

„Nach Rouen! Einsteigen!“ rief der Beamte, und alle stiegen ein. Ein leichter Pfiff ertönte, den die Maschine sofort mit schrillem Pfeifen wiederholte. Dann stieß sie lärmend ihre erste Dampfwolke heraus und langsam und mit sichtlicher Anstrengung setzten sich die Räder in Bewegung.

Rivet war aus dem Wartesaal an die Barriere getreten. um Rosa noch einmal zu sehen. Und als der Zug mit seiner Ladung Menschenfleisch an ihm vorbeifuhr, knallte er mit der Peitsche und sang so laut als möglich:

„Vorbei ist's, wie schade,
Nicht rund mehr das Kinn,
Nicht rund mehr die Wade –
Die Jugend dahin!“

Dann sah er ein weißes Taschentuch, das winkend weiter und weiter zog.

III.

Bei ihrer Ankunft schliefen sie den friedlichen Schlaf eines ruhigen Gewissens, und als sie erfrischt und ausgeruht wieder

ins Haus zu ihrer allabendlichen Arbeit kamen, konnte die „Madam" die Bemerkung nicht unterdrücken: „Weiß Gott, ich hatte schon ordentliche Sehnsucht nach meinem Haus."

Sie aßen schnell, und als sie ihre gewöhnlichen Kampfkostüme angelegt hatten, warteten sie auf die Kunden. Und die kleine Lampe, die Madonnenlampe, verkündete den Vorübergehenden, daß die Herde wieder in den Stall zurückgekehrt war. Im Handumdrehen, man weiß nicht wie und man weiß nicht durch wen, hatte sich die Neuigkeit herumgesprochen. Herr Philipp, der Sohn des Bankiers, war sogar so liebenswürdig, durch einen Expreßboten Herrn Tournevau zu benachrichtigen, der Familiendienst hatte. Der Fischhändler hatte gerade, wie an jedem Sonntag, einige Verwandte bei sich zu Tisch und man war eben beim Kaffee angelangt, als ein Mann mit einem Brief kam. Herr Tournevau riß in großer Erregung das Kuvert auf und wurde ganz blaß: „Ladung Kabeljau aufgefunden.

Schiff läuft eben in Hafen ein. Gutes Geschäft für Sie! Kommen Sie sofort!"

Er griff in die Tasche, gab dem Boten zwanzig Centimes und wurde plötzlich rot bis über beide Ohren. „Ich muß ausgehen", sagte er und reichte seiner Frau den lakonischen, geheimnisvollen Brief. Er klingelte, und als das Mädchen kam, rief er: „Meinen Überzieher! Aber schnell, schnell! Und meinen Hut!" Kaum war er auf der Straße, so begann er zu laufen und pfiff sich ein Lied dazu. Trotzdem kam ihm der Weg noch einmal so lang vor, so groß war seine Ungeduld.

Das Haus der Frau Tellier sah heute ganz festlich aus. Im Erdgeschoß machte das Geschrei der Matrosen einen betäubenden Lärm. Luise und Flora wußten nicht, wem sie zuerst Rede stehen sollten. Sie tranken mit dem und dann mit jenem und verdienten heute mehr als je ihren Spitznamen „die beiden Pumpen". Man rief von allen Tischen zu gleicher Zeit nach ihnen; sie konnten jetzt schon nicht zurechtkommen und die Nacht versprach sehr arbeitsreich für sie zu werden.

Die Tafelrunde im ersten Stock war schon um neun Uhr vollzählig versammelt. Der Handelsrichter Herr Vasse, der eifrige, aber platonische Verehrer von Frau Tellier, unterhielt sich leise mit ihr in einer Ecke, und beide lächelten, als bahnte sich da endlich eine Verständigung an. Rosa saß rittlings auf des früheren Bürgermeisters Herrn Poulins Beinen, drückte ihre Nase an seine und wühlte mit ihren kurzen Fingern in dem weißen Bart des wackeren Mannes. Ein Stückchen nackter Schenkel wurde unter dem gelbseidenen, hochgestreiften Rock sichtbar und lag über dem schwarzen Tuch der Hose. Die roten Strümpfe waren mit blauen Strumpfbändern befestigt, dem Geschenk des *Commis voyageur*. Die große Fernande lag auf dem Sofa. Sie hatte ihre beiden Füße dem Steuereinnehmer Herrn Pimpesse auf den Schoß gelegt und den Rücken auf die Weste des jungen Herrn Philipp, dessen Hals sie mit der rechten Hand umfaßt hatte, während sie in der linken Hand eine Zigarette hielt. Raphaela schien mit dem Versicherungsagenten Herrn Dupuis zu unterhandeln und sie schloß ihre Unterredung mit den Worten: „Gewiß, mein Schatz, heute abend will ich gern." Dann tanzte sie einen raschen Walzer durch den Salon und rief: „Heut abend, was man von mir will!" Da öffnete sich rasch die Tür und Herr Tournevau erschien. Begeistert riefen alle: „Hoch Tour-

nevau!“ Und Raphaela, die immer noch umhertanzte, warf sich an seine Brust. Er ergriff sie mit gewaltiger Umschlingung und, ohne ein Wort zu sagen, hob er sie wie eine Feder vom Boden, eilte durch den Salon zu der Tür im Hintergrund und verschwand mit seiner lebenden Last auf der Treppe, während die Zurückbleibenden lebhaft Beifall klatschten.

Rosa, die den früheren Bürgermeister in Feuer brachte, küßte ihn bald und zog ihn abwechselnd an seinen Bartspitzen, um seinen Kopf geradezuhalten. Sie machte sich jetzt das gute Beispiel zunutze und sagte: „Komm, mach's wie er!“ Der wakkere Mann stand auf, knöpfte seine Weste zu und folgte dem Mädchen. Dabei faßte er in die Tasche, in der sein Geld steckte.

Fernande und die „Madam“ blieben allein bei den vier Herren und der junge Herr Philipp rief: „Ich zahle Champagner. Frau Tellier, lassen Sie drei Flaschen bringen!“ Fernande schmiegte sich an ihn und fragte ihn ins Ohr: „Spiel uns zum Tanz, ja, willst du?“ Er stand auf, setzte sich an das uralte Spinett, das in einem Winkel schlummerte, und begann einen Walzer zu spielen, der heiser und weinerlich aus dem Innern der alten Maschine herauskam. Das lange Mädchen zog den Steuereinnehmer mit sich fort und Frau Tellier schwebte am Arm des Herrn Vasse dahin. Beide Paare küßten sich, während sie sich im Kreise drehten. Herr Vasse, der früher auch viel in der guten Gesellschaft getanzt hatte, bewegte sich sehr anmutig und Frau Tellier sah ihm ganz entzückt zu. Ihr Auge sagte „Ja", ein „Ja", das viel diskreter und zärtlicher ist, als das gesprochene Wort.

Friedrich brachte den Champagner. Der erste Pfropfen knallte und Herr Philipp spielte die Introduktion zu einer Quadrille. Die vier Tänzer machten die *Pas* durchaus würdig und anständig, mit allen möglichen Neigungen und Verbeugungen. Dann setzten sie sich und tranken. Herr Tournevau wurde wieder sichtbar; er sah glücklich und befriedigt aus. „Ich weiß nicht, was Raphaela hat", rief er, „aber sie ist heute abend famos!" Als man ihm ein Glas reichte, trank er es mit einem Zuge leer und murmelte: „Zum Henker, der Luxus ist doch das einzig Wahre!"

Alsbald stimmte Herr Philipp eine lustige Polka an und Herr Tournevau tanzte mit der schönen Jüdin, die er in der Luft hielt, so daß ihre Füße überhaupt nicht den Boden berührten. Herr Pimpesse und Herr Vasse stürzten sich mit erneutem Eifer in den Strudel. Von Zeit zu Zeit machte ein Paar am Kamin Station und goß einen Schluck Champagner hinunter. So drohte der Tanz sich bis ins unendliche auszudehnen, als Rosa mit einem Licht in der Hand in die Tür trat. Sie trug nur ein Hemd, ihr Haar war aufgelöst und sie sah sehr rot und animiert aus. „Ich will tanzen", schrie sie. Raphaela fragte: „Und dein Alter?" Rosa lachte laut auf. „Der? Er schläft schon! Der schläft immer gleich!" Sie packte Herrn Dupuis, der unbeschäftigt auf dem Sofa saß, und die Polka begann erneut. Aber die Flaschen waren leer. „Ich zahle eine", erklärte Herr Tournevau. „Ich auch", rief Herr Vasse. „Ich gleichfalls", schloß Herr Dupuis, und alles klatschte Beifall.

Die Sache gestaltete sich jetzt zu einem richtigen Ball. Hin und wieder kamen sogar Luise und Flora rasch auf einen Sprung herauf und tanzten ein paarmal herum, während ihre Gäste unten schon ungeduldig wurden. Dann eilten sie rasch wieder hinunter und bedauerten nur, daß sie nicht länger bleiben konnten.

Um Mitternacht wurde noch immer getanzt. Zuweilen verschwand eins der Mädchen, und wenn man sie suchte, weil man sie als *vis-à-vis* brauchte, bemerkte man erst, daß auch einer der Herren fehlte. „Wo kommen Sie denn her?“ fragte Herr Philipp scherzend, als jetzt gerade Herr Pimpesse mit Fernande wieder sichtbar wurde. „Wir haben Herrn Poulin schlafen sehen“, erwiderte der Steuereinnehmer. Der Scherz gefiel kolossal und nach der Reihe gingen jetzt alle mit dem oder jenem Mädchen hinauf, um Herrn Poulin schlafen zu sehen. Die Mädchen zeigten sich heute nacht ganz unbegreiflich entgegenkommend. Die „Madam“ drückte ein Auge zu, und sie hatte in allen Ecken lange Privatgespräche mit Herrn Vasse, mit dem sie noch die letzten Einzelheiten einer schon fest abgeschlossenen Sache zu bereden schien.

Um ein Uhr endlich erklärten die beiden verheirateten Männer, die Herren Tournevau und Pimpesse, sie müßten gehen, und verlangten ihre Rechnung. Nur der Champagner wurde bezahlt, und dazu noch nur mit sechs Francs, während der gewöhnliche Preis zehn Francs betrug. Und als sie sich über diese Freigebigkeit wunderten, erwiderte Frau Tellier mit strahlendem Lächeln: „Es ist doch nicht alle Tage Feiertag!“

Friedhofsbesuche

Es waren fünf Freunde, lebenserfahrene, reiche Männer der vornehmen Gesellschaft, die noch beieinander saßen, nachdem die letzten Leckerbissen verzehrt waren. Drei von ihnen waren verheiratet, zwei waren ledig. Sie trafen sich jeden Monat einmal, um die Erinnerung an ihre Jugend wachzuhalten, speisten gemeinsam und plauderten dann miteinander bis gegen zwei Uhr in der Nacht. Über ihrer Freundschaft lag keinerlei Schatten. Sie waren immer gern beieinander, und sicherlich zählten sie diese Abende zu den schönsten ihres ganzen Lebens. Man sprach über alles mögliche, über alles, was die Pariser beschäftigt und worüber sie lachen; man ging noch einmal im Gespräch durch, was in den Morgenblättern gestanden hatte, ganz so, wie es auch in den meisten Salons Sitte ist.

Einer der Launigsten war Joseph de Bardon, ein Junggeselle,

der das Pariser Leben voller Hingabe genoß, aber nicht als müßiger Schlemmer oder Wüstling, sondern als aufmerksamer Beobachter und munterer, lebensfroher Mann von etwa vierzig Jahren. Er war ein Weltmann im besten Sinne. Er hatte Geist, aber er suchte nicht nach dem Stein der Weisen. Er verfügte über ein vielfältiges Wissen, aber er prahlte nicht mit Gelehrsamkeit. Sein Verstand erfaßte stets das Wesentliche, ohne sich in Einzelheiten zu verlieren. So fand er in allem, was er erlebte und was er sah, was ihm begegnete und was er entdeckte, Stoff zu drolligen und nachdenklichen Geschichten und zu scherzhaften Betrachtungen, was ihm den Ruf eines scharfsinnigen Kopfes einbrachte.

Er war es denn auch, der das meiste zur Unterhaltung beitrug, wenn die Freunde gemeinsam speisten. Man konnte mit Sicherheit darauf rechnen, daß er jedesmal eine seiner Geschichten bereithielt, und er kam ins Erzählen, ohne daß man darum hätte große Worte machen müssen.

Wenn er die Ellenbogen auf den Tisch stützte, wenn neben dem Teller noch ein halbgefülltes Glas Kognak stand und eine vom Duft des heißen Kaffees gewürzte Wolke feinen Tabakrauches ihn umgab, dann war er in seinem Element, so wie manche Wesen sich nur an bestimmten Orten und zu gewissen Zeiten in ihrem Element fühlen: die fromme Beterin in ihrer Kapelle – der Goldfisch in seinem Glas.

Jetzt blies er zwei kräftige Rauchwolken vor sich hin und ließ dazwischen fallen: „Da habe ich neulich etwas Merkwürdiges erlebt."

Sofort kam es wie aus einem Munde: „Erzählen!"

Und er fuhr fort: „Gern! – Sie wissen, daß ich mich viel in Paris umsehe, wie etwa Antiquitätensammler die Schaufenster absuchen. Aber ich richte mein Augenmerk auf Ereignisse und Menschen, auf alles, was man tut und was sich so tut.

Es war Mitte September. Wir hatten gerade wundervolles Wetter, und so war ich einmal nachmittags unterwegs, ohne noch zu wissen, wohin. Eigentlich hat man da immer im stillen den Wunsch, eine schöne Frau zu besuchen. Man geht die Zahl seiner Bekannten durch und zieht Vergleiche. Man prüft, zu welcher man sich stärker hingezogen fühlt, welche einen mehr anregt, und je nach der Laune des Tages entscheidet man sich. Wenn aber die Sonne gar zu prächtig scheint und die Luft gar zu köstlich mild ist, dann vergeht einem zuweilen auch noch die Lust zu solchen Besuchen.

Und ein solcher strahlender, milder Tag war es. Ich zündete mir also meine Zigarre an und schlenderte ohne Plan und ohne Ziel über die äußeren Boulevards. Da kam mir im langsamen Dahinschlendern der Gedanke, bis zum Montmartrefriedhof zu gehen und ihm wieder einmal einen Besuch abzustatten.

Ich gehe gern zwischen den Gräberreihen. Das beruhigt mich und macht mich ein wenig schwermütig, und beides brauche ich von Zeit zu Zeit. Und dann schlummern dort gute Freunde, die man sonst gar nicht mehr besuchen kann. Darum gehe ich immer wieder dorthin. Mit dem Montmartrefriedhof verbindet mich außerdem die Erinnerung an ein Erlebnis, das meinem Herzen recht naheging. Dort liegt eine Frau, die ich geliebt habe. Es hatte mich damals ziemlich gepackt, die kleine Frau war auch entzückend. Wenn ich an sie denke, empfinde ich noch heute ehrliches Leid und Bedauern . . . Bedauern aller Art . . . Und so versinke ich an ihrem Grab in Träume . . . Für sie ist ja alles vorüber.

Ich bin auch deshalb gern auf Friedhöfen, weil sie für mich gewaltige, ungeheuer bevölkerte Städte sind. Denken Sie nur, wie viele Menschen auf dem kleinen Raum ihre letzte Ruhe gefunden haben. Denken Sie an die Generationen von Parisern, die dort für immer wohnen, endgültig unter der Erde, eingeschlossen in kleine Grabgewölbe, in kleine Erdlöcher, die mit einem Stein bedeckt oder mit einem Kreuz bezeichnet sind, und wieviel Platz wollen die Lebenden um sich haben, wie laut sind sie, diese armseligen Toren!

Und dann gibt es auf den Friedhöfen Denkmäler, die fast ebenso bedeutsam sind wie die in den Museen. Ich muß sagen, daß mich das Grabmal von Cavaignac, ohne daß ich es ihm an Rang gleichstellen will, doch sehr an das Meisterwerk von Jean Goujon in der Krypta der Kathedrale von Rouen, die Grabfigur des Louis de Brézé, erinnert. Von dort geht für mich alle moderne realistische Kunst aus. Dieses Grabmal des Louis de Brézé verkörpert für mich wahrhaftiger und erschreckender das leblose Fleisch, das noch die Verkrampfungen des Todeskampfes zeigt, als alle gekünstelten Bildwerke, die heute über den Gräbern errichtet werden.

Weiter bewundere ich auf dem Montmartrefriedhof das

Grabmal von Baudin; es ist ein Kunstwerk von wirklicher Größe. Es lohnt sich, das Grabmal für Gautier aufzusuchen oder das für Murger. An diesem sah ich neulich einen einzigen kleinen Kranz gelber Immortellen. Wer mochte ihn hingetan haben? Vielleicht die letzte, steinalt gewordene Grisette, die in der Nachbarschaft noch als Türbeschließerin den Rest ihres Lebens verbringt? Das Denkmal ist eine hübsche Statuette von Millet; aber sie ist ungepflegt und verschmutzt. Und du, Murger, hast einmal das unvergängliche Lied der Jugend gesungen!

Ich betrat also den Montmartrefriedhof, und schon überkam mich jene Stimmung der Trauer, einer Trauer freilich, die nicht allzutief schmerzt. Wenn man bei voller Gesundheit ist, geht diese Trauer nur so weit, daß sie einen denken läßt: ‚Es ist nicht sehr heiter hier, aber zum Glück ist deine Zeit noch lange nicht gekommen!'

Der herbstliche Himmel, die feuchtlaue Luft, erfüllt vom Geruch welken Laubes, eine matt gewordene, weiche kraftlose Sonne milderten das Gefühl der Vereinsamung und des unausweichlichen Endes, das den Ort umwittert, wo alles vom Tod der Menschen spricht. Doch wurde der Eindruck dadurch noch tiefer.

Langsam schritt ich durch die Gräberstraßen. Die Toten, die hier nebeneinander liegen, können keine gute Nachbarschaft mehr pflegen, sie können sich nicht mehr besuchen, sie lesen keine Zeitung mehr. Ich begann, Grabinschriften zu entziffern. Das ist, nebenbei gesagt, eine recht vergnügliche Angelegenheit. Über Labiche oder über Meilhac habe ich niemals so lachen müssen wie über das, was man hier zu lesen bekommt. Marmortafeln und Gedenkkreuze, auf denen die trauernden Hinterbliebenen ihren Schmerz um die Toten, die Wünsche für ihr glückliches Leben im Jenseits und ihre Wiedervereinigung mit den Entschlafenen zum Ausdruck bringen, sind den Büchern eines Paul de Kock bei weitem überlegen – reizende Windbeuteleien!

Besonders liebe ich auf diesem Friedhof den Teil, der längst nicht mehr benutzt wird, der einsam ist und voller hoher Eiben und Zypressen steht. Es ist der älteste Teil, in dem die vor langer, langer Zeit Verstorbenen ihre ewige Ruhe finden sollten. Bald wird man die grünen, aus dem Mark der Toten genährten Bäume niederschlagen, und das alte Viertel wird das neue wer-

den, und man wird dort die zuletzt Heimgegangenen besuchen, die hintereinandergereiht unter langweiligen Marmortäfelchen ruhen werden.

So war ich eine ganze Weile umhergeschlendert und hatte mir neuen Lebensmut geholt. Ich fand nun, es sei langweilig und nun angebracht, die letzte Ruhestätte meiner kleinen Freundin aufzusuchen und ihr einen Augenblick treuen Gedenkens zu widmen. Als ich mich dem Grab näherte, wurde mir ein wenig schwer ums Herz. Arme Kleine! Wie reizend war sie gewesen, wie hingebungsvoll! Blütenweiß war sie anzusehen, und wie lebensfroh war sie . . . Und jetzt . . . wenn man dort hineinschaute . . . !

Ich stand über das Eisengitter gebeugt und klagte im stillen über meine Vereinsamung. Nun, sie hatte dafür kein Ohr mehr! Ich wollte schon wieder gehen, da kniete am Nachbargrab eine Frau nieder. Sie war ganz in Schwarz gekleidet, im Gewand großer Trauer. Hinter zurückgeschlagenem Schleier war ein bildschöner Blondkopf zu erkennen. Wie erwachendes Morgenlicht schimmerte hell unter dem Dunkel des Trauerhutes ihr glattgescheiteltes Haar. Und ich blieb.

Sie mußte von tiefem Kummer niedergebeugt sein. Das Gesicht in beide Hände vergraben, verharrte sie unbeweglich wie eine Statue. Sie war völlig in ihr Leid versunken und mochte vor den verdeckten und geschlossenen Augen eine lange Reihe von Bildern schmerzvoller Erinnerung vorüberziehen lassen. Sie schien wie eine Tote, die eines Toten gedachte. Da bemerkte ich, daß sie zu weinen begann. Ich erkannte es an einem sanften Beben der Rückenlinie; es wirkte wie das leichte Schwanken einer Weide bei schwachem Wind. Erst weinte sie ganz still vor sich hin, dann wurde sie leidenschaftlicher. Hals und Schultern wurden von heftigem Zucken geschüttelt. Und plötzlich ließ sie ihre Augen sehen. Sie standen voller Tränen und waren bezaubernd. Und so blickte sie um sich, wie wenn sie nicht mehr wüßte, wo sie wäre, und eben aus einem schweren Traum erwachte. Sie sah, daß ich sie beobachtete und schien beschämt zu sein. Sie barg das Gesicht wieder in den Händen. Ihr Schluchzen wurde krampfhaft, der Kopf sank langsam nieder auf den Marmor. Sie ließ ihre Stirn darauf ruhen, der Schleier breitete sich aus und hüllte die weißen Ecken des teuren Grabmals wie in ein Trauergewand. Ich hörte einen Seufzer, dann sank sie zusammen, ihre

Wange schmiegte sich an die Grabplatte, reglos und ohne Bewußtsein lag sie vor mir.

Ich eilte hin, nahm ihre Hände und schüttelte sie leicht. Ich hauchte über die geschlossenen Augenlider und las währenddessen die schlichte Grabinschrift: ‚Hier ruht Louis-Théodore Carrel, Hauptmann der Marine-Infanterie, auf dem Felde der Ehre gefallen in Tonking. Betet für seine Seele!‘

Vor wenigen Monaten erst war es geschehen. Mir stieg es feucht in die Augen, und doppelt fürsorglich war ich um die Ärmste bemüht. Ich hatte Erfolg, sie kam wieder zu sich. Ich mag teilnahmsvoll ausgesehen haben – schließlich bin ich ohnehin keine so unebene Erscheinung, auch hatte ich die Vierzig noch nicht erreicht – jedenfalls las ich sofort in ihren Augen, daß sie freundlich zu mir und mir dankbar sein wollte. Sie zeigte es dann auch. Das heißt, zunächst erzählte sie mir unter neuen Strömen von Tränen die Geschichte ihres Kummers. Bruchstückweise kamen die Worte aus bebender Brust: Es war eine Liebesheirat; sie war Vollwaise und hatte kaum die unbedingt verlangte Aussteuer aufbringen können.

Ich sprach ihr Trost zu, machte ihr Mut, richtete sie auf, half ihr empor. Dann sagte ich: ‚Hier können Sie nicht bleiben. Kommen Sie!‘

Sie entgegnete leise: ‚Ich kann keinen Schritt gehen.‘

‚Ich werde Sie führen.‘

‚Danke, Monsieur, das ist freundlich von Ihnen. Waren Sie auch hier, einen Toten zu beweinen?‘

‚Ja, Madame.‘

‚Eine Tote?‘

‚Ja.‘

‚Ihre Frau?‘

‚Eine Freundin.‘

‚Eine Freundin kann man ebenso innig lieben wie seine Frau. Liebe kennt kein Gebot.‘

‚Das ist wahr, Madame.‘

So gingen wir zusammen weg. Sie stützte sich auf meinen Arm, und ich mußte sie fast tragen. Am Ausgang des Friedhofs murmelte sie mit erlöschender Stimme: ‚Ich glaube, mir wird übel.‘

‚Wäre es nicht gut, irgendwo einzukehren und eine Kleinigkeit zu sich zu nehmen?‘

‚Ja, Monsieur.'

Ich fand ganz in der Nähe eine Gaststätte, eine jener Gaststätten, in denen nach dem Begräbnis die Leidtragenden ihre Trauerfeier zu beschließen pflegen. Wir gingen hinein. Ich ließ ihr eine Tasse heißen Tee bringen. Er tat ihr sichtlich gut. Auf ihren Lippen erschien ein schwaches Lächeln. Und dann erzählte sie. Es sei so traurig, so unsäglich traurig, allein in der Welt zu stehen, immer ganz allein zu Haus zu sein, Tag und Nacht keinen Menschen zu haben, dem man seine Freundschaft, sein Vertrauen und seine Liebe schenken könne.

Das klang ehrlich und lieb aus ihrem Munde, und ich war gerührt. Sie war jung, vielleicht zwanzig Jahre. Ich sagte ihr einige Artigkeiten, die ihr offenbar wohltaten. Wir konnten hier nicht ewig sitzen, und so schlug ich schließlich vor, sie im Wagen zu ihrer Wohnung zu bringen. Sie nahm dankend an. Im Wagen saßen wir dicht nebeneinander, Schulter an Schulter, so daß wir durch die Kleidung die Wärme unserer Körper fühlten. Erregenderes als solche Berührung gibt es wohl nicht.

Der Wagen hielt vor ihrem Haus. Sie flüsterte: ‚Ich bin zu schwach, allein die Treppen hinaufzusteigen, ich wohne im vierten Stock. Sie waren bis jetzt so freundlich. Wollen Sie mir noch Ihren Arm reichen bis zu meiner Wohnung?'

Da gab es nichts zu überlegen, ich war einverstanden. Sie stieg langsam empor. Das Atmen wurde ihr schwer. Vor der Wohnung sagte sie: ‚Bitte, treten Sie doch einen Augenblick mit ein, ich möchte Ihnen wenigstens danken!'

Natürlich ging ich mit.

Sie war bescheiden, sogar etwas ärmlich eingerichtet, schlicht, aber nicht ohne Geschmack.

Wir setzten uns auf ein kleines Sofa nebeneinander, und wieder beklagte sie sich, wie allein sie sei.

Sie klingelte nach dem Mädchen, um mir eine Erfrischung anzubieten. Aber es kam niemand. Mir war das recht, denn ich entnahm daraus, daß dieses Mädchen nur am Vormittag da war, also nur als Aufwartung zu ihr kam.

Sie hatte den Hut abgesetzt. Sie war wirklich hübsch mit ihren hellen Augen, mit denen sie mich jetzt so ruhig und klar ansah, daß ich der Versuchung nicht widerstand und sie in meine Arme zog. Sie schloß die Augen, und ich bedeckte ihre Lider mit Küssen, küßte und küßte sie wieder und immer wieder.

Sie sträubte sich und wehrte ab und sagte immer wieder: ‚Nicht doch . . . hören Sie auf . . . machen Sie ein Ende!' Was wollte sie sagen? In solcher Lage kann es mindestens einen doppelten Sinn haben. Ich brachte sie erst einmal zum Schweigen und verschloß ihr den Mund mit Küssen. Und dann gab ich ihrem Wort: ‚Machen Sie ein Ende!' den Sinn, der mir der liebste war. Sie widerstrebte nicht lange, und wir vergaßen ganz schmählich den tapferen Hauptmann, der in Tonking sein Leben gelassen hatte. Aber als wir uns wieder in die Augen blickten, da sah sie mich so sehnsüchtig, so zärtlich, so voller Hingabe an, daß ich darüber ganz beruhigt war.

Ich blieb verbindlich, aufmerksam und dankbar. Wir plauderten etwa ein Stündchen, und dann fragte ich: ‚Wo essen Sie zu Abend?'

‚In einem kleinen Restaurant, ganz in der Nähe.'

‚Ganz allein?'

‚Aber ja!'

‚Wollen Sie mit mir essen?'

‚Wo?'

‚In einem guten Restaurant auf dem Boulevard.'

Sie zögerte erst ein wenig. Ich drängte, da gab sie nach. ‚Es ist ja sonst gar zu langweilig', entschuldigte sie sich vor sich selber. Dann sagte sie zu mir: ‚Ich will mir nur ein Kleid anziehen, das nicht gar so düster ist.'

Sie verschwand im Schlafzimmer, und als sie wiederkam, erschien sie in Halbtrauer, in einem ganz schlicht gearbeiteten grauen Kleid, reizend, zierlich und schlank. Offenbar hatte sie ein Kleid für den Friedhof und eins für die Stadt.

Beim Essen waren wir in ausgezeichneter Stimmung. Sie trank Champagner, wurde feurig, leidenschaftlich, und wir landeten wieder in ihrer Wohnung.

Der Bund, der zwischen den Gräberreihen des Friedhofs begonnen hatte, hatte etwa drei Wochen Bestand. Alles bekommt man einmal satt, am schnellsten die Frauen. Ich gab eine dringende Reise vor und trennte mich von ihr. Beim Abschiednehmen war ich großzügig, und sie war mir dafür außerordentlich dankbar. Natürlich mußte ich hoch und heilig versprechen, ja, ich mußte schwören, daß ich nach meiner Rückkehr auch wieder zu ihr kommen würde. Sie schien wirklich eine gewisse Neigung für mich gefaßt zu haben.

Ich aber ging andern zärtlichen Abenteuern nach, und es mochte wohl ein Monat vergangen sein, ohne daß ich im mindesten an die kleine Geliebte vom Montmartrefriedhof mit dem Wunsch gedacht hätte, sie wieder aufzusuchen. Aber gänzlich vergessen hatte ich sie nicht. Die Erinnerung an sie lebte in meinem Gedächtnis unterschwellig weiter wie ein Rätsel, wie eine nicht geklärte Frage, die dringend nach Antwort verlangt.

Eines Tages hatte ich aus irgendeinem Grund das Gefühl, daß ich die Verlassene wieder treffen würde, wenn ich den Montmartrefriedhof aufsuchte, und ich ging hin.

Lange bekam ich niemanden zu Gesicht außer den immer anzutreffenden Besuchern, die zeigen, daß sie ihre Toten noch nicht ganz vergessen haben. Am Grabe des Hauptmanns, der in Tonking den Heldentod erlitten hatte, kniete keine weinende Witwe und auf seinem Marmor lagen keine Blumen, keine Kränze.

Der Zufall lenkte meinen Schritt in ein anderes Viertel der großen Totenstadt. Da sah ich plötzlich vom Ende einer schmalen Allee von Grabkreuzen her ein Paar mir entgegenkommen. Mann und Frau, beide waren in tiefer Trauer. Für mich gab es eine Überraschung. Als sie näherkamen, erkannte ich die Frau. Es war niemand anderes als – sie!

Sie sah mich. Da stieg ihr die Röte in die Wangen, und als wir uns im Vorübergehen fast streiften, gab sie mir mit den Augen einen ganz kleinen Wink, einen Augenaufschlag, der zu sagen schien: ‚Bitte, grüß mich nicht', doch zugleich lockte er: ‚Du Lieber, komm wieder zu mir!'

Ihr Begleiter sah vornehm aus, war gut gekleidet, Offizier der Ehrenlegion, ein Mann von etwa fünfzig Jahren.

Er stützte sie nicht anders als ich damals, als ich mit ihr zusammen den Friedhof verlassen hatte.

Ich schüttelte den Kopf und dachte im Weitergehen über die sonderbare Begegnung nach. Ich fragte mich: Was ist das für eine Frau, die an Gräbern Partner für ihre Liebe sucht? War es ein gewöhnliches Mädchen, eine Dirne, die den Einfall gehabt hatte, Männer an sich zu locken, die noch an dem Verlust einer Frau, einer Gattin oder Geliebten leiden und die in der Erinnerung an verlorenes Glück der Liebe Leid tragen? War sie die einzige, oder gab es noch mehr? Wird so etwas möglicherweise betrieben wie ein alltägliches Gewerbe? Gehen sie auf den Friedhöfen auf Fang wie andere auf der Straße? Man stelle sich vor, an Gräbern! Oder war ihr ganz allein die großartige Idee gekommen, die unbedingt von tiefer Lebensklugheit zeugt, nämlich den Augenblick zu nutzen, in dem an den Stätten der Trauer der Schmerz um eine verlorene Liebe doppelt wieder auflebt?

Eines hätte ich gern gewußt: Als wessen Witwe mochte sie wohl an jenem Tag erschienen sein?"

Auf dem Wasser

Im vergangenen Sommer hatte ich am Ufer der Seine, mehrere Meilen von Paris, ein kleines Landhaus gemietet und jeden Abend begab ich mich dorthin, um da zu schlafen. Schon nach einigen Tagen machte ich die Bekanntschaft eines meiner Nachbarn; er war ein Mann in den dreißiger Jahren und wohl der sonderbarste Typus von Mensch, den ich je kennengelernt habe. Er war ein alter Bootfahrer, aber einer von der leidenschaftlichen Art, die immer nahe dem Wasser, auf oder im Wasser leben. Er war vermutlich in einem Boot zur Welt gekommen und wird auch sicher einmal in einem Boot sterben.

Eines Abends, als wir am Ufer der Seine spazierengingen, forderte ich ihn auf, einige Abenteuer aus seinem Rudererleben zu erzählen. Mein Verlangen schien ihn zu beleben, denn er wurde plötzlich lebhaft und gesprächig, ja sogar beinahe poetisch. Er nährte in seinem Herzen nur eine große Leidenschaft, die alle anderen unterdrückte und der er nicht widerstehen konnte. Diese Leidenschaft war: der Fluß.

„Ah!“ sagte er, „wieviel Erinnerungen knüpfen sich für mich an diesen Fluß, den Sie da unten neben uns fließen sehen. Ihr Stadtmenschen, ihr wißt ja gar nicht, was das ist, so ein Fluß. Aber hört einmal, wie ein Fischer das Wort ausspricht. Für ihn ist das eine geheimnisvolle, tiefe, nie zu ergründende Sache, eine Welt der Wunder und Zaubermärchen, wo man in der Nacht Dinge sieht, die nicht da sind, wo man Töne hört, die unerklärt bleiben, wo man zittert, ohne zu wissen warum, gleichsam als ob man über einen Kirchhof ginge; und wahrlich, es ist das der traurigste Kirchhof, auf dem es keine Grabhügel gibt.“

„Das feste Land ist für den Fischer begrenzt, aber der Fluß, im Schatten mondloser Nächte, ist unendlich. Ein Seemann hat dem Meer gegenüber durchaus nicht dieselbe Empfindung. Es ist wohl wahr, daß das Meer oft rauh und boshaft ist, aber es schreit und heult und ist ehrlich; während der Fluß still und hinterlistig ist. Er tobt und wettert nicht, er fließt immer geräuschlos dahin, und diese ewige Bewegung des fließenden

Wassers ist für mich schrecklicher, als die höchsten Wogen des Ozeans.

Es gibt Träumer, die behaupten, daß das Meer in seinen unendlichen Tiefen geheimnisvolle Gelände berge, wo in seltsamen Wäldern und kristallenen Grotten die Ertrunkenen zwischen großen Fischen dahinschweben. Der Fluß hat nur schwarze Tiefen, die ihre Opfer bannen bis zur Verwesung. Und doch ist er schön, wenn er bei Sonnenaufgang erglänzt und seine leicht bewegten Wasser gegen die steilen Uferhänge schlagen und das Schilf sich im Winde leise flüsternd bewegt.

Der Dichter sagt vom Ozean:

‚Ewige Wellen des ewigen Meeres,
Traurige Sagen rollt ihr zum Strand!
Auf ihren Knien flehet die Mutter.
Will Euch beschwören für ihren Sohn!
Doch Eure Stimmen, sie klagen verzweifelt,
Wenn ihr des Abends kommt mit der Flut.‘

Nun, ich meinerseits glaube, daß die Geschichten, welche sich die schlanken Schilfrohre mit leiser Stimme zuflüstern, noch viel verhängnisvoller sind, als die Dramen, die wir aus dem Geheul der Meereswogen herauszuhören vermeinen.

„Sie wollen, daß ich Ihnen aus meinen Erinnerungen etwas erzählen soll, nun ich will es tun und Ihnen ein Abenteuer mitteilen, das mir vor ungefähr zehn Jahren hier passiert ist.

Ich bewohnte damals, wie auch noch heute, das Haus der Mutter Lafon, und einer meiner besten Kameraden, Louis Bernet, der jetzt auf das Rudern, auf die Leinwandschuhe und das weit offene Matrosenhemd verzichtet hat, um in den Staatsrat einzutreten, hatte sich in dem Dörfchen C . . . angesiedelt, das von hier zwei Meilen stromabwärts liegt. Wir dinierten täglich zusammen, entweder er bei mir, oder ich bei ihm.

Als ich eines Abends sehr müde, ganz allein von dort zurückkehrte und mein großes, zwölf Fuß langes Segelboot, dessen ich mich immer bei Nacht bediene, mühsam stromauf rudere, mache ich an einem Röhricht halt, um Atem zu schöpfen, da unten, ungefähr zweihundert Meter vor der Eisenbahnbrücke. Es war wundervolles Wetter, der Fluß erglänzte im hellsten Mondschein und die Luft war weich und ruhig. Diese Ruhe verführte mich; ich sagte mir, daß hier der Ort sei, um sich eine Pfeife anzuzünden. Die Tat folgte dem Gedanken; ich ergriff meinen Anker und ließ ihn auf den Grund nieder.

Das Boot folgte dem Strom soweit es die Ankerkette erlaubte, dann stand es still; ich setzte mich zum Ruder auf mein Lammfell und machte es mir so bequem als möglich.

Es herrschte ringsum lautlose Stille, nur manchmal glaubte ich das leise klappernde Geräusch zu vernehmen, das die kleinen Wellen am Ufer machten, dabei kam es mir so vor, als ob einzelne Bündel Schilf, die höher als die anderen waren, ganz überraschende Gestalten annähmen und sich sehr sonderbar bewegten.

Der Fluß war durchaus ruhig, aber ich selbst war es nicht, mich bewegte das ungewohnte Schweigen, das mich umgab. Alle Tiere, Frösche und Unken, diese nächtlichen Sänger der Sumpfufer, waren verstummt. Plötzlich quakte ein Frosch rechts neben mir; ich zitterte, der Frosch schwieg; als ich nichts mehr hörte, beschloß ich eine Pfeife zu rauchen, um mich ein wenig zu zerstreuen. Aber, obwohl ich ein geübter Pfeifenraucher war, konnte ich nicht weiterrauchen, schon nach dem zweiten Zug wurde mir schlecht und ich mußte aufhören. Ich begann ein Lied zu singen; der Ton meiner Stimme tat mir weh; nun legte ich mich auf den Boden meines Bootes nieder und betrachtete den Sternenhimmel. Eine Weile blieb ich ruhig, aber bald beunruhigten mich die leichten Schwankungen des Bootes. Es kam mir so vor, als ob es mächtig schlingerte und abwechselnd bald das eine und bald das andere Ufer des Flusses berührte; dann schien es mir, als ob ein Wesen oder eine unsichtbare Macht das Boot zum Grunde zog, um es alsbald wieder zu

heben und dann wieder niederfallen zu lassen. Ich wurde umhergeschleudert wie bei dem größten Sturm; Geräusche ertönten um mich her; da sprang ich mit einem Satz in die Höhe: das Wasser glänzte und alles war ruhig.

Ich begriff nun, daß meine Nerven ein wenig angegriffen waren, und ich beschloß weiterzufahren. Ich zog meine Kette an, das Boot setzte sich in Bewegung, dann fühlte ich einen Widerstand, ich zog stärker, der Anker kam nicht, er hatte sich an irgendeiner Sache auf dem Grunde festgehakt und ich konnte ihn nicht heben. Noch einmal fing ich an zu ziehen, aber vergebens. Nun brachte ich vermittels meiner Ruder das Boot zum Wenden, ich stellte es gegen den Strom, um die Lage des Ankers zu ändern. Auch das war vergebens, er hielt noch immer fest; nun wurde ich wütend und schüttelte heftig die Kette. Nichts bewegte sich. Ganz mutlos setzte ich mich nieder und begann über meine Lage nachzudenken. Ich durfte nicht hoffen, daß es mir gelänge die Kette zu brechen, oder vom Boot loszulösen, denn sie war stark und am Vorderteil in einem Holzstück befestigt, das dicker als mein Arm war; da das Wetter aber sehr schön war, so dachte ich, daß es nicht lange dauern würde, bis ein Fischer vorüberkäme, der mir Hilfe leisten konnte. Mein Mißgeschick hatte mich beruhigt; ich setzte mich nieder und konnte endlich meine Pfeife rauchen. Ich hatte eine Flasche Rum an Bord, daraus trank ich zwei oder drei Gläser, und da kam mir meine Lage lächerlich vor. Es war sehr warm, so daß schlimmstenfalls nichts Böses dabei war, die Nacht im Freien zuzubringen.

Plötzlich tönte ein kleiner Schlag gegen meinen Kiel. Ich sprang erschreckt auf und kalter Schweiß bedeckte mich augenblicklich. Dieses Geräusch kam ohne Zweifel von irgendeinem Stückchen Holz, das mit der Strömung schwamm, aber das hatte genügt, um mich wieder in den seltsamen nervösen Zustand zurückzuversetzen. Wieder griff ich nach meiner Kette und machte eine verzweifelte Anstrengung. Der Anker hielt fest. Ganz erschöpft setzte ich mich wieder nieder.

Inzwischen hatte sich nach und nach der Fluß mit einem weißen, sehr dichten Nebel bedeckt, der niedrig über der Oberfläche des Wassers schwebte, daß, wenn ich mich aufrichtete, ich weder den Fluß, das Boot, noch meine eigenen Füße sah; ich unterschied nur noch die Spitzen der Schilfbündel und weiterhin die Ebene, ganz vom bleichen Mondlicht überflutet, darin reckten sich große schwarze Flecke zum Himmel, das waren Gruppen von italienischen Pappeln. Ich war bis zur Hüfte begraben in Linnen von ganz sonderbarer Weiße, dabei überkamen mich ganz phantastische Einfälle. Ich bildete mir ein, daß man versuchte, in mein Boot, das ich nicht mehr sehen konnte, einzudringen und daß der Fluß, der mir durch den undurchsichtigen Nebel verborgen war, von allerlei seltsamen Wesen erfüllt sei, die um mich herumschwammen. Ich empfand eine entsetzliche Beängstigung, ich fühlte heftigen Druck an den Schläfen und mein Herz klopfte zum Ersticken; soweit hatte ich den Kopf verloren, daß ich daran dachte, mich durch Schwimmen zu retten, aber auch diese Idee machte mich vor Entsetzen schaudern. Ich sah, wie ich verirrt aufs Geratewohl in diesem dichten Nebel vorwärts strebte, mich abarbeitete zwischen Schlingpflanzen und Röhricht, röchelnd vor Angst, weil ich kein Ufer erblickte und auch mein Boot nicht wiederfinden

konnte, und schließlich schien es mir, daß ich an den Füßen auf den Grund dieses schwarzen Wassers heruntergezogen werde.

In Wirklichkeit hätte ich gegen fünfhundert Meter stromaufwärts gehen müssen, um einen Punkt zu finden, der frei von Schilf und Wurzeln gewesen wäre und von dem aus ich das Ufer hätte erreichen können. Es waren neun Chancen gegen eine, zu ertrinken, wenn ich bei diesem Nebel das Ufer erreichen wollte, ein so guter Schwimmer ich auch immer war.

Ich versuchte mich selbst zur Vernunft zu bringen. Ich hatte den festen Willen, mich nicht zu fürchten, aber es war in mir noch ein anderes Ding als mein Wille, und dieses andere Ding hatte Furcht. Ich fragte mich, was ich denn zu fürchten hätte; mein mutiges Ich verhöhnte mein furchtsames Ich; nie habe ich es so gut verstanden als an diesem Tage, daß in uns zwei Seelen wohnen, die eine tatkräftig, die andere widerstrebend, und jeder gehorchen wir zu ihrer Zeit.

Dieses dumme, unerklärliche Schwanken wuchs noch immer und wurde schließlich Entsetzen. Ich blieb unbeweglich, die Augen hielt ich geöffnet, das Ohr lauschte erwartungsvoll. Auf was? Ich wußte es nicht, aber es mußte etwas Fürchterliches sein. Ich glaube, wenn es einem Fisch eingefallen wäre, aus dem Wasser zu springen, wie es so oft vorkommt, so hätte das genügt, um mich besinnungslos zu Boden zu werfen.

Durch eine gewaltsame Anstrengung gelang es mir endlich, wieder Herr meiner Sinne zu werden, denn ich fühlte, wie meine Vernunft von mir zu weichen begann. Ich ergriff wiederum meine Flasche und trank den Rum in langen Zügen. Nun kam mir eine Idee, ich begann aus Leibeskräften zu schreien und wendete mich nacheinander allen vier Windrichtungen zu. Als meine Kehle den Dienst versagte, horchte ich – ein Hund heulte in weiter Ferne.

Ich trank nur noch mehr und streckte mich auf dem Boden meines Bootes aus. So blieb ich vielleicht eine Stunde, vielleicht auch zwei, ohne zu schlafen, ich lag mit offenen Augen und Traumgebilde umgaben mich. Ich wagte nicht aufzustehen, obgleich ich es lebhaft wünschte; von Minute zu Minute stachelte ich mich an. Ich sagte mir: ‚Vorwärts, steh auf!‘ und doch hatte ich Furcht, eine Bewegung zu machen. Endlich stand ich doch mit unendlicher Vorsicht auf, als ob mein Leben davon abgehangen hätte, wenn ich das geringste Geräusch gemacht hätte,

und sah über Bord. Ich war geblendet durch das wunderbarste, erstaunlichste Schauspiel, das man sehen konnte. Es war wie eine Luftspiegelung des Feenlandes, wie eine Vision, von denen die Reisenden erzählen, die aus fernen Ländern kommen und die wir anhören, ohne daran zu glauben.

Der Nebel, der zwei Stunden zuvor den Fluß bedeckt hatte, war nun an die Ufer gezogen und hatte sich dort zusammengeballt. Der Fluß war gänzlich frei und der Nebel bildete an jedem Ufer eine ununterbrochene Hügelkette von sechs bis sieben Meter Höhe, die im Lichte des Mondes leuchtete wie ein Schneegebirge.

So sah man denn nichts anderes, als den Fluß im gleißenden Mondlicht, wie er zwischen zwei weißen Gebirgen dahinfloß; über meinem Haupte spannte sich weit und endlos ein bläulicher Himmel, mit milchigen Wölkchen überzogen, in dessen Mitte ein großer funkelnder Mond stand.

Alle Wassertiere waren wieder erwacht; die Frösche quakten wütend, während von Zeit zu Zeit, bald rechts, bald links, der kurze einförmige und traurige Ton erschallte, den die Kröte mit ihrer metallenen Stimme gegen den Sternenhimmel schleudert.

Es war merkwürdig, jetzt hatte ich keine Furcht mehr; ich befand mich in einer so seltsamen, so außerordentlichen Umgebung, daß auch die ungewöhnlichsten Dinge mich nicht mehr hätten in Erstaunen setzen können. Wie lange das gedauert haben mag, ich weiß es nicht, denn ich war wohl schließlich eingeschlummert. Als ich die Augen wieder öffnete, war der Mond untergegangen und der Himmel mit Wolken bedeckt. Das Wasser rauschte kläglich, der Wind wehte, es war kalt und völlig finster.

Ich trank den Rest meines Rums, dann lauschte ich zähneklappernd auf das Rauschen im Schilf und das traurige Geräusch des fließenden Wassers. Ich versuchte zu sehen, aber ich konnte mein Boot nicht erkennen, selbst meine Hände, die ich vor die Augen brachte, blieben unsichtbar.

Nach und nach schwand die Dunkelheit. Plötzlich war es mir, als ob ein Schatten an mir vorbeiglitte; ich stieß einen Schrei aus und eine Stimme antwortete, es war ein Fischer. Ich rief ihn an, er näherte sich und ich erzählte ihm mein Abenteuer. Er legte nun sein Boot neben das meine und wir zogen beide an der Kette. Der Anker rührte sich nicht, der Tag brach an, düster, grau, regnerisch und eisig kalt, es war einer der Tage, die gewöhnlich Trauer und Mißgeschick bringen. Ich erspähte noch ein anderes Boot, das wir anriefen. Der Mann, der es führte, vereinte seine Kräfte mit den unseren; nun gab der Anker allmählich nach. Er kam nach oben, aber langsam, langsam, beladen mit einem ganz beträchtlichen Gewicht. Schließlich wurde eine schwärzliche Masse sichtbar, wir hoben sie über Bord.

Es war der Leichnam einer alten Frau, an deren Hals ein großer Stein gebunden war."

Geschichte einer Dienstmagd

I.

Da es wunderschönes Wetter war, hatten die Leute vom Pachthof schneller gegessen, als gewöhnlich, und waren gleich wieder aufs Feld gegangen. Die Magd Rosa blieb ganz allein in der geräumigen Küche, wo unter dem Kessel mit warmem Wasser das Feuer im Herde zu verlöschen drohte. Sie schöpfte zuweilen von diesem Wasser und wusch langsam das Geschirr ab. Manchmal hielt sie inne und sah nach zwei hellen Quadraten, die die Sonne durch das Fenster auf den langen Tisch zeichnete und in denen die fehlerhaften Stellen im Glase sich kundtaten. Drei kecke Hühner suchten unter den Stühlen nach Krümeln. Durch die halboffene Tür drangen vom Hof allerlei Gerüche und der lauwarme Stallduft, und in der Stille des sengenden Mittags hörte man die Hähne krähen. Als das Mädchen mit sei-

ner Arbeit fertig war, trocknete sie den Tisch ab, säuberte den Kamin und ordnete die Schüsseln auf dem hohen Schenktisch, der hinten neben der hölzernen Uhr mit ihrem kräftigen Ticktack stand. Dann atmete sie auf, ein wenig betäubt und bedrückt, sie wußte nicht wovon. Sie blickte auf die geschwärzten Lehmwände und die verräucherten Balken der Decke, von der Spinnweben, geräucherte Heringe und Zwiebelbündel herabhingen. Sie setzte sich dann, weil ihr die muffigen Ausdünstungen zuwider waren, die die Hitze aus dem gestampften, so lange schon mit allem möglichen durchsetzten Boden lockte. Darein mischte sich der herbe Duft der Milch, die im Zimmer nebenan offen sahnte. Trotzdem wollte sie nähen, wie sie es gewöhnlich tat, aber die Kraft versagte ihr und sie trat auf die Schwelle, um frische Luft zu schöpfen. In dem blendenden Licht wurde ihr ganz warm ums Herz und seltsames Wohlbehagen rieselte ihr durch die Glieder.

Von dem Düngerhaufen vor der Tür stieg unaufhörlich ein leichter, schillernder Dampf auf. Die Hennen sielten sich darauf umher, sie lagen ganz auf der Seite und kratzten nur mit einem Fuß ein bißchen nach Würmern. Mitten unter ihnen stand der stolze Hahn. Jeden Augenblick suchte er sich eine aus und umkreiste sie mit rufendem Glucksen. Die Henne stand nachlässig auf, empfing ihn ruhig, beugte die Pfoten und nahm ihn auf die Flügel. Dann schüttelte sie die Federn, aus denen es staubig aufstieg, und legte sich wieder auf den Düngerhaufen, während er krähend seinen Triumph erzählte. Und von den Höfen ringsum antworteten ihm die übrigen Hähne, als wollten sie sich von Hof zu Hof verliebte Fehde ankündigen.

Die Magd sah ihnen zu, ohne sich etwas zu denken, dann hob sie die Augen und stand wie geblendet vom Glanz der blühenden Apfelbäume, die ganz weiß wie gepuderte Köpfe aussahen. Plötzlich jagte ein junges Füllen in ausgelassener Fröhlichkeit an ihr vorbei, sprang zweimal über die mit Bäumen eingefaßten Gräben, blieb mit einem Ruck stehen, wandte den Kopf und war ganz erstaunt, als es sich allein sah. Auch sie empfand Sehnsucht zu laufen, einen Drang nach Bewegung und doch auch wieder den Wunsch, sich auszustrecken, die Glieder zu dehnen und in der stillen, warmen Luft zu ruhen. Unentschlossen machte sie ein paar Schritte und schloß die Augen vor rein tierischem Wohlbehagen. Dann holte sie ganz leise die Eier aus dem

Hühnerstall. Sie fand dreizehn, die sie in den Schrank legte. Dabei wurde ihr der Küchengeruch von neuem unbequem und sie ging wieder hinaus und setzte sich ins Gras. Der von Bäumen umrahmte Gutshof schien zu schlummern. Das hohe Gras, aus dem gelber Löwenzahn feurig emporleuchtete, war intensiv grün, wie der junge Frühling es gefärbt hatte. Der Schatten der Apfelbäume lag rund zu ihren Füßen und die Strohdächer der Wirtschaftsgebäude, auf denen Schwertlilien mit ihren säbelartigen Blättern wuchsen, rauchten ein wenig, als wenn aus den Ställen und Scheunen die Feuchtigkeit durch das Stroh drang.

Die Magd kam an den Schuppen, unter dem die Wagen und Karren standen. Dort war auf dem Grunde des Grabens ein großes grünes Loch voller Veilchen, die ringsum ihren Duft ausströmten, und über die Böschung sah man aufs Feld. Die weite Ebene, auf der das Korn reifte, war da und dort mit Baumgruppen bestanden und hin und wieder wurden in der Ferne Trupps von Arbeitern sichtbar, die ganz klein wie Puppen aussahen, oder weiße Pferde wie aus der Spielzeugschachtel. Sie zogen einen Kinderwagen, hinter dem ein fingerhohes Männchen ging.

Sie holte sich ein Bund Stroh vom Heuboden und warf es in das Loch, um sich darauf zu setzen. Da es ihr aber nicht bequem genug war, band sie das Stroh auf, streute es auseinander und legte sich auf den Rücken. Die Arme hielt sie unter dem Kopf und die Beine streckte sie lang von sich. Allmählich schloß sie die Augen und versank in süße Mattigkeit. Sie wäre wohl ganz eingeschlafen, aber plötzlich fühlte sie, wie zwei Hände ihr an die Brust faßten, und mit einem Ruck richtete sie sich in die Höhe. Es war der Knecht Jacques, ein großer, wohlgewachsener Bursch aus der Picardie, der ihr seit einiger Zeit den Hof machte. Er hatte gerade im Schafstall zu tun gehabt und hatte gesehen, wie sie sich im Schatten hinlegte. Dann war er ganz leise mit angehaltenem Atem und glänzenden Augen herangeschlichen, und im Haar hatte er noch Strohhalme. Er wollte sie küssen, aber sie war so stark wie er und gab ihm eine Ohrfeige. Da bat er sie heuchlerisch um Verzeihung, und sie setzten sich nebeneinander und plauderten ganz freundschaftlich. Sie sprachen vom Wetter, das für das Korn so gut war, wie das Jahr sich überhaupt vortrefflich anließ, von ihrem Herrn, einem wackeren Manne, von den Nachbarn, von der ganzen Umgegend und dann von sich selbst, von ihrem Dorf, von ihrer Jugend, von ihren Erinnerungen und von ihren Eltern, von denen sie sich so lange, vielleicht für immer, hatten trennen müssen. Sie wurde ganz weich gestimmt bei alledem, während er nur einen Gedanken hatte, ihr immer näher rückte und sich zitternd vor toller Gier an ihr rieb. „Ich habe meine Mutter schon lange nicht mehr gesehen", sagte sie. „Es ist doch hart, daß man so fern voneinander leben muß." Und mit verlorenen Blicken schaute sie ins Weite, bis zu dem Dorf, das sie da hinten im Norden verlassen hatte. Er packte sie plötzlich um den Hals und küßte sie von neuem, aber mit geballter Faust schlug sie ihn so heftig mitten ins Gesicht, daß ihm die Nase blutete. Er stand auf und lehnte den Kopf gegen einen Baumstumpf. Da wurde sie milder, trat zu ihm und fragte: „Hab' ich dir weh getan?" Aber er fing an zu lachen. Nein, es war nichts, sie hatte ihn nur gerade in die Mitte getroffen. „Donnerwetter", murmelte er und sah ihr bewundernd, fast respektvoll ins Gesicht. Sein Gefühl für sie war jetzt ein ganz anderes, fast mischte sich darein schon etwas wie wirkliche Liebe zu der großen, kräftigen Dirne. Als das Blut gestillt war, schlug er ihr einen Spaziergang vor, denn beim Sitzen neben ihr fürchtete er sich vor der energischen Hand seiner Nachbarin. Sie nahm nun von selbst seinen Arm, wie Verlobte es tun, wenn sie abends spazierengehen und sagte zu ihm: „Es war Unrecht, Jacques, so niedrig von mir zu denken." Er widersprach, er dachte nicht niedrig von ihr, aber er liebte sie. „Willst du mich denn heiraten?" fragte sie. Er zögerte, dann sah er sie von der Seite an, während sie träumerisch vor sich hin in die Ferne starrte. Sie hatte runde rote Backen, eine volle Brust unter der Kattuntaille, üppige frische Lippen und auf ihrem entblößten Hals perlten kleine Schweißtröpfchen. Wieder fühlte er die Begierde in sich aufsteigen, er hielt seinen Mund dicht an ihr Ohr und sagte leise: „Gewiß will ich!"

Da schlang sie ihre Arme um seinen Hals und küßte ihn so lange, bis ihnen beiden der Atem ausging.

Und von da ab begann zwischen ihnen die uralte Liebesgeschichte. Sie schäkerten in den Ecken, sie trafen sich beim Mondschein, hinter einem Heuschober, und bei Tisch traten sie sich mit ihren schweren, eisenbeschlagenen Schuhen blaue Flecke an die Schienbeine.

Dann schien Jacques ihrer allmählich überdrüssig zu werden. Er ging ihr aus dem Wege, sprach nicht mehr mit ihr und vermied jedes Alleinsein mit ihr. Da wurde sie von Zweifeln erfaßt und tiefe Traurigkeit kam über sie. Nach einiger Zeit bemerkte sie, daß sie schwanger war. Zuerst war sie ganz verblüfft, dann erfaßte sie ein täglich wachsender Zorn, denn sie konnte seiner nicht habhaft werden, so sorgfältig mied er sie. Eines Nachts endlich, als auf dem Hof alles schlief, ging sie im Unterrock und mit bloßen Füßen leise hinaus, quer über den Hof und stieß die Tür zum Stall auf, in dem Jacques über seinen Pferden, in einer großen strohgefüllten Kiste schlief. Als er sie kommen hörte, begann er zu schnarchen, aber sie kletterte zu ihm hinauf, kniete neben ihm hin und schüttelte ihn so lange, bis er sich aufrichtete. Als er vor ihr saß, fragte er: „Was willst du?" Zitternd vor Wut erwiderte sie mit zusammengebissenen Zähnen: „Ich will, daß du mich heiratest, denn du hast mir die Ehe versprochen." Er lachte laut auf und meinte: „Wenn man alle Mädchen heiraten sollte, mit denen man angebandelt hat! Das geht ja gar nicht!" Da packte sie ihn an der Gurgel und drückte ihn zu Boden, ohne daß er sich ihrer wütenden Umklammerung entwinden konnte. Sie würgte ihn und schrie ihm dabei immer ganz dicht ins Gesicht: „Ich bin schwanger, hörst du, ich bin schwanger!"

Er stöhnte unter ihr und so blieben sie beide unbeweglich und stumm in dem schweigenden Dunkel, durch das nur hin und wieder das Zähneknirschen eines Pferdes klang, wenn es sich Heu aus der Raufe zog und es langsam zerschrotete. Als es Jacques klar wurde, daß sie stärker war als er, stammelte er: „Na wenn es so ist, will ich dich heiraten." Aber sie glaubte nicht mehr an seine Versprechungen. „Du wirst sofort das Aufgebot veröffentlichen", sagte sie. „Sofort", erwiderte er. „Schwöre es mir beim lieben Gott!" Ein paar Sekunden zauderte er, dann entschloß er sich: „Ich schwöre es beim lieben Gott." Jetzt ließ sie ihn los und ging fort, ohne ein Wort weiter zu sagen.

Ein paar Tage lang bekam sie ihn nicht zu sprechen, der Stall war seitdem jede Nacht verschlossen und aus Furcht vor Skandal wagte sie nicht Lärm zu machen. Da sah sie eines Morgens bei der Suppe einen andern Knecht hereinkommen. „Ist Jacques fort?" fragte sie. „Gewiß", erwiderte der andere, „ich bin für ihn eingetreten." Sie zitterte so stark, daß sie kaum ihren

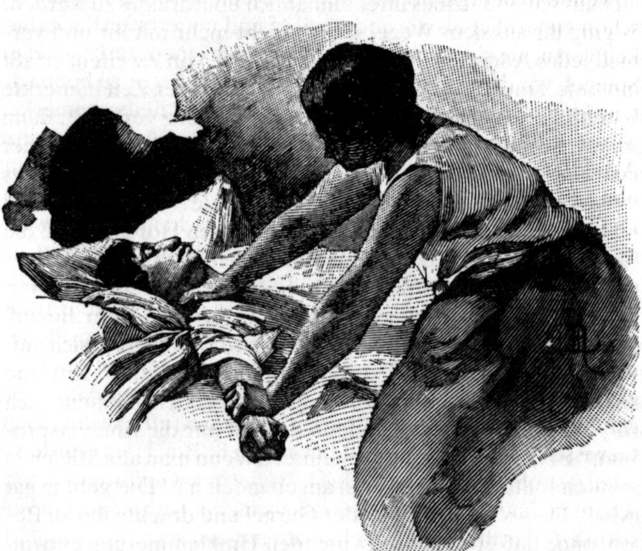

Topf loshaken konnte. Als endlich alle zur Arbeit gegangen waren, stieg sie in ihre Kammer hinauf und weinte. Den Kopf drückte sie in das Kopfkissen, damit man sie nicht hörte. Über Tag suchte sie möglichst unverdächtig Erkundigungen einzuziehen, aber der Gedanke an ihr Unglück beherrschte sie so vollkommen, daß sie bei jedem, den sie befragte, gleich ein höhnisches Lächeln zu entdecken glaubte. So erfuhr sie schließlich nur, daß er überhaupt die Gegend verlassen hätte.

II.

Für sie begann nun ein Leben voll beständiger Martern. Sie arbeitete ganz maschinenmäßig, ohne an das zu denken, was sie tat, und immer ging ihr nur der eine Gedanke durch den Kopf: „Wenn man es erfährt!" Diese unausgesetzte Befangenheit machte sie unfähig zu jeder ruhigen Überlegung, so daß sie nicht einmal nach Mitteln suchte, dem Skandal vorzubeugen, den sie kommen fühlte, der ihr mit jedem Tag näherrückte, unabwendbar und gewiß wie der Tod. Jeden Morgen stand sie schon viel früher als die anderen auf und mit erbitterter Zähigkeit versuchte sie, in einem Stückchen von einem zerbrochenen Spiegel, vor dem sie sich sonst kämmte, ihre Figur zu beobachten, immer in der Angst, daß man es gerade heute bemerken würde. Und den Tag über unterbrach sie jeden Augenblick ihre Arbeit, um sich von oben bis unten zu betrachten, ob die Spannung des Leibes die Schürze noch nicht zu sehr aufbauschte. Die Monate vergingen. Sie sprach fast gar nicht mehr, und wenn man sie etwas fragte, begriff sie es gar nicht und stand erschreckt, mit wirrem Blick und zitternden Händen, so daß ihr Herr sagte: „Seit einiger Zeit bist du recht dämlich, mein armes Kind." In der Kirche versteckte sie sich hinter einem Pfeiler, und sie traute sich nicht mehr zu beichten, denn vor einer Begegnung mit dem Pfarrer hatte sie ganz besonders Angst. Sie glaubte ihn im Besitz einer übernatürlichen Kraft, die ihn jedem Gewissen bis auf den Grund blicken ließ. Bei Tisch wurde sie jetzt fast ohnmächtig vor Angst, wenn ihre Gefährten sie anschauten, und immer bildete sie sich ein, der Kuhjunge, ein verschmitzter, frühreifer Bengel, sei ihr auf der Spur, weil sein blitzendes Auge nicht von ihr wich.

Eines Morgens brachte der Briefträger ihr einen Brief. Sie hatte noch nie einen bekommen und war so betäubt, daß sie sich nicht einmal setzen konnte. Kam er vielleicht von ihm? Da sie aber nicht lesen konnte, blieb sie zitternd und ängstlich vor dem mit Schriftzügen bedeckten Papier. Sie steckte es in die Tasche und wagte nicht, ihr Geheimnis irgend jemand anzuvertrauen. Oft hielt sie in der Arbeit inne und betrachtete lange die in gleichmäßigen Zwischenräumen aneinandergereihten Linien, die mit einer Unterschrift schlossen. Und sie bildete sich fest ein, sie würde plötzlich den Sinn dieser Linien entziffern können. Endlich wurde sie fast verrückt vor Sorge und Ungeduld und ging zum Schullehrer, der sie Platz nehmen ließ und ihr folgendes vorlas: „Meine liebe Tochter! Mit Gegenwärtigem will ich dir mitteilen, daß ich mich sehr elend fühle. Herr Dentu, unser Nachbar, schreibt Dir dieses, um Dich zu bitten, Du

möchtest zu mir kommen, wenn es Dir möglich ist. Für Deine Dich liebende Mutter: Cäsar Dentu, Adjunkt."

Sie sprach kein Wort und ging hinaus, aber als sie allein war, setzte sie sich am Wegrand hin. Die Beine waren ihr wie zerschlagen und sie blieb dort, bis es Nacht wurde. Als sie nach Hause kam, erzählte sie ihr Unglück dem Pächter, und dieser beurlaubte sie, so lange sie wollte. Er versprach ihr, er wollte ihre Arbeit durch eine Taglöhnerin besorgen lassen und sie bei ihrer Rückkehr wieder in Dienst nehmen. Ihre Mutter fand sie im Sterben und sie starb auch wirklich noch am Tage ihrer Ankunft. Am nächsten Tag wurde Rosa von einem sieben Monate alten Kind entbunden, einem kleinen, häßlichen, entsetzlich mageren Gerippe, das unaufhörlich Schmerzen zu haben schien, so ängstlich krampfte es seine fleischlosen Händchen zusammen, die wie Krabbenfüße aussahen. Trotzdem lebte es. Sie erzählte, sie wäre verheiratet, aber sie könnte sich um das Kind nicht kümmern, und deshalb ließ sie es bei den Nachbarn, die für das Kind bestens zu sorgen versprachen.

So kam sie zurück. Aber in ihrem Herzen, das so lange abgestorben war, erhob sich wie Morgenrot die neue Liebe zu dem armseligen kleinen Wesen, das sie dort unten zurückgelassen hatte. Und selbst diese Liebe brachte ihr ein neues Leid, das keine Stunde, keine Minute von ihr wich, denn sie war getrennt von dem Kinde. Am meisten marterte sie das wahnsinnige Verlangen, es zu küssen und in ihren Armen zu halten, die Wärme seines kleinen Körpers an ihrem Herzen zu fühlen. Nachts schlief sie nicht mehr und den ganzen Tag dachte sie daran. Wenn sie am Abend ihre Arbeit beendet hatte, setzte sie sich vor das Feuer und starrte hinein, als wären ihre Gedanken weit weg. Man fing schon an, über sie zu tuscheln, und man scherzte mit ihr über den Liebhaber, den sie offenbar haben mußte. Man fragte sie, ob er schön, groß und reich sei, wann die Hochzeit und wann die Taufe sein würde. Dann lief sie oft davon, um allein zu weinen, denn diese Fragen drangen ihr wie spitze Nadeln in die Haut. Um sich von all den Unannehmlichkeiten abzulenken, warf sie sich ingrimmig auf die Arbeit. Sie dachte beständig an ihr Kind und suchte für den Kleinen so viel Geld als möglich zu erwerben. Sie faßte den Entschluß, so angestrengt zu arbeiten, daß man ihr ihren Lohn erhöhen mußte. Nach und nach raffte sie um sich herum alle Arbeit an sich. Eine

Magd wurde entlassen, weil sie überflüssig war, seitdem Rosa für zwei arbeitete. Sie sparte am Brot, am Öl und an den Lichten, am Korn, das man den Hühnern zu reichlich gab, am Viehfutter, mit dem man zu verschwenderisch umging. Sie wirtschaftete mit ihres Herrn Geld so genau, als wäre es ihr eigenes, und da sie einige vorteilhafte Geschäfte abschloß, da sie teuer verkaufte, was das Gut brachte, und sich von den Bauern, die ihre Produkte anboten, nicht übervorteilen ließ, wurde Ankauf und Verkauf bald ihr allein überlassen, sie verteilte die Arbeit an die Tagelöhner und sie hatte die Aufsicht über die Vorräte. In kurzer Zeit machte sie sich unentbehrlich und wachte so gewissenhaft über alles, daß das Gut unter ihrer Leitung wunderbar gedieh. Auf zwei Meilen im Umkreise sprach man von der Magd des Pächters Vallin und der Pächter selbst erklärte überall: „Das Mädchen ist Gold wert."

Inzwischen verging die Zeit und ihr Lohn wurde nicht erhöht.

Man ließ sich ihre übertriebene Arbeit gefallen wie etwas Selbstverständliches, das man von jeder treuen Magd verlangen dürfe, als den einfachen Beweis guten Willens. Und sie dachte mit einer Bitterkeit daran, daß der Pächter dank ihr fünfzig bis hundert Taler monatlich mehr verdiente, während sie nach wie vor jährlich zweihundertundvierzig Francs erhielt, nicht mehr, nicht weniger. Da entschloß sie sich, eine Erhöhung ihres Lohnes zu verlangen. Dreimal suchte sie ihren Herrn auf, aber wenn sie vor ihm stand, sprach sie von etwas anderem. Sie empfand ein wenig Scham, daß sie Geld verlangen sollte, als läge darin etwas Schimpfliches. Als der Pächter eines Tages allein in der Küche frühstückte, sagte sie ihm endlich in einiger Verwirrung, sie möchte ihn in einer besonderen Angelegenheit sprechen. Er hob erstaunt den Kopf. Seine beiden Hände lagen auf dem Tisch, in der einen hielt er das Messer, mit der Spitze nach oben, in der andern ein Stück Brot und er sah seine Magd starr an. Unter diesem Blick wurde sie vollends verlegen und bat nur um acht Tage Urlaub nach ihrer Heimat, da sie sich nicht ganz wohl fühle. Er bewilligte sie sofort, dann setzte er selbst etwas verlegen hinzu: „Ich habe auch mit dir zu sprechen, wenn du wieder kommst."

III.

Das Kind war gerade acht Monate alt geworden; sie erkannte es nicht wieder. Es sah ganz rosig, rund und pausbäckig aus, wie ein Päckchen lebendes Fett. Seine Finger waren mit Fettpolstern umgeben und es bewegte sie leise in sichtlichem Wohlbehagen. In wilder Leidenschaft fiel sie über das Kind her und küßte es so gewaltsam, daß es vor Furcht zu heulen begann. Da fing sie selbst an zu weinen, weil das Kind sie nicht wiedererkannte und sofort der eintretenden Amme seine Ärmchen entgegenstreckte. Aber schon am nächsten Tage gewöhnte sich das Kleine an ihr Gesicht und lachte, wenn es sie sah. Sie trug es aufs Feld und lief mit ihm wie toll herum oder setzte sich unter schattige Bäume. Jetzt konnte sie zum ersten Mal in ihrem Leben, obwohl das Kind sie nicht verstand, irgend jemand ihr Herz erschließen. Sie erzählte ihm von ihrem Kummer, ihren Mühen, ihren Sorgen und ihren Hoffnungen. Und unaufhörlich quälte sie das Kind durch die leidenschaftliche Wildheit ihrer Liebkosungen. Es machte ihr unendliche Freude, es zu tätscheln, zu waschen und anzukleiden. Sie war sogar glücklich, wenn sie seine kleinen Schmutzereien sauber machen konnte, gerade als gäbe ihr das erst die volle Bestätigung ihrer Mutterschaft. Wenn sie es ansah, staunte sie immer wieder darüber, daß es ihr gehörte, und während sie es auf ihren Armen tanzen ließ, wiederholte sie fortwährend halblaut: „Es ist mein Kindchen! Es ist mein Kindchen!“ Als sie nach dem Gutshof zurückging, schluchzte sie unterwegs fortwährend, und kaum war sie zu Hause, rief der Herr sie auch schon in sein Zimmer. Wie sie zu ihm hinüberging, war sie sehr überrascht und erregt, ohne eigentlich zu wissen wodurch.

„Setz dich dahin!“ sagte er. Sie setzte sich und einige Augen-

blicke saßen sich beide förmlich verlegen gegenüber. Die Arme ließen sie lässig und unbeholfen herunterhängen, wie Bauern es zu tun pflegen, und sahen sich nicht ins Gesicht. Der Pächter, ein dicker, freundlicher und eigensinniger Mann von fünfundvierzig Jahren, der schon zweimal Witwer geworden war, fühlte sich offenbar geniert, was nicht oft bei ihm vorkam. Endlich nahm er sich zusammen und begann ziemlich undeutlich und stotternd zu reden, wobei er immerfort auf das Feld hinausblickte. „Hast du nie daran gedacht, dich zu verheiraten, Rosa?" sagte er. Sie wurde totenblaß, und da sie nicht antwortete, sprach er weiter: „Du bist ein tüchtiges, ordentliches, fleißiges und sparsames Mädchen. Eine Frau wie du bedeutet für einen Mann ein Vermögen." Sie saß noch immer unbeweglich und mit erschrockenen Augen da. Sie suchte sich gar nicht klarzumachen, was er sagte, so wild wirbelten alle ihre Gedanken

durcheinander, wie beim Nahen einer großen Gefahr. Er wartete eine Sekunde, dann fuhr er fort: „Ein Gut ohne Hausfrau, siehst du, das kann nicht gedeihen, auch wenn man eine solche Magd hat wie dich.“ Dann schwieg er, weil er nichts mehr zu sagen wußte, und Rosa sah ihn ganz entsetzt an, als säße sie einem Mörder gegenüber, bei dessen leisester Bewegung sie davonstürzen wollte. Nach fünf Minuten endlich fragte er: „Na, ist's dir recht?“ Mit stumpfsinnigem Ausdruck antwortete sie: „Was, Herr?“ Und schroff erwiderte er: „Zum Henker, ob du mich heiraten willst?“ Sie richtete sich jäh auf, dann sank sie wie gebrochen auf ihren Stuhl zurück und blieb ganz regungslos, als wäre ihr ein großes Unglück widerfahren. Der Pächter wurde schließlich ungeduldig: „Was willst du noch weiter?“ Sie sah ihn an mit irrem Blick, dann stiegen ihr die Tränen ins Auge und schluchzend sagte sie zweimal hintereinander: „Ich kann nicht, ich kann nicht!“

„Warum nicht?“ fragte der Mann. „Sei nicht töricht, du kannst dir die Sache bis morgen überlegen.“ Dann ging er hastig davon, denn er war sehr froh, daß er den Schritt, der ihm viel Kopfzerbrechen gemacht, endlich vom Herzen hatte, und er zweifelte keinen Augenblick, daß seine Magd am nächsten Tag ohne weiteres den Vorschlag annehmen würde, auf den sie gar nicht hoffen durfte und der für ihn ein ausgezeichnetes Geschäft bedeutete, weil er dadurch dauernd ein Mädchen an sich fesselte, das ihm mehr Vorteil bringen würde, als die größte Mitgift aus der ganzen Gegend. Bedenken wegen einer Mißheirat konnten bei ihnen nicht aufkommen, denn auf dem Lande sind sich alle so ziemlich gleich. Der Pächter arbeitet genauso wie sein Knecht, der oft genug eines Tages seinerseits Herr wird, und die Mägde können jeden Augenblick Gutsfrauen werden, ohne daß sich dadurch in ihrem Leben und in ihren Gewohnheiten irgend etwas ändert.

Rosa schlief die ganze Nacht nicht. Sie blieb auf ihrem Bett sitzen und hatte nicht einmal mehr die Kraft zu weinen, so niedergeschmettert war sie. Regungslos saß sie da, sie fühlte ihre Glieder nicht mehr und ihr Denken war wie zerstückt, als hätte jemand darin mit einem Instrument herumgearbeitet, wie die Wollkämmer es zum Auseinanderzupfen der Wolle benutzen. Nur ganz vorübergehend konnte sie ihre zerflatternden Gedanken sammeln und sie erschrak, wenn sie sich vorstellte, was nun geschehen könnte. Ihre Angst wurde immer größer und jedesmal, wenn die große Küchenuhr in das tiefe Schweigen des Hauses die Stunden schlug, trat ihr der kalte Schweiß auf die Stirn. Ihr Kopf verwirrte sich, alle möglichen Schreckbilder jagten sich in ihr durcheinander, die Kerze erlosch. Und nun begann das Delirium, das Bauern oft überfällt, wenn sie sich von einem schweren Schicksal getroffen glauben, das wahnsinnige Verlangen hinauszukommen, zu fliehen und vor dem Unglück davonzujagen, wie ein Schiff vor dem Sturm. Eine Eule schrie, sie erbebte, sprang auf, fuhr sich mit den Händen über Gesicht und Haar und betastete ihren Körper wie eine Wahnsinnige. Dann ging sie die Treppe hinunter gleich einer Nachtwandlerin. Als sie auf den Hof kam, schlich sie gebückt weiter, um nicht von irgendeinem vagabundierenden Strolch gesehen zu werden, denn der untergehende Mond warf helles Licht über die Felder. Anstatt das Gitter zu öffnen, kletterte sie über die Böschung und ging dann weiter über das freie Feld. Sie ging rasch und elastisch gerade vor sich hin und von Zeit zu Zeit schrie sie ganz unbewußt schrill auf. Ihr riesiger Schatten, der neben ihr auf dem Boden lag, glitt mit ihr dahin und zuweilen streifte ein Nachtvogel ihren Kopf. Auf den Höfen schlugen die Hunde an, wenn sie vorbeikam, und einer von ihnen sprang über den Graben und folgte ihr, um sie zu beißen. Aber sie drehte sich um und heulte ihm so heftig entgegen, daß das Tier erschrocken davonlief, sich in seine Hütte versteckte und still wurde. Da und dort spielte eine Hasenfamilie lustig auf dem Felde, aber wenn die wilde Läuferin gleich einer wahnsinnigen Diana in ihre Nähe kam, nahmen die scheuen Tiere Reißaus. Die Häsin und ihre Jungen duckten sich in eine Furche, während das Männchen hastig davonjagte. Dabei sprang sein Schatten mit den hoch aufgerichteten Ohren auch an dem untergehenden Mond vorüber, der jetzt am Ende der Welt untertauchte und dessen schräges Licht über die Felder leuchtete, wie eine riesige Laterne, die am Horizont auf der Erde steht.

Die Sterne erloschen in den Tiefen des Himmels, ein paar Vögel zwitscherten. Der Tag brach an. Das Mädchen atmete schwer, und als die Sonne durch das purpurne Morgenrot brach, blieb sie stehen. Sie konnte nicht mehr weiter mit ihren geschwollenen Füßen, da sah sie einen Teich vor sich, einen großen Teich, dessen stagnierendes Wasser im roten Widerschein

des jungen Tages wie Blut funkelte, und hinkend, die Hand auf dem klopfenden Herzen, ging sie heran, um ihre Beine darin zu kühlen. Sie setzte sich ins Gras, zog ihre schweren, bestaubten Schuhe aus, streifte die Strümpfe herunter und tauchte ihre blauangelaufenen Waden in die unbewegte Flut, aus der da und dort Luftblasen aufstiegen. Erquickende Kühle durchströmte sie von den Sohlen bis zum Hals, und während sie starr auf das tiefe Wasser blickte, erfaßte sie plötzlich wie ein Schwindel das wahnsinnige Verlangen, ganz darin unterzutauchen. Dann hatte ihr Leiden ein Ende, ein Ende für immer. Sie dachte nicht mehr an ihr Kind, sie wollte nur Frieden finden, vollkommene Ruhe, einen Schlaf ohne Erwachen. Sie stand auf und mit erhobenen Armen machte sie zwei Schritte vorwärts. Das Wasser reichte ihr jetzt bis zu den Schenkeln und schon wollte sie sich ganz hineinstürzen, als ein heftiges Brennen an den Knöcheln sie zurückspringen ließ. Verzweifelt schrie sie auf, denn von den Knien bis herab zu den Füßen hingen lange schwarze Blutegel an ihr, saugten ihr Leben und mästeten sich an ihrem Blut. Sie traute sich nicht sie anzufassen und heulte vor Angst. Ihr Geschrei lockte einen Bauern herbei, der in einiger Entfernung mit seinem Wagen vorüberfuhr. Er riß die Blutegel einen nach dem andern ab, kühlte ihr die Wunden mit Gras und brachte das Mädchen dann nach dem Gutshof zurück.

Vierzehn Tage blieb sie im Bett. Als sie dann an dem Morgen, an dem sie zum ersten Mal aufgestanden war, vor der Tür saß, pflanzte sich plötzlich der Pächter vor sie hin. „Na", sagte er, „die Sache ist doch abgemacht?" Zuerst antwortete sie nicht, als er aber stehenblieb und ihr starr ins Auge sah, brachte sie mühsam die Worte heraus: „Nein, Herr, ich kann nicht." Da wurde er auf einmal heftig: „Du kannst nicht, du kannst nicht! Warum nicht?" Sie fing an zu weinen und sagte nochmals: „Ich kann nicht." Er sah sie scharf an und rief ihr ins Gesicht: „Dann hast du also einen Geliebten?" Zitternd vor Scham stammelte sie: „Vielleicht ist es so." Der Mann wurde purpurrot und schrie wütend: „Du leugnest es also nicht, du Betteldirne? Und wer ist denn der Kerl? Ein Lump, ein Strolch, ein Landstreicher, ein Hungerleider, was?" Und da sie nicht antwortete: „So du willst nicht? Dann will ich es dir sagen, Jean Baudu ist's!"

„Nein, der nicht", rief sie. „Dann ist es Pierre Martin?" – „Nein, nein, Herr!" Aufs Geratewohl nannte er nun alle Knechte aus dem Dorf, während sie ganz niedergedrückt leugnete und sich alle Augenblicke mit dem Zipfel ihrer blauen Schürze die Augen trocknete. Aber er forschte wieter mit brutalem Eigensinn und wollte das Geheimnis aus ihrem Herzen herauskratzen, wie ein Jagdhund, der den ganzen Tag vor dem Fuchsbau wühlt, weil er das Tier darin weiß. Plötzlich rief er: „Zum Henker, Jacques ist es, der Knecht vom vorigen Jahr! Damals wurde ja schon erzählt, daß ihr heiraten wolltet." Rosa schluchzte, ihr Gesicht wurde purpurrot und ihre Tränen versiegten auf einmal. Sie trockneten auf ihren Backen wie Wassertropfen auf glühendem Eisen, und sie rief: „Nein, er ist es nicht, er ist es nicht!"

„Wirklich nicht?" fragte der Bauer mißtrauisch, denn er glaubte der Wahrheit auf der Spur zu sein. Hastig erwiderte sie: „Ich schwöre es, ich schwöre es bei . . ." Sie suchte nach irgend etwas, wobei sie schwören könnte, denn an heilige Dinge wollte sie nicht rühren. Er fiel ihr ins Wort: „Er war ja in allen Winkeln hinter dir her und beim Essen wollte er dich mit seinen Augen fast aufessen! Hast du ihm dein Wort gegeben, was?" Diesmal sah sie ihrem Herrn voll ins Gesicht. „Nein, niemals, niemals, und ich schwöre Euch beim lieben Gott, käme er heute und würde um mich anhalten, ich wollte nichts von ihm wissen." Sie sah dabei so aufrichtig aus, daß der Bauer zögerte und halb zu sich selbst sagte: „Was ist es denn sonst? Ein Malheur ist dir doch nicht passiert, das hätte man erfahren. Und da die Sache keine Folgen gehabt hat, brauchst du deinen Herrn deshalb nicht abzuweisen. Du mußt doch einen Grund haben?" In ihrer Angst antwortete sie immer noch nicht und er fragte nochmals: „Du willst nicht?" Sie seufzte: „Ich kann nicht, Herr." Er wandte ihr den Rücken und ging davon.

Sie glaubte sich erlöst und war den ganzen Tag über ziemlich ruhig, aber sie fühlte sich so erschöpft und zerschlagen, als hätte sie statt des alten Schimmels vom frühen Morgen an die Dreschmaschine drehen müssen. Sie ging so früh als möglich zu Bett und schlief sofort ein. Gegen Mitternacht wachte sie auf und fühlte, wie zwei Hände an ihrem Bett herumtasteten. Sie fuhr entsetzt in die Höhe, aber sie erkannte sofort die Stimme des Pächters, der zu ihr sagte: „Hab' keine Angst, Rosa, ich muß mit dir sprechen." Sie war erst erstaunt, aber als er nun versuchte, unter die Decke zu dringen, begriff sie, was er wollte. Sie zitterte heftig, denn sie wußte sich in der Dunkelheit ganz allein, noch halb schlaftrunken und ganz nackt in einem Bett mit einem Manne, der sie begehrte. Sie wollte nicht, gewiß nicht, aber sie wehrte sich nur lässig, denn sie hatte in sich selbst gegen den Instinkt zu kämpfen, der in einfachen Naturen stets am mächtigsten ist und der von dem schwachen Willen dieser trägen Menschen nur schlecht bewacht wird. Sie drehte den Kopf bald nach der Wand, bald nach dem Zimmer, um dem Mund des Pächters auszuweichen, der sie küssen wollte. Ihr Leib wand sich ermattet von dem anstrengenden Kampf unter der Bettdecke. Er wurde jetzt brutal in seinem gierigen Verlangen und mit einem heftigen Ruck schlug er die Decke zurück. Sie fühlte wohl, daß sie sich nicht länger wehren konnte und schamhaft, wie der Vogel Strauß, drückte sie beide Hände vor das Gesicht und gab jeden Widerstand auf. Der Bauer blieb die

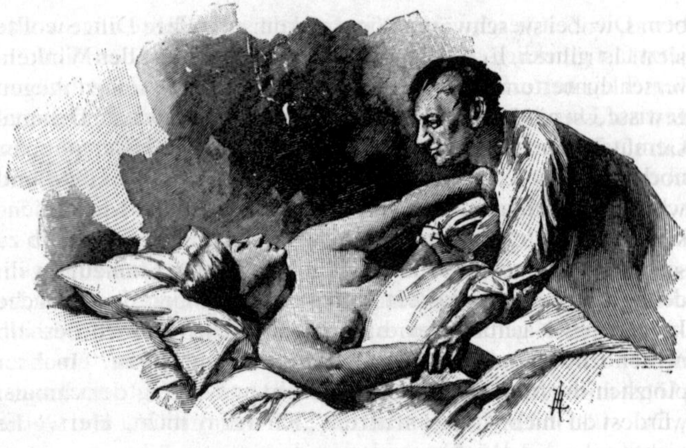

Nacht bei ihr. Am nächsten Abend kam er wieder und dann täglich. Sie lebten miteinander. Eines Morgens sagte er zu ihr: „Ich werde das Aufgebot veröffentlichen lassen, wir heiraten im nächsten Monat."

Sie erwiderte nichts. Was konnte sie sagen? Sie widerstand nicht länger. Was konnte sie tun?

IV.

Sie heiratete ihn. Sie kam sich vor, als wäre sie in ein Loch mit unersteigbaren Wänden gestürzt, aus dem sie nie wieder herauskommen könnte, und als hinge über ihrem Kopf alles mögliche Unglück, um gleich schweren Felsen bei der ersten Gelegenheit auf sie herabzustürzen. Ihr Mann erschien ihr wie ein Mensch, den sie bestohlen hatte und der das über kurz oder lang entdecken mußte. Und dann dachte sie an ihr Kind, von dem all das Leid herkam und das ihr doch auch all ihr irdisches Glück verschaffte. Zweimal im Jahr besuchte sie es und jedesmal kam sie noch trauriger zurück.

Allmählich gewöhnte sie sich jedoch an ihre Sorge, ihr Herz wurde ruhiger, sie faßte wieder Vertrauen und in ihrer Seele war nur noch etwas wie ein Schatten von Furcht zurückgeblieben. Die Zeit verging; das Kind wurde sechs Jahre alt. Sie war jetzt fast glücklich, als sich plötzlich die Stimmung des Pächters verschlechterte. Schon seit zwei oder drei Jahren schien ihn eine gewisse Unruhe zu erfüllen, eine Sorge zu drücken, und dieses Gemütsleiden wuchs mehr und mehr. Nach dem Essen blieb er noch lange am Tisch sitzen, stützte den Kopf auf die Hand und schien ganz und gar in trübe, kummervolle Gedanken versunken. Er sprach jetzt lauter und wurde zuweilen heftig, ja er schien sogar einen geheimen Groll gegen seine Frau zu hegen, denn er antwortete ihr oft in hartem, fast zornigem Ton. Als der Junge einer Nachbarin eines Tages Eier holen kam und sie ihn in der Eile der Arbeit etwas unwirsch behandelte, erschien plötzlich ihr Mann und meinte gereizt: „Wäre es dein Junge, würdest du ihn nicht so anfahren!“ Sie war verblüfft und wußte nichts zu erwidern, dann ging sie ins Haus und ihre Angst erwachte aufs neue. Beim Mittagessen sprach ihr Mann nicht mit ihr und sah sie nicht an. Es schien, als ob er sie haßte und verabscheute, kurz, als hätte er etwas erfahren. Sie verlor den Kopf und traute sich nicht, nach der Mahlzeit mit ihm alleinzubleiben. Sie stahl sich davon und eilte in die Kirche. Es wurde schon Nacht, das schmale Kirchenschiff war ganz dunkel, aber durch die Stille hörte man hinten, in der Nähe des Chors, Schritte. Der Küster brachte die Lampe vor dem Tabernakel für die Nacht in Ordnung. Das zitternde Lichtpünktchen, das in der Finsternis schwebte, erschien Rosa wie ein letzter Hoffnungsstern, sie wandte kein Auge davon und sank auf die Knie. Das kleine Lämpchen stieg in die Höhe und dabei klirrte eine Kette. Gleich darauf schlugen Holzschuhe in regelmäßigem Takt auf die Steinfliesen auf, man hörte ein Seil ziehen und das dünne Glöckchen ließ das Angelus durch die immer dichter werdende Dämmerung ertönen. Als der Mann hinausgehen wollte, hielt sie ihn fest. „Ist der Herr Pfarrer zu Hause?“ fragte sie. „Ich glaube wohl“, meinte er, „er speist immer beim Angelus.“

Zitternd stieß sie das Gitter zum Pfarrhaus auf. Der Geistliche setzte sich gerade zu Tisch und ließ sie auch Platz nehmen. „Ja, ja, ich weiß, Ihr Mann sagte mir schon, weshalb Sie zu mir kommen.“ Der armen Frau wurde ganz schlecht und der Prediger sprach weiter: „Was wollen Sie also, mein Kind?“ Dabei löffelte er hastig seine Suppe aus, deren Tropfen auf die schmutzige Soutane auf seinem dicken Bauch fielen. Rosa traute sich nicht, etwas zu sagen oder zu bitten. Sie stand auf und der Pfarrer sagte: „Mut . . ." Sie ging hinaus und kam auf den Hof zurück, ohne zu wissen wie. Ihr Mann erwartete sie, die Tagelöhner waren während ihrer Abwesenheit schon fortgegangen. Da fiel sie ihm schwerfällig zu Füßen, die Tränen strömten ihr über die Backen und sie stöhnte: „Was hast du ge-

gen mich?" Er fluchte und schrie: „Himmelherrgott, daß du keine Kinder hast! Wenn man sich eine Frau nimmt, will man mit ihr doch nicht allein bleiben bis ans Ende. Das hab' ich gegen dich! Wenn eine Kuh kein Kalb kriegt, taugt sie nichts, und wenn eine Frau kein Kind hat, taugt sie auch nichts!" Sie schluchzte und stammelte immer wieder: „Es ist doch nicht meine Schuld, es ist doch nicht meine Schuld!" Da wurde er etwas sanfter und sagte: „Das behaupte ich ja auch nicht, aber ärgerlich ist es trotzdem!"

V.

Seit jenem Tage hatte sie nur noch einen Gedanken: sie wollte ein Kind haben, ein anderes, und mit jedermann sprach sie über ihren Wunsch. Eine Nachbarin sagte ihr ein Mittel. Sie sollte ihrem Mann allabendlich ein Glas Wasser mit einer Messerspitze voll Asche darin zu trinken geben. Der Mann war damit einverstanden, aber das Mittel half nichts. „Vielleicht gibt es Geheimmittel", sagten sie sich beide und zogen überall Erkundigungen ein. Man nannte ihnen einen Hirten, der zwei Meilen entfernt wohnte. Der Pächter spannte eines Tages seinen Tilbury an und fuhr hin, um ihn zu konsultieren. Der Hirt gab ihm ein Brot, über das er geheimnisvolle Zeichen machte. In das Brot waren Kräuter eingebacken und beide sollten davon in der Nacht ein Stück essen, vor und nach ihren Zärtlichkeiten. Sie aßen das ganze Brot auf, aber die Wirkung blieb aus. Ein Schullehrer enthüllte ihnen eine geheimnisvolle, auf dem Lande noch unbekannte Art sich zu lieben, die er für unfehlbar erklärte. Auch das mißlang. Der Pfarrer riet zu einer Pilgerfahrt nach dem heiligen Blut von Fécamp. Rosa betete mit der übrigen Menge in der Abtei und mischte ihre Sehnsucht unter die seltsamen Wünsche, die aus den Herzen der Bauern laut wurden, sie bat ihn, zu dem sie alle beteten, er möchte sie noch einmal fruchtbar machen. Es war vergebens. Da bildete sie sich ein, sie werde so für ihren ersten Fehltritt bestraft, und grenzenloser Schmerz erfüllte sie.

Vor Kummer siechte sie dahin und auch ihr Mann alterte schnell; er ärgerte sich zu Tode, sagte man, und verzehrte sich in unfruchtbaren Hoffnungen. Nun brach ein regelrechter Krieg zwischen beiden aus. Er beschimpfte und schlug sie. Den ganzen Tag zankte er mit ihr und abends im Bett warf er ihr in Haß und Wut die schmutzigsten Schimpfworte ins Gesicht. Eines Nachts endlich, als er nichts fand, womit er sie noch mehr quälen konnte, befahl er ihr aufzustehen und bis Tagesanbruch im

Regen vor der Tür zu bleiben. Als sie nicht gehorchte, packte er sie am Halse und schlug sie mit der Faust ins Gesicht. Sie sagte nichts und rührte sich nicht. Da sprang er außer sich mit den Knien auf ihren Leib und in rasender Wut, mit zusammengebissenen Zähnen wollte er sie erdrosseln. Sie wehrte sich verzweifelt und warf ihn wütend gegen die Wand zurück. Dann setzte sie sich im Bett auf und sagte mit ganz veränderter, pfeifender Stimme: „Ich habe ein Kind gehabt, ich habe eins! Von Jacques hab' ich es, weiß du, von Jacques. Er sollte mich heiraten, aber er ging fort."

Der Mann blieb ganz verblüfft liegen, er war ebenso bestürzt wie sie und stammelte: „Was sagst du, was sagst du?" Sie fing an zu weinen und stotterte schluchzend: „Deshalb wollte ich dich nicht heiraten. Deshalb. Ich konnte es dir nicht sagen, du hättest mich und mein Kind brotlos gemacht. Du hast kein Kind, du kennst das nicht, du kennst das nicht." In immer wachsendem Erstaunen wiederholte er mechanisch: „Du hast ein Kind, du hast ein Kind?" Unter fortwährendem Schluchzen sprach sie weiter: „Du hast mich mit Gewalt genommen. Du weißt es wohl noch. Ich wollte dich nicht heiraten."

Da stand er auf, steckte ein Licht an und mit den Händen auf dem Rücken begann er im Zimmer auf und ab zu gehen. Sie

weinte noch immer und lag erschöpft auf dem Bett. Plötzlich blieb er vor ihr stehen. „Dann bin ich also daran schuld, daß wir kein Kind haben", sagte er. Sie antwortete nicht. Er ging wieder auf und ab, dann blieb er nochmals vor ihr stehen und fragte: „Wie alt ist dein Kleiner?" – „Er ist gerade sechs Jahre alt geworden", murmelte sie. Und wieder fragte er: „Warum hast du mir nichts davon gesagt?" Sie stöhnte. „Konnte ich denn?" Er blieb unbeweglich stehen, dann sagte er: „Vorwärts, steh auf!" Sie richtete sich mühsam auf, und als sie nun auf ihren Füßen stand und sich gegen die Wand lehnte, begann er plötzlich zu lachen, mit seinem breiten Lachen aus früheren, guten Tagen. Und als sie ganz verstört blieb, sagte er: „Da wir zusammen kein Kind haben, werden wir deinen Kleinen zu uns nehmen." Sie erschrak so heftig, daß sie davongestürzt wäre, wenn sie nur die Kraft dazu gehabt hätte. Der Pächter aber rieb sich die Hände und murmelte: „Ich wollte eins adoptieren, und jetzt haben wir das richtige gefunden, jetzt haben wir es gefunden. Ich hatte mich schon bei dem Pfarrer nach einem Waisenkind erkundigt." Und immer noch lachend küßte er seine ganz verweinte und verwirrte Frau auf beide Backen und schrie laut, als ob sie nicht hören könnte: „Komm, Mutter, wollen mal nachsehen, ob noch Suppe da ist. Ich möchte gern noch einen Teller voll essen!"

Sie zog ihren Rock an und ging mit ihm hinunter. Und während sie auf den Knien Feuer unter dem Kessel machte, ging er strahlend vor Glück mit großen Schritten in der Küche auf und ab und sagte immer wieder: „Wahrhaftig, das macht mir unsäglichen Spaß! Ich bin zufrieden, ich bin zufrieden!"

In der Familie

Die Straßenbahn von Neuilly war soeben durch die Porte-Maillot gefahren und ging nun die lange Allee hinunter, die bis zur Seine führt. Die kleine Maschine, die den Wagen zog, ließ ab und zu ein Hornsignal ertönen, um den Weg frei zu machen; das Ausstoßen ihres Dampfes glich dem Luftschnappen eines Menschen, der sich außer Atem gelaufen hat, während die radbewegenden Motoren das Geräusch eilig laufender eiserner Beine machten. Die drückende Hitze eines Sommernachmittags lagerte auf dem Wege und, obwohl sich kein Lüftchen rührte, erfüllte dennoch ein weißlich-undurchsichtiger Kreidestaub die heiße Luft, der sich auf der feuchten Haut festsetzte, die Augen anfüllte, ja sogar beim Atemholen in die Lungen kam.

Zu allen Türen traten Leute heraus, die frische Luft schöpfen wollten.

Da alle Wagenfenster herabgelassen waren, so flatterten die Vorhänge im Winde, den die schnelle Fahrt erzeugte. Nur wenige Personen befanden sich im Innern des Wagens, denn die meisten zogen an so heißen Tagen die Vorder- oder Deckplätze vor. Es waren meist dicke Damen mit lächerlichen Toiletten, Bürgerfrauen aus den Vorstädten, die die Vornehmheit, die ihnen abgeht, durch eine stets zur Unzeit angenommene würdige Miene zu ersetzen versuchen; oder vom Bürodienst ermattete Herren mit wachsgelben Gesichtern, gebeugter Haltung, und einer, durch das ewige Schreiben etwas gehobenen Schulter. Auf den unruhigen und traurigen Gesichtern lagen die Sorgen ihrer armen Bedientenseele, die unaufhörliche Geldnot, die früheren Hoffnungen, die nun zu Grabe getragen sind; denn sie gehörten alle zu der großen Armee schäbiger, armer Teufel, die bei äußerster Sparsamkeit in einem der baufälligen Häuschen mit niedrig umzäunten Gärten, wie sie in diesen, Paris begrenzenden Talmisommerfrischen zu finden sind, notdürftig vegetieren.

Ganz dicht bei der Tür plauderte ein kleiner, dicker Mann, mit aufgedunsenem Gesicht und starkem Bauch, der zwischen

seinen breitgesperrten Beinen herabhing, mit einem großen, mageren Herrn, dem ein zu tief ausgeschnittener Hemdkragen ein nacktes Ansehen gab; der erstere war ganz in Schwarz gekleidet und trug das Band der Ehrenlegion, während der Magere seine langen Glieder in einen schon sehr schmutzigen weißen Baumwollanzug gehüllt hatte; sein Haupt bedeckte ein alter Panamahut. Der Dicke sprach langsam und zögernd, so daß es manchmal schien, als ob er stotterte; er war Herr Caravan, Oberbeamter im Marineministerium. Der andere, ein früherer Unterarzt auf einem Kauffahrteischiff, hatte sich schließlich am Rond-Point von Courbevoi ansässig gemacht und ließ der elenden Bevölkerung dieses Ortes die zweifelhaften medizinischen Kenntnisse zukommen, die er sich im Laufe eines abenteuerlichen Lebens noch erhalten hatte. Er hieß Chenet und ließ sich Doktor nennen. Seine Moral war nicht ganz unbeanstandet.

Herr Caravan hatte immer das normale Leben eines Bürokraten geführt. Seit dreißig Jahren ging er unausgesetzt auf sein Büro, jeden Morgen machte er denselben Weg zur selben Stunde, traf am gleichen Ort stets dieselben Menschen, welche auch ihren Geschäften nachgingen; jeden Abend ging er auf demselben Weg zurück, wo er wieder dieselben Gesichter fand, die er hatte alt werden sehen.

Täglich kaufte er sich an der Ecke des Faubourg-Saint-Honoré für einen Sou seine Zeitung und holte seine zwei Frühstücksbrötchen, dann ging er ins Ministerium, wie ein Verbrecher, der sich selbst im Gefängnis meldet; schnell eilte er auf sein Büro, immer mit der geheimen Furcht vor einem Rüffel für irgendeine Nachlässigkeit, die er sich hatte zuschulden kommen lassen.

Nichts hatte jemals die immer gleiche Ordnung seines Daseins gestört, weil ihn kein Ereignis berührte, welches außerhalb seiner Bürogeschäfte, der Beförderungen oder der Gratifikationen lag. Ob er nun im Ministerium oder zu Hause in seiner Familie war (denn er hatte die Tochter eines Kollegen ohne Mitgift geheiratet), er sprach nie von etwas anderem, als von seinem Dienst. Nie stiegen in seinem, durch die täglichen Geschäfte verdummten und zusammengeschrumpften Gehirn andere Gedanken, andere Hoffnungen auf, als solche, welche sich auf sein Ministerium bezogen. Nur eine Sache verbitterte ihn und vergällte die Selbstgenügsamkeit seiner Beamtenseele: die Anstellung der Marine-Kommissarien, dieser Klempner, wie man sie ihrer silbernen Galons wegen nannte, als Chefs und Unterchefs; jeden Abend ereiferte er sich in beredten Worten bei Tisch gegen seine Frau, die übrigens seine Ideen teilte, wie unbillig es in jeder Beziehung sei, derlei Leute, die für die Seefahrt bestimmt wären, in Pariser Stellungen zu beschäftigen.

Er war mittlerweile alt geworden, ohne daß ihm diese Tatsache zum Bewußtsein gekommen wäre, denn bei ihm war auf die Schule das Büro gefolgt und wie dort vor den Aufsichtslehrern zitterte er heute vor seinen Chefs, welche ihm ebenso furchtbar waren. Schon die Schwelle des Zimmers, in dem einer dieser Haustyrannen thronte, machte ihn vom Kopf bis zu den Füßen erbeben, diese unausgesetzte Furcht gab ihm linkische Manieren, eine devote Haltung und eine Art von nervösem Stottern beim Sprechen.

Er kannte Paris nicht anders, als ein Blinder, den ein Hund jeden Tag vor dieselbe Tür führt; wenn er in seiner Zeitung für einen Sou die Ereignisse und Skandale las, so betrachtete er diese Dinge nicht anders, als ob es phantastische Erzählungen wären, die nur zur Unterhaltung und Zerstreuung der kleinen Beamten erfunden würden. Als Mann der Ordnung und Reaktionär ohne bestimmte Parteifarbe, war er ein Feind jeder

Wenn Sie uns Ihre Anschrift mitteilen, werden wir Sie laufend über unsere Neuerscheinungen unterrichten.

Name, Vorname

Straße, Hausnummer

Postleitzahl, Ort

Wir würden gerne Ihre besonderen Wünsche und Interessen bei der Gestaltung unseres Verlagsprogrammes mitberücksichtigen.

Deshalb bitten wir Sie, uns die folgende Frage möglichst umfassend zu beantworten.

Was hat Sie zum Kauf dieses Buches veranlaßt? (Kreuzen Sie bitte die für Sie wichtigen Punkte an.)

- ○ das Interesse am Titel und am Thema,
- ○ der Autor, von dem ich bereits etwas gelesen bzw. gehört habe,
- ○ die Gestaltung des Schutzumschlages und /oder die Buchausstattung (Leinenband, Illustrationen),
- ○ die Empfehlung des Buchhändlers,
- ○ die Empfehlung von Bekannten,
- ○ der Hinweis in einem Buchhändler-Prospekt,
- ○ der Hinweis in einem Prospekt des Moewig Verlags,
- ○ eine Anzeige des Moewig Verlags,
- ○ der günstige Ladenpreis.
- ○ Ich habe das Buch geschenkt bekommen.

Diese Karte habe ich dem folgenden Band entnommen:

- ○ Mir hat das Lesen Spaß gemacht.
- ○ Mir hat das Buch weniger gut gefallen.
- ○ Dieses Buch hat mir gar nicht gefallen.

Wir bedanken uns sehr für Ihre Mühe.

„Neuerung", den politischen Teil seines Blattes, der übrigens immer nach dem Bedürfnis der Fraktion abgefaßt war, die das Blatt bezahlte, las er ohne besonderes Interesse. Wenn er allabendlich durch die große Allee der Champs-Elysées fuhr, so betrachtete er die wogende Menge der Spaziergänger und die rollende Flutwelle der Equipagen wie ein verirrter Reisender, der ferne Länder durchwandert.

Da er in diesem Jahr seine dreißig obligatorischen Dienstjahre zurückgelegt hatte, so war ihm am 1. Januar das Kreuz der Ehrenlegion zuteil geworden, das in den militärischen Verwaltungen die Belohnung für eine lange und elende Knechtschaft (man nennt das: treue Dienste) – dieser, an ihre grünen Kartons geschmiedeten Sträflinge bildet. Die unerwartete Würde gab ihm von seinen Fähigkeiten eine ganz neue, sehr hohe Meinung und änderte von Grund aus seine bisherigen Gewohnheiten. Von diesem Zeitpunkt an unterdrückte er die farbigen Beinkleider und die Phantasiewesten, er trug nur noch schwarze Hosen und lange Röcke, auf denen sich sein sehr breit gehaltenes Ordensband besser ausnahm; alle Morgen rasierte er sich und reinigte seine Nägel sorgfältig, auch wechselte er, in einem legitimen Gefühl von Schicklichkeit und Achtung für den nationalen Orden, dem er nun angehörte, seine Wäsche an jedem zweiten Tag; er war mit einem Schlage ein anderer Caravan geworden: reinlich, majestätisch und herablassend.

Zu Hause sagte er bei jeder Veranlassung: „Mein Orden". Ein solcher Stolz war in ihm erwacht, daß er nicht dulden wollte, daß andere in ihren Knopflöchern irgendwelche andere Ordensbänder trugen. Besonders regte ihn der Anblick fremder Dekorationen auf – „man sollte nicht dulden, daß in Frankreich so etwas getragen würde"; auf Doktor Chenet, den er jeden Abend in der Straßenbahn traf, war er sehr böse, weil dieser stets ein weißes, blaues, orangefarbenes oder grünes Band trug.

Übrigens drehte sich die Unterhaltung der beiden Herren vom Arc de Triomphe bis nach Neuilly immer um dieselben Dinge; auch an diesem Tage, wie an allen vorhergegangenen, beschäftigten sie sich zunächst mit den örtlichen Mißbräuchen, die sie beide mit Entrüstung erfüllten; der Maire von Neuilly machte sich die Sache auch gar zu leicht. Die Anwesenheit eines Arztes bringt das Gespräch bald auf das Kapitel der Krankheiten, denn Caravan hoffte auf diese Art einige kleine Winke, oder selbst eine Gratiskonsultation zu erlangen, wenn er es geschickt anstellte, ohne daß der andere die Absicht merkte. Der Zustand seiner Mutter machte ihn übrigens seit einiger Zeit besorgt. Sie litt häufig an langdauernden Ohnmachten und obwohl sie bereits neunzig Jahre alt war, so wollte sie nichts von Pflege wissen.

Ihr hohes Alter rührte Caravan, der unaufhörlich den Doktor Chenet fragte:

„Kommt das oft vor?“ Dabei rieb er sich ganz glücklich die Hände, nicht als ob er daran dachte, die gute Frau ewig auf dieser Erde umherwandeln zu sehen, aber die lange Dauer des Lebens seiner Mutter schien ihm ein gutes Omen für sein eigenes.

Er fuhr fort: „Oh! Meine Familie ist langlebig; sehen Sie mich an, ich werde sicher sehr alt werden, wenn mir kein Unfall zustößt.“

Der Doktor warf einen mitleidigen Blick auf ihn, er betrachtete eine kleine Weile das gerötete Gesicht seines Nachbarn, ließ den Blick über dessen fetten Nacken und seinen Dickwanst streifen, der zwischen zwei vollen, aber schlaffen Beinen herabhing, und seinen Besitzer durch die üppigste Rundung als einen, zum Schlagfluß geneigten, alten, verweichlichten Beamten charakterisierte, dann lüftete er leicht den schmutzigen Panamahut, der sein Haupt bedeckte, und antwortete höhnisch:

„Das ist nicht so sicher, mein Bester! Ihre Mutter ist trocken wie eine Mumie, Sie aber sind ja die reine Suppenterrine.“ Caravan machte diese Antwort ganz verdutzt und er schwieg.

Jetzt erreichte die Straßenbahn die Station. Die beiden Reisegefährten stiegen ab und Herr Chenet offerierte ein Glas Wermut im Café du Globe, gegenüber, wo beide verkehrten. Der Cafetier reichte ihnen freundschaftlich zwei Finger über die Flaschenhälse des Ladentisches hin, welche sie drückten, dann begrüßten sie drei passionierte Dominospieler, die dort schon seit Mittag saßen.

Ein freundschaftliches Gespräch, das sich entspann, begann zumeist mit der unvermeidlichen Frage:

„Was gibt es Neues?“ Dann begannen die Spieler wieder ihre Partie, bald darauf wünschte man ihnen guten Abend. Sie reichten die Hände hin, ohne vom Spiel aufzublicken, und jeder ging zum Essen nach Hause.

Caravan bewohnte bei dem Rond-Point von Courbevoie ein

kleines Haus mit zwei Etagen, dessen Parterreräumlichkeiten ein Coiffeur innehatte.

Die ganze Wohnung bestand aus zwei Wohnzimmern, einem Eßzimmer und einer Küche; durch all diese Räume wurden einige, oft geleimte Stühle, je nach Bedarf, hin- und hergetragen; Madame Caravan verbrachte ihre ganze Zeit mit der Reinigung dieses Logis, während ihre zwölfjährige Tochter Marie Louise und ihr neunjähriger Sohn Philipp August sich in den Rinnsteinen der großen Allee mit allen Schmutzfinken der Gegend herumtrieben.

Eine Treppe höher hatte Caravan seine Mutter einlogiert; diese alte Dame war in der Umgegend berüchtigt wegen ihres Geizes und ihrer Magerkeit, die Leute meinten, daß der liebe Gott an ihr die Prinzipien äußerster Sparsamkeit sichtbar angewendet habe. Sie war immer schlechter Laune, keinen Tag verbrachte sie ohne Streit und ohne heftige Zornesausbrüche. Sie schimpfte aus ihrem Fenster auf die Nachbarn vor den Türen, die Marktweiber, die Straßenkehrer und die Gassenjungen, die letzteren folgten ihr aus Rache, wenn sie einmal ausging, und schrien: – „Oh! Die alte Hexe!“

Ein unglaublich unbesonnenes, kleines, normannisches Dienstmädchen besorgte den Haushalt und schlief oben neben der Alten, um bei einem Unfall gleich zur Hand zu sein.

Als Caravan nach Hause kam, polierte seine Frau, die an der chronischen Krankheit des Reinemachens litt, mit einem Flanelltuch die Mahagonistühle, die in den öden Zimmern unregelmäßig verteilt waren. Sie trug stets Netzhandschuhe, auf dem Kopf eine Haube mit verschiedenfarbigen Bändern, die ihr stets auf ein Ohr gerutscht war, und erzählte jedesmal, wenn man sie bohnernd, bürstend, plättend oder waschend überraschte: – „Ich bin nicht reich, bei mir ist alles einfach, aber die Sauberkeit ist mein Luxus und der ist eben so viel wert als ein anderer.“

Da sie einen gewissen praktischen Sinn hatte und sehr rechthaberisch war, so hatte sie ihren Mann vollständig unter dem Pantoffel. Jeden Abend, bei Tisch und sogar im Bett, sprachen sie lange über den Stand der Bürogeschäfte und obwohl sie zwanzig Jahre jünger war als er, so vertraute er ihr doch wie einem Beichtvater und folgte in allem ihren Ratschlägen.

Sie war nie hübsch gewesen, jetzt war sie häßlich, von kleiner

Statur und sehr mager. Die Ungeschicklichkeit, mit der sie sich kleidete, hatte stets ihre spärlichen weiblichen Reize unsichtbar gelassen, die mit Kunst, unter passenden Kleidern, wohl zur Geltung zu bringen gewesen wären. Ihre Unterröcke schienen stets auf einer Seite zu sitzen und oft kratzte sie sich gleichviel wo, ohne auf die Anwesenden Rücksicht zu nehmen; das war eine Art von Angewohnheit, die fast an Manie grenzte. Der einzige Schmuck, den sie sich gestattete, bestand in einer Fülle verschiedenfarbiger seidener Bänder auf schreiend geschmacklosen Hauben, die sie gewohnheitsmäßig zu Hause trug.

Sobald sie ihres Gatten ansichtig wurde, erhob sie sich und küßte ihn auf den Backenbart: –

„Hast du auch an Balin gedacht, mein Freund?“ (Das war wegen einer Besorgung, die er zu machen versprochen hatte.) Er aber ließ sich ganz verstört auf einen Stuhl fallen; er hatte es wiederum vergessen.

„Das ist ein reines Unglück“, sagte er, „ein reines Unglück; wenn ich auch den ganzen Tag über daran denke, sobald der Abend da ist, vergesse ich es doch.“ Als er ganz niedergeschlagen darüber schien, tröstete sie ihn. – „Du wirst morgen daran denken, damit gut. Was gibt es Neues im Ministerium?“

Eine große Neuigkeit, noch einer von den Klempnern ist zum Unterchef ernannt worden.

Sie schaute ganz ernsthaft drein:

– „In welchem Büro?“

– „Im Büro der auswärtigen Einkäufe.“

Nun wurde sie böse:

– „Anstatt von Ramon also, gerade diesen Platz wollte ich für dich; und er, Ramon? Hat den Abschied?“

Er stotterte: – „Ja, den Abschied.“ Sie wurde wütend und ihre Haube rutschte auf die Schulter:

– „Das ist das Ende, siehst du, diese Bude, jetzt ist da nichts mehr zu wollen. Und wie heißt denn dein Kommissär?“

– „Bonassot.“

Sie nahm den jährlichen Marineanzeiger und suchte:

„Bonassot – Toulon – Geboren 1851. – Kommissariats-Eleve 1871, Unter-Kommissär 1875.“

– „Ist er auf See gewesen?“

Bei dieser Frage heiterte sich Caravans Gesicht auf. Er wurde so lustig, daß ihm der Bauch wackelte.

– „Gerade so wie Balin, ebenso wie Balin, sein Vorgesetzter.“ Dann fuhr er unter noch stärkerem Lachen fort, einen alten Scherz zu erzählen, den das ganze Ministerium entzückend fand: – „Man darf sie nicht zu Wasser die Anlageplätze der Seinedampfer inspizieren lassen, weil sie sonst auf den kleinen Fliegen seekrank würden.“

Sie blieb so ernst, als ob sie nichts gehört hätte, und murmelte, indem sie sich langsam am Kinn kratzte:

Wenn man wenigstens einen Abgeordneten in der Tasche hätte? Wenn die Kammer wüßte, was da vorgeht, so flöge das Ministerium gleich in die Luft . . .“

Auf der Treppe ertönte ein Geschrei, das ihren Satz abschnitt. Marie Louise und Philipp August, die aus der Gosse kamen, regalierten sich von Stufe zu Stufe mit Ohrfeigen und

Fußtritten. Ihre Mutter stürzte sich wütend auf sie, und jedes bei einem Arm ergreifend, schleuderte sie beide in das Zimmer, wobei sie sie kräftig schüttelte.

Sowie sie ihres Vaters ansichtig wurden, stürzten sie auf ihn zu und er küßte sie zärtlich zu wiederholten Malen; dann setzte er sich, nahm beide auf seine Knie und plauderte mit ihnen.

Philipp August war eine häßliche, struppige Krabbe, schmutzig von Kopf bis Fuß, mit einem Gesicht wie ein Troddel, Marie Louise glich jetzt schon ihrer Mutter, sie sprach ebenso, wiederholte ihre Worte, ja sie ahmte sogar ihre Bewegungen nach. Auch sie sagte: „Was gibt es Neues im Ministerium?" Er antwortete ihr lustig:

„Dein Freund Ramon, der hier alle vier Wochen einmal zu Mittag war, verläßt uns, mein Töchterchen. An seiner Stelle ist ein neuer Unterchef ernannt worden." Sie schlug die Augen zu ihrem Vater auf und sagte mit dem Mitleid eines altklugen Kindes: „Es hat dich also schon wieder einer überholt."

Er hörte auf zu lachen und antwortete nicht; um das Gespräch auf ein anderes Thema zu bringen, wendete er sich zu seiner Frau, welche jetzt an den Fensterscheiben polierte: – „Der Mutter oben geht es gut?"

Frau Caravan hörte mit Putzen auf, wendete sich um und während sie ihre Haube, die ganz auf den Rücken gerutscht war, wieder zurechtsetzte, sagte sie mit zitternden Lippen; – „O ja! Laß uns einmal von deiner Mutter reden! Die hat mir einen netten Streich gespielt! Denke dir, als vorhin Madame Lebaudin, die Coiffeurfrau, herauskam, um von mir ein Paket Stärke zu leihen, war ich gerade ausgegangen, da hat deine Mutter sie fortgejagt, als ob sie eine ‚Bettelfrau' wäre. Ich habe der Alten nicht schlecht den Kopf gewaschen. Sie tat natürlich wieder so, als ob sie nicht wüßte, um was es sich handelt, wie sie es immer macht, wenn man ihr die Wahrheit sagt, aber sie hört ebensogut wie ich; glaube mir, das ist die reine Verstellung, sie ist dann auch, ohne ein Wort zu sagen, nach oben gegangen."

Caravan schwieg ganz verwirrt, als die kleine Dienstmagd ins Zimmer tappte, um zu melden, daß das Essen angerichtet sei. Um nun seine Mutter zu benachrichtigen, nahm er einen Besenstiel, der immer in einer Ecke versteckt stand, und stieß damit dreimal an die Decke. Dann gingen alle in das Speisezimmer, wo die jüngere Frau Caravan, während man auf die Alte wartete, die Suppe aufgab. Sie kam jedoch nicht, und die Suppe wurde kalt. Endlich fingen alle an zu essen, so daß die Teller bald leer waren, aber es wurde immer noch gewartet und Madame Caravan wendete sich wütend zu ihrem Mann:

„Sie tut es mit Absicht, weißt du. Du gibst ihr ja auch immer recht.“ Er war bei diesem Vorwurf ganz verdutzt, wie jemand, der sich zwischen zwei Stühle gesetzt hat; endlich schickte er Marie Louise, um Großmama zu holen, und blieb unbeweglich mit niedergeschlagenen Augen sitzen, während seine Frau, innerlich wütend, den Fuß ihres Glases mit dem Messer bearbeitete.

Plötzlich ging die Tür auf und das Kind kam allein zurück, es war ganz außer Atem und sehr blaß, als es schnell sagte: – „Großmama liegt auf der Erde.“

Caravan fuhr mit einem Satz in die Höhe, warf seine Serviette auf den Tisch und stürzte nach der Treppe, auf der man seine schweren eiligen Schritte hörte, während seine Frau, die an eine neue Hinterlist der Schwiegermutter glaubte, ziemlich gelassen hinterdrein ging und verächtlich die Achseln zuckte.

Die Alte lag, so lang wie sie war, mit dem Gesicht nach unten auf dem Boden, mitten im Zimmer; als ihr Sohn sie herumgedreht hatte, blieb sie ohne Bewegung, ihr Körper war vertrocknet, die gelbe Haut faltig, wie gegerbt, ihre Augen blieben ge-

schlossen und die Zähne fest zusammengepreßt, der ganze magere Körper war steif wie ein Stock.

Caravan, der vor ihr kniete, schluchzte laut:

– „Meine arme Mutter, meine arme Mutter!“

Als die jüngere Madame Caravan die Dinge einen Augenblick betrachtet hatte, sagte sie: „Bah! Sie hat schon wieder eine Ohnmacht, weiter nichts, sie will uns nur nicht zu Mittag essen lassen, darauf kannst du dich verlassen.“

Man trug den Körper auf das Bett und entkleidete ihn vollständig, worauf alle, Caravan, seine Frau und die Magd, zu reiben anfingen. Trotz all ihrer Anstrengungen kam sie nicht wieder zum Bewußtsein. Nun wurde Rosalie zu Doktor Chenet geschickt. Er wohnte am Kai nach Suresnes zu. Es war ein weites Stück Weges und sie mußten lange warten. Endlich kam er an, nachdem er die alte Frau betrachtet, befühlt und behorcht hatte, sagte er bestimmt: „Das ist das Ende.“

Caravan warf sich auf den Leichnam, während heftiges Schluchzen seinen Körper erschütterte, er küßte krampfhaft das strenge Gesicht seiner Mutter, und weinte dabei so heftig, daß große Tränenfluten das Antlitz der Toten netzten.

Madame Caravan, die Jüngere, setzte die, durch die Lage gebotene, betrübte Miene auf, hinter ihrem Mann stehend stöhnte sie kläglich und rieb sich mit großer Ausdauer die Augen.

Caravan, mit seinem geschwollenen Gesicht und seinen spärlichen Haaren, die sich verwirrt hatten, war in seinem wahren Schmerz sehr häßlich; plötzlich richtete er sich auf und rief: „Aber Doktor, sind Sie denn Ihrer Sache auch ganz gewiß? . . .“ Der Arzt trat schnell herzu, und nun den Leichnam mit handwerksmäßiger Geschicklichkeit angreifend, wie ein Händler, der seine Ware anpreist, sagte er: „Sehen Sie, mein Bester, betrachten Sie einmal das Auge.“ Dabei hob er das Augenlid, und der Blick der alten Frau kam unter seinem Finger wieder zum Vorschein, er war übrigens gar nicht verändert, nur daß vielleicht die Pupille ein wenig größer erschien. Caravan fühlte einen Stich im Herzen und der Schrecken schüttelte ihn. Herr Chenet nahm den zusammengeschrumpften Arm und öffnete mit Gewalt die Finger, er tat das alles wütend, als ob er einen Widersacher vor sich habe: „Sehen Sie doch diese Hand an, da täusche ich mich nie, darüber können Sie ruhig sein.“

Caravan fiel wieder ganz aufgelöst, laut schreiend, auf das

Bett zurück, während seine Frau Krokodilstränen vergießend, umherging und das Nötige anordnete. Sie rückte den Nachttisch, auf dem sie eine Serviette ausbreitete, neben das Bett, setzte vier Kerzen darauf, die sie anzündete, dann nahm sie vom Spiegel, am Kamin, einen Buchsbaumzweig und legte diesen in eine Schüssel, die sie, mit reinem Wasser gefüllt, zwischen die Kerzen stellte; Weihwasser war nicht zur Hand gewesen. Nach kurzer Überlegung warf sie in das Wasser eine Prise Salz, wobei sie sich zweifelsohne einbildete, damit eine Art von Weihe vorgenommen zu haben.

Als sie diese Geschäfte besorgt hatte, die ihrer Vorstellung nach den Tod begleiten müssen, blieb sie unbeweglich stehen. Nun sagte der Arzt, der ihr beim Hinstellen der Sachen zur Hand gegangen war, ganz leise: „Wir müssen Caravan fortführen.“ Sie machte ein zustimmendes Zeichen, und indem sie auf ihren Gatten zutrat, der noch immer schluchzend auf den Knien lag, ergriff sie einen seiner Arme, während Chenet den anderen nahm.

So setzten sie ihn vorerst auf einen Stuhl und seine Frau redete ihm Mut ein, wobei sie ihn auf die Stirn küßte. Der Arzt unterstützte ihre Gründe, er sprach von Festigkeit, Mut und Ergebung, das seien Dinge, die unter so niederschmetternden Umständen ein Mann sich erhalten müsse. Dann griffen ihn alle beide noch einmal unter die Arme und führten ihn hinaus.

Er weinte wie ein großes Kind, mit krampfhaftem Schluchzen, er war ganz gebrochen, die Arme hingen schlaff herab und die Beine versagten fast den Dienst; die Treppe stieg er ganz mechanisch hinab, ohne daß er so recht wußte, was er tat.

Man setzte ihn in den Lehnstuhl, den er immer bei Tisch innehatte, sein beinahe geleerter Teller, in dem der Löffel noch in einem Rest von Suppe lag, stand vor ihm. Dort blieb er ohne Bewegung, das Auge stier auf sein Glas geheftet, er war so stumpfsinnig, daß er selbst zu denken aufgehört hatte.

Frau Caravan sprach in der Ecke mit dem Doktor, sie befragte ihn wegen der Formalitäten, und ließ sich allerlei praktische Ratschläge erteilen. Endlich ergriff Chenet, der etwas zu erwarten schien, mit dem Bemerken seinen Hut, daß er noch nicht gegessen habe, und grüßte, um fortzugehen. Sie aber rief:

– „Wie, Sie haben noch nicht gegessen? Aber so bleiben Sie doch, Doktor! Bleiben Sie! Es soll Ihnen alles aufgetragen werden, was wir haben, denn Sie werden sich wohl denken, daß wir nicht allzuviel genießen werden.“

Er lehnte ab, entschuldigte sich, doch sie ließ nicht nach: – „Aber was denn, Sie bleiben. Unter solchen Umständen ist man glücklich, einen Freund zur Seite zu haben, und dann werden Sie vielleicht auch meinen Mann bestimmen, etwas zu sich zu nehmen, wir dürfen ihn nicht von Kräften kommen lassen.“

Der Doktor verbeugte sich beistimmend, und legte seinen Hut auf die Kommode: „In diesem Falle nehme ich an, Madame“, sagte er.

Sie gab nun an Rosa, die übrigens rein närrisch war, ihre Befehle und setzte sich selbst zu Tisch, „nur um zu tun, als ob sie äße“, sagte sie, „und um dem Doktor Gesellschaft zu leisten“.

Die kalte Suppe wurde noch einmal aufgetragen. Herr Chenet aß zweimal davon. Dann kam eine Schüssel mit gefüllten Därmen, die einen Zwiebelduft verbreitete und von der sich auch Madame Caravan zu kosten entschloß. – „Das ist ausgezeichnet“, sagte der Doktor. Sie lächelte: – „Nicht wahr?“ Dann sich zu ihrem Gatten wendend, sagte sie: „Nimm doch ein wenig, mein armer Alfred, nur damit du doch etwas Nahrung zu dir nimmst; denke daran, daß du die ganze Nacht wachen wirst.“

Er hielt gehorsam seinen Teller hin, er wäre ebenso artig zu Bett gegangen, wenn man es von ihm verlangt hätte; er folgte jedem ohne Widerstand und ohne eigenen Willen. So aß er.

Der Doktor tat sich selbst auf, dreimal schöpfte er aus der Schüssel, während Madame Caravan von Zeit zu Zeit ein großes Stück auf die Gabel spießte und mit einer Art von studierter Unachtsamkeit verzehrte.

Als nun ein Salatnapf voller Makkaroni kam, murmelte der Doktor: „Potztausend! Das ist eine gute Sache.“ Diesmal legte Madame Caravan allen etwas auf. Sie füllte selbst die Näpfe, aus denen die Kinder meist mit den Händen aßen, diese benutzten übrigens die Gelegenheit, da sie unbeachtet blieben, sie tranken den Wein ohne Wasser und fingen schon an, sich unter dem Tisch mit Fußtritten zu regalieren.

Herr Chenet erinnerte an die Vorliebe Rossinis für dieses italienische Gericht und sagte plötzlich: „Halt, das reimt sich ja, man könnte ein Gedicht etwa so anfangen:

Der große Meister Rossini
Liebte sehr die Makkaroni.“

Dieses Diktum blieb unbeachtet. Madame Caravan war plötzlich ganz nachdenklich geworden, sie überdachte all die wahrscheinlichen Folgen des Ereignisses; indes drehte ihr Gatte kleine Brotkügelchen, die er auf dem Tischtuch liegen ließ und dann mit blödsinnigem Blick anstarrte. Da ihn ein brennender Durst peinigte, so führte er fortwährend sein ganz mit Wein gefülltes Glas zum Munde; sein Verstand, der schon durch den Todesfall und den Kummer einen gewaltigen Stoß erlitten hatte, verlor nun ganz und gar das Gleichgewicht, er schwebte in einer Art von Betäubung, welche durch den Beginn der mühsamen Verdauung noch vermehrt wurde.

Der Doktor soff wie ein Loch, und wurde sichtlich betrunkener; selbst Madame Caravan unterlag der Schwäche, die jede

Nervenerschütterung im Gefolge hat, auch sie fühlte sich erregt und fast schwindlig, obwohl sie nur Wasser trank.

Herr Chenet hatte angefangen, von Sterbefällen zu erzählen, die ihm komisch vorgekommen waren. Denn in den äußersten Vorstädten von Paris, in denen eine fast provinziale Bevölkerung haust, findet man diese Gleichgültigkeit der Landleute gegen den Tod, ob es auch der des Vaters oder der Mutter sei, wieder, diesen Mangel an Achtung, diese unbewußte Rohheit, die auf dem Lande so häufig ist und die man in Paris nur selten antrifft. Er sagt: „Vorige Woche wurde ich nach der Rue de Puteaux geholt, ich komme hin und finde einen Kranken, der eben verscheiden will; um das Bett herum sitzt ganz ruhig die Familie und läßt eine Flasche Anisette die Runde machen, die tags zuvor geholt worden war, um eine Laune des Sterbenden zu befriedigen."

Aber Madame Caravan hörte nicht zu, weil sie fortwährend an die Erbschaft dachte, und Caravan, dessen Gehirn wie ausgebrannt war, verstand überhaupt nichts von der Geschichte.

Es wurde Kaffee aufgetragen, der besonders stark gemacht worden war, um die Lebensgeister zusammenzuhalten. Jede Tasse, die noch dazu mit Kognak gemischt wurde, ließ eine Röte in den Gesichtern aufleuchten, und verwirrte den letzten Rest von Verstand in diesen ohnehin schon erschütterten Geistern.

Nun ergriff plötzlich der Doktor die Kognakflasche und goß allen einen starken Schuß in die geleerten Kaffeetassen. Ohne zu sprechen, saßen sie nun da in der behaglichen Wärme, die die Verdauung erzeugt, und selbst wider ihren Willen überkam sie diese Art von tierischem Wohlbehagen, das der Alkohol nach der Mahlzeit hervorruft; langsam schlürften sie den Kognak, in dem sich am Boden der Tasse der Rest von Zucker gelöst hatte und dort einen bräunlichen Sirup bildete.

Die Kinder waren eingeschlafen und Rosalie brachte sie zu Bett.

Nun nahm Caravan, der mechanisch dem Drange, sich zu betäuben, Folge leistete, zu wiederholten Malen von dem Kognak, so daß seine sonst blöden Augen leuchteten.

Jetzt endlich erhob sich der Doktor, um zu gehen, wobei er den Arm seines Freundes ergriff:

– „Vorwärts, kommen Sie mit mir", sagte er; „etwas frische

Luft wird Ihnen guttun; wenn man Kummer hat, muß man sich Bewegung machen."

Der andere folgte gehorsam, nahm Hut und Stock und ging; sie faßten einander unter und wandelten bei sternenklarem Nachthimmel der Seine zu.

Balsamische Düfte erfüllten die warme Nachtluft, denn alle Gärten der Umgegend standen um diese Jahreszeit voller Blumen, deren Wohlgerüche während des Tages zu schlummern scheinen, um sich erst beim Herannahen des Abends mit den leichten Winden zu vermischen, die die traulichen Schatten der Dämmerung durchwehen.

Die breite Allee mit ihren beiden Reihen Gaslaternen, die bis zum Arc de Triomphe führen, lag verlassen und still. Aber da unten in rötlichem Nebel grollte Paris. Das war eine Art von unaufhörlichem Rollen, dem ab und zu in der Ebene der Pfiff eines Zuges zu antworten schien, der mit vollem Dampf heranbrauste oder durch die Provinz dem Ozean zuflog.

Die frische Luft, die den beiden Männern entgegenwehte, überraschte sie zuerst, sie erschütterte das Gleichgewicht des Doktors und verstärkte noch das Gefühl von Schwindel, das seit dem Essen sich Caravans bemächtigt hatte. Er ging dahin wie im Traum, sein Geist war betäubt, wie gelähmt, so daß er keinerlei nagenden Schmerz empfand, eine Art von moralischer Erstarrung ließ kein Gefühl des Leidens in ihm aufkommen, es war vielmehr eine Empfindung von Leichtigkeit über ihn gekommen, die durch die weichen Düfte der Nacht noch gesteigert wurde.

Als sie auf der Brücke waren, wendeten sie sich rechts, wo vom Fluß her ihnen eine frische Luftwelle entgegenwehte. Das Wasser floß ruhig und melancholisch dahin, von einer Gruppe hoher Pappeln begrenzt, und die Sterne schienen auf dem Wasser zu schwimmen, wo ihr Abglanz in der Bewegung des Wassers zitterte. Ein feiner weißlicher Nebel lag über dem Uferrande der anderen Seite und trug eine Feuchtigkeit herüber, die bis in die Lungen drang; Caravan blieb plötzlich stehen, weil dieser Geruch des Flusses die Erinnerung an längst vergangene Zeiten in ihm aufdämmern ließ.

Er sah plötzlich seine Mutter, wie sie in seinen Kindertagen vor der Tür ihres Häuschens, dort unten in der Pikardie, auf den Knien liegend, in dem schmalen Bach, der ihren Garten durchfloß, die Wäsche wusch, die in großen Haufen zu ihrer Seite lag. Er hörte in der Stille der ländlichen Einsamkeit den Ton ihres Schlagholzes und ihre rufende Stimme: „Alfred, bringe mir Seife her"; er erkannte die Ausdünstung des fließenden Wassers wieder, den Geruch des Nebels, der sich über feuchtem Gelände bildet, diesen Duft der Sümpfe, der unvergessen in ihm geschlummert hatte bis zu diesem Abend, an dem seine Mutter gestorben war.

Wieder stand er still und eine wilde Verzweiflung übermannte ihn. Es war, als ob das Aufleuchten eines zuckenden Blitzes ihm plötzlich die ganze Größe seines Unglücks klargelegt hätte; so hatte ihn der Duft eines irrenden Nebelstreifs in den schwarzen Abgrund seines unheilbaren Schmerzes zurückgeschleudert. Er fühlte, wie diese ewige Trennung sein Herz zerriß. Sein Leben war mitten entzweigeschnitten; ihm schien seine ganze Jugend durch diesen Tod verlorenzugehen. Alles was „ehemals" hieß, damit war es zu Ende: alle seine Jugenderinnerungen entschwanden; niemand wird ihm mehr von alten Zeiten reden, von Leuten, die er einst gekannt, von seiner Heimat, von ihm selbst, von der Traulichkeit seines vergangenen Lebens; das war ein Teil seiner selbst, der da aufgehört hatte zu sein und dem der andere nun bald nachsterben mußte.

Vor seinem inneren Auge begann eine Flucht von Erscheinungen. Er sah „seine Mutter" in jüngeren Jahren, sie trug Kleider, die mit ihr alt geworden waren, so lange Zeit benutzte sie sie schon, daß sie von ihrem Wesen untrennbar schienen; er sah sie wieder in tausend Lebenslagen, die seitdem seinem Gedächtnis lange entschwunden gewesen; er sah ihre Mienen von ehemals, ihre Handbewegungen, er hörte den Tonfall ihrer Stimme, entsann sich ihrer Gewohnheiten, ihrer Absonderlichkeiten und Zornausbrüche; jede Falte ihres Antlitzes, jede Bewegung ihrer mageren Hände, die sie jetzt nie mehr rühren sollte, wurde vor seinem Geiste lebendig.

Er packte krampfhaft den Arm des Doktors und schluchzte heftig. Seine schlaffen Beine zitterten und sein ganzer dicker Körper wurde vom Weinen erschüttert, als er stammelte: „Mutter, Mutter, meine arme Mutter . . ."

Der Doktor, der noch immer betrunken war, verlor bei diesem Schmerzensausbruch die Geduld, er träumte davon, seinen Abend an Orten zu beschließen, die er heimlich aufzusuchen pflegte, und so ließ er Caravan auf dem Gras der Uferböschung niedersitzen und unmittelbar darauf verließ er ihn unter dem Vorwand, daß er einen Kranken besuchen müsse.

Der Mond war am Himmel höher gestiegen und überflutete die Landschaft bis zum Horizont mit seinem friedlichen Licht. Die großen Pappeln reckten sich düster empor, nur wenn der Wind ihre Blätter wendete, so fingen diese die Mondstrahlen mit silbrigem Schein, der Nebel über der Ebene glich wallendem Schnee, der Fluß, auf dem jetzt nicht mehr die Sterne schwammen, schien mit Perlmutt bedeckt und floß ruhig dahin, nur daß ab und zu leuchtende Schauer über seine Oberfläche liefen. Die Luft war weich, und der leichte Wind trug lieblichen Duft. Ein Hauch von Wollust strich über die schlafende Erde und Caravan schlürfte diese Süße der Nacht; er atmete lange und tief und glaubte zu fühlen, daß ihn bis in die Finger und Zehenspitzen eine kühlende Frische durchdringe, die ihm eine wunderbare Ruhe gab, wie eine Tröstung, die von oben kam.

Er wollte diesem Behagen widerstehen, das von ihm Besitz

ergriffen hatte, und wiederholte sich: „Meine Mutter, meine arme Mutter"; er gab sich Mühe zu weinen, weil ihn eine Art Gewissenspflicht dazu trieb, seinen Schmerz nicht zur Ruhe kommen zu lassen; aber er konnte es nicht mehr; selbst die Gedanken, die ihn noch eben aufs tiefste ergriffen hatten, ließen kaum ein Gefühl von Traurigkeit in ihm aufkommen.

Nun stand er auf, um heimzugehen, er tat es Schritt vor Schritt, dabei war es in ihm so ruhig wie in der heiteren Natur, die ihn umgab, und sein Herz schlug leicht, trotz alledem.

Als er auf die Brücke kam, sah er die Laterne des letzten Straßenbahnwagens, der sich eben zur Abfahrt anschickte, und dahinter die erleuchteten Fenster des Café du Globe.

Alsbald empfand er das Bedürfnis, den Unfall jemand zu erzählen, Mitleid zu erregen und sich interessant zu machen. Er setzte eine Jammermiene auf, öffnete die Tür des Cafés und ging bis zum Schenktisch, wo der Besitzer stets in voller Würde thronte. Er rechnete auf einen großen Eindruck, alle würden von ihren Sitzen aufspringen und mit ausgestreckten Händen ihm entgegeneilen: „Mein Gott, was ist Ihnen?" Aber niemand bemerkte die Verzweiflung in seinem Gesicht. Nun stützte er sich mit den Armen auf den Schenktisch, preßte die Stirn in seine Hände und murmelte: „Mein Gott, mein Gott!"

Der Caféwirt blickte ihn an: „Sie sind krank, Herr Caravan?" Er antwortete:

– „Nein, mein Freund, aber meine Mutter ist eben gestorben." Der andere ließ ein zerstreutes „Ah!" hören; da gerade ein Gast ganz hinten im Lokal nach einem Glas Bier rief, so antwortete er mit einer Donnerstimme: „Sogleich! sogleich!", stürzte fort, um den Kunden zu bedienen, und ließ Caravan ganz verdutzt stehen.

An demselben Tisch, wo sie vor dem Essen gesessen hatten, saßen noch die drei Dominospieler ganz in ihr Spiel vertieft. In seiner Sucht, Mitleid zu erregen, ging Caravan auf sie zu. Da niemand von ihnen aufblickte, so entschloß er sich, sie anzureden:

„Soeben bin ich von einem schweren Unglück betroffen worden."

Sie blickten alle drei ein wenig auf, ohne jedoch ihre Steine in der Hand ganz mit dem Auge zu verlassen. –

„Oh! Oh! was ist denn geschehen?" – „Meine Mutter ist soeben gestorben.“ – Einer von ihnen murmelte: „Ei, den Teufel auch“, dabei kniff er sein Gesicht in die künstlichen Beileidsfalten, welche die Gleichgültigen anzunehmen pflegen. Ein anderer, der nichts zu sagen wußte, ließ kopfschüttelnd einen traurig pfeifenden Ton hören. Der dritte setzte das Spiel fort, als ob er dachte: – „Wenn es weiter nichts ist!“

Caravan wartete auf ein Wort, das von „Herzen kommt“, wie man sie bei solchem Anlaß zu sagen pflegt, aber es kam nicht. Als er sich so abgefertigt sah, ging er entrüstet fort, diese Ruhe bei dem Schmerz eines Freundes empörte ihn, obwohl sein Schmerz in diesem Augenblick derartig betäubt war, daß er ihn fast gar nicht mehr empfand.

So verließ er das Café.

Seine Frau erwartete ihn, sie saß im Nachthemd auf einem niedrigen Sessel nahe dem offenen Fenster und dachte fortwährend an die Erbschaft.

– „Ziehe dich aus“, sagte sie, „wenn wir zu Bett sind, wollen wir alles besprechen.“

Er hob den Kopf und nach der Decke blickend sagte er: „Aber . . . es ist ja niemand oben.“ – „Bitte sehr, Rosalie ist bei ihr, du sollst sie um drei Uhr morgens ablösen, wenn du ordentlich ausgeschlafen hast.“

Er behielt nichtsdestoweniger die Unterhosen an, knüpfte einen Schal um seinen Kopf und folgte dem Beispiel seiner Frau, die sich inzwischen niedergelegt hatte.

Eine Zeitlang saßen sie nebeneinander; sie dachte nach. Ihre Kopfbedeckung, die selbst zu dieser Stunde mit rosa Schleifchen verziert war, neigte sich infolge einer unbezwinglichen Gewohnheit ein wenig auf das eine Ohr; alle Hauben, die sie trug, taten das.

Plötzlich den Kopf nach ihm wendend, sagte sie:

„Weißt du, ob deine Mutter ein Testament gemacht hat?“ Er zögerte zu antworten: „Ich . . . ich . . . ich glaube nicht . . . nein, sicher, sie hat keins gemacht.“ Frau Caravan blickte ihrem Mann scharf in die Augen und sagte dann mit leiser wütender Stimme: „Siehst du, das ist unwürdig; denn seit zehn Jahren reiben wir uns auf, um sie zu pflegen, wir gaben ihr Wohnung und Essen! Deine Schwester hätte das nicht getan, und auch ich nicht, wenn ich gewußt hätte, wie mir dafür gedankt werden würde! Ja, das ist eine Schande, die auf ihrem Andenken lastet!

Du wirst mir vielleicht sagen, daß sie uns Pension bezahlt hat; das ist wahr, aber bezahlt man etwa mit Geld die Mühen, die Kinder mit ihren Eltern haben; man belohnt so etwas durch ein Testament nach dem Tode. So benehmen sich ehrenhafte Leute. Das habe ich nun für all meine Mühe und Sorge! Das ist wirklich hübsch! Das gefällt mir gut!"

Caravan sagte ganz bestürzt: „Meine Liebe, meine Liebe, ich bitte dich, ich beschwöre dich."

Schließlich beruhigte sie sich, und wieder ihren gewöhnlichen Ton annehmend, meinte sie: „Morgen früh müssen wir deine Schwester benachrichtigen."

Er fuhr in die Höhe: „Das ist wahr, daran hatte ich gar nicht gedacht; sowie es Tag ist, werde ich depeschieren."

Sie unterbrach ihn, sie war eine Frau, die alles vorausbedacht hatte. – „Nein, depeschiere erst zwischen zehn und elf Uhr, damit wir Zeit haben, uns zu tummeln, ehe sie kommt. Von Charenton bis hier fährt sie höchstens zwei Stunden. Wir sagen nachher, du hattest den Kopf verloren. Wenn man sie nur noch im Laufe des Vormittags benachrichtigt, so kann uns kein Vorwurf treffen."

Aber Caravan schlug sich vor die Stirn und sagte mit dem schüchternen Tonfall, den er stets annahm, wenn er von seinem Chef sprach, an den er nur zu denken brauchte, um schon zu zittern: – „Ich muß auch dem Ministerium Nachricht geben." Sie antwortete: – „Weshalb denn Nachricht geben? Bei solchen Anlässen ist man immer entschuldigt, wenn man vergeßlich war. Gib keine Nachricht, glaube mir, dein Chef kann dir nichts sagen und du setzt ihn überdies noch in eine schöne Verlegenheit." – „Oh ja!" sagte er, „der wird sehr wütend sein, wenn er sieht, daß ich nicht komme. Ja, du hast recht, das ist eine glänzende Idee. Wenn ich ihm hernach sage, daß meine Mutter gestorben ist, dann wird er wohl still sein müssen."

So entzückt war der Beamte über den Streich, den er seinem Vorgesetzten spielte, daß er sich vergnügt die Hände rieb, während über ihm die Leiche seiner Mutter lag, neben der das Dienstmädchen längst eingeschlafen war.

Frau Caravan wurde nachdenklich, sie hatte etwas auf dem Herzen, was sie nicht recht in Worte zu kleiden wußte.

Endlich entschloß sie sich: – „Deine Mutter hat dir doch ihre Stutzuhr geschenkt, nicht wahr, die Mädchenfigur mit dem

Ballfänger?" Er strengte sein Gedächtnis an und sagte schließlich: – „Ja, ja, sie hat es einmal gesagt, aber das ist lange her, es war, als sie zu uns zog, sie sagte zu mir, die Stutzuhr soll dir einmal gehören, wenn du gut für mich sorgst."

Als Frau Caravan über diesen Punkt beruhigt war, wurde sie heiterer: – „Siehst du, dann müssen wir sie holen, denn wenn erst deine Schwester einmal hier ist, wird sie nicht zugeben, daß wir sie nehmen." Er zauderte: „Du glaubst . . .?" Nun wurde sie böse: – „Gewiß glaube ich das; ist sie erst hier, dann fragt man nicht lange, dann gehört sie uns. Mit der Kommode in ihrem Zimmer, die mit der Marmorplatte, ist es ebenso, die hat sie mir geschenkt, als sie eines Tages bei guter Laune war. Die müssen wir mit herunterschaffen."

Caravan aber schien daran nicht recht zu glauben. – „Aber meine Liebe, wir übernehmen da eine große Verantwortung!"

– „Ah wirklich!" rief sie wütend, wobei sie sich ganz zu ihm herumwendete. „Willst du niemals ein Einsehen haben? Du läßt lieber deine Kinder Hungers sterben, ehe du dich rührst. Von dem Tage an, wo sie die Kommode mir geschenkt hat, gehört sie uns, nicht wahr? Wenn deine Schwester damit nicht zufrieden ist, dann kann sie es mir ja sagen! Ich frage viel nach deiner Schwester. Vorwärts, steh' auf, damit wir gleich alles heruntertragen, was deine Mutter uns gegeben hat."

Besiegt und zitternd stieg er aus dem Bett und wollte seine Beinkleider anlegen, doch sie ließ das nicht zu: „Es lohnt nicht der Mühe, dich anzuziehen, bleibe nur in den Unterhosen, das genügt; ich gehe auch, wie ich da bin."

So gingen sie beide in ihren Nachtgewändern, stiegen geräuschlos die Treppe in die Höhe, öffneten vorsichtig die Tür und traten in das Zimmer, wo allein die vier brennenden Kerzen, die um den Wassernapf mit dem Weihwedel standen, die Alte in ihrer starren Ruhe zu bewachen schienen, denn Rosalie, die mit ausgestreckten Beinen und auf dem Schoß gefalteten Händen unbeweglich im Fauteuil lag, schlief mit offenem Munde, wobei sie ein leises Schnarchen ertönen ließ.

Caravan nahm die Stutzuhr. Es war einer jener wunderlichen Gegenstände, wie sie die Kunst des ersten Kaiserreichs häufig hervorgebracht hat. Ein junges Mädchen von vergoldeter Bronze, das Haupt mit Blumen geschmückt, hielt in der Hand den Stab eines Fangballspiels, dessen Kugel als Pendel diente. –

„Gib mir das", sagte ihm seine Frau, „und nimm du die Marmorplatte der Kommode."

Er gehorchte und hob mit einer bedeutenden Anstrengung die Marmorplatte auf seine Schulter.

Nun zog sich das Ehepaar zurück. Caravan duckte sich in der Tür und stieg zitternd die Treppe hinab, wobei seine Frau, die rückwärts ging, ihm leuchtete, während sie die Stutzuhr im anderen Arm hielt.

Als sie wieder unten waren, stieß sie einen tiefen Seufzer aus: „Das Schwerste ist jetzt getan", sagte sie, „nun laß uns das übrige holen."

Die Schubkästen waren ganz mit den Lappen der alten Frau angefüllt. Man mußte das irgendwo verstecken.

Frau Caravan hatte eine Idee: „Nimm doch den Fichtenholzkoffer, der auf dem Flur steht; er ist keine vierzig Sous wert, den kann man hierher stellen." Als der Koffer am Platze stand, begann das Umpacken.

Sie nahmen nacheinander die Manschetten, die Kragen, die Hemden und Hauben, alle die ärmlichen Lappen der guten alten Frau, die da hinter ihnen aufgeschichtet lagen, und verteilten sie regelrecht in dem hölzernen Koffer, um dadurch Frau Braux, das andere Kind der Verstorbenen, die morgen eintreffen sollte, zu täuschen. Als das beendet war, schafften sie zuerst die Schubkästen herunter, dann das Hauptstück des Möbels, wobei sie jeder ein Ende anfaßten. Beide überlegten lange, wo es sich am besten machen würde. Sie entschieden sich schließlich für das Schlafzimmer und stellten die Kommode dem Bett gegenüber, zwischen die beiden Fenster.

Als die Kommode an ihrem Platz stand, packte Frau Caravan ihre eigene Leibwäsche hinein. Die Stutzuhr thronte auf dem Kamin im Saal, wo das Ehepaar die Wirkung betrachtete. Auch hiervon waren sie entzückt: „Das macht sich sehr gut", sagte sie. Er antwortete: „Ja, sehr gut." Nun legten sie sich wieder nieder. Sie blies das Licht aus und bald darauf schlief alles in beiden Etagen des Hauses.

Es war schon heller Tag, als Caravan die Augen öffnete. Im Augenblick des Erwachens war sein Kopf noch nicht recht klar und es dauerte einige Minuten, ehe er sich des Geschehenen entsann. Diese Erinnerung verursachte ihm einen heftigen Schmerz, der sich schwer auf seine Brust legte; er sprang aus dem Bett und war so erregt, daß er fast aufs neue zu weinen begonnen hätte.

Er stieg schnell die Treppe hinauf, wo Rosalie noch ganz in derselben Pose von gestern schlief, sie hatte sich die ganze Nacht nicht gerührt. Er schickte sie an ihre Arbeit, erneuerte die niedergebrannten Lichte und betrachtete nun seine Mutter, dabei wogten in seinem Hirn die Schatten tiefer Gedanken, religiöse und philosophische Gemeinplätze durcheinander, die sich bei mittelmäßigen Geistern im Angesicht des Todes einzustellen pflegen.

Da seine Frau ihn rief, ging er wieder nach unten. Sie hatte eine Liste all der Dinge entworfen, die an diesem Morgen besorgt werden mußten, und übergab ihm diese Aufstellung, die ihn entsetzte.

Er las:

1. Anmeldung auf der Mairie (Rathaus);
2. den Leichenbeschauer bestellen;
3. einen Sarg bestellen;
4. zur Kirche gehen;
5. zur Beerdigungsgesellschaft;
6. zur Druckerei wegen der Todesanzeigen;
7. zum Notar;
8. zum Telegrafenamt, um die Familie zu benachrichtigen.

Außerdem gab es noch eine Menge kleiner Besorgungen. So nahm er denn seinen Hut und ging.

Seit sich das Gerücht verbreitet hatte, kamen die Nachbarinnen und verlangten die Tote zu sehen.

Unten, bei dem Coiffeur im Erdgeschoß, hatte dieserhalb schon zwischen Mann und Frau eine Szene stattgefunden, während er einen Kunden rasierte.

Die Frau, die an einem Strumpf strickte, murmelte:

– „So ist denn wieder eine weniger und noch dazu eine Geizige, wie es nicht viele gibt. Ich habe mir nicht allzuviel aus ihr gemacht, aber ich muß doch hingehen und sie mir ansehen.“

Der Mann brummte, während er seinen Kunden einseifte:

– „Was das für Ideen sind! So etwas kann doch auch nur einem Frauenzimmer einfallen. Nicht genug, daß sie einem bei lebendigem Leibe das Leben schwer machen, auch nach dem Tode können sie die Leute nicht ungeschoren lassen.“ Aber seine Gattin fuhr, ohne sich irremachen zu lassen, fort: „Ich

kann nichts dagegen tun, ich muß hingehen. Es treibt mich schon den ganzen Morgen dahin. Wenn ich sie nicht zu sehen bekäme, so kommt es mir vor, als ob ich mein Leben lang daran denken müßte. Wenn ich sie aber genau angesehen habe, um mir ihr Gesicht einzuprägen, so bin ich nachher zufrieden."

Der Mann mit dem Rasiermesser zuckte die Achseln, und sich vertrauensvoll zu dem Herrn wendend, dem er gerade die Backe abschabte: „Nun bitte ich Sie gefälligst, was diese verdammten Weibsbilder für Flausen im Kopfe haben! Mir würde es doch nicht einfallen, nach einer Toten zu laufen!" – Aber seine Frau, die ihn gehört hatte, sagt: „Das ist nun so, wie es ist.“ Damit legte sie ihren Strumpf auf den Ladentisch und ging nach oben.

Zwei andere Nachbarinnen waren schon vorher gekommen und besprachen das Ereignis mit Frau Caravan, die die Einzelheiten erzählte.

Alle gingen nach dem Sterbezimmer. Die vier Frauen traten mit schleichenden Schritten ein, besprengten eine nach der anderen die Bettücher mit Salzwasser, knieten nieder, bekreuzigten sich und murmelten ein Gebet; als sie dann aufstanden, betrachteten sie lange mit großen Augen und offenem Mund den Leichnam, während die Schwiegertochter der Toten mit dem Taschentuch vor dem Gesicht einen Verzweiflungsseufzer simulierte.

Als sie sich abwendete, um hinauszugehen, bemerkte sie Marie Louise und Philipp August, die im Hemd in der Tür standen und neugierig hereinguckten. Bei diesem Anblick vergaß sie plötzlich ihren angenommenen Kummer und sich mit erhobener Hand auf beide stürzend, schrie sie mit wütender Stimme: „Wollt ihr wohl machen, daß ihr fortkommt, ihr Schmutzfinken.“

Zehn Minuten später war sie mit einer zweiten Ladung Nachbarinnen heraufgekommen, hatte sich von neuem hingekniet, den Weihwedel über ihrer Schwiegermutter geschwungen, gebetet, geflennt, kurz alle ihre Pflichten erfüllt, als sie wieder die beiden Kinder da fand, die hinter ihr her gekommen waren. Diesmal ohrfeigte sie noch aus Pflichtgefühl, aber das nächste Mal achtete sie nicht darauf; und nun folgten die beiden Göhren jedem neuen Besuch, knieten auch in einer Ecke nieder und ahmten alles genau nach, was sie ihre Mutter tun sahen.

Gegen Nachmittag nahm die Menge der Neugierigen ab. Bald kam niemand mehr. Frau Caravan, die nun wieder in ihrer Wohnung war, beschäftigte sich damit, alles für die Bestattungsfeierlichkeit herzurichten; so blieb die Tote verlassen.

Das Fenster des Zimmers war geöffnet. Eine wahrhaft tropische Hitze drang mit der stauberfüllten Luft ein; die Flammen der vier Kerzen flackerten neben dem unbeweglichen Körper, während auf den Bettüchern, auf dem Gesicht mit den geschlossenen Augen und auf den gefalteten Händen kleine Fliegen hin und her krochen und kletterten und die Alte untersuchten, als ob sie auf ihre Stunde warteten.

Marie Louise und Philipp August waren zur großen Allee zurückgekehrt, wo sie sich umhertrieben. Sie waren bald von Spielkameraden umgeben, besonders von kleinen Mädchen, die, aufgeweckter als die Knaben, schneller den Geheimnissen des Lebens auf die Spur zu kommen suchen. Sie fragten ganz so wie Erwachsene. – „Deine Großmutter ist tot?" – „Wie ist denn so ein Toter?" – Nun erklärte das Marie Louise, erzählte von den Kerzen, dem Weihwasser und dem Gesicht. Das machte alle Kinder sehr neugierig, so daß auch sie verlangten, zu der Verblichenen geführt zu werden.

Sogleich setzte Marie Louise eine erste Reise ins Werk, an der fünf Mädchen und zwei Knaben teilnahmen. Das waren die Größten und Kühnsten. Sie mußten ihre Schuhe ausziehen, um nicht gehört zu werden, so stahl sich der Trupp ins Haus und stieg leise die Treppe empor, wie eine Schar von Mäusen.

Als sie erst im Zimmer waren, ahmte das Mädchen ihrer Mutter nach, sie regelte die Zeremonie. Feierlich führte sie ihre Spielgefährten, ließ sie niederknien, bekreuzte sich, stand wieder auf, besprengte das Bett, und als die Kinder erschrocken, ängstlich und neugierig, eng aneinandergedrängt, nähertraten, um Gesicht und Hände der Toten zu betrachten, begann sie plötzlich das Schluchzen ihrer Mutter nachzuahmen, wobei sie das Gesicht mit ihrem kleinen Taschentuch bedeckte. Ganz plötzlich war sie dann wieder getröstet, weil sie an die anderen dachte, die vor der Tür warteten; so führte sie eiligen Schrittes all ihren Besuch hinaus, um alsbald eine andere Gruppe nach oben zu bringen, dieser folgte noch eine dritte; denn alle Gassenjungen der Gegend, selbst die kleinen Bettelkinder in Lumpen, waren zu diesem neuen Vergnügen herbeigelaufen; und jedesmal begann sie aufs neue das scheinheilige Getue ihrer Mutter mit absoluter Meisterschaft.

Schließlich ermüdete sie die Sache. Ein anderes Spiel lockte die Kinder ins Weite; und so blieb denn die alte Großmutter allein, vergessen von allen.

Der Schatten der Dämmerung senkte sich auf das Zimmer herab; nun warf das flackernde Licht der Kerzen einen unruhigen Schein über das harte, runzlige Antlitz der Alten.

Gegen acht Uhr kam Caravan nach oben, schloß das Fenster und erneuerte die Kerzen. Jetzt trat er schon ganz ruhig ins Zimmer, er hatte sich so daran gewöhnt, den Leichnam da zu sehen, als ob er schon seit Monaten dort gewesen wäre. Er beobachtete sogar, daß bisher sich keinerlei Veränderung bemerkbar machte und er teilte seiner Frau diese Tatsache in dem Moment mit, als sie sich zum Essen zu Tisch niedersetzen wollten. Diese antwortete: „Gewiß, die ist so dürr wie Holz; die würde sich ein ganzes Jahr halten."

Die Suppe wurde gegessen, ohne daß jemand ein Wort gesprochen hätte. Die Kinder, um die sich den ganzen Tag niemand gekümmert hatte, waren übermüdet und nickten auf ihren Stühlen ein, so herrschte vollständiges Schweigen.

Plötzlich wurde die Lampe dunkel. Frau Caravan zog sie zwar sogleich wieder auf, aber die Feder ließ einen kleinen Krach hören, eine Art von Gurgelton, und die Flamme erlosch gänzlich. Es war vergessen worden – Öl zu besorgen! Jetzt noch zum Krämer schicken, hätte das Essen verzögert, so suchten sie also nach Kerzen; aber es waren keine anderen mehr da als die, welche oben auf dem Nachttisch brannten.

Frau Caravan, die immer kurz entschlossen war, schickte schnell Marie Louise, um zwei davon zu holen; inzwischen warteten sie in der Dunkelheit.

Man hörte ganz genau das Geräusch der Schritte des Mädchens, während sie die Treppe hinaufstieg. Dann folgte eine Pause von einigen Sekunden, und alsbald hörte man das Kind eilig herunterlaufen. Sie öffnete die Tür, und bleich, atemlos und vielmehr bewegt als tags zuvor, kündigte sie mit erstickter Stimme das Ereignis an: „Oh! Papa! Großmama kleidet sich an."

Caravan fuhr so heftig in die Höhe, daß sein Stuhl bis an die Wand geschleudert wurde. Er stammelte: „Du sagst? . . . Was sagst du da? . . ."

Marie Louise, welcher die Gemütsbewegung fast die Kehle

zuschnürte, wiederholte: „Groß ... Groß ... Großmama zieht sich an ... sie wird gleich herunterkommen."

Wie wahnsinnig stürzte er nach der Treppe, seine Frau folgte ganz betäubt; oben vor der Stubentür machte er halt; das Entsetzen schüttelte ihn, und er wagte nicht hineinzugehen. Was würde er sehen müssen? – Frau Caravan war dreister, sie drückte die Klinke auf und drang in das Zimmer.

Der Raum, in dessen Mitte sich ein großer magerer Schatten bewegte, schien noch düsterer geworden zu sein. Sie war auf, die Alte; als sie aus ihrem lethargischen Schlafe erwachte, hatte sie, noch ehe sie so recht zum Bewußtsein gekommen war, sich herumgewendet, auf den Ellenbogen gestützt und drei der Kerzen, welche neben ihrem Sterbebett brannten, ausgeblasen. Als sie dann wieder ganz in den Besitz ihrer Kräfte gekommen war, stand sie auf, um ihre Siebensachen zusammenzusuchen. Die Abwesenheit ihrer Kommode verwirrte sie zuerst, aber allmählich hatte sie all ihre Wäsche ganz unten auf dem Boden des Holzkoffers wiedergefunden und hatte sich dann ruhig angekleidet. Als sie darauf das Wasser aus der Schüssel gegossen, den Buchsbaumzweig wieder hinter den Spiegel gesteckt und die Stühle an ihre früheren Plätze gerückt hatte, war sie gerade so weit, um hinunterzugehen, als ihr Sohn und ihre Schwiegertochter vor ihr erschienen.

Caravan stürzte auf sie zu, ergriff ihre Hände und bedeckte sie mit Küssen, wobei ihm die Tränen über die Wangen rannen, während hinter ihm seine Frau, mit scheinheiliger Miene fortwährend wiederholte: „Welch ein Glück, welch ein Glück!"

Aber die Alte war keineswegs gerührt, sie schien durchaus nicht verstehen zu wollen, steif wie eine Statue und mit eisigem Blick fragte sie nur: „Ist das Essen bald fertig?" Caravan, der ganz den Kopf verloren hatte, stammelte: „Gewiß, gewiß, Mama, wir erwarten dich." Mit ungewohnter Höflichkeit nahm er ihren Arm, während die junge Frau Caravan das Licht ergriff und leuchtete; so stiegen sie die Treppe hinab. Frau Caravan ging rückwärts von Stufe zu Stufe, wie sie es in der Nacht gemacht hatte, als ihr Mann die Marmorplatte trug.

Als sie am ersten Stock ankamen, hätten sie sich beinahe an Leuten gestoßen, die gerade die Treppe in die Höhe stiegen. Das war die Familie aus Charenton, Frau Braux und ihr Gatte, der ihr auf dem Fuße folgte.

Die große, dicke Frau, deren Bauch ganz wassersüchtig aussah und ihren Oberkörper hintenüber bog, riß erschrocken die Augen weit auf und war im Begriff, Reißaus zu nehmen. Der Gatte, ein sozialistischer Schuhmacher, ein kleiner, bis an die Nase behaarter Mann, der ganz wie ein Affe aussah, murmelte ohne sichtliche Bewegung: „Nun was ist das? Sie ist wieder lebendig geworden."

So wie Frau Caravan ihrer ansichtig geworden war, machte sie ihnen verzweifelte Zeichen und sagte dann laut: „Ei, sieh doch! Wie! . . . Ihr da! Das ist eine Überraschung!"

Aber Frau Braux war zu betäubt, um zu verstehen, sie antwortete mit halber Stimme: „Auf eure Depesche hin sind wir gekommen, wir glaubten, es wäre zu Ende."

Ihr Mann, der hinter ihr stand, kniff sie, um sie zum Schweigen zu bringen. Er fügte, während sein dichter Bart ein boshaftes Lächeln verdeckte, hinzu: „Es war sehr liebenswürdig von euch, daß ihr uns eingeladen habt. Wir sind gleich gekommen." Er spielte damit auf die Gastfreundschaft an, die seit langem zwischen beiden Familien herrschte. Als nun die Alte bei der letzten Stufe angekommen war, ging er lebhaft auf sie zu und rieb sein haariges Gesicht gegen ihre Backen, wobei er ihr wegen ihrer Taubheit ins Ohr schrie: „Nun, Mütterchen! Geht es gut? Immer noch rüstig, wie?"

Frau Braux, die zu ihrem Schrecken die, welche sie tot zu finden erwartet hatte, nun lebend vor sich sah, wagte nicht einmal sie zu umarmen: ihr enormer Bauch füllte den ganzen Treppenflur und hinderte die anderen, sich vorwärts zu bewegen.

Die Alte, obwohl beunruhigt und argwöhnisch, sprach kein Wort, aber sie betrachtete alle die Leute, die sie umgaben, und ihr kleines graues Auge, das hart und prüfend um sich blickte, haftete bald auf dem einen, bald auf dem andern und spiegelte Gedanken wider, die ihren Kindern sehr unbequem waren.

Caravan sagte erklärend: „Sie war ein wenig leidend, aber jetzt geht es ihr wieder gut, ganz gut, nicht wahr, Mutter?"

Nun antwortete die Alte, während sie sich wieder in Bewegung setzte, mit ihrer schnarrenden Stimme, die so klang, als ob sie von weit her tönte: „Es war eine Ohnmacht! Ich hörte euch die ganze Zeit über." Darauf folgte ein verlegenes Schweigen. Man begab sich in das Eßzimmer und setzte sich zu einem Mittagessen nieder.

Herr Braux war der einzige, der seine Geistesgegenwart bewahrt hatte. Sein Gorillagesicht grinste und er machte doppelsinnige Bemerkungen, die sichtlich alle Tischgenossen in Verlegenheit setzten.

Aber jeden Augenblick ertönte die Klingel; Rosalie kam dann ganz verlegen und holte Herrn Caravan, der seine Serviette hinwarf und hinausstürzte. Sein Schwager fragte ihn, ob heute sein Empfangstag sei. Er stotterte: „Nein, es sind nur Bestellungen, weiter nichts.“

Als man ein Paket hereinbrachte, öffnete er es unbedachtsamerweise, und die Todesanzeigen mit schwarzem Rand wurden sichtbar. Bis unter die Augen errötend, schloß er wieder den Umschlag und schob das Ganze unter seine Weste.

Seine Mutter hatte nichts gesehen, sie betrachtet hartnäckig ihre Stutzuhr, deren vergoldeter Ballfänger auf dem Kamin hin und her pendelte. Das vermehrte noch das Peinliche der Situation und erzeugte eisiges Stillschweigen.

Nun wendete die Alte ihr runzliges Hexengesicht ihrer Tochter zu und, während ein boshafter Blitz aus ihren Augen fuhr, sagte sie: „Montag bringe mir deine Kleine her, ich will sie sehen.“ Frau Braux schrie mit strahlendem Gesicht: „Ja, Mama“,

– während Frau Caravan, die Jüngere, erbleichte und einer Ohnmacht nahe war.

Inzwischen fingen nach und nach die beiden Männer zu plaudern an; sie begannen, einer nichtigen Veranlassung wegen, eine politische Diskussion. Braux, der revolutionär-sozialistischen Doktrinen huldigte, wiegte sich unruhig hin und her, wobei seine Augen in dem bärtigen Gesicht leuchteten, und schrie: „Das Eigentum, mein Herr, ist ein Diebstahl am Arbeiter; die Erde gehört allen; – die Erbschaft ist eine Infamie und eine Schande! . . ." – Hier hielt er plötzlich inne, wie jemand, der eine große Dummheit gesagt hat, dann fügte er in sanfterem Tone hinzu: „Es ist jetzt nicht der Moment, um solche Dinge zu besprechen."

Die Tür tat sich auf, und der Doktor Chenet erschien. Einen Augenblick war er bestürzt, dann aber gewann er seine Geistesgegenwart wieder, und sich der alten Frau nähernd, sagte er: „Oh! Da ist ja auch die Mama! Es geht doch gut heute? Oh! Das habe ich mir gleich so gedacht, sehen Sie, eben, als ich die Treppe herauf kam, sagte ich mir: Ich wette, daß die Alte wieder auf den Beinen ist." – Ihr sanft auf den Rücken klopfend,

fuhr er fort: „Sie ist solide wie der Pont-Neuf, die wird uns noch alle begraben, das werdet ihr sehen.“

Er setzte sich nieder, nahm den Kaffee, den man ihm reichte, und mischte sich bald in die Unterhaltung der beiden Männer, wobei er sich auf Braux’ Seite stellte, denn er hatte sich zur Zeit der Kommune kompromittiert.

Als sich die Alte nun ermüdet zeigte und sich zurückziehen wollte, sprang Caravan ihr bei. Sie sah ihm fest in die Augen und sagte: „Du wirst mir augenblicklich meine Kommode und meine Stutzuhr wieder nach oben besorgen.“ Als er nun stotterte: „Ja, Mama“, – nahm sie den Arm ihrer Tochter und verschwand mit ihr.

Die beiden Caravans blieben stumm und starr, wie zerschmettert durch ein entsetzliches Ereignis, während Braux sich die Hände rieb und seinen Kaffee austrank.

Plötzlich stürzte sich Frau Caravan in blinder Wut auf ihn und heulte: „Ihr seid ein Dieb, eine Kanaille . . . Ich speie Euch ins Gesicht, ich . . . ich . . .“ – Die Stimme versagte ihr, sie fand nichts mehr; er aber lachte und trank ruhig weiter.

Als nun seine Frau eben wieder eintrat, stürzte sich ihre Schwägerin auf diese; und beide, die eine enorm mit ihrem gefährlichen Bauch, die andere epileptisch und mager, überschütteten sich aus vollem Halse mit ganzen Fuhren von Schimpfworten.

Chenet legte sich ins Mittel, und Braux stieß seine bessere Hälfte bei den Schultern zur Tür hinaus, wobei er rief: „Geh doch, alte Kracke, du schreist zu viel.“

Man hörte sie noch auf der Straße miteinander streiten, während sie sich entfernten.

Herr Chenet verabschiedete sich.

Die Caravans blieben allein.

Der Mann sank auf einen Stuhl und der kalte Schweiß floß von seinen Schläfen, während er murmelte: „Was werde ich nun meinem Chef sagen?“

Simons Papa

Der letzte Glockenschlag der Mittagsstunde war soeben verklungen, als sich die Tür des Schulhauses auftat, aus der die Jungen lärmend und schreiend hervorstürzten. Einer stieß den andern, denn jeder wollte der erste draußen sein. Aber anstatt sich nun schnell zu zerstreuen und zum Mittagessen heimzukehren, wie sie sonst täglich taten, blieben sie schon nach wenigen Schritten stehen, sammelten sich truppweise und flüsterten miteinander.

An diesem Tage war Simon, der Sohn der Blanchotte, zum ersten Male in die Schule gekommen.

Alle hatten zu Hause von der Blanchotte sprechen gehört, und obwohl man ihr öffentlich artig begegnete, redeten doch die Mütter, wenn sie unter sich waren, von ihr mit einer Art von

geringschätzigem Mitleid. Diese Stimmung hatte sich auch auf die Kinder übertragen, ohne daß sie recht gewußt hätten, was es mit der Blanchotte für eine Bewandtnis habe.

Was nun Simon anbelangte, so kannten sie ihn gar nicht, denn er ging nie aus dem Hause, er hatte sich weder mit ihnen in der Dorfstraße gebalgt, noch am Ufer des Baches umhergetrieben. Deshalb mochten sie ihn auch gar nicht; sein Empfang in der Klasse war keineswegs freundlich; ein vierzehnjähriger Lümmel hatte mit schlauem Augenzwinkern verkündet, daß Simon keinen Vater habe, er tat dabei so geheimnisvoll, als ob er von der Geschichte weit mehr wisse, als er sagen wolle. Dieses Wort ging nun mit einem gewissen freudigen Erstaunen von Mund zu Mund: – „Weißt du schon . . . Simon . . . hat keinen Vater."

Nun kam auch der Sohn der Blanchotte aus der Tür des Schulhauses. Er mochte sieben bis acht Jahre alt sein, sein Äußeres war sehr sauber, sein Gesicht blaß und sein Wesen furchtsam, beinahe linkisch.

Er wollte stracks zu seiner Mutter heimkehren, aber seine Schulkameraden, welche immer noch truppweise, leise mit einander redend, dastanden, betrachteten ihn mit den bösen, grausamen Blicken, die Kindern eigen sind, die einen losen Streich vorhaben, und als er an ihnen vorübergehen wollte, schlossen sie sich ihm an und umzingelten ihn.

So blieb er denn überrascht und verlegen stehen, ohne zu begreifen, was sie von ihm wollten. Der große Junge, welcher die Nachricht von seiner Vaterlosigkeit verbreitet hatte, freute sich des Effektes, den er damit erzielt hatte, und so trat er vor ihn hin und fragte:

– „Wie heißt du denn eigentlich?"

Er antwortete: „Simon."

– „Simon, wie denn weiter?" fragte der andere.

Das Kind wiederholte ganz verwirrt: – „Simon."

Der Junge schrie ihn an: – „Man heißt doch nicht bloß glattweg Simon . . . das ist doch kein Vatersname . . . Simon."

Nun waren ihm die Tränen nahe, als er zum dritten Male sagte:

– „Ich heiße Simon."

Die ganze Bande fing zu lachen an, und der große Junge schrie triumphierend: – „Seht ihr wohl, er hat keinen Vater."

Es wurde plötzlich ganz still. Es wollte den Jungen nicht in

den Kopf, daß ein Kind keinen Vater hatte, das war ja unmöglich, ungeheuerlich; – sie blickten auf Simon wie auf ein Wundertier, auf ein unnatürliches Wesen, und in ihnen regte sich dieses Gefühl der Verachtung, welches ihre Mütter gegen Blanchotte zur Schau trugen, und das ihnen bis heute unverständlich geblieben war.

Simon hatte sich gegen einen Baum gelehnt, um nicht hinzufallen, da stand er wie angedonnert, als ob ein entsetzliches Unglück ihn betroffen habe. So viel er auch nachdachte, er fand nichts, was er ihnen hätte antworten können, um die fürchterliche Sache aus der Welt zu schaffen, daß er keinen Vater hatte. Blaß vor Erregung stand er da und plötzlich rief er auf gut Glück: – „Und doch habe ich einen."

– „Wo ist er denn?" fragten die Jungen.

Simon schwieg; er wußte es nicht. Die Jungen lachten überlaut, sie waren sehr aufgeregt; diese Landkinder, welche in enger Gemeinschaft mit den Tieren aufwachsen, empfanden das grausame Bedürfnis, den einmal Gebeugten ganz niederzudukken, wie die Hühner, die ein krankes Tier auf dem Hofe nicht dulden, sondern so lange darauf loshacken, bis es verendet ist.

Simon sah unter der Menge einen kleinen Nachbar, den Sohn einer Witwe, den hatte er auch immer nur mit seiner Mutter gesehn.

– „Und was willst du denn? Du hast ja auch keinen Vater."

– „Und doch habe ich einen!" rief der andere.

– „Wo ist er denn?" erwiderte Simon.

– „Er ist tot", erklärte das Kind mit feierlichem Stolz, „mein Vater liegt auf dem Kirchhof."

Diese Antwort wurde mit beifälligem Gemurmel von den Schlingeln aufgenommen, als ob diese Tatsache, daß ihr kleiner Kamerad einen Vater auf dem Kirchhof habe, ihn in ihren Augen erhöhe und den andern noch mehr vernichte, dessen Vater nirgends war. Diese nichtsnutzigen Göhren, deren Väter größtenteils Bösewichter, Trunkenbolde und Spitzbuben waren, die ihre Frauen schlecht behandelten und schlugen, drängten sich immer näher heran, als ob sie, die Legitimen, mit einem Druck den ersticken wollten, der in ihren Augen vogelfrei war.

Einer, der Simon am nächsten war, bläkte gegen ihn die Zunge und schrie ihm mit schlauer Miene ins Ohr: – „Keinen Vater! Keinen Vater!"

Simon faßte ihn mit beiden Händen in die Haare, und während er seine Beine mit zahllosen Fußtritten bearbeitete, biß er ihn wütend in die Backe. Nun entstand ein großer Tumult, die beiden Kämpfer wurden getrennt und alles hieb auf Simon los, zerschunden, gekratzt, getreten wälzte er sich in dem Haufen der Jungen auf der Erde umher, von denen die gerade nicht Beteiligten vor Freude in die Hände klatschten. Als er wieder aufstehen konnte und mechanisch mit der Hand seine staubige Bluse säuberte, rief ihm einer zu:

– „Geh' doch und sage es deinem Vater."

Dieses Wort brachte ein tiefes Weh in seine kleine Brust. Sie waren stärker als er, sie hatten ihn geschlagen, und er konnte ihnen nichts antworten, denn er fühlte wohl, es sei wahr, er hatte keinen Vater. Stolz wie er war, versuchte er noch gegen die Tränen anzukämpfen, die ihn ersticken wollten, doch plötzlich schluchzte er laut und begann heftig zu weinen, er schrie nicht, aber er schluchzte schnell und unaufhörlich.

Nun brach eine wilde Freude bei seinen Feinden aus und wie die Wilden, die um ihr Opfer tanzen, ergriffen auch sie einander bei den Händen und tanzten den Ringelreihen, wobei sie der

Melodie einen neuen Text unterlegten: – „Er hat ja keinen Vater! Er hat ja keinen Vater!"

Plötzlich hörte Simon zu weinen auf, denn eine wilde Wut hatte ihn erfaßt. Auf dem Boden zu seinen Füßen lagen Steine, die griff er auf und schleuderte sie aus voller Kraft gegen seine Henker. Zwei oder drei, die er getroffen hatte, suchten schreiend das Weite, sein Anblick war so furchtbar, daß auch die andern ein jäher Schrecken ergriff.

Einem verzweifelten Menschen gegenüber ist die Menge immer feige und so löste sich ihr Ringelreihen auf und sie entflohen.

Als der kleine vaterlose Junge sich allein sah, fing er an querfeldein zu laufen, denn er erinnerte sich eines Vorfalls, der in seinem Köpfchen einen großen Entschluß zur Reife brachte. Er wollte zum Fluß, um sich zu ertränken.

Es war ihm eingefallen, daß vor acht Tagen ein armer Teufel, der sein Leben mit Betteln gefristet, sich ins Wasser warf, weil ihm niemand mehr etwas geben wollte. Simon war dabei, als man ihn herausfischte; der traurige alte Mann, der ihm sonst erbärmlich, unsauber und häßlich vorgekommen war, überraschte ihn durch seine ruhige Miene, sein Gesicht war ganz bleich und von dem langen Bart fielen die Tropfen hernieder, während die ruhigen Augen ins Weite blickten. Die Leute sagten: – „Er ist tot." – Einer hatte hinzugefügt: – „Nun ist ihm wohl." –

Auch Simon wollte sich ertränken, weil er keinen Vater hatte, wie es der Bettler tat, weil man ihm kein Geld mehr gab.

So kam er ans Ufer des Flusses und sah das Wasser dahinfließen. Aus den klaren Fluten sprangen hie und da kleine Fische auf und schnappten nach den Fliegen, welche über die Oberfläche des Wassers hinstrichen. Als er das sah, hörte er auf zu weinen, denn das Manöver der Fische interessierte ihn lebhaft. Aber wie bei einem Gewitter plötzliche Windstöße dahinsausen, welche die Äste der Bäume niederbrechen, wenn sie das Gelände durchtosen, so stieg auch bei ihm sturmartig, plötzlich und tief schmerzlich der Gedanke auf: – „Ich muß mich ertränken, weil ich keinen Vater habe."

Es war schönes warmes Wetter, die Sonnenstrahlen küßten die Halme der Gräser und der Himmel spiegelte sich in der klaren Flut; es kam über den kleinen Simon nach und nach ein

wohliges Gefühl, denn die Tränen hatten sein gequältes Kinderherz erleichtert, so daß es ihm gut dünkte, im warmen Gras die heiße Mittagsstunde zu verschlafen.

Als er so zwischen Wachen und Träumen dalag, sprang ein kleiner Laubfrosch vor seine Füße, er griff nach ihm, aber der Frosch entwischte. Nun fing er an, das Tier zu verfolgen und griff noch dreimal vergebens danach; endlich faßte er doch einen seiner Hinterfüße und lachte, als er sah, wie das Tier sich quälte, um wieder frei zu werden. Der Frosch duckte sich zusammen, um dann plötzlich mit heftigem Ruck seine langen Hinterbeine ganz auszustrecken, so daß sie gerade und steif wie zwei Stecken wurden; dabei hatten seine runden Augen einen goldig schimmernden Rand und seine Vorderpfoten bewegten sich wie Hände. Das erinnerte ihn an ein Spielzeug, welches aus hölzernen Brettchen verfertigt war, die immer im Zickzack eines auf das andere genagelt waren, und welche man ähnlich in Bewegung setzen konnte, damit die kleinen, darauf befestigten Holzsoldaten exerzierten. So wurden seine Gedanken nach Hause gelenkt, er dachte an seine Mutter und wurde so traurig, daß er aufs neue heftig zu weinen anfing. Er schauderte und kniete nieder, um sein Abendgebet zu sprechen, das er immer sagte, ehe er einschlief; aber er konnte nicht damit zu Ende kommen, denn er schluchzte beim Weinen so oft und heftig, daß sein ganzer kleiner Körper davon erschüttert war. Er sah und hörte nicht mehr, was um ihn her vorging, so ganz nahm ihn das Weinen in Anspruch.

Plötzlich legte sich eine schwere Hand auf seine Schulter und eine volle Stimme fragte ihn:

– „Was hast du denn für einen großen Kummer, mein kleiner Kerl?“

Simon blickte auf. Ein großer Arbeiter mit schwarzem, kurz gelocktem Haupt- und Barthaar sah mit gutmütigen Blicken zu ihm nieder. Er antwortete mit tränenerstickter Stimme:

– „Sie haben mich geschlagen . . . weil ich . . . weil . . . weil . . . weil ich keinen Vater habe.“

– „Wie“, sagte der Mann lächelnd, „jeder Mensch hat einen Vater.“

Das Kind versuchte mühsam seinen Kummer niederzukämpfen und begann wieder unter Schluchzen: „Ich . . . ich . . . ich habe keinen.“

Der Arbeiter wurde ernst; er hatte den Sohn der Blanchotte in dem Jungen erkannt, und obgleich er erst kürzlich in die Gegend gekommen war, so kannte er doch ungefähr ihre Geschichte.

„Sei guter Dinge, mein Söhnchen, und tröste dich, komm mit mir zu deiner Mutter, du sollst einen Papa haben.“

So gingen sie des Weges, der Große hielt den Kleinen bei der Hand, dabei war die Miene des Mannes wieder fröhlich, denn er war gar nicht böse darüber, daß er auf diese Weise zur Blanchotte kommen würde, die eines der schönsten Mädchen in der ganzen Gegend sein sollte; er dachte vielleicht im Grunde seines Herzens, der Fuß, der schon einmal gestrauchelt hat, wird wohl auch noch öfter straucheln.

Endlich kamen sie vor ein kleines weißes, sehr sauberes Häuschen.

– „Hier ist es", sagte das Kind und rief: – „Mama!"

Eine Frau wurde sichtbar, und der Arbeiter hörte plötzlich zu lächeln auf, denn er begriff sofort, daß er hier bei diesem großen bleichen Frauenbild, mit seinen leichten Absichten an die Unrechte käme, sie blieb mit strenger Miene auf der Schwelle stehen, als ob sie die Tür ihres Hauses, in dem sie schon einmal durch einen Mann verraten worden war, gegen jeden andern verteidigen müsse.

Der Arbeiter stammelte eingeschüchtert, während er seine Mütze abnahm:

„Sehen Sie, Madame, ich bringe Ihnen Ihren Kleinen wieder, der sich oben am Wasser verlaufen hatte."

Aber Simon flog seiner Mutter um den Hals und sagte ihr unter neuen Tränen:

„Nein, Mama, ich habe mich ertränken wollen, denn die andern haben mich geschlagen . . . ja, sie haben mich geschlagen . . . weil ich keinen Vater habe."

Eine brennende Röte überflog die Wangen der Frau, welche, von heftiger Seelenpein durchwühlt, ihr Kind leidenschaftlich küßte, während reichliche Tränen über ihr Antlitz rannen. Der Arbeiter war im Innersten bewegt und wußte nicht, wie er sich entfernen sollte. Da lief Simon plötzlich auf ihn zu und sagte:

„Willst du mein Vater sein?"

Eine große Stille folgte dieser Frage. Die Blanchotte, welche gegen die Mauer gelehnt dastand, preßte ihre beiden Hände aufs Herz. Als das Kind sah, daß es keine Antwort bekam, wandte es sich wieder zu dem Arbeiter und sagte:

– „Wenn du nicht willst, gehe ich wieder an den Fluß und ertränke mich doch."

Der Arbeiter nahm die Sache von der lustigen Seite und sagte:

„Ja, mein Söhnchen, ich will sehr gern."

„Wie heißt du denn eigentlich", hub das Kind wieder an, „damit ich es den andern sagen kann, wenn sie deinen Namen wissen wollen?"

„Philipp“, sagte der Mann.

Simon schwieg einen Augenblick, um diesen Namen seinem Gedächtnis gut einzuprägen, dann streckte er ganz getröstet seine Ärmchen aus und sagte:

„Abgemacht! Philipp, du bist mein Papa.“

Der Arbeiter hob das Kind vom Boden auf und küßte es heftig auf beide Wangen, dann sprang er schnell in großen Sätzen davon.

Als das Kind am nächsten Morgen in die Schule kam, wurde

es mit boshaftem Lachen empfangen; beim Fortgehen, als die Schlingel wieder anfangen wollten, warf ihnen Simon, so hart und scharf als ob es Kiesel wären, die Worte an den Kopf: „Mein Vater heißt Philipp."

Ein Freudengeheul folgte diesen Worten.

„Wer denn Philipp? Was für ein Philipp? . . . Wo hast du denn den Philipp hergenommen?"

Simon sagte nichts, sein Glaube war so unerschütterlich, daß er ihre Bewegungen argwöhnisch überwachte, weil er entschlossen war, sich lieber wieder steinigen zu lassen, als davonzulaufen. Der Schulmeister befreite ihn und er kehrte heim zu seiner Mutter.

Während der folgenden drei Monate ging der große Arbeiter Philipp oft an dem Haus der Blanchotte vorüber und manches Mal, wenn er sie nähend am Fenster sitzen sah, faßte er sich ein Herz und sprach sie an. Sie antwortete ihm immer höflich, aber sie blieb ernst und lachte niemals mit ihm, auch forderte sie ihn niemals auf, zu ihr herein zu kommen. Aber da er, wie alle Männer, ein wenig geckenhaft war, so bildete er sich ein, daß, wenn er mit ihr sprach, ihre Wangen röter als gewöhnlich seien.

Hat der gute Ruf einer Frauensperson einmal gelitten, so ist er schwer wieder herzustellen und bleibt auch dann immer noch gebrechlich, so kam es, daß trotz der peinlichen Zurückhaltung der Blanchotte die bösen Zungen der Gegend in Tätigkeit waren.

Was nun Simon betraf, so hatte er seinen neuen Papa sehr lieb und ging fast alle Abende nach beendetem Tagewerk mit ihm spazieren. Er ging eifrig in die Schule und behielt seinen Kameraden gegenüber seine würdige Haltung, ohne ihnen auf ihre Stichelreden zu antworten.

Eines Abends aber sagte der Schlingel, welcher ihn damals zuerst angegriffen hatte:

– „Du hast gelogen, du hast ja gar keinen Vater, der Philipp heißt."

– „Wieso denn?" – fragte Simon erregt.

Der Junge klatschte in die Hände und rief:

„Wenn du einen hättest, dann müßte er der Mann deiner Mutter sein."

Simon wurde nachdenklich, weil ihm die Richtigkeit dieses Beweises einleuchtete, nichtsdestoweniger sagte er:

– „Er ist aber doch mein Vater."

– „Das kann wohl sein", sagte der Junge grinsend, „aber dein richtiger Vater ist er doch nicht."

Das Söhnchen der Blanchotte ließ den Kopf hängen und ging nachdenklich den Weg zur Schmiede des Papa Loizon hinab, wo Philipp arbeitete.

Diese Schmiede lag wie begraben unter hohen dichten Bäumen. Es war da sehr dunkel, nur das rote Licht des Feuers auf dem großen Herd beleuchtete mit unruhigem Schein fünf Schmiedegesellen, die mit nackten Armen auf ihre Ambosse losschlugen und einen schrecklichen Lärm dabei machten. Sie standen aufrecht, im roten Licht wie Teufel anzuschauen, ihre Augen waren auf das glühende Eisen geheftet, welches sie schlugen und ihre schweren Gedanken stiegen und fielen mit dem Schlag ihrer Hämmer.

Simon trat ungesehen ein, ging ganz leise auf seinen Freund zu und zupfte ihn am Ärmel. Dieser wendete sich um. Alle stellten plötzlich die Arbeit ein und betrachteten erwartungsvoll den Kleinen. In dieser hier ungewohnten Stille erhob sich Simons helle Kinderstimme.

– „Sage doch, Philipp, der Michaude'sche Junge hat mir eben gesagt, du wärst gar nicht mein richtiger Vater."

– „Warum denn nicht?" fragte der Arbeiter.

Das Kind antwortete in seiner Unschuld:

– „Weil du nicht Mamas Mann bist."

Niemand lachte. Philipp blieb aufrecht stehen und legte den Kopf auf seine Hände, welche den großen, auf den Amboß gestützten Hammer hielten. Er dachte nach. Seine vier Kameraden blickten ihn an, und der kleine Simon stand zwischen den Riesen und harrte, ganz von Angst erfüllt, auf eine Antwort. Plötzlich gab einer der Schmiede den Gedanken aller Worte und sagte zu Philipp:

– „Die Blanchotte ist trotz alledem ein gutes, braves Mädchen, arbeitsam und ordentlich, bei all ihrem Unglück, sie wird einmal eine würdige Frau für einen ehrlichen Mann sein."

– „Das ist wahr", sagten die andern drei.

Der erste fuhr fort:

„Kann denn das Mädchen etwas für ihren Fehltritt? War ihr nicht die Ehe versprochen worden? Ich kenne mehr als eine, die jetzt in hoher Achtung steht und doch ganz dasselbe getan hat."

– „Das ist wahr“, antwortete der Chor der drei Männer.

Er hub wieder an: „Was für Not hat sie gehabt, um ganz allein ihren Jungen aufzuziehen, und wieviel hat sie geweint, seit sie ihr Haus nur verläßt, um in die Kirche zu gehen, das weiß allein der liebe Gott.“

„Auch das ist wahr“, sagten die andern.

Jetzt hörte man nur noch das Geräusch des Blasebalgs, mit welchem der eine das fast erloschene Feuer wieder anfachte. Plötzlich beugte sich Philipp zu Simon nieder:

– „Geh und sage deiner Mutter, daß ich heute abend mit ihr zu reden habe.“

Dann schob er den Kleinen zu der Schmiede hinaus.

Er ging wieder an seine Arbeit, und wie mit einem Schlag fielen die fünf Hämmer auf die Ambosse nieder. So schlugen sie das Eisen bis zum Abend, stark, machtvoll und freudig, die Hämmer waren zufrieden. Aber so, wie bei einem großen Festtag das dröhnende Bum-Bum der Glocke der Kathedrale all das andere Geklingel übertönt, so beherrschte auch Philipps Hammer, der von Sekunde zu Sekunde niederfiel, den Lärm der andern. Er stand im Sprühregen der leuchtenden Funken und schmiedete mit leidenschaftlicher Lust.

Der Himmel stand voller Sterne, als er an die Tür der Blanchotte klopfte. Er hatte seine Sonntagsbluse und ein frisches Hemd angezogen, auch sein Bart war sorgfältig gekämmt. Die junge Frau erschien auf der Schwelle und sagte mit betrübter Miene: – „Das ist nicht recht von Ihnen, Herr Philipp, so bei sinkender Nacht hierher zu kommen."

Er wollte antworten, stammelte etwas Unverständliches, und blieb verlegen vor ihr stehen.

Sie fing wieder an: – „Sie werden wohl einsehen, daß ich keinen Grund zum Gerede geben darf."

Nun sagte er plötzlich:

– „Was will das bedeuten, wenn Sie einwilligen, meine Frau zu werden!“

Niemand antwortete auf diese Worte, aber er glaubte im Zimmer ein Geräusch zu hören, als ob ein Körper ohnmächtig zur Erde glitte. Er trat schnell ein; der kleine Simon, der schon im Bettchen lag, glaubte den Ton eines Kusses zu hören, und auch ein paar Worte, die seine Mutter sehr leise flüsterte. Dann fühlte er sich plötzlich von den Händen seines Freundes hochgehoben, und während ihn dieser auf den mächtigen Armen hielt, rief er ihm zu:

– „Du wirst all deinen Schulkameraden sagen, daß dein Papa Philipp Remy, der Schmied ist, der sie bei den Ohren kriegen wird, wenn sie dir wieder Böses tun.“

Als am nächsten Morgen die Schule ganz voll war und der Unterricht eben beginnen sollte, stand der kleine Simon auf und sagte ganz blaß und mit zitternden Lippen, aber mit heller, fester Stimme: – „Mein Papa ist Philipp Remy, der Schmied, und er hat mir versprochen, daß er jeden von euch bei den Ohren kriegen wird, der mir wieder Böses tut.“

Dieses Mal lachte niemand, denn sie kannten alle Philipp Remy, den Schmied, das war ein Papa, auf den jeder von ihnen stolz gewesen wäre.

Eine Landpartie

Schon seit fünf Monaten hatten sie sich vorgenommen, am Namenstage der Frau Dufour, die Petronella hieß, in der Umgegend von Paris zu frühstücken. Da man der Partie mit begreiflicher Ungeduld entgegensah, waren alle an diesem Tage schon sehr früh aufgestanden. Herr Dufour hatte sich den Wagen vom Milchmann geliehen und kutschierte selbst. Das zweirädrige Wägelchen war sehr sauber und hatte ein Dach, das von vier Eisenstäben getragen wurde. An ihnen waren Vorhänge befestigt, die aufgezogen waren, damit man die Gegend betrachten konnte. Nur der hintere flatterte wie eine Fahne im Wind. Neben Herrn Dufour prangte seine Frau in einer verblüffenden kirschroten Seidenrobe. Auf zwei Stühlen hinter ihnen saßen die alte Großmutter und ein junges Mädchen. Außerdem war noch der gelbe Haarbusch eines jungen Menschen sichtbar, der sich aus Mangel an Platz hinten hingelegt hatte und von dem man nur den Kopf sah.

Nachdem sie die Champs-Elysées passiert und am Tor Maillot an den Befestigungen vorbeigekommen waren, betrachteten sie sich die Gegend. Als sie über die Brücke von Neuilly fuhren, sagte Herr Dufour: „Endlich sind wir auf dem Lande“, und

seine Frau begann auf diese Bemerkung hin für Natur zu schwärmen. Auf dem Rondell von Courbevoie bewunderten sie alle die außerordentliche Aussicht. Rechts unten lag Argenteuil mit seinem Kirchturm, darüber die Höhen von Sannois und die Mühle von Orgemont. Links zeichnete sich die Wasserleitung von Marly auf dem klaren Morgenhimmel ab und in der Ferne sah man noch die Terrasse von Saint-Germain, während geradeaus am Ende einer Hügelkette der aufgewühlte Boden das neue Fort von Cormeilles erkennen ließ. Ganz hinten, in weiter, weiter Entfernung, über Felder und Dörfer hinweg wurde die dunkle Linie des Waldes sichtbar. Die Sonne begann ihnen ins Gesicht zu brennen, der Staub drang ihnen in die Augen und zu beiden Seiten des Weges lagen unübersehbar kahle, schmutzige übelduftende Felder. Es machte den Eindruck, als hätte die Pest darauf gehaust, die sogar die Häuser zerfressen hatte, denn überall ragten Skelette von ruinenähnlichen, verlassenen Bauten oder kleine Villen, die aus Geldmangel unvollendet geblieben waren, mit ihren vier dachlosen Mauern gen Himmel. Da und dort schossen aus dem unfruchtbaren Boden hohe Fabrikschornsteine empor, das einzige, was auf diesen verjauchten Feldern gedieh, und der Frühlingswind trug den Geruch von Kohlen, Petroleum und noch Schlimmerem herüber. Endlich passierten sie die Seine zum zweiten Mal, und auf der Brücke waren alle begeistert. Der Fluß lag im hellen Sonnenschein; ein leichter Dunst schwebte darauf, der von der Sonne aufgesogen wurde. Mit erquickendem Behagen genoß man die reinere, erfrischende Luft, die weder den schmutzigen Rauch der Fabriken noch die Ausdünstungen der Senkgruben mit sich führte. Ein Mann, der ihnen begegnete, hatte ihnen gesagt, daß das Dorf Bezons hieß.

Der Wagen hielt und Herr Dufour las das einladende Schild eines Wirtshauses: „Restaurant Poulin. Fricassée und Bratfische, Zimmer für geschlossene Gesellschaften, Garten und Schaukeln."

„Na, Frau Dufour, paßt dir das? Wollen wir hier bleiben?"

Die Frau las noch einmal: „Restaurant Poulin. Fricassée und Bratfische, Zimmer für geschlossene Gesellschaften, Garten und Schaukeln." Dann betrachtete sie sich das Haus eine ganze Weile.

Es war ein weiß angestrichenes, ländliches Gasthaus dicht an der Straße. Durch die offene Tür sah man das blitzende Zink am Büfett, vor dem zwei Arbeiter im Sonntagsstaat standen. Frau Dufour entschloß sich endlich. „Ja, hier ist es hübsch", sagte sie, „hier haben wir auch Aussicht." Der Wagen fuhr in einen weiten, mit Bäumen bestandenen Hofraum, der hinter dem Wirtshaus lag und von der Seine nur durch den schmalen Treidelweg getrennt war. Dort wurde abgestiegen. Herr Dufour sprang zuerst herunter, dann breitete er die Arme aus, um seine Frau in Empfang zu nehmen. Das von zwei eisernen Leisten gehaltene Trittbrett war so niedrig, daß Frau Dufour, um hinunter zu gelangen, den unteren Teil ihres Beins sehen lassen mußte, dessen ursprüngliche Schlankheit jetzt unter einer Fülle von Fett verschwand. Ihr Gatte, der schon in aufgekratzter Landpartiestimmung war, kniff sie rasch in die Wade, nahm sie dann auf die Arme und setzte sie schwerfällig, wie ein riesiges Paket, auf die Erde. Sie klopfte sich mit der Hand den Staub von ihrem Seidenkleid und blickte sich dann um, wo sie eigentlich war. Sie war eine Frau von etwa sechsunddreißig Jahren, sehr stark, aber hübsch und appetitlich. Sie atmete schwer, denn das allzu fest geschnürte Korsett beklemmte sie. Der Druck dieser Maschine hob die wogende Masse ihres allzu reichlichen Busens bis zu ihrem Doppelkinn empor. Das junge Mädchen legte nur eine Hand auf die Schulter ihres Vaters und sprang graziös ganz allein vom Wagen. Der junge Mann mit dem gelben Haar war über das Rad hinuntergeklettert und half nun Herrn Dufour die Großmutter abladen. Dann spannten sie das Pferd aus und banden es an einen Baum. Der Wagen fiel auf die Nase und die Deichsel lag auf dem Boden. Die Männer hatten ihre Röcke ausgezogen, wuschen sich die Hände in einem Wassereimer und gingen dann zu den Damen, die sich schon auf die Schaukeln gesetzt hatten. Fräulein Dufour versuchte sich ganz allein im Stehen zu schaukeln, aber sie konnte sich nicht den nötigen Schwung geben. Sie war ein schönes Mädchen von achtzehn bis zwanzig Jahren, wie sie schon bei der bloßen Begegnung auf der Straße unsere Leidenschaft reizen und an die unsere Sinne dann den ganzen Tag über denken. Sie war groß, schlank in der Taille und breit in den Hüften, mit brünettem Teint, sehr großen Augen und tiefschwarzem Haar. Ihr Kleid ließ die feste Fülle ihrer Formen erkennen, und die Hüftbewegungen, die sie beim Schaukeln machte, ließ das alles noch deutlicher hervortreten.

Mit den Händen hielt sie über ihrem Kopf die Stricke fest, so daß bei jedem Schwung, den sie sich gab, ihre Brust prall hervortrat. Ihr Hut, den der Wind ihr entrissen, lag hinter ihr. Langsam setzte die Schaukel sich in Bewegung, und immer wenn sie hochging, wurde ihr fein geformtes Bein bis zum Knie sichtbar. Den beiden Männern, die ihr lachend zuschauten, schlug dabei das Parfüm ihrer Kleider entgegen, das berauschender war, als der Duft des Weines.

Auf einer anderen Schaukel saß Frau Dufour und eintönig wiederholte sie immer wieder: „Cyprian komm, schaukle mich! Komm, schaukle mich doch, Cyprian!“ Endlich kam Cyprian wirklich, krempelte sich die Hemdsärmel auf, als wenn er Holz hacken müßte, und brachte mit unendlicher Mühe seine Frau in Bewegung. Sie klammerte sich an den Stricken fest, hielt die Beine gerade von sich gestreckt, um den Boden nicht zu berühren und freute sich, daß sie beim Schaukeln ein bißchen betäubt wurde. Ihr ganzer Körper bibberte dabei unaufhörlich, wie Gelee auf einer Schüssel. Als die Schaukel aber immer höher flog, wurde ihr schwindlig und sie bekam Angst. Bei jedem Abschwung schrie sie schrill auf, so daß alle Kinder aus dem Dorf zusammenliefen, und jenseits der Gartenhecke sah sie undeutlich eine ganze Reihe verschmitzter Gesichter vor sich, die lachten und grinsten.

Da jetzt die Magd kam, wurde das Frühstück bestellt. „Einen gebackenen Seinefisch, ein gebratenes Kaninchen, Salat und Dessert“, bestimmte Frau Dufour mit wichtiger Miene. „Bringen Sie zwei Liter und eine Flasche Bordeaux“, sagte ihr Gatte. „Wir wollen im Freien essen“, setzte die Tochter hinzu. Die Großmutter hatte sich inzwischen für die Hauskatze begeistert und lockte sie schon seit zehn Minuten vergebens mit den süßesten Kosenamen. Das Tier fühlte sich innerlich durch diese Aufmerksamkeit jedenfalls geschmeichelt, es hielt sich immer ganz dicht an der Hand der guten Frau, ohne sich jedoch berühren zu lassen, und umkreiste dabei ruhig die Bäume, an denen es sich mit hochgestrecktem Schwanz und behaglichem Schnurren rieb.

„Seht nur mal“, rief plötzlich der junge Mann mit dem gelben Haar, der auf dem Hof herumspürte, „das sind ein paar elegante Boote!“ Alles kam herbei. Unter einem kleinen Holzschuppen waren zwei prächtige Ruderboote aufgehängt, die sorgfältig wie Luxusmöbel gearbeitet waren. Seite an Seite ruhten sie wie zwei schlanke, große Mädchen, schmal, lang und glänzend. Es mußte schön sein, mit ihnen an einem milden Abend, oder an einem klaren Sommermorgen durch das Wasser zu gleiten, vorüber an blumigen Ufern, von denen die Bäume ihre Zweige tief in den Fluß tauchen, wo das Schilf unaufhörlich im Winde zittert und wo, gleich blauen Blitzen, schnelle Eisvögel aufflattern. Die ganze Familie staunte respektvoll die Boote an. „Ja, das ist wirklich chic", bestätigte ernst Herr Dufour. Und als Kenner würdigte er sie im einzelnen. In seiner Jugend hatte er auch gerudert, sagte er, und das in der Hand – er machte die Bewegung des Ruderns – pfiff er auf die ganze Welt. Er hatte früher in Joinville sogar manchen Engländer geschlagen. Er redete sich ganz warm und wollte absolut wetten, daß er mit solch einem Boot bequem sechs Meilen in der Stunde machen würde.

„Das Essen ist fertig", rief die Magd von der Tür aus. Alles eilte zurück, aber leider frühstückten auf dem besten Platz, den Frau Dufour sich in Gedanken schon ausgesucht hatte, bereits zwei junge Leute. Es waren zweifellos die Eigentümer der Boote, denn sie trugen Ruderanzüge. Sie hatten sich in ihren Stühlen in fast liegender Stellung ausgestreckt. Ihr Gesicht war sonnenverbrannt und ihre Brust war nur mit einem dünnen Trikot aus weißer Baumwolle bedeckt, das die Arme nackt ließ. Und diese Arme waren muskulös, wie die eines Schmieds. Es waren zwei stämmige Burschen, die mit ihrer Kraft wohl ein bißchen renommierten, die aber in jeder Bewegung eine Geschmeidigkeit verrieten, wie sie nur der Sport verleiht, während der Arbeiter durch die schwere, immer sich gleichbleibende Tätigkeit nur verunstaltet wird. Sie tauschten ein flüchtiges Lächeln aus, als sie die Mutter erblickten, doch als die Tochter erschien, sahen sie sich überrascht an. „Wir wollen ihnen unsern Platz überlassen. Das erleichtert die Anknüpfung", sagte der eine zum andern. Der andere stand sofort auf, nahm seine kleine schwarz-rote Mütze ab und erbot sich galant, den Damen den einzigen Platz im Garten zu überlassen, wo man nicht von der Sonne belästigt wurde. Unter allen möglichen Entschuldigungen wurde das Anerbieten angenommen, und um ganz ländlich zu sein, machte die Familie es sich auf dem Rasen bequem, ohne Tisch und ohne Stühle. Die beiden jungen Leute trugen ihre

Teller ein paar Schritt weiter und machten sich wieder ans Essen. Ihre nackten Arme, die sie unaufhörlich zeigten, genierten das junge Mädchen ein wenig. Sie drehte sogar absichtlich den Kopf fort, um sie nicht zu bemerken, während die unternehmendere Frau Dufour in ihrer weiblichen Neugier, die vielleicht Begehrlichkeit war, sie immer wieder beobachtete und sie offenbar bedauernd mit den verborgenen Unschönheiten ihres Mannes verglich. Sie hatte sich ins Gras sinken lassen und die Beine untereinander geschlagen, wie ein Schneider. Dabei rückte sie fortwährend hin und her, unter dem Vorwand, ihr wären Ameisen unter die Kleider gelaufen. Herr Dufour ärgerte sich über die Gegenwart und Liebenswürdigkeit der beiden Fremden und suchte vergeblich eine bequeme Lage zu finden, während der junge Mann mit dem gelben Haar, ohne ein Wort zu sagen, kolossale Portionen verspeiste.

„Das Wetter ist heute herrlich", sagte die dicke Dame zu einem der Ruderer. Sie hielt sich verpflichtet, liebenswürdig zu sein, weil die anderen ihr den guten Platz abgetreten hatten. „Gewiß, gnädige Frau". war die Antwort, „kommen Sie oft aufs Land heraus?" – „Leider nur ein- oder zweimal im Jahr, um

ein bißchen Luft zu schöpfen. Und Sie?" – „Ich schlafe jede Nacht hier draußen." – „Das muß aber angenehm sein!" – „Allerdings, gnädige Frau." Und er erzählte ganz poetisch von seinem täglichen Leben, und im Herzen der braven Philister, die grünen Rasen und Spaziergänge im Freien fast immer entbehren mußten, rief er damit die stumme Sehnsucht nach der Natur wach, die sie das ganze Jahr hindurch hinter dem Ladentisch quälte. Das junge Mädchen hob erregt die Augen und blickte den Ruderer an. Zum ersten Mal ergriff Herr Dufour das Wort: „Ja, das heißt noch leben!" sagte er und setzte hinzu: „Willst du noch etwas Kaninchen, liebe Frau?" – „Nein, danke schön." Sie wandte sich wieder zu den jungen Leuten und zeigte auf deren Arme: „Frieren Sie denn nie daran?" Beide lachten und verblüfften die Familie durch die Erzählung von ihren außerordentlichen Strapazen, wie sie ganz durchgeschwitzt ins Wasser sprangen und wie sie nachts durch den Nebel liefen. Und sie schlugen sich heftig auf die Brust, um zu zeigen, wie sonor das klang. „Ja, Ihnen sieht man die Kraft an", sagte Herr Dufour und sprach nicht mehr von der Zeit, da er die Engländer schlug. Das junge Mädchen beobachtete sie jetzt prüfend von der Seite, und der junge Mann mit dem gelben Haar, dem beim Trinken etwas in die unrechte Kehle gekommen war, hustete so heftig, daß das kirschrote Seidenkleid der Frau Dufour bespritzt wurde. Sie ärgerte sich und ließ sich Wasser bringen, um die Flecke auszuwaschen.

Inzwischen war es unerträglich heiß geworden. Der funkelnde Strom glich einem Feuerherd und der Wein umnebelte die Köpfe. Herr Dufour, den heftiges Schlucken quälte, hatte sich die Weste und die oberen Hosenknöpfe aufgemacht, während seine Frau Atemnot hatte und sich allmählich das Kleid aufknöpfte. Der junge Mann wiegte vergnügt seinen Flachskopf hin und her und goß sich immer wieder zu trinken ein. Die Großmutter merkte, daß sie einen Rausch hatte, und hielt sich deshalb sehr steif und würdig. Dem jungen Mädchen war nichts anzusehen, nur ihre Augen blickten etwas feuriger, und ihr dunkler Teint färbte sich auf den Backen etwas rosiger. Der Kaffee gab ihnen den Rest. Man wollte singen und jeder trug sein Liedchen vor, das die anderen begeistert beklatschten. Dann standen sie mühsam auf. Die beiden Damen, denen etwas schwindlig war, schöpften frische Luft, während die beiden Männer, die ganz und gar betrunken waren, gymnastische Übungen machten. Schwerfällig und kraftlos hingen sie mit puterrotem Gesicht ungeschickt in den Ringen, ohne sich hinaufziehen zu können; und ihre Hemden drohten jeden Augenblick aus den Hosen herauszurutschen, um wie Standarten im Winde zu flattern.

Inzwischen hatten die Ruderer ihre Boote ins Wasser gebracht und kamen nun zurück, um den Damen höflich eine Spazierfahrt auf dem Fluß vorzuschlagen. „Ist es dir recht, Dufour? Ich möchte gern!“ rief seine Frau ihm zu. Er sah sie mit verglasten Augen an, ohne sie zu verstehen. Da trat der eine Ruderer mit zwei Angelruten zu ihm. Die Hoffnung, Fische zu fangen, das Ideal jedes Ladenbesitzers, belebte seine erloschenen Augen wieder etwas und er gestattete alles, was man wollte. Er setzte sich unter die Brücke in den Schatten und ließ die Beine über den Fluß hinunterbaumeln. Neben ihm saß der junge Mann mit dem gelben Haar und schlief fest. Der eine Ruderer

opferte sich und nahm die Mutter. „Zum Wäldchen auf der Engländer-Insel", rief er im Fortgehen dem anderen zu.

Das zweite Boot fuhr langsamer. Der Ruderer blickte so unverwandt auf seine Gefährtin, daß er an nichts anderes dachte, und seine Erregung lähmte seine Kraft. Das junge Mädchen, das auf dem bequemen Sitz am Steuer saß, gab sich ganz dem wohligen Gefühl hin, auf dem Wasser zu sein. Sie fühlte jeden Gedanken schwinden, ihre Glieder lösten sich, wie Selbstvergessenheit kam es über sie, wie ein seltsam gemischter Rausch. In der tropischen Hitze, die sie umrieselte, tat der Wein erst seine Wirkung und ihr war's, als grüßten sie alle Bäume am Ufer. Ein unbestimmter Drang nach Freude, eine Gärung im Blut durchzitterten ihr durch die Glut des Tages erregtes Fleisch. Auch sie verwirrte es, hier, wo die Hitze alle Menschen verscheucht hatte, auf dem Wasser ganz allein mit einem jungen Mann zu sein, der sie schön fand, dessen Augen ihre Haut küßten und dessen Verlangen auf ihr brannte wie die Sonne. Daß sie nicht sprechen konnten, vermehrte noch ihre Erregung und sie blickten auf die Landschaft ringsum. Da ermannte er sich und frug nach ihrem Namen. „Henriette", sagte sie. „Merkwürdig! Und ich heiße Henri", erwiderte er. Der Klang ihrer Stimmen hatte sie beruhigt und sie interessierten sich jetzt für das Ufer. Das andere Boot hatte angehalten und schien sie zu

erwarten. Der Mann darin rief ihnen zu: „Wir treffen euch nachher im Wäldchen; wir fahren bis zu Robinson, die Gnädige hat Durst.“ Dann legte er sich in die Ruder und schoß so schnell davon, daß er bald verschwand.

Unterdessen kam ein ununterbrochenes Donnern, das schon seit einiger Zeit undeutlich zu hören war, rasch immer näher und näher. Der Fluß selbst schien davon zu erzittern, als wenn das dumpfe Geräusch aus seiner eigenen Tiefe aufstiege. „Was ist das?“ fragte sie. Es war der Wasserfall am Wehr, das an der Spitze der Insel den Fluß teilt. Er verlor sich in eine längere Erklärung, als mitten durch das Toben des Wasserfalls der Gesang eines Vogels scheinbar von weither zu ihnen drang. „Hören Sie!“ sagte er. „Die Nachtigallen singen bei Tage, die Weibchen brüten also.“

Eine Nachtigall! Sie hatte noch nie eine gehört und der Gedanke, daß jetzt eine in ihrer Nähe sang, erfüllte ihr Herz mit einem Schimmer von zärtlicher Poesie. Eine Nachtigall, der unsichtbare Zeuge aller verliebten Stelldichein, zu dem Julia auf ihrem Balkon rief, die Musik, die der Himmel den Küssen der Menschen beigesellt hat, die ewige Anregung zu allen schmachtenden Liedern, aus denen den armen kleinen Herzen zärtlicher junger Mädchen die blaue Blume des Ideals entgegenleuchtet! Sie sollte also endlich eine Nachtigall hören! „Machen Sie kein Geräusch“, sagte ihr Gefährte, „wir können ins Wäldchen gehen und uns dicht zu ihr setzen.“ Das Boot glitt unhörbar dahin. Bäume wurden auf der Insel sichtbar, deren Ufer so niedrig waren, daß man bis tief in das grüne Dickicht sehen konnte. Sie hielten an, das Boot wurde festgemacht und Henriette stützte sich auf Henris Arm, als sie unter den Bäumen dahinschritten. „Bücken Sie sich“, sagte er. Sie bückte sich und nun drangen sie in ein unentwirrbares Durcheinander von Schlingpflanzen, Blättern und Schilf, in ein unfindbares Versteck, das man kennen mußte, um es zu finden, und das der junge Mann lachend sein ‚cabinet particulier‘ nannte. Grade über ihrem Kopf, irgendwo in den Zweigen, die ihn verbargen, sang der Vogel noch immer mit aller Kraft. Er erging sich in Trillern und Läufern, dann flötete er ein paar lange, klingende Töne, die die Luft erfüllten, sich am Ufer hinschwangen, über die Felder, mitten durch das glühende Schweigen, das draußen lastete, bis sie sich in der Ferne zu verlieren schienen. Sie sprachen nicht, aus

Furcht, ihn zu verscheuchen. Sie saßen einer neben dem andern und langsam legte sich Henris Arm um Henriettes Taille und zog sie mit sanftem Druck an sich. Ohne zornig zu werden, nahm sie die kecke Hand und wehrte sie ab, so oft sie sich ihr näherte. Aber diese Zärtlichkeit war ihr durchaus nicht peinlich, sie empfand sie wie etwas ganz Natürliches, das sie ebenso natürlich zurückwies. Wie in Verzückung hörte sie dem Vogel zu. Ein unendliches Verlangen nach Glück überkam sie, nach stürmischer Zärtlichkeit, nach überirdischen Offenbarungen, und dabei wurden ihre Nerven so matt, ihr Herz so weich, daß sie weinte, ohne zu wissen warum. Der junge Mann preßte sie jetzt an sich und sie stieß ihn nicht zurück, sie bemerkte es kaum.

Plötzlich schwieg die Nachtigall und in der Ferne rief eine Stimme: „Henriette!" „Antworten Sie nicht", sagte er ganz leise. „Sie verjagen sonst den Vogel." Sie dachte auch nicht daran, zu antworten. So saßen sie ein Weilchen. Frau Dufour hatte sich wohl irgendwo hingesetzt, denn man hörte von Zeit zu Zeit undeutlich einen leichten Aufschrei der dicken Dame, mit der der andere Ruderer wahrscheinlich schäkerte. Das junge Mädchen weinte noch immer, ein wonniges Gefühl durchdrang sie, und

über ihre warme Haut lief es manchmal wie ein fremdartiges Kitzeln. Henris Kopf lag auf ihrer Schulter, und plötzlich küßte er sie auf die Lippen. Sie fuhr wütend zurück und, um sich ihm zu entziehen, warf sie sich auf den Rücken. Aber er stürzte sich auf sie und bedeckte sie mit seinem ganzen Körper. Lange suchte er ihren Mund, den sie ihm immer entzog, endlich fand er ihn und preßte seine Lippen darauf. Und nun wurde sie wie toll vor rasendem Verlangen, sie erwiderte seinen Kuß und preßte ihn an ihre Brust und ihr Widerstand erlahmte, wie zermalmt von einem allzu schweren Gewicht.

Ringsum war alles still. Der Vogel fing wieder an zu singen. Zuerst schmetterte er drei durchdringende Töne in die Luft, die wie ein Liebesruf klangen, und nach kurzer Pause begann er dann mit halber Stimme langsam zu modulieren. Ein sanfter Windhauch strich flüsternd durch die Blätter und unter den Zweigen ertönten zwei glühende Seufzer und mischten sich dem Gesang der Nachtigall und dem leisen Atem des Waldes. Den Vogel erfaßte jetzt eine tolle Trunkenheit und seine Stimme, die immer schneller wurde, wie ein wachsendes Feuer oder auflodernde Leidenschaft, schien die flüsternden Küsse unter dem Baum zu begleiten. Dann entfesselte sich der Rausch in seiner Kehle immer wilder. Wie ohnmächtig, wie in melodischem Krampf, blieb er oft lange auf einer Note. Zuweilen ruhte er sich ein wenig aus und ließ nur zwei oder drei Töne hören, die er dann unvermittelt mit einer ganz hohen Note schloß. Oder er begann mit einem tollen Lauf und stieß zitternd und ruckweise eine ganze Skala heraus, wie ein wildes Liebeslied, das mit triumphierendem Gesang schloß.

Da verstummte er, denn er hörte unter sich ein so tiefes Stöhnen, als hätte eine Seele Abschied genommen. Das Geräusch hielt eine Zeitlang an und schloß mit einem Schluchzen. Sie waren beide sehr blaß, als sie ihr grünes Lager verließen. Der blaue Himmel erschien ihnen verdunkelt, die glühende Sonne war für ihre Augen erloschen und sie fühlten das Schweigen der Einsamkeit. Rasch gingen sie nebeneinander her, ohne zu sprechen und ohne sich zu berühren, denn sie schienen unversöhnliche Feinde geworden zu sein, als empfänden ihre Leiber Abscheu gegeneinander und ihre Seelen Haß. Von Zeit zu Zeit rief Henriette: „Mama!“ Hinter einem Strauch hörte man Geräusch. Henri glaubte einen weißen Unterrock zu sehen, der hastig über eine dicke Wade hinuntergezogen wurde. Und die starke Dame wurde sichtbar. Sie sah noch etwas rot und verwirrt aus, ihre Augen glänzten, ihr Busen wogte und sie war ihrem Nachbar vielleicht etwas allzu nahe. Dieser mußte ungemein komische Sachen gesehen haben, denn über sein Gesicht lief immer wieder ein plötzliches Lächeln, das er nicht zu unterdrücken vermochte.

Frau Dufour nahm mit zärtlichem Blick seinen Arm und alle vier gingen zu den Booten zurück. Henri ging immer noch stumm neben dem jungen Mädchen voraus und er glaubte hinter sich plötzlich einen halb unterdrückten Kuß zu hören. Endlich kamen sie nach Bezons zurück. Herr Dufour hatte sich ernüchtert und war schon ungeduldig. Der junge Mann mit dem gelben Haar aß noch einen Happen, ehe sie das Gasthaus verließen. Der Wagen stand schon angespannt im Hof, und die Großmutter, die bereits drin saß, war unglücklich vor Angst, daß sie auf freiem Feld von der Dunkelheit überrascht werden könnten. Die Umgegend von Paris sei so unsicher. Man drückte sich die Hände und die Familie Dufour fuhr davon. „Auf Wiedersehen", riefen die Ruderer. Ein Seufzer und eine Träne antworteten ihnen.

*

Als Henri zwei Monate später durch die Rue des Martyrs ging, las er über einer Tür: ‚Dufour, Kurzwarenhändler'. Er trat hinein. Die dicke Dame saß breit hinter der Kasse. Sie erkannten sich sofort wieder, und nach höflicher Begrüßung erkundigten sie sich gegenseitig, wie es ihnen ergangen sei. „Und wie geht es Fräulein Henriette?"

„Danke, vortrefflich. Sie hat geheiratet."

„Ach!" Eine beklemmende Erregung überkam ihn und er fragte weiter: „Und – wen?"

„Den jungen Mann, der damals mit uns war, Sie wissen ja. Er übernimmt später das Geschäft."

„Ja, ja, natürlich."

Als er fortging, war er sehr traurig gestimmt, ohne recht zu wissen warum. Frau Dufour rief ihn zurück. „Und Ihr Freund?" fragte sie schüchtern.

„Es geht ihm gut."

„Bitte, grüßen Sie ihn von mir. Und sagen Sie ihm, wenn er

vorbeikommt, möchte er uns doch mal besuchen . . .“ Sie wurde sehr rot und setzte hinzu: „Sagen Sie ihm, es würde mir sehr viel Vergnügen machen.“

„Ich werde nicht verfehlen. Adieu!“

„Nein . . . auf baldiges Wiedersehen!“

*

Als es im folgenden Jahr eines Sonntags sehr heiß war, kam Henri jenes Abenteuer mit all seinen Einzelheiten, die er nie vergessen hatte, plötzlich wieder so deutlich und reizvoll in die Erinnerung, daß er ganz allein nach seinem Zimmerchen im Wald ging. Als er hineintrat, war er starr. Sie saß dort auf dem Rasen. Sie sah traurig aus und neben ihr lag, immer noch in Hemdsärmeln, ihr Gatte, der junge Mann mit dem gelben Haar, und schlief fest wie ein Klotz. Sie wurde ganz blaß, als sie Henri erblickte, und er glaubte, sie würde ohnmächtig werden. Dann begannen sie ganz natürlich miteinander zu plaudern, als wäre zwischen ihnen nie das geringste vorgefallen. Aber als er ihr erzählte, daß er diesen Platz sehr liebte und daß er sonntags oft hierher käme, um hier zu ruhen und seinen Erinnerungen nachzuhängen, da sah sie ihm lange in die Augen.

„Ich denke jeden Abend daran“, sagte sie.

„Na Frauchen“, gähnte jetzt der Gatte, der eben erwachte, „ich glaube, es ist Zeit zum Nachhausegehen.“

Im Frühling

Wenn die ersten schönen Tage wieder da sind, wo die Erde aus langem Winterschlaf erwacht und sich mit neuem Grün bedeckt, wenn die weiche würzige Luft uns schmeichelnd umspielt, die wir mit vollen Zügen einatmen, als ob wir bis zum Herzen uns damit anfüllen könnten, dann überkommt jedermann ein unbewußtes Sehnen nach unendlichem Glück. Jeder empfindet die Lust sich zu tummeln, querfeldein zu laufen, gleichviel wohin, Abenteuer zu suchen, mit einem Wort, sich am Frühlingswehen zu berauschen.

Da der Winter im vorigen Jahr sehr hart gewesen war, so kam im schönen Monat Mai dieses Bedürfnis des Ausgehens in die Natur über mich, wie ein trunkener Taumel, dem ich ebensowenig zu widerstehen vermochte, wie es die Dämme vermögen, einen überflutenden Strom zurückzuhalten.

Eines Morgens, als ich erwachte, sah ich von meinem Fenster aus über den Nachbarhäusern ein großes Stück blauen Himmels, ganz vom Sonnenlicht durchleuchtet. Die Zeisige in den kleinen Käfigen vor den Fenstern sangen, daß es eine Lust war, immer um die Wette mit den Dienstmädchen, die sich in allen Stockwerken hörbar machten; ein lustiger Lärm hallte auch von

der Straße her; so beschloß ich denn auszugehen, ich war in gehobenster Stimmung, aber wohin ich ging, das wußte ich nicht. –

Die Leute, denen ich begegnete, lächelten mir zu: es war, als ob eine Welle von Glück durch das warme Licht des wiedererwachten Frühlings wogte, als ob über der ganzen Stadt der sanfte Hauch der Liebesgöttin sich ausgebreitet habe; die jungen Frauen, die in ihren Morgenkleidchen vorüberkamen, suchten vergeblich aus den Blicken ihrer hübschen Augen eine

Zärtlichkeit zu verbannen, die sich in der weichen Grazie ihres Ganges nur zu deutlich aussprach; alles das bewegte mir seltsam das Herz.

Ohne zu wissen wie und warum, befand ich mich plötzlich am Ufer der Seine. Die kleinen Dampfboote nach Suresne führen da vorüber und so wandelte mich plötzlich eine unwiderstehliche Lust an, durch grüne Wälder zu streifen.

Die Landungsbrücke war voller Passagiere, denn die ersten Sonnenstrahlen hatten alle Welt von zu Hause gelockt, das kam und ging wie auf einem Taubenschlag, und fröhliches Geplauder schwirrte durch die Menge.

Meine Nachbarin, wie ich vermute, eine kleine Arbeiterin, war mit der ganzen Grazie der Pariserin gewappnet, ihr reizendes blondes Köpfchen umwogten Haare, die sich an den Schläfen leicht kräuselten; diese Haare glichen einem Strom von Licht, sie senkten sich auf das Ohr, umgaben den Nacken mit leichten Löckchen, die im Winde wehten, und verflüchtigten sich zu einem so zarten Flaum, daß man den Übergang zur Haut fast nicht erkennen konnte, und vermutlich deshalb die Lust empfand, die genaue Grenze durch einige tausend Küsse gründlich festzustellen.

Unter dem Einfluß meiner Blicke wendete sie mir ihr Köpfchen zu und schlug plötzlich die Augen nieder, während der ganz unmerkliche Anlauf zu einem Lächeln ihre Mundwinkel leicht zu heben schien; auch auf ihrer Oberlippe sproß dieser seidenweiche helle Flaum, dem die Sonnenstrahlen hie und da einen ganz goldigen Schein verliehen.

Der ruhige Fluß wurde breiter.

Über der Natur lag tiefer Frieden und die Töne des Lebens wurden durch die warme Luft nur leise klingend ins Weite getragen. Meine Nachbarin erhob ihre Augen und dieses Mal, da sie bemerken mußte, daß meine Blicke sie nicht verlassen hatten, lächelte sie wirklich. Wie reizend war sie so! In ihrem flüchtigen Blick glaubte ich tausend, mir bisher ganz unbekannte Dinge zu sehen. Da taten sich ungeahnte Tiefen auf, all der Reiz der Zärtlichkeit, all die Poesie, die wir träumen, all das Glück, das wir vergeblich suchen, das alles lag für mich in dieses Mädchens Blick. Mich erfaßte tolle Lust, sie auf meine Arme zu nehmen und irgendwohin zu tragen, um ihr die süßeste Musik heißer Liebesbeteuerungen ins Ohr zu flüstern.

Eben wollte ich den Mund öffnen und sie anreden, als mich jemand auf die Schulter klopfte. Ich wendete mich überrascht um und sah einen Mann von gewöhnlichem Äußern vor mir, nicht alt, nicht jung, der mich mit trauriger Miene betrachtete.

– „Ich habe mit Ihnen zu reden", – sagte er.

Ich machte kein sehr freundliches Gesicht, was er ohne Zweifel bemerkte, denn er fügte hinzu: – „Es ist von Wichtigkeit."

So stand ich denn auf und folgte ihm zum anderen Ende des Dampfbootes. – „Mein Herr", sagte er, „wenn der Winter naht mit Kälte, Schnee und Regen, so sagt Ihnen Ihr Arzt alle Tage: – ‚Halten Sie Ihre Füße warm, und nehmen Sie sich vor Erkältung, vor Halsentzündung und Seitenstechen in acht.' – Nun beobachten Sie tausend Vorsichtsmaßregeln, Sie tragen Flanell, einen dicken Überzieher und doppelsohlige Schuhe, und trotz alledem müssen Sie noch manchmal zwei Monate im Bett zubringen. Aber wenn das Frühjahr wiederkommt, mit seinen Blättern und Blüten, seinen weichen entnervenden Winden, mit dem Duft der Felder, der Sie seltsam anregt, oder ohne Grund traurig stimmt; da kommt niemand, der Ihnen sagt: – ‚Mein Herr, nehmen Sie sich vor der Liebe in acht, die allüberall versteckt ist, in allen Ecken auf Sie lauert, alle Netze sind ausgeworfen, alle Pfeile geschärft und die Kriegslisten vorbereitet! Nehmt Euch vor der Liebe in acht! . . . Nehmt Euch vor der Liebe in acht! . . . Sie ist viel gefährlicher als die Halsentzündung und das Seitenstechen! Da gibt es keine Gnade, und wer ihr verfällt, den läßt sie unheilbare Dummheiten begehen.' – Ja, mein Herr, ich sage, jedes Jahr sollte die Regierung große Zettel an die Mauern schlagen lassen, worauf zu lesen steht: Frühlingsanfang! Bürger von Frankreich! Hütet Euch vor der Liebe'; ebenso wie man an eine Tür schreibt: – ‚Frisch gestrichen'. – Nun wohl, da die Regierung das nicht tut, so tue ich es in Vertretung und ich sage Ihnen: – Hüten Sie sich vor der Liebe; Sie sind eben im Begriff, auf den Leim zu gehen, und ich habe die Pflicht, Sie zu warnen, wie man in Rußland auf der Straße jemand warnt, dem die Nase erfriert."

Ich starrte ganz sprachlos auf diesen wunderlichen Heiligen, bis ich endlich eine würdige Miene aufsetzte und ihm erwiderte:

– „Mein guter Herr, mir scheint, Sie mischen sich da in Dinge, die Sie gar nichts angehen."

Er machte eine heftige Bewegung und antwortete: – „Oh!

Mein Herr! Mein Herr! Wenn ich sehe, wie sich jemand in eine direkte Gefahr begibt, soll ich ihn denn darin umkommen lassen? Hören Sie wohl zu, ich will Ihnen meine Geschichte erzählen, dann werden Sie begreifen, wie ich dazu komme, so zu Ihnen zu sprechen.

Es war im vorigen Jahr um diese Zeit, – doch zuvor muß ich Ihnen sagen, daß ich als Beamter im Marineministerium angestellt bin, wo unsere militärischen Vorgesetzten den Dienst sehr ernsthaft nehmen und uns Subalterne wie Leichtmatrosen behandeln. – Ach! Wenn wir lauter Zivilisten zu Vorgesetzten hätten, – nun aber weiter. Also ich konnte von meinem Pult im Büro ein ganz kleines Stückchen blauen Himmels sehen, wo die Schwalben auf- und niederflogen; da überkam mich, mitten zwischen meinen Aktenbündeln, die Lust zum Tanzen.

Meine Sehnsucht nach Freiheit wurde so groß, daß ich trotz allen Widerstrebens zu meinem Chef ging. Er war ein kleiner zähneknirschender Wüterich. ‚Ich bin krank', sagte ich. Er sah mich von oben bis unten an und schrie: – ‚Das glaube ich Ihnen nicht, mein Herr. Nun dann machen Sie, daß Sie fortkommen! Glauben Sie, daß der Dienst mit solchen Beamten vorwärtskommen kann?'

So ging ich und kam an die Seine. Es war ein Wetter wie heute; ich nahm das Dampfboot, um eine Fahrt nach Saint-Cloud zu machen.

Ah! Mein Herr! Wenn mir mein Chef doch keinen Urlaub gegeben hätte!

Es schien mir, als ob ich in den warmen Strahlen der Sonne förmlich auftaute. Alles umfaßte ich mit liebender Seele, das Dampfboot, den Fluß, die Bäume, die Häuser, meine Nachbarn, alles. Ich hatte Lust, irgend etwas zu umarmen, zu küssen, was es auch sei: das war die Liebe, die mir ihre Fallen stellte.

Plötzlich stieg am Trocadéro ein junges Mädchen ein, das ein kleines Paket in der Hand trug, sie setzte sich mir gegenüber.

Sie war hübsch, ja mein Herr; es ist seltsam, wie hübsch einem die Frauenzimmer vorkommen, wenn es schönes Wetter ist, und noch dazu einer der ersten Frühlingstage; sie sind berauschend, von einem Reiz, ich weiß selbst nicht wie, kurz, es ist ein ganz eigenes Ding damit. Es ist geradeso wie mit dem Wein, der immer am besten schmeckt, wenn man vorher Käse gegessen hat.

Ich betrachtete sie und auch sie sah mich an, aber nur hin und wieder, ganz so wie es Ihre Kleine da eben machte. Als wir uns lange genug angeguckt hatten, schien es mir, daß wir genügend miteinander bekannt wären, um eine Unterhaltung anzufangen, und so sprach ich sie an. Sie antwortete mir; und sie war wirklich reizend wie ein Engel. Sie hatte es mir angetan, mein lieber Herr!

In Saint-Cloud stieg sie ab, – ich folgte ihr. – Sie hatte dort eine bestellte Arbeit abzugeben. Als sie wiederkam, war der Dampfer eben fortgefahren. So begann ich an ihrer Seite einherzugehen und die süße Luft preßte uns beiden Seufzer aus.

– ‚Es muß jetzt sehr schön im Wald sein', sagte ich zu ihr.

Sie antwortete: – ‚Oh! ja'!

– ‚Wenn wir dort einen kleinen Spaziergang machten, wollen Sie, Fräulein?'

Sie warf mir einen schnellen, lauernden Seitenblick zu, um dahinterzukommen, wes Geistes Kind ich wohl sein möchte, und nach einigem Zögern stimmte sie zu. So gingen wir denn nebeneinander unter den Bäumen hin. Unter dem noch jungen Laub war das dichte Gras aufgeschossen, so glänzend grün, als ob jeder Halm gefirnißt sei, darüber hin flutete das Sonnenlicht und Tausende von Käfern summten darin, die liebten sich auch. Überall hörte man die Vögel zwitschern. Nun fing meine Gefährtin an zu laufen und zu springen, berauscht von der frischen Luft und dem Duft der Felder und Wiesen. Und ich, ich lief hinter ihr her und sprang wie sie. Wie dumm ist man doch manchmal, mein Herr!

Nun begann sie mit großem Eifer zu singen, tausenderlei Melodien aus Opern und Volksliedern! Diese Lieder, wie kamen sie mir poetisch vor, ich weinte fast vor Rührung. Oh, mit all diesen Albernheiten verdreht man uns den Kopf, glauben Sie mir, nehmen Sie nie eine Frau, die im Freien singt, und erst recht nicht, wenn sie Volkslieder liebt!

Sie war bald müde und setzte sich auf einer Rasenböschung nieder. Und ich, ich setzte mich zu ihren Füßen und ergriff ihre Hände, diese kleinen Hände, deren Finger ganz von der Nadel zerstochen waren, das stimmte mich traurig. Ich sagte mir: – ‚Das sind die heiligen Narben der Arbeit!' – Oh, mein Herr, wissen Sie, was das bedeutet, diese heiligen Narben der Arbeit? – Die sprechen von dem Weiberklatsch der Arbeitsstuben, den heimlich zugeflüsterten leichtfertigen Witzen, von einem durch allerlei Erzählungen befleckten Geist und dem Verlust des keuschen Sinnes; all das Elend der täglichen Gewohnheit, die ganze, den gewöhnlichen Frauen eigene Beschränktheit der Ideen, all das finden Sie am tiefsten eingewurzelt bei denen, die an den Spitzen ihrer Finger diese heiligen Narben der Arbeit tragen.

So saßen wir lange, Auge in Auge.

Oh, dieses Auge der Frau, welche Macht wohnt in ihm! Wie berückt es uns, ergreift Besitz von unserer Seele und beherrscht uns. Wie tief scheint es zu sein, voll süßer Versprechungen ohne Ende! Man nennt das in die Seele sehen! Oh! Mein guter Herr, was ist das für eine traurige Selbsttäuschung! Wenn man durchs Auge in die Seele blickte, würde man viel vernünftiger werden.

Schließlich war ich völlig vernarrt. Ich wollte sie in meine Arme schließen, doch sie sagte: – ‚Weg mit den Händen!'

Nun kniete ich vor ihr nieder und schüttete mein ganzes Herz aus; alle Zärtlichkeit, die mich zu ersticken drohte, löste sich in Tränen, die langsam auf ihre Knie niederfielen. Sie schien erstaunt über den plötzlichen Umschlag meiner Stimmung und betrachtete mich von der Seite, als ob sie sich sagen wollte: – Also dahin geht die Meinung, mein Bester, nun wir werden ja sehen.

In der Liebe, mein Herr, sind wir immer die Naiven und die Frauen die überlegenen Diplomaten.

Ich hätte sie besitzen können, daran zweifle ich nicht: ich habe später meine Dummheit begriffen, aber ich suchte ja nicht einen Körper, ich sehnte mich nach Zärtlichkeit, ich suchte mein Ideal. Ich habe den Empfindsamen gespielt, wo ich meine Zeit viel besser hätte anwenden können.

Sobald sie genug von meinen Liebeserklärungen hatte, stand sie auf und wir begaben uns nach Saint-Cloud zurück. Ich verließ sie erst in Paris. Auf der Rückfahrt machte sie ein so betrübtes Gesicht, daß ich sie fragte, was ihr wäre. Sie antwortete: – ‚Ich denke daran, daß ich heute einen Tag durchlebt habe, wie es im Leben nicht viele gibt.' – Mein Herz schlug, um mir die Brust zu zersprengen.

Ich sah sie am nächsten Sonntag wieder und so fort alle folgenden Sonntage. Ich führte sie nach Bougival, Saint-Germain, Maison Laffite, Poissy, kurz überallhin, wo sich diese Vorstadtliebschaften zu entwickeln pflegen.

Die kleine Spitzbübin ihrerseits spielte mir eine Leidenschafts-Komödie vor.

Schließlich verlor ich ganz und gar den Kopf; drei Monate darauf heiratete ich sie.

Jetzt kann ich mich von früh bis spät vor ihrem losen Mundwerk nicht retten, nichts versteht sie, nichts weiß sie und plappert unaufhörlich, sie singt auch aus vollem Halse die Volkslieder (oh, diese Lieder! Welche Qualen haben sie mir schon bereitet!), mit dem Kohlenhändler schlägt sie sich, dem Hausportier erzählt sie die allerintimsten Familiengeheimnisse und das Dienstmädchen des Nachbarn ist ihre Vertraute für alle Fälle des ehelichen Lebens, bei den Lieferanten untergräbt sie den Kredit ihres Mannes, und schließlich ist ihr Kopf derartig mit dummen Geschichten, ungeheuerlichen Ansichten und weitgehenden Vorurteilen vollgepfropft, daß ich jedes Mal vor Verzweiflung weine, wenn ich mit ihr spreche."

Er schwieg jetzt, weil ihm der lange Satz den Atem geraubt hatte und weil er sehr bewegt war. Ich betrachtete ihn, und von Mitleid mit dem naiven armen Teufel erfaßt, wollte ich ihm eben etwas antworten, als das Dampfboot anhielt. Wir waren in Saint-Cloud angekommen.

Das junge Mädchen, das es mir angetan hatte, stand auf, um das Boot zu verlassen. Sie ging an mir vorbei und streifte mich mit einem flüchtigen Blick, wobei ein Lächeln über ihr Antlitz ging – ein Lächeln, das mich rein närrisch machte; dann sprang sie auf die Landungsbrücke.

Ich stürzte vor, um ihr zu folgen, aber mein Nachbar ergriff meinen Ärmel. Ich befreite mich mit einem heftigen Ruck; da ergriff er meine Rockschöße und zog mich zurück, wobei er fortwährend wiederholte: – „Sie sollen nicht gehen!" Er sagte das so laut, daß alle Passagiere aufmerksam wurden.

Man lachte rund um uns her, so blieb ich unbeweglich, und obwohl ich wütend war, wagte ich es doch nicht, mich der Lächerlichkeit eines Skandals auszusetzen.

Das Dampfboot fuhr weiter.

Das junge Mädchen war allein auf der Landungsbrücke stehengeblieben und sah mich mit enttäuschter Miene weiterfahren, während mein Verfolger mir ins Ohr flüsterte:

– „Ich habe Ihnen da keinen schlechten Freundschaftsdienst erwiesen."

Pauls Frau

Das Restaurant Grillon, das Asyl aller Ruderer, leerte sich langsam. Vor der Tür rief alles lärmend durcheinander und die stämmigen Burschen in weißem Trikot hatten ihre Ruder auf der Schulter und gestikulierten lebhaft. Die Damen in hellen Frühjahrstoiletten stiegen vorsichtig in die Boote, setzten sich ans Steuer und strichen ihre Kleider glatt, während der Wirt, ein großer, rotbärtiger Mensch, der durch seine kolossale Kraft berühmt war, den hübschen Mädchen beim Einsteigen half. Dann nahmen die Ruderer ihre Plätze ein und kokettierten mit ihren nackten Armen und ihrer gewölbten Brust nach der Galerie, auf der Sonntagsausflügler, Arbeiter und Soldaten sich an das Geländer der Anlegebrücke lehnten und aufmerksam zuschauten. Eins nach dem anderen lösten sich die Boote von der Brücke los. Die Ruderer beugten sich in regelmäßiger Bewegung vor und wieder zurück, und unter dem Druck der langen Ruder glitten die Boote pfeilschnell über den Fluß, wurden kleiner und kleiner und verschwanden auf dem Weg nach der Grenouillère endlich unter der Eisenbahnbrücke.

Ein einziges Pärchen war zurückgeblieben. Der junge,

schlanke, blasse, fast noch ganz bartlose Mann hatte seine Geliebte, eine kleine, magere Brünette, die fast wie eine Heuschrecke aussah, um die Taille gefaßt und sie blickten sich zuweilen tief in die Augen. „Vorwärts, Herr Paul, beeilen Sie sich", rief der Wirt. Und sie kamen herunter. Von allen Gästen des Hauses war Herr Paul der beliebteste und angesehenste. Er zahlte reichlich und regelmäßig, während die anderen sich oft nur allzulange treten ließen, wenn sie nicht gänzlich zahlungsunfähig überhaupt verschwanden. Für das Restaurant bildete er außerdem eine Art lebendige Reklame, denn sein Vater war Senator. Und wenn ein Fremder sagte: „Wer ist denn der junge Mensch, der sein Mädchen so zärtlich an sich drückt?" – dann antwortete halblaut irgendein Stammgast höchst wichtig und geheimnisvoll: „Das ist Paul Baron, der Sohn des Senators!" Und der andere konnte sich unweigerlich nicht zu sagen verkneifen: „Der arme Junge scheint fest angebissen zu haben!" Mutter Grillon, eine brave Frau, die sich auf das Geschäft verstand, nannte den jungen Mann und seine Gefährtin ihre „beiden Turteltäubchen" und schwärmte förmlich für ihre Liebe, die für das Restaurant so vorteilhaft war.

Das Pärchen kam langsam heran. Das Boot Madeleine lag bereit, aber gerade als sie einsteigen wollten, küßten sie sich noch einmal; das Publikum auf der Brücke lachte hellauf darüber. Herr Paul ergriff die Ruder und fuhr gleichfalls nach der Grenouillère hinunter. Es war drei Uhr, als sie dort ankamen, und das große, schwimmende Café war bereits überfüllt. Das riesige Floß mit seinem, auf hölzernen Säulen ruhenden Dach aus geteertem Segeltuch, ist mit der entzückenden Insel Croissy durch zwei Brücken verbunden, von denen die eine mitten in das schwimmende Restaurant führt, während die andere es an der Spitze mit einem winzigen Inselchen verbindet, auf dem ein einzelner Baum steht und das der „Blumentopf" genannt wird. Von dort aus führt die Brücke an der Badeanstalt vorbei ans Land. Herr Paul band sein Boot vor dem Café fest, kletterte die Brüstung hinauf und hob dann seine Geliebte heraus. Beide setzten sich einander gegenüber an eine Tischecke. Auf dem Treidelweg auf der anderen Seite des Flusses reihte sich eine lange Kette von Fuhrwerken aneinander, Droschken wechselten mit eleganten Equipagen. Die einen hingen schwer und dickbäuchig in ihren Federn und der Klepper davor sah dürr und hinfällig aus, die anderen ruhten graziös auf schlanken Rädern, die Pferde standen mit stolz erhobenem Halse und Schaum vor dem Maul auf ihren zarten, nervösen Beinen, der Kutscher hielt sich sehr steif in seiner knappen Livree mit dem hohen Kragen und stemmte unbeweglich die Peitsche aufs Knie.

Das Ufer wimmelte von Menschen, die familienweise oder in Scharen, zu zweit oder ganz allein herbeiströmten. Sie pflückten ein wenig Gras, liefen bis ans Wasser hinunter, gingen dann wieder auf den Weg zurück und an einem bestimmten Punkt blieb alles stehen und wartete auf die Fähre. Der schwere Kahn fuhr unaufhörlich von einem Ufer zum anderen und entlud seinen Inhalt auf die Insel. Der Flußarm – man nennt ihn den toten Arm – an dem das schwimmende Kaffeehaus liegt, schien zu schlafen, so schwach war die Strömung. Ganze Flotten von Jollen, Skiffs, Seelenverkäufern, Wasservelozipeds, Gigs und allen möglichen Booten glitten über die unbewegte Flut, kreuzten sich und fuhren nach allen Richtungen durcheinander, hielten plötzlich an, um ebenso rasch wieder davonzueilen, und schossen fix umher wie lange gelbe oder rote Fische. Und immer kamen noch neue Boote, die einen stromauf von Chatou, die anderen stromab von Bougival, und von Boot zu Boot klangen lachende Zurufe oder man schimpfte sich auch ein bißchen. Die Ruderer stellten in der Hitze das sonnenverbrannte, kräftig ausgearbeitete Fleisch ihres Bizeps zur Schau und, wie schwimmende, exotische Blumen, leuchteten hinten an den Booten die Sonnenschirme aus roter, blauer, grüner oder gelber Seide der Mädchen am Steuer. Die Julisonne stand flammend am Himmel, die Luft schien von glühender Fröhlichkeit durchzittert und kein Windhauch bewegte die Blätter der Weiden und Pappeln. Ganz hinten läßt der unvermeidliche Mont-Valérien im grellen Licht seine massigen Befestigungen aufsteigen, während sich rechts die entzückende Hügelkette von Louveciennes längs des Flusses im Halbkreis hinzieht. Durch das dichte, tiefe Grün der großen Gärten schimmern da und dort die weißen Mauern eines Landhauses. An der Brücke zur Grenouillière promenieren eine Menge Spaziergänger unter den riesigen Bäumen, die diesen Winkel der Insel zum prächtigsten Park der Welt machen. Frauenzimmer mit gelbgefärbtem Haar, mit allzu üppigem Busen und übertriebenem Hinterteil, mit

weißgeschminkten Gesichtern, geschwärzten Augen und blutroten Lippen, schleifen über den grünen Rasen ihre enggeschnürten, schreiend geschmacklosen Toiletten. An ihrer Seite schlendern junge Herrchen, die wie aus einem Modejournal herausgeschnitten scheinen mit ihren hellen Handschuhen, ihren Lackschuhen, ihren fadendünnen Spazierstöckchen und dem Monokel, das ihr dummes Lächeln noch stumpfsinniger erscheinen läßt. Die Insel verengt sich gerade an der Grenouillère und an der anderen Seite, wo gleichfalls eine Fähre von Croissy aus immer neue Besucher herüberführt, rollt der lebende Arm des Flusses voll schäumender Strudel und Wirbel wie ein mächtiger Strom daher. Eine Abteilung Pontoniers, die wie Artilleristen uniformiert sind, hat sich dort am Ufer gelagert. Die Soldaten sitzen nebeneinander auf einem langen Balken und starren ins Wasser.

In dem schwimmenden Café tobt die ausgelassene, schreiende Menge. Die Holztische, auf denen die verschütteten Getränke schmale, schmierige Bäche bildeten, waren mit halbgeleerten Gläsern bedeckt und die Leute, die daran saßen, waren schon halb betrunken. Alles sang, schrie und brüllte durcheinander. Die Männer hatten den Hut ins Genick geschoben und mit roten Gesichtern und im Rausch funkelnden Augen tobten sie lärmend, als hätten sie das dringende Bedürfnis, möglichst viel Skandal zu machen. Die Weiber spähten nach einem Opfer für den Abend aus und ließen sich inzwischen freihalten. In dem freien Raum zwischen den Tischen überwog das Stammpublikum, die Ruderer und ihre Begleiterinnen in kurzen Flanellröckchen tanzten Cancan. Einer von ihnen raste am Klavier und schien mit Händen und Füßen zugleich zu spielen. Vier Paare hüpften eine Quadrille. Die jungen, eleganten und korrekten Herrchen, die ihnen zusahen, hätten einen höchst anständigen Eindruck gemacht, wenn nicht trotz allem ein gewisser Defekt an ihnen zutage getreten wäre. Denn man spürt doch sofort heraus, daß hier der ganze Abschaum, das gesamte gutgekleidete Gesindel, die ganze Hefe der Pariser Gesellschaft verkehrt, eine Mischung von Ladenschwengeln, Komödianten, zweifelhaften Journalisten, anrüchigen Börsenschwindlern, unter Kuratel stehenden Adeligen, berüchtigten, zweifelhaften, alten Lebemännern, der ganze verdächtige Schwarm bedenklicher Existenzen, die man teils noch kennt und grüßt und die zum Teil schon heruntergekommen und entehrt sind, Gauner, Spitzbuben, Zuhälter und Industrieritter, die aber sehr würdig und herausfordernd auftreten, als wollten sie sagen: „Ein Kind des Todes ist jeder, der mich als Lumpen behandelt." Das Ganze schwitzt von Gemeinheit und riecht nach Niederträchtigkeit und öffentlicher Galanterie. Männer und Weiber sind hier einander wert. Überall wittert man Liebe und man schlägt sich um ein Ja oder ein Nein, um seinen wurmstichigen Ruf zu wahren, der durch Degenstiche und Pistolenkugeln nur noch mehr durchlöchert werden kann. Sonntags kommen auch Neugierige aus der Umgegend hierher und alljährlich tauchen junge Leute auf, die dort das Leben kennenlernen wollen. Flanierende Spaziergänger machen sich auf alles aufmerksam und naiven Gemütern imponiert es sogar. Mit Recht heißt das Ganze die Grenouillère, die Badeanstalt. Neben dem offenen Zelt, unter dem getrunken wird, und dicht neben dem „Blumentopf" wird gebadet. Die Frauen, deren Formen genügend gerundet sind, stellen sich hier nackt zur Schau und suchen Kundschaft. Die anderen, die nur bekleidet und zurechtgemacht akzeptabel aussehen, blicken voll Verachtung auf ihre im Wasser plätschernden Schwestern. Auf einer kleinen Plattform drängen sich die Schwimmer, um sich kopfüber ins Wasser zu stürzen. Die einen sind lang und dünn wie ein Stock, die anderen rund wie ein Kürbis oder eckig wie ein Olivenast, vornübergebeugt oder dickbäuchig und stets und unweigerlich häßlich. So springen sie ins Wasser, das bis zu den Trinkern im Café hinüberspritzt. Trotz der mächtigen Bäume, die das schwimmende Haus beschatten, und trotz des nahen Wassers erfüllte erstikkende Hitze den Raum. Der Geruch der verschütteten Likörs mischte sich mit den Ausdünstungen der Menschen und den starken Parfüms, die von den Liebeshändlerinnen mit Vorliebe gebraucht werden und die sich in diesem Backofen noch durchdringender entwickelten. Über all diesen verschiedenartigen Gerüchen aber schwebte ein leichter Duft von Poudre de riz, der hin und wieder verschwand, aber immer wiederkam und überall zu finden war, als hätte eine verborgene Hand eine unsichtbare Puderquaste in der Luft ausgeschüttelt.

Das eigentliche Schaustück spielte sich auf dem Fluß ab, wo das unaufhörliche Kommen und Gehen der Boote das Auge fesselte. In ihren Sesseln an Steuern lagen die Dämchen behaglich den derbfäustigen Männern gegenüber und blickten verächtlich auf die heißhungrigen Frauenzimmer, die auf der Insel umherstrichen. Wenn zuweilen ein volles Boot in aller Hast vorüberschoß, fingen die Bekannten, die am Ufer standen, laut an zu schreien und das Publikum schrie mit wie verrückt. An der Biegung des Flusses nach Chatou hin tauchten immer neue Boote auf. Sie kamen näher, wurden größer, und sobald man die Gesichter darin erkannte, brach das Geheul von neuem los. Ein zeltbedeckter Kahn, in dem vier Frauen saßen, kam mit der Strömung langsam daher. Die eine, die ruderte, war klein, mager und verblüht; sie trug einen Matrosenanzug und das Haar hatte sie unter einem Hut aus Wachstuch aufgesteckt. Eine dicke Blondine, die ihr gegenübersaß, war als Mann gekleidet und trug ein weißes Flanelljackett. Sie lag mit dem Rücken auf dem Boden, hatte die Beine auf die Bank zu beiden Seiten des rudernden Mädchens gelegt und rauchte eine Zigarette, während ihre Brust und ihr Bauch bei jedem Ruderschlag erzitterten. Hinten, unter dem Zeltdach saßen zwei schöne, große, schlanke Mädchen, die eine brünett, die andere blond. Sie hielten sich umschlungen und wandten keinen Blick von ihren Begleiterinnen.

Auf der Grenouillère rief jemand: „Da kommt Lesbos!" Und plötzlich entstand ein wütendes Geschrei und heftiges Gedränge. Gläser wurden umgeworfen, alles stieg auf die Tische und brüllte in tollem Lärmen: „Lesbos! Lesbos! Lesbos!" Das Schreien rollte durcheinander, wurde undeutlicher und klang zuletzt nur noch wie verworrenes Heulen, dann plötzlich ertönte von neuem klar und deutlich der Ruf, flog durch die Luft, über die Felder, in das dichte Laub der riesigen Bäume und schien im Sonnenlicht bis zu den fernen Hügeln hinüberzudringen. Das Mädchen im Matrosenanzug hatte während dieser Ovation zu rudern aufgehört. Die dicke Blondine richtete sich auf den Ellbogen auf und blickte gleichgültig hinüber; die beiden schönen Mädchen am Steuer lachten und grüßten die Menge. Da wurde das Geheul noch tobender und das ganze schwimmende Restaurant erzitterte davon. Die Männer schwenkten die Hüte, die Frauen winkten mit den Taschentüchern und in allen Tonarten klang es durcheinander: „Lesbos!" Es war, als ob diese verrottete Masse ihren Führer begrüßte, geradeso wie ein Geschwader Kanonenschüsse löst, wenn der Admiral die Front abfährt. Auch die übrigen Boote begrüßten den Frauenkahn mit freudigem Zuruf und langsam fuhr er weiter, bis er etwas weiter unten anlegte. Herr Paul war durchaus anderer Meinung als die übrigen, er hatte einen Schlüssel aus der Tasche gezogen und pfiff aus Leibeskräften. Seine Geliebte war ganz blaß und nervös geworden. Sie hielt ihm den Arm fest, damit er aufhören sollte, und sah ihn wütend an. Er aber schien ganz außer sich, wie gepeitscht von Eifersucht und tiefer, instinktiver, ungezügelter Wut. Mit zornig bebenden Lippen stammelte er: „Es ist eine Schande! Mit einem Stein um den Hals sollte man sie ersäufen wie die Hunde!" Aber jetzt wurde auch Madeleine plötzlich wütend und mit ihrer dünnen, schneidenden Stimme rief sie heftig, als spräche sie in eigener Sache: „Was geht es dich an? Sind sie nicht frei und können sie nicht tun, was sie wollen, da sie von niemand abhängig sind? Laß uns in Ruhe mit deinen Albernheiten und kümmere dich um deine Sachen . . . !" Aber er fiel ihr ins Wort: „Die Polizei muß sich darum kümmern, ich werde sie nach Saint-Lazare bringen lassen!" Sie fuhr in die Höhe: „Du?"

„Ja ich! Und inzwischen verbiete ich dir, mit ihnen zu sprechen! Verstehst du mich, ich verbiete es dir!" Sie zuckte die

Achseln und wurde plötzlich ruhig: „Ich werde tun, was mir beliebt, mein Junge. Paßt es dir nicht, kannst du machen, daß du fortkommst, aber gleich! Verheiratet sind wir ja nicht, nicht wahr? Also schweig!“ Er antwortete nicht und heftig atmend, mit zusammengebissenen Lippen saßen sie sich gegenüber.

Am andern Ende des großen Cafés erschienen die vier Weiber. Die beiden, die als Männer gekleidet waren, schritten voraus. Die Magere mit gelben Flecken an den Schläfen sah wie ein früh gealterter Knabe aus, die andere füllte mit ihrem Fett den weißen Flanellanzug. Die weite Hose wölbte sich hinten mächtig, auf ihren kolossalen, einwärts gekehrten Beinen watschelte sie wie eine dicke Gans. Ihre beiden Freundinnen folgten ihnen und die Ruderer strömten alle herbei, um ihnen die Hand zu schütteln. Alle vier hatten eine kleine Villa dicht am Wasser gemietet, wo sie wie zwei Ehepaare miteinander lebten. Ihr Laster war ganz öffentlich und offiziell anerkannt. Man sprach davon wie von etwas durchaus Natürlichem, was sie fast sympathisch machte, und leise tuschelte man sich allerlei seltsame Geschichten ins Ohr, von wütender weiblicher Eifersucht und von geheimnisvollen Besuchen, die ganz bekannte Damen und Schauspielerinnen dem kleinen Häuschen dicht am Wasser abstatteten. Ein Nachbar, der sich über die skandalösen Gerüchte ärgerte, hatte die Sache der Gendarmerie angezeigt, worauf ein Wachtmeister mit einem Gendarmen eine Untersuchung vornahm. Der Auftrag war delikater Natur, denn im Grunde konnte man den Frauen, die sich keineswegs der Prostitution ergaben, nicht das geringste vorwerfen. Der verblüffte Brigadier, der von dem vermuteten Vergehen kaum eine Ahnung hatte, nahm aufs Geratewohl ein Verhör vor und lieferte einen phänomenalen Bericht ab, der ihre völlige Unschuld konstatierte. Bis Saint-Germain hatte man darüber gelacht.

Langsam, wie Königinnen, schritten sie durch das Café. Sie waren offenbar stolz auf ihre Berühmtheit, sie freuten sich, daß aller Augen auf sie gerichtet waren, und blickten stolz auf die plebejische Menge herab. Madeleine und ihr Liebhaber sahen sie kommen und in des Mädchens Auge funkelte es auf wie eine Flamme. Als die beiden ersten an ihrem Tisch vorbeikamen, rief Madeleine: „Pauline!“ Die dicke Blonde drehte sich um und blieb stehen, ohne den Arm des weiblichen Schiffsjungen an ihrer Seite loszulassen. „Du, Madeleine? . . . Komm doch auf ein Wort zu uns, mein Lieb!“ Paul krampfte seine Finger um das Handgelenk seiner Geliebten, aber diese sagte so drohend: „Du weißt ja, mein Junge, du kannst gehen“, – daß er verstummte und allein sitzen blieb. Und nun plauderten alle drei stehend ganz leise miteinander. Lustig sprudelte es von ihren Lippen und sie sprachen sehr schnell. Pauline sah zuweilen mit spöttischem Blick zu Paul hinüber. Endlich hielt er sich nicht mehr, stand plötzlich auf und stürzte an allen Gliedern zitternd auf sie zu. Er packte Madeleine bei der Schulter. „Komm“, sagte er, „ich habe dir verboten, mit diesem Gesindel zu sprechen!“ Aber Madeleine schrie ganz laut und begann das ganze Fischweiber-Repertoire herunterzuschimpfen. Die Umsitzenden lachten und rückten näher, und man stellte sich auf die Fußspitzen, um besser zu sehen. Er blieb stumm unter diesem Regen schimpflicher Beleidigungen, ihm war, als ob die Worte, die aus ihrem Munde auf ihn fielen, ihn beschmutzten wie Straßenkot, und vor dem Skandal, der sich zu entwickeln drohte, wich er zurück, drehte sich um, wandte den drei Weibern, die siegreich das Feld behaupteten, den Rücken zu und lehnte sich an das Geländer über dem Fluß. Dort blieb er stehen und starrte auf das Wasser. Und zuweilen wischte er mit rascher Handbewegung, als wollte er sie ausreißen, mit nervösem Finger eine Träne fort, die ihm im Auge aufquoll. Er liebte sie eben leidenschaftlich, ohne zu wissen warum, trotz seines verwöhnten Empfindens, trotz seiner Vernunft, ja selbst trotz seines Willens. Er war in diese Liebe gestürzt, wie man in ein schlammiges Loch stürzt. Mit seiner zarten, vornehmen Natur hatte er von einem ungewöhnlichen, idealen, leidenschaftlichen Verhältnis geschwärmt, und nun hatte ihn dies kleine, heuschreckenartige Frauenzimmer, das dumm, wie alle Dirnen, ja entsetzlich dumm und nicht einmal hübsch, mager und eigensinnig war, erobert und beherrschte ihn ganz und gar, er war ihr zu eigen mit Leib und Seele. Er war dem geheimnisvollen, allmächtigen Zauber des Weibes unterlegen, dieser unbekannten, rätselhaften Kraft, deren Quelle man nicht kennt, der dämonischen Herrschaft des Fleisches, die den vernünftigsten Mann einer Dirne unterjocht, ohne daß irgend etwas in ihr diese verhängnisvolle Macht begreiflich erscheinen läßt. Und er fühlte, daß jetzt hinter seinem Rücken infame Dinge sich vorbereiteten. Ihr Gelächter drang ihm ins Herz. Was sollte er tun? Er wußte es wohl, aber er fand nicht die Kraft dazu in sich. Starr sah er auf einen Angler, der unbeweglich am Ufer gegenüber saß. Plötzlich zog der Mann einen kleinen, silberglänzenden Fisch aus dem Wasser, der am Ende der Angelschnur zappelte. Dann versuchte er den Haken herauszuziehen, er drehte und wendete ihn hin und her, aber vergebens. Nun riß er ungeduldig daran und die ganze, blutende Kehle des Tierchens kam mit einem Teil der Eingeweide heraus. Paul erbebte bis ins innerste Herz. Ihm war es, als sei dieser Haken seine eigene Liebe und als würde, wollte er sie herausreißen, seine ganze Brust mit diesem gekrümmten Eisen hervorgezerrt werden, das fest in seinem Herzen saß und dessen Schnur Madeleine in der Hand hielt.

Eine Hand legte sich auf seine Schulter, er fuhr auf und wandte sich um. Seine Geliebte stand neben ihm. Sie sprachen nicht, sie lehnte sich neben ihm auf das Geländer und blickte auf

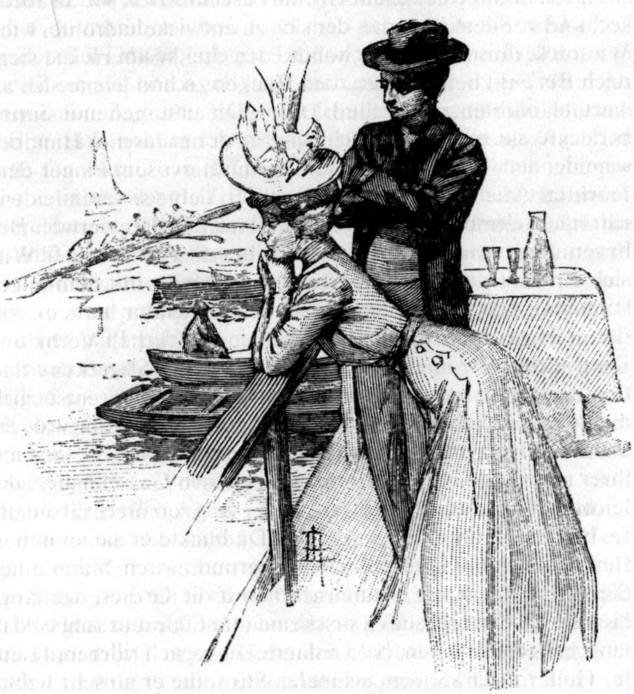

den Fluß. Er suchte etwas, was er ihr sagen könnte, und fand nichts. Er konnte sich nicht einmal klar darüber werden, was in ihm vorging; er empfand es nur voll Freude, daß sie wiedergekommen war und neben ihm stand. Schmähliche Feigheit erfüllte ihn und das Bedürfnis, ihr alles zu verzeihen und alles zu gestatten, wenn sie ihn nur nicht verlassen wollte. Nach einigen Minuten endlich fragte er sie sehr sanft: „Willst du fort? Im Boot wird es angenehmer sein." – „Ja, mein Schatz", erwiderte sie. Und er half ihr beim Einsteigen, hielt ihre Hände und stützte sie zärtlich, wobei ihm noch eine Träne im Auge schimmerte. Da sah sie ihn lächelnd an und sie küßten sich von neuem. Langsam fuhren sie den Fluß hinauf, an dem weidenbestandenen Ufer entlang, das mit seinen Gräsern und Kräutern in der warmen Nachmittagssonne ruhig vom Wasser bespült wurde.

Als sie in das Restaurant Grillon zurückkamen, war es kaum sechs Uhr. Sie stiegen aus dem Boot und wanderten über die Wiesen der Insel, längs der hohen Pappeln, die am Fluß stehen, nach Bezons zu. Zwischen dem Heu, das schon auf die Sichel wartete, blühten zahlreiche Blumen. Die untergehende Sonne bedeckte sie mit rotem Licht und in der milden Wärme des scheidenden Tages mischte sich der Duft des Grases mit dem feuchten Atem des Flusses und in der Luft schwamm es wie zärtliche Sehnsucht, wie flüchtiges Glück und dämmerndes Behagen. Eine weiche Mattigkeit kam über die Herzen, sie fühlten sich eins mit dem ruhigen Glanz des Abends, mit dem unbestimmten, geheimnisvollen Beben des atmenden Lebens, mit der starken, melancholischen Poesie, die den Pflanzen und Dingen zu entströmen und sich in dieser stillen Stunde den Sinnen zu offenbaren schien. Er fühlte das alles, aber sie begriff nichts davon. Sie gingen nebeneinander und plötzlich wurde ihr das Schweigen langweilig und sie begann zu singen. Sie sang mit ihrer spitzen, unreinen Stimme irgendeinen Gassenhauer, der leicht im Ohr haften bleibt, und ihr Gesang zerriß schrill die tiefe, heitere Harmonie des Abends. Da blickte er sie an und er fühlte, welch unüberbrückbarer Abgrund zwischen ihnen lag. Sie schlug mit ihrem Sonnenschirm auf die Gräser, den Kopf hielt sie ein wenig gesenkt, sie sah auf ihre Füße und sang bald in langgezogenen Tönen, bald riskierte sie sogar Triller und Läufe. Hinter ihrer kleinen, schmalen Stirn, die er so sehr liebte, war es also leer, ganz leer! Nichts war darin, als diese Leierkastenmusik, und wenn sich zufällig ein paar Gedanken darin formten, waren sie so wie diese Musik. Sie verstand nichts von ihm und sie waren weiter voneinander getrennt, als hätten sie überhaupt nicht zu derselben Zeit gelebt. Ihre Küsse gingen also wirklich nie weiter, als bis zu den Lippen? Jetzt hob sie die Augen zu ihm und lächelte wieder. Er fühlte sich bis ins Mark erregt, schlang seine Arme um sie und in verdoppelter Liebe preßte er sie leidenschaftlich an sich. Da er ihr das Kleid zerknitterte, machte sie sich endlich los und murmelte, gleichsam um ihn zu entschädigen: „Ich hab' dich sehr lieb, mein Schatz." Er faßte sie um die Taille und zog sie in tollem Lauf mit sich fort. Er sprang ausgelassen umher und küßte sie auf die Backen, auf die Schläfen, auf den Hals. Keuchend warfen sie sich unter einem Strauch nieder, den die untergehende Sonne mit feurigen

Strahlen übergoß, und ehe sie noch Atem schöpfen konnte, wurden sie eins, ohne daß sie seine Erregung recht begriff. Hand in Hand gingen sie zurück, als sie plötzlich durch die Bäume hindurch auf dem Fluß das Boot mit den vier Frauen erblickten. Die dicke Pauline sah sie gleichfalls, denn sie richtete sich auf und warf Madeleine Kußhände herüber. Dann rief sie: „Auf heute abend!“ Und Madeleine rief zurück: „Auf heute abend!“

Paul fühlte sein Herz plötzlich eiskalt werden. Sie setzten sich in eine Laube dicht am Wasser und begannen schweigend zu essen. Als es dunkel wurde, brachte man ihnen ein Licht, das in einer Glaskugel brannte und das sie mit mattem, flackerndem Schein beleuchtete. Aus dem großen Saal im ersten Stock klang fortwährend das Lachen und Schreien der Ruderer herüber. Beim Dessert ergriff Paul zärtlich Madeleines Hand und sagte: „Ich bin sehr müde, Liebste, wenn es dir recht ist, gehen wir bald zu Bett.“ Sie durchschaute jedoch seine List und warf ihm einen rätselvollen, falschen Blick zu, wie er im Auge einer Frau oft so rasch aufblitzt. Nach kurzem Nachdenken erwiderte sie: „Wenn du willst, kannst du zu Bett gehen, ich habe versprochen, auf den Ball in der Grenouillère zu kommen.“ Er lächelte kläglich, als verberge er hinter diesem Lächeln ein peinvolles

Leid, aber er meinte in zärtlichem, herzzerreißendem Ton: „Wenn du lieb wärst, blieben wir beide hier.“ Sie schüttelte verneinend den Kopf, ohne den Mund aufzumachen. Er drang nochmals in sie: „Ich bitte dich, mein Herz.“ Da brach sie heftig los: „Du weißt, was ich dir gesagt habe. Paßt es dir nicht, bitte, die Tür ist offen, es hält dich niemand! Ich hab' es versprochen und ich gehe hin.“ Er stützte sich mit beiden Ellbogen auf den Tisch, legte seine Stirn auf die Hände und versank in schmerzliches Nachdenken. Die Ruderer kamen herunter und brüllten immer noch. Sie fuhren in ihren Booten zum Ball in der Grenouillère. Madeleine sagte zu Paul: „Wenn du nicht mitkommst, entschließe dich, ich bitte dann einen der anderen Herren, mich mitzunehmen.“ – Paul stand auf. „Komm!“ murmelte er. Und sie brachen auf. Die Nacht war schwarz, der Himmel voller Sterne, und die Luft war noch immer schwer und glühend. Sie strich wie eine heiße Liebkosung über das Gesicht und hinderte das Atmen, so dick und lastend wirkte sie. Die Boote fuhren davon und an der Spitze trug jedes eine venezianische Laterne. Die einzelnen Kähne konnte man nicht mehr unterscheiden, man sah nur diese kleinen, farbigen, hüpfenden Lichter, die verrückten Leuchtkäfern ähnlich sahen, und hörte Stimmen, die in der Dunkelheit von allen Seiten durcheinander schwirrten. Das Boot mit den beiden jungen Leuten glitt sanft dahin. Wenn ein anderes Boot an ihnen vorbeischoß, sahen sie im Schein seiner Laterne den weißen Rücken des Ruderers. Als sie die Biegung des Flusses passiert hatten, wurde in der Ferne die Grenouillère sichtbar. Das Etablissement war festlich geschmückt mit Girandolen, mit Girlanden aus bunten Lampen und mit Lichtpyramiden. Auf der Seine schwammen langsam schwere Boote mit Kuppeln und anderen komplizierten Bauten in vielfarbigen Flammen. Leuchtende Schnüre hingen bis zum Wasser hinab und da und dort erschien eine rote oder blaue Laterne, am Ende einer riesigen unsichtbaren Angelrute wie ein großer, tanzender Stern. Die Illumination verbreitete eine Fülle von Licht um das ganze Café und beleuchtete von unten bis oben die großen Bäume am Ufer, deren Stamm blaßgrau schimmerte, während die Blätter sich in milchigem Grün von dem tiefen Schwarz der Felder und des Himmels abhoben. Das Orchester, das aus fünf Vorstadtmusikanten bestand, ließ seine dünne, abgerissene Kneipenmusik weit hinaus erklingen, so daß es Madeleine wieder zum Singen reizte. Sie wollte gleich hinein, während Paul noch einen Gang über die Insel machen wollte. Er mußte natürlich nachgeben.

Das Publikum hatte sich gelichtet. Die Ruderer waren jetzt fast unter sich, und zu ihnen gesellten sich nur ein paar vereinzelte Bürgersleute und einige junge Lebemänner mit ihren Mädchen. Der Leiter und Organisator des ganzen Trubels ging in seinem abgenutzten Frack majestätisch umher, und überall sah man das wüste Gesicht dieses Händlers mit billigen Volksbelustigungen. Die dicke Pauline war mit ihren Begleiterinnen noch nicht da. Paul atmete auf. Es wurde schon getanzt. Die Paare, die sich gegenüberstanden, schlenkerten wie außer sich mit allen Gliedmaßen und sie warfen die Beine bis zur Nasenspitze ihres vis-à-vis in die Höhe. Die Weiber hatten die Beine vollständig aus allen Gelenken gelöst, sie sprangen mit fliegenden Röcken umher und zeigten möglichst viel Unterzeug. Die Füße schleuderten sie mit verblüffender Leichtigkeit bis über ihre Köpfe hinaus, sie zuckten mit den Leibern, wackelten mit dem Hintern, schüttelten ihre Brüste und rings um sie roch es stark nach Schweiß. Die Männer hockten sich mit unanständigen Gebärden wie Kröten zusammen, wanden sich in scheußlichen Grimassen, schlugen Rad und bewegten sich mit möglichst komischer Grazie. Ein dickes Mädchen und zwei Kellner brachten die Getränke. Da das schwimmende Café nur durch sein Dach und sonst durch keine Wand nach außen abgesperrt war, tobte der tolle Tanz unter dem gestirnten Himmel mitten in die stille Nacht hinein. Plötzlich begann in der Ferne der Mont-Valérien zu leuchten, als hätte sich hinter ihm ein Brand entzündet. Das Leuchten wurde stärker, breitete sich aus und verbreitete sich in blassem, weißlich schimmerndem Kreis mehr und mehr über den ganzen Himmel. Dann wurde etwas Rotes sichtbar, etwas glühend Rotes, wie Eisen auf dem Amboß. Es wuchs und rundete sich langsam, als wüchse es aus der Erde, und der Mond, der sich bald vom Horizont löste, stieg leise empor. Je höher er stieg, um so blasser wurde sein purpurnes Rot, es tönte sich zu einem hellen, leuchtenden Gelb ab, und das Gestirn schien immer kleiner zu werden, je höher es schwebte.

Paul hatte lange den aufgehenden Mond betrachtet und dabei seine Geliebte vergessen. Als er sich umdrehte, war sie verschwunden. Er suchte sie, aber er fand sie nicht. Ängstlichen

Auges forschte er nach ihr an den einzelnen Tischen, er lief überall umher und fragte bald den, bald jenen. Niemand hatte sie gesehen. So irrte er von Unruhe gemartert umher, als der eine Kellner ihm sagte: „Sie suchen gewiß Fräulein Madeleine. Eben ist sie mit Fräulein Pauline fortgegangen." In demselben Augenblick sah Paul auch am andern Ende des Cafés den Schiffsjungen mit den beiden schönen Mädchen stehen. Alle drei hielten sich um die Taille gefaßt und beobachteten ihn flüsternd. Er begriff sofort alles und stürzte wie rasend auf die Insel. Zuerst lief er nach Chatou zu, aber auf freiem Feld kehrte er wieder um. Dann drang er in das dichteste Gebüsch und spähte und lauschte überall umher. Überall am Ufer ließen die Kröten ihren kurzen, metallischen Ruf ertönen. Nach Bougival zu sang ein unbekannter Vogel ein paar Töne, die durch die Entfernung gedämpft klangen. Über die breiten Rasenflächen streute der Mond sein mildes Licht wie Wattestäubchen, es drang durch das Laub und umspielte die silberne Rinde der Pappeln und glitzerte funkelnd auf den zitternden Wipfeln der großen Bäume. Paul empfand trotz allem die berauschende Poesie dieses Sommerabends, sie durchwühlte sein Herz mit wilder Ironie und seine sanfte, nachdenkliche Seele wurde sich in ohnmächtiger Wut ihrer Sehnsucht nach idealer Zärtlichkeit, nach leidenschaftlicher Hingebung an ein liebes, treues Weib bewußt. Heftiges, herzzerreißendes Schluchzen erschütterte ihn so sehr, daß er stehenbleiben mußte. Als der Anfall vorüber, ging er weiter. Plötzlich traf es ihn wie ein Dolchstoß. Dort, hinter jenem Gebüsch küßten sich zwei. Er lief hinzu, es war ein Liebespaar, dessen Silhouetten sich in unendlichem Kuß umschlungen hielten und bei seinem Nahen hastig entflohen. Er wagte nicht, sie anzurufen, er wußte ja nur zu gut, sie hätte ihm doch nicht geantwortet. Und er hatte auch eine grauenhafte Angst davor, sie so zu überraschen. Die Tanzmelodien, die herübertönten, die schrillen Soli des Pistons, die falschen Läufe der Flöte, das spitze Quietschen der Geigen, zerrissen ihm das Herz und machten sein Leid noch verzweifelter. Die tolle, quiekende Musik schallte bald undeutlich durch die Bäume, bald trug ein Windhauch sie stärker herüber.

Plötzlich sagte er sich, sie ist vielleicht schon wieder zurück! Ja! Sie mußte schon wieder zurück sein! Warum auch nicht? Er hatte ganz überflüssiger- und dummerweise den Kopf verloren,

seine Angst hatte ihn verwirrt und der ausschweifende Verdacht, der ihn seit einiger Zeit quälte. Und wie uns zuweilen mitten in der tiefsten Verzweiflung eine seltsame Ruhe überkommt, wurde auch er ruhig und ging zum Ball zurück. Mit einem Blick überflog er den Saal. Sie war nicht dort. Er ging an den verschiedenen Tischen vorbei und plötzlich stand er wieder den drei Weibern gegenüber. Sein verzweifeltes Gesicht mußte wohl sehr komisch aussehen, denn alle drei lachten hellauf. Er stürzte hinaus, lief auf die Insel und drang wieder keuchend ins Dickicht. Dann lauschte er wieder, – und er lauschte lange, denn es brauste ihm in den Ohren. Da endlich glaubte er etwas weiter ein leises, schrilles Lachen zu hören, das er genau kannte. Ganz leise ging er weiter, bog die Zweige beiseite, und das Herz klopfte ihm in der Brust so stark, daß er kaum atmen konnte. Zwei Stimmen murmelten Worte, die er nicht verstand. Dann verstummten sie. Da erfaßte ihn ein grenzenloses Verlangen zu fliehen, nichts zu sehen, nichts zu hören und sich für immer weit fort zu retten vor seiner wahnsinnigen, verzehrenden Leidenschaft. Er wollte nach Chatou gehen, sich dort auf die Bahn setzen und nie wiederkommen, sie nie wiedersehen. Aber plötzlich sah er ihr Bild vor sich, er sah sie, wie sie am Morgen erwachte in ihrem warmen Bett, wie sie sich zärtlich an ihn schmiegte und ihre Arme um seinen Hals schlang, er sah sie in ihrem gelösten Haar, das über der Stirn ein bißchen wirr lag, die Augen hielt sie noch geschlossen und ihre Lippen öffneten sich schon dem ersten Kuß entgegen. Und die jähe Erinnerung an dies Lieben am Morgen erfüllte ihn mit leidenschaftlicher Wehmut und wahnsinnigem Verlangen. Wieder hörte er sprechen, und ganz zusammengekrümmt schlich er näher. Da ertönte ein leichter Schrei unter den Zweigen dicht vor ihm. Ein Schrei! Ein Liebesschrei, wie er ihn in seligen Stunden so oft von ihren Lippen gehört hatte! Er schlich sich noch weiter heran, es zog ihn wider seinen Willen unwiderstehlich dorthin, ohne daß ihm irgend etwas klar zum Bewußtsein kam . . . Und er sah sie beide!

Oh, wäre der andere wenigstens ein Mann gewesen! Aber das, das! Er fühlte sich wie gebannt durch ihre Infamie und er blieb, verwirrt und verstört, als hätte er einen geliebten Körper plötzlich verstümmelt gesehen, als stünde er einem unnatürlichen, grauenhaften Verbrechen, einer unmenschlichen Entweihung gegenüber. Dann blitzte in ihm unwillkürlich der Gedanke an das kleine Fischchen auf, dessen Eingeweide er herausreißen fühlte. Aber Madeleine murmelte: „Pauline!“ in demselben leidenschaftlichen Ton, in welchem sie einst „Paul!“ geseufzt hatte, und ein so wilder Schmerz durchkrampfte ihn, daß er davonstürzte. Er rannte gegen zwei Bäume, stolperte über eine Wurzel, lief wieder weiter und fand sich plötzlich am Fluß, am mondbeleuchteten, lebenden Arm des Flusses. Die brausende Strömung bildete große Wirbel, in denen das Licht sich spiegelte. Das hohe Ufer ragte wie eine Klippe über das Wasser und warf an seinem Fuß einen breiten dunklen Streifen, wo die Strudel im Schatten rauschten. Auf dem andern Ufer lagen die Villen von Croissy im hellen Licht. Paul sah das alles wie im Traum, wie im Schatten der Erinnerung. Er dachte an nichts und empfand nichts, und alle Dinge um ihn her und sein eigenes Leben dünkten ihm verschwommen, weltfern, vergessen und vergangen. Da war der Fluß! Begriff er, was er vorhatte? Wollte er sterben? Er war wahnsinnig. Und dennoch wandte er sich nach der Insel und zu ihr zurück. Und durch die stille Nachtluft, in die leise und hartnäckig die Töne der Kneipmusik klangen, schrie er in entsetzlicher Verzweiflung, mit furchtbarer, übermenschlicher Kraft: „Madeleine!“ Sein verzweifelter Aufschrei

drang durch das weite Schweigen zum Himmel hinauf und tönte weithin über die Erde. Dann sprang er mit gewaltigem Satz wie ein Tier in den Fluß. Das Wasser spritzte auf und schloß sich wieder, und an der Stelle, wo er verschwunden war, formte sich eine Reihe großer Kreise, die ihre glitzernden Wellen bis ans andere Ufer trugen.

Auch die beiden Mädchen hatten den Schrei gehört. Madeleine richtete sich auf: „Das war Paul!“ Eine Ahnung keimte in ihrer Seele auf. „Er hat sich ertränkt!“ rief sie und lief ans Ufer hinab. Die dicke Pauline folgte ihr. Ein schwerer Kahn, in dem zwei Männer saßen, fuhr auf einer Stelle immer hin und her. Einer der beiden Männer ruderte, der andere stieß mit einer langen Stange ins Wasser und schien etwas zu suchen. Pauline rief: „Was machen Sie da? Was ist geschehen?“ Eine fremde Stimme antwortete: „Ein Mann hat sich ins Wasser gestürzt.“ Die beiden Mädchen drängten sich dicht aneinander und folgten stieren Auges jeder Bewegung des Kahns. In der Ferne tobte noch immer die Musik auf der Grenouillère und schien die Bewegungen der düsteren Fischer rhythmisch zu begleiten. Und der Fluß, der jetzt einen Leichnam barg, floß leuchtend dahin. Das Suchen nahm kein Ende und in der Angst des Wartens klapperte Madeleine mit den Zähnen. Es war mindestens eine halbe Stunde vergangen, als endlich einer der Männer rief: „Ich hab’ ihn!“ – und langsam, ganz langsam zog er den langen Bootshaken heraus. Dann erschien etwas Dickes auf der Oberfläche des Wassers. Der andere Bootsmann legte die Ruder fort und mit vereinten Kräften zogen beide die regungslose Masse in die Höhe und ließen sie in den Kahn kollern. Dann fuhren sie ans Ufer und suchten sich eine helle, flache Stelle aus. In dem Augenblick, als sie anlegten, waren die beiden Mädchen auch schon dort. Als sie ihn erblickte, wich Madeleine entsetzt zurück. Im Mondlicht sah er schon ganz grün aus und, Mund, Augen, Nase und Kleider saßen ihm voll Schlamm. Die geschlossenen Finger waren steif und eine Art von schwärzlichem, flüssigem Überzug bedeckte seinen ganzen Körper. Das Gesicht erschien schon geschwollen, und aus seinen Haaren, die von Schlamm klebten, floß unaufhörlich schmutziges Wasser. Die beiden Männer sahen ihn prüfend an. „Kennst du ihn?“ fragte der eine. Der andere, der Fährmann von Croissy, zögerte etwas: „Ja, ich glaube, ich habe das Gesicht schon gesehen, aber so, weißt du, erkennt man jemand nicht so leicht." Dann sagte er plötzlich: „Aber gewiß, es ist Herr Paul!" – „Wer ist Herr Paul?" fragte sein Kollege und der erste erklärte: „Herr Paul Baron, der Sohn des Senators, der Kleine, der immer so verliebt war!" Und philosophisch setzte der andere hinzu: „Jetzt hat er ausgetobt! Aber es ist doch schade, wenn man so reich ist."

Madeleine schluchzte und sank zu Boden. Pauline beugte sich zu dem Körper hinunter und fragte: „Ist er wirklich tot? Ganz tot?" Die Männer zuckten die Achseln: „Ganz sicher. Er lag zu lange drin." Dann fragte der eine: „Wohnte er bei Grillon?" – „Ja", erwiderte der andere, „wir müssen ihn hinbringen, da gibt's ein gutes Trinkgeld." Sie stiegen wieder in ihren Kahn und fuhren weiter. Wegen der starken Strömung kamen sie nur langsam vom Platz und als man sie von der Stelle, an der die beiden Mädchen zurückgeblieben waren, schon längst nicht mehr sehen konnte, hörte man noch immer das regelmäßige Geräusch ihrer Ruder im Wasser.

Da nahm Pauline die arme, ganz in Tränen aufgelöste Madeleine in ihre Arme, streichelte sie, küßte sie lange und sagte tröstend: „Was willst du? Du bist doch nicht schuld daran! Ein Mann läßt sich nie von einer Torheit zurückhalten. Er hat es gewollt, und am schlimmsten ist es doch schließlich für ihn!" Dann hob sie sie auf: „Komm, mein Lieb, du schläfst bei uns, du kannst heute abend nicht zu Grillon zurück." Und wieder küßte sie sie. „Komm, wir werden dich schon gesund machen", sagte sie.

Madeleine stand auf, sie weinte noch immer, aber ihr Schluchzen klang schon gedämpfter. Sie lehnte den Kopf an Paulines Schulter, als wollte sie sich in eine intimere, zuverlässigere, herzlichere und dauerndere Zärtlichkeit flüchten, und sc schritten beide langsam dahin.

Maupassant

Von Herbert Roch

Für Richard Weiß

Im Todesjahr Balzacs, 1850, wurde einem jungen, in der Normandie ansässigen Ehepaar, dem Herrn Gustave de Maupassant, der sein Adelsprädikat erst seit kurzem führte, und seiner aus reicher Familie in Fécamp stammenden Gattin Laure, geb. Le Poittevin, ein Sohn geboren und Henry René Albert Guy getauft. Guy de Maupassant, ein Name, dem das literarische Frankreich alsbald höchsten Respekt bezeigen und den man auch im übrigen Europa voller Bewunderung nennen sollte, wenn vom modernen Frankreich und seiner Literatur die Rede war.

Anerkennung, Ruhm und Vermögen fielen dem gebürtigen Normannen, der seinen Aufstieg selbst als meteorisch bezeichnete, in kürzester Frist zu. Von ihm ließ sich die Dritte Republik die Bloßstellung ihrer vielen Lebenslügen und Laster gefallen, des moralischen Elends hinter ihren Prunkfassaden, und hieß alles willkommen, was er gab, wie Zola ihm nachrühmte, mochte es noch so bitter und wenig schmeichelhaft für ihre Bürger und ihre Repräsentanten sein und ihre Eitelkeit verletzen.

Es war die ungebrochene Kraft des Wortes, die Unbestechlichkeit des Blickes, die unsentimentale Darstellungsweise, die den Zeitgenossen Achtung abnötigten. Der Erzähler erklärte nichts; er schilderte und beschrieb; er beschönigte und rechtfertigte nichts, er brachte es zur Anschauung: Natur, Gesellschaft, Menschen; zuerst in kurzen meisterlichen Erzählungen, später auch in epischer Breite, aber immer von unmittelbarster Wirkung.

In der Normandie, dieser fruchtbaren Provinz im Nordwesten Frankreichs, durch welche die Seine in vielen Windungen und Krümmungen, vorbei an unzähligen Stätten und Schauplätzen von Invasionen, Brandschatzungen, erbitterten Kämpfen und lodernden Scheiterhaufen, dem Meere mit seinen Fischerdörfern, Kriegshäfen und häßlichen Industrieorten zuströmt, wuchs der Knabe heran. Er war das erste Kind seiner Eltern, die sich auf Schloß Miromesnil, einem Herrensitz unweit Dieppe, niedergelassen hatten und das Leben begüterter Landedelleute führten, aber schon bald in bescheidenere Verhältnisse zurückkehrten. Die Ehe der Eltern verlief unglücklich; gegensätzliche Naturen, die sie waren, lebten sie sich auseinander und trennten sich schließlich. Die Mutter, Laure de Maupassant, blieb mit ihren beiden Söhnen allein in Aux Verguies zurück, einem Landhaus an der Straße zwischen Etretat und Fécamp. Sie war eine in jeder Hinsicht erstaunliche Frau, die Schwester eines Jugendfreundes von Flaubert, Alfred Le Poittevin, unter dessen Einfluß sie gelernt hatte, alles Konventionelle zu verachten und sich darüber hinwegzusetzen. Ohne sie wäre Flaubert kaum zum Mentor ihres ältesten Sohnes geworden, Guy kaum der unbestechliche Realist, als der er sich in seinen besten Arbeiten zeigt.

Von labiler Wesensart, die andere manchmal verschroben anmutete, ja, ihnen exzentrisch vorkam, bewahrte Laure sich eine Unabhängigkeit und Selbständigkeit des Denkens und Handelns, die in den Patrizierkreisen, aus denen sie kam, mißbilligendes Kopfschütteln hervorriefen. Ihr ist es zu verdanken, daß der Knabe weitgehend vorurteilslos und ohne kleinliche Bevormundung heranwuchs. Während manche Mütter ihre Söhne noch in den Mannesjahren am liebsten im Steckkissen herumtrügen, ließ Laure ihren Sprößling gewähren und umherstreunen, unter Bauern und Fischern, am Strand und auf Viehweiden, in Waldungen und Ställen, wo er vieles sah und in sich aufnahm, was Stadtkinder selten oder nie zu Gesicht bekommen, rossige Stuten, kalbende Kühe, betrunkene Pächter, die sich mit prallen Mägden im Stroh wälzten.

Schon in jungen Jahren lernte er den normannischen Bauern kennen, seine Durchtriebenheit und einfältige Schläue, seine vitale Erotik und die derben Scherze, die den Nachtisch zu seinen üppigen Mahlzeiten bildeten. Der spätere Erzähler köstlicher Bauerngeschichten, in ihrer Ursprünglichkeit kaum je übertroffen, führte sich selber mit sicherem Instinkt an die elementaren Dinge des Lebens heran. Das Meer, der Wind, die Jahreszeiten nahmen ihn in ihre Schule und schärften seinen Verstand und stärkten sein Herz. Aus dieser Stärke haßte er die Halbheiten des Bürgers, der eine Obrigkeit braucht, auf die er sich berufen kann, und nach garantierten Rechten verlangt, die ihm gestatten, alles zu erwerben, ohne je etwas wahrhaft zu besitzen. Er verabscheute das Mediokre und seine Institutionen, den Staat, das Parlament, die Kirche und hatte nur Hohn und Spott für alles, was sich hinter geheiligten Konventionen verschanzte aus Angst vor starken Gefühlen. Der anmutige Flug einer Raubmöwe entzückte ihn; die angeschwemmten Quallen kümmerlicher, verbürgerlichter Existenz widerten ihn an.

Er liebte das Meer, nicht zuletzt, weil es seiner Mutter und ihm auf Wanderungen unter den Kreidefelsen der normannischen Küste ein paarmal fast zum Verhängnis geworden wäre. Sich mutwillig in Gefahr zu begeben und dann die Heiterkeit des Entkommens auszukosten, den Schwalbenflug in die höchsten Höhen des Glücks – das waren Gipfelpunkte des Daseins für ihn, die er immer wieder suchte und immer seltener fand. Überhaupt liegt viel Mutwilliges in Maupassants früher Jugend; die Verlockung, das Verbotene zu tun, das Geächtete zum Umgang zu wählen, die Grenzen des Erlaubten zu überschreiten. In den Jahren, die einen Menschen prägen, überließ ihn seine Mutter, selbst gefährdet, der gefährlichen Freiheit des Selbstfindens, zu sich und seinen stärksten Trieben.

Gegen Ende des Jahres 1852 nahm Prinz Louis Bonaparte den Titel eines Kaisers der Franzosen an und regierte als Napoleon III. In der Verbannung erzogen, hatte er mehrmals vergeblich versucht, die Monarchie wiederherzustellen und war des Landes nach Amerika verwiesen worden. Die Ankunft eines Prinzen aus kaiserlichem Geblüt erregte Aufsehen in New York. Ein geschäftstüchtiger Hotelier engagierte den ungekrönten politischen Abenteurer gegen feste Gage, mindestens einmal täglich im Speisesaal und an der Tafel zu erscheinen – ein Auftritt wie in einem Boulevardstück. Man versprach sich eine Sensation und hohe Einnahmen davon. Eine Fehlspekulation zwar, aber alsbald trat der Neffe Napoleons I., damals neunundzwanzigjährig, stets in Geldnöten, aber voller Ambitionen, als Langstreckenläufer in einem Zirkus auf, um die eingegangene Wette zu gewinnen, daß er den Bruchteil einer Marathonstrecke in Rekordzeit zurücklegen könne, und führte den Amerikanern das Schauspiel eines Prinzen im Trikot und in der Manege vor. Wenn er die Wette auch nicht gewann, so erreichte er doch sein eigentliches Ziel und war Jahre später Kaiser der Franzosen, Herr über Frankreich, Paris und die Armee, der er nach der Schmach wieder zur „Gloire" verhelfen wollte.

Es mutet wie ein Vorspiel zum Werk Maupassants an, der seine Jugend unter diesem Kaiser verbrachte. Die Franzosen sonnten sich im Glanz seines Reiches; ein allgemeiner Wohlstand entschädigte sie für den Verlust bürgerlicher Grundrechte. Geblendet vom Goldrausch dieser Jahre, lebte man in den kaiserlichen Alltag hinein, der eine „fête éternelle" zu sein schien, und hatte nur den einen Wunsch, „daß der jetzige Herr ewig lebte, und daß Friede bliebe und die Geschäfte gingen", wie Jacob Burckhardt kritisch anmerkte.

Im Jahre 1867 rüstete sich Paris wiederum zu einer Weltausstellung, dem letzten großen Spektakel des Bonapartismus. Noch einmal inszenierte die Bourgeoisie eine großartige Ausstattungsrevue, zu der Offenbach die parodistische Begleitmusik schrieb. Die imperialistischen Großmächte zeigten, was ihre Industrie zu leisten imstande war und schütteten eine ganze Pandorabüchse neuer Erfindungen und technischer Erzeugnisse, Maschinen, Gebrauchsgegenstände und Luxusartikel vor den Augen staunender Bürger aus, die bei ihrem Anblick in dem Gedanken schwelgten, wie herrlich weit man es gebracht habe.

Man feierte den Fortschritt und die eigene Fortschrittlichkeit. Das horizontale Gewerbe hatte Hochkonjunktur. Mérimée schrieb: „Diese Damen machen glänzende Geschäfte und haben ihre Preise erhöht wie die Fleischer; sie verkaufen ebenfalls frisches Fleisch oder was dafür gilt." Bei aller Libertinage in den oberen Schichten und den von diesem Geist nicht minder erfüllten Mittelklassen trug man dabei eine erheuchelte prüde Moral und eine überhebliche Biederkeit zur Schau. „Meine Landsleute verursachen mir Brechreiz", heißt es in einem Brief Flauberts an George Sand. „Dieses Volk verdient vielleicht eine Züchtigung, und ich befürchte, daß ihm eine zuteil wird."

Der Verfasser des „Bouvard und Pécuchet", dieser Enzyklopädie menschlicher Stupidität, behielt recht. Der Bonapartismus stürzte sich in sein letztes und dümmstes Abenteuer, in einen Krieg mit Preußen, überzeugt von der Mission Frankreichs und seiner militärischen Überlegenheit, eine verhängnisvolle Illusion, ein chauvinistischer Rausch, dem die Ernüchterung sehr rasch mit verlustreichen, verlorenen Schlachten folgte, mit der Gefangennahme und Absetzung des Kaisers, der Belagerung von Paris, dem Kommunardenaufstand, seiner blutigen Niederschlagung und der Ausrufung der Dritten Republik.

Maupassant war zwanzig Jahre alt und hatte sein Jurastudium gerade aufgenommen, als der Krieg ausbrach. Er mußte sich stellen, wurde gemustert und für tauglich befunden. Ob er je dabei war, wenn es galt, eine preußische Ulanenattacke abzuwehren oder eine feindliche Stellung zu stürmen, bleibt zweifelhaft. Fest steht, daß er als entschiedener Gegner eines stupiden Militarismus aus dem Kriege hervorging. Was er damals während der Okkupation erlebte, das hat er wenig später in einer Reihe von Erzählungen festgehalten: den Rückfall aus der Kultur, auf die man sich beiderseits des Rheins etwas zugute tat, in die morastigen Niederungen der Barbarei, grausam und grotesk. Und dann das Ende, die Umwandlung des Krieges in einen Bürgerkrieg, die Pariser Kommune, nach vielem nutzlosen Gerede rasch in jakobinischen Terror ausartend, besungen und verflucht, von Hunger und Mangel bedroht und nach erbitterten, mit dem Mut der Verzweiflung geführten Kämpfen gegen die vordringenden Regierungstruppen brutal niedergeworfen und von der französischen Bourgeoisie mit Massenerschießungen vergolten.

Übrig blieben Trümmer und Ruinen und eine in ihrer Ehre tief verletzte Nation. Für die Frivolitäten des Kaiserreiches schien in der Dritten Republik kein Raum mehr zu sein, und es liegt etwas von geschichtlicher und psychologischer Notwendigkeit darin, daß Maupassants Lehrjahre als Schriftsteller in diese erste, noch an vielerlei Entbehrungen reiche Nachkriegszeit fallen und mit dem Wiederaufstieg Frankreichs beginnen.

„Das Wünschenswerteste bleibt unter allen Umständen eine harte

Disziplin *zur rechten Zeit*", formulierte Nietzsche, und in eine solche Schule der harten Disziplin zu finden, war Maupassants großes Glück. Strengerer Tadel und höheres Lob sind ihm nie zuteil geworden als aus dem Munde Flauberts, des Freundes seiner Mutter, der sich ihres Sohnes annahm und, unnachsichtig wie er gegen sich selber war, auch dem jungen Guy, der ihm seine ersten literarischen Versuche vorlegte, kein überflüssiges Adjektiv durchgehen ließ. „Nichts Lyrisches, keine Reflexionen, völlige Abwesenheit der Persönlichkeit des Autors … keine Scheusale und keine Helden", warnte er seinen Schüler, der inzwischen volljährig geworden war und in einer Abteilung des Marineministeriums eine untergeordnete Stellung bekleidete und sich in der muffigen, staubigen Atmosphäre maßlos langweilte, wo die Welt in Aktenstaub zu zerfallen schien. Seine vitale Natur empörte sich gegen den bürokratischen Leerlauf des Beamtenalltags, und er suchte Ausgleich im Sport und gehörte alsbald zu den eifrigsten Ruderern, die den Fluß, die Seine, bevölkerten. Das lang entbehrte Element des Wassers fand aufs neue Eintritt in sein Dasein und gab ihm die Lust daran zurück. Keiner kannte den Fluß besser als er. An seinen Ufern, auf seiner Mitte fand er die Ungebundenheit der Kindheit wieder. Bei Mondnacht und Nebel war er draußen, in der großen Einsamkeit der ersten Frühe, an Sommernachmittagen – oft allein, häufiger in lustiger, ausgelassener Gesellschaft, und helles Mädchenlachen flirrte durch Schilf und Gebüsch, frohe Farben überall, Stunden eines hohen, goldenen Glücks, jede Minute ein verhallendes Gondellied.

Während dieser Jahre hielt sich Flaubert regelmäßig in Paris auf, und dort in der Rue Murillo, in der Junggesellenwohnung im fünften Stock, war Maupassant fast allsonntäglich zu Gast. Zola lernte ihn um 1874 dort kennen. „… von mittlerer Größe, kräftig gebaut, muskulös … war er damals ein gewaltiger Ruderer … außerdem sehr stolz auf seine Männlichkeit und erzählte uns verblüffende Weibergeschichten und Liebesabenteuer …", über die besonders Flaubert sich köstlich amüsierte. In Erinnerung an jene Zeit sagte Zola noch in seiner Grabrede auf ihn: „Keiner von uns kam auf den Gedanken, er könnte jemals Talent bekunden."

Vielleicht hatte er sich damals schon auf dem Marsfeld wechselnder Liebschaften jene Haßkrankheit der Geschlechter zugezogen, der er nach einer Periode erstaunlichster Produktivität erliegen sollte wie so viele seiner berühmten Landsleute: Jules Goncourt, Dumas Sohn, Baudelaire und Manet. Noch merkte man ihm nichts davon an; noch hatte das schleichende Übel nicht zu den künstlerischen Vulkanausbrüchen geführt, durch welche besonders veranlagte Naturen sich mit gesteigerter Schaffenskraft dagegen zu wehren versuchen. Ihn zu protegieren schien eine bloße normannische Marotte des Hausherrn zu sein, eine freundschaftliche Geste der Mutter seines Schützlings gegenüber. So zumindest kam es den Schriftstellern und Künstlern vor, die damals bei Flaubert verkehrten. Sie nahmen kaum Notiz von dem rudernden Beamten, der unter dem Namen Guy de Valmont unbedeutende Novellen und Theaterstücke verfaßte. Nur einer aus jenem Kreise, von Turgenev bei Flaubert eingeführt, der Amerikaner Henry James, erkannte intuitiv Maupassants künftige Bedeutung für die französische Literatur und sah in ihm „einen Löwen auf dem Wege".

Dieser Weg führte steil in die Höhe zu plötzlichem Ruhm, Gefährdungen, Verlockungen und Leistungen, die das Werk der zahlreichen Salonliteraten belanglos erscheinen ließen.

Zola hatte sich nach dem skandalösen Erfolg seines Romans „Der Totschläger" in Médan niedergelassen. Auf einem abendlichen Beisammensein dort draußen geschah es, daß man auf den fast um ein Jahrzehnt zurückliegenden Krieg von 1870 zu sprechen kam und sich entschloß, eine Anthologie mit Kriegsgeschichten herauszugeben: „Les Soirées de Médan." Das Buch erschien und enthielt auch eine Erzählung Maupassants, in kurzer Zeit niedergeschrieben, keine Kriegsgeschichte im engeren Sinne, der Krieg nur als Rahmen für eine der tragikomischen Moralpossen, die sich in jenen Jahren ereigneten, als Hintergrund für ein Geschehnis, das Bürgertum und Adel auf der tiefsten Stufe ihres Gott wohlgefälligen, auf Mehrung und Sicherung ihres Besitzes bedachten, vaterländischen Lebenswandels zeigt.

Das adlige, klerikale, bürgerliche Frankreich, vertreten durch ein gräfliches Ehepaar, zwei Nonnen, einen Weinhändler, einen Fabrikanten und einen Demokraten, die legitimierte Ehrbarkeit und Tugend, durch die Unbillen der Zeit dazu gezwungen, mit dem Laster, einer rundlichen, gutmütigen, jungen Prostituierten in einer Kutsche zu reisen. Unerhört! Durch Krieg und Okkupation war eben alles von oberst zu unterst gekehrt. Trotzdem verschmäht es die Tugend nicht, sich an dem Reiseproviant zu laben, den das Laster mit sich führt. Hunger entschuldigt vieles, sagt sich die Tugend und greift guten Gewissens in den Eßkorb des Lasters. Und dann wird man an der Weiterfahrt gehindert; die Genehmigung dazu will der preußische Offizier erst erteilen, nachdem ihm die üppige, junge Normannin, das Fräulein Elisabeth Rousset, ihre Gunst gewährt hat. Sittliche Entrüstung allerseits über das ruchlose Ansinnen des Barbaren. Zum Trost der Tugend beweist jedoch selbst eine französische Prostituierte soviel Patriotismus und Standhaftigkeit, sich dem Feind zu versagen. Die Tugend braucht sich nicht mehr zu schämen, mit ihr gereist zu sein und von ihrem Brot gegessen zu haben. Doch als der Preuße hartnäckig bleibt, das Fräulein Rousset auf ihrer ablehnenden Haltung beharrt, wird der Tugend das Warten lästig und langweilig. Wie, sollte man für immer hier festgehalten werden, bloß weil es dieser Dirne einfiel, die Ehrbare zu spielen? Kurz, man macht ihr Vorhaltungen über ihr unverantwortliches Benehmen und fordert sie schließlich unverblümt auf, doch endlich das zu tun, was ihres Gewerbes sei. Es geschieht, und die Moralkutsche darf weiterrollen, die sittliche Weltordnung ist wiederhergestellt.

Das ist „Boule de Suif" – ins Deutsche gräßlicherweise noch immer mit „Fettklößchen" und „Schmalzkugel" übersetzt – von allen Mitarbeitern an der Anthologie als der beste Beitrag anerkannt und von Flaubert mit hohem Lob bedacht. Alles daran ist unübertroffen, Exposition, Steigerung der Spannung, Höhepunkt, Lösung; alles wirkt gegenständlich und unmittelbar; die Handlung schreitet voran, jede Person trägt auf ihre Weise dazu bei und charakterisiert sich selbst dadurch; die Sprache ist einfach und klar, nirgends rhetorisch überladen; ein Anhauch lächelnden Humors liegt über dem Ganzen, bei aller Deftigkeit nie grobianisch-plump, das Werk eines Dichters „ohne Sterne und Vögelchen", kernig wie ein reifer normannischer Apfel, ein „Janneton", ein „Binet Doré", ein „Peau de vache nouvelle". Flaubert war stolz auf seinen Schüler. Bald nach Erscheinen des Bandes, der „Boule de Suif" enthielt, starb er, bis zuletzt in Sorge um den Gesundheitszustand seines Zöglings, die ständigen Kopfschmerzen und Augenbeschwerden, unter denen er litt. Erbteil der Mutter, ein Konstitutionsfehler oder erworbene Krankheit? Die Ärzte vermochten keine genaue Diagnose zu stellen. Der Dreißigjährige war heute von robuster, bäurischer Gesundheit, ein zielsicherer Schütze und ausdauernder Schwimmer und über Nacht ein anderer, ein vibrierendes Nervenbündel, lichtscheu, halbblind, gedächtnisschwach, mit allen Anzeichen eines Übels behaftet, das ihn bald mit Schmerzen und Angstzuständen quälte und ihm dann wieder schier unerschöpfliche Kräfte verlieh. Seine größten literarischen Erfolge lagen noch vor ihm, aber schon fror er „vor Lebenseinsamkeit", die mit wachsendem Ruhm und fortschreitender Krankheit zunahm, ohne sein Werk spürbar zu beeinträchtigen.

Er schrieb, wie starke Menschen gegen den Wind anschreiten. Es schien beispiellos und unglaublich, was dieser Normanne leistete. Neben unzähligen journalistischen Arbeiten entstand seine heiterste Erzählung: „Das Haus Tellier", nach Pierre Loti „das vollkommenste Meisterwerk in französischer Sprache", eine Provinzgeschichte, eine fröhlich-ironische, freimütige Variation über ein altes französisches Thema: Bürger und Bordell, ohne vergröbernde satirische Striche, eine normannische Komödie, hell und heiter, nicht ohne Bosheit, aber ohne jegliche Bitterkeit.

Die Inhaberin eines Provinzbordells, die alles, was die Kirche über Keuschheit predigt, längst nur noch belächeln kann, fährt mit ihren Mädchen, die auch einmal frische Luft und ein paar Ruhetage brauchen, aufs Land zur Firmung einer Nichte. Die Stammkunden ihres gut und gern besuchten Etablissements, französische Kleinbürger, Junggesellen und Ehemänner, sind tief betroffen, als sie ihren Zufluchtsort vor der Langeweile des geschäftlichen und ehelichen Alltags, die Maison Tellier, geschlossen vorfinden – wegen Kommunion! Unglaublich, geradezu lächerlich, fast lästerlich! Sie atmen erst wieder befreit auf, als Madame mit ihren fünf willfährigen jungen Damen von dieser frommen Exkursion zurückkehrt und das weniger fromme Treiben im Hause Tellier seinen Fortgang nehmen kann. Die Bürger, der Ehe als einer von bloßen rationellen Erwägungen diktierten Institution überdrüssig, feiern die Wiedereröffnung ihres Bordells mit Ausgelassenheit und Sekt, den ihnen Madame um „vier Franken unter dem üblichen Preis“ überläßt, weil alle Tage kein Sonntag ist.

Ganz Frankreich schmunzelte über die köstliche Geschichte von einer Puffmutter, die das Geheiligte und das Profane naiv zu verbinden versteht und Sakrament und Sex in schönen Einklang bringt.

Auch sein nächster Novellenband, „Mademoiselle Fifi“, fand Beifall beim Publikum und gewann ihm ganze Scharen von begeisterten neuen Lesern. Wieder war die Titelnovelle eine Geschichte aus den Jahren der Okkupation, wieder stand ein Freudenmädchen im Mittelpunkt des Geschehens. In einem normannischen Schloß sind preußische Offiziere einquartiert, die sich dort über alle Maßen langweilen und sich zur Abwechslung ein paar Mädchen aus dem nahen Rouen kommen lassen. Einer der Offiziere, von seinen Kameraden aufgrund seiner Eitelkeit und seines ganzen Gebarens „Mademoiselle Fifi“ genannt, erhält als Tischdame eine junge Jüdin, die er seine ganze teutonische Geringschätzung und Verachtung alles Französischen spüren läßt. Sämtliche französischen Weiber gehörten ihnen, den Preußen, brüstet er sich großspurig aus der uralten Landknechtseinstellung des Besatzungssoldaten. „Euch?“ höhnt seine Partnerin, „Euch gehören nur Huren wie ich eine bin.“ Für diese Beleidigung von Volk und Vaterland ohrfeigt der Borusse das Mädchen, das ihm eine tödliche Stichwunde beibringt. In dem Tumult gelingt es ihr zu entkommen. Trotz aller Nachforschungen und Repressalien gegen die Bevölkerung bleibt sie unauffindbar. Der Ortspriester hält sie bis zum Abzug der fremden Truppen verborgen. Dann nimmt sie ihr altes Gewerbe wieder auf und wird schließlich von einem unvoreingenommenen Edelmann geheiratet und in den Stand der bürgerlichen Ehe erhoben.

Die Leser waren entzückt von diesen Kleinodien der *arte di novellare.* Zola forderte ihn in einem anerkennenden Artikel öffentlich auf, einen Roman zu schreiben, um sich in seiner ganzen Leistungsfähigkeit zu zeigen. Und alsbald kündigte der „Gil Blas“, eines der ersten Boulevardblätter, an dem Maupassant regelmäßig mitarbeitete, den Vorabdruck eines Romans von ihm an: „Ein Leben – die Geschichte einer Frau von der Stunde, da ihr Herz erwacht bis zu ihrem Tode.“

Die Buchausgabe war dem Gedenken Flauberts gewidmet, aus dessen strenger Schule der Autor kam und die sich in seinem Werk zeigte. „Die schlichte Wahrheit“ lautete der Untertitel.

Die schlichte Wahrheit über eine junge Frau aus dem Landadel, die ein für die Epoche exemplarisches Schicksal erleidet: die brutale Zerstörung aller Illusionen und Ideale über Ehe, Tugend, Treue durch den angetrauten Mann und den banalen Alltag. Die Handlung spielt zum größten Teil auf einem normannischen Schloß in der Nähe der Küste, wo Maupassant aufwuchs. Selten ist ein Fleckchen Erde eindrucksvoller und bildkräftiger geschildert worden, durch die Augen eines Jägers und Landmannes gesehen, mit allen Sinnen erlebt: Meer, Steilküste, Rondell und Boskett, Schloß und Meierhof, die wogenden Felder, der Wald. Und die Menschen der Normandie, in ihrer Mitte die junge Jeanne, unschuldig und ahnungslos, wohlerzogen und völlig unwissend dabei, in romantischen Vorstellungen über Liebe und Ehe befangen, in der Hochzeitsnacht auf legale Weise vergewaltigt, von Ekel und Widerwillen erfüllt, bis auf einer Reise unter korsischem Himmel der erste Orgasmus ihr ganzes Wesen durchschauert und das Leben wie ein Sonnenaufgang vor ihr liegt, eine trügerische Morgenröte, der alsbald der trübe Schloßalltag folgt.

Ihr Mann hintergeht und betrügt sie, zuerst mit einem Dienstmädchen, dann mit einer Gräfin, ein Verhältnis, das ihm zum Verhängnis wird und mit der Höllenfahrt dieses Provinz-Don Juans und vollkommenen Egoisten in den Abgrund und den Tod endet. Er hinterläßt nichts als Schulden und einen ihm gleichgearteten Sohn. Der einzige Mensch, der nach der Katastrophe zu Jeanne, der Schloßherrin, hält, die den Besitz veräußern muß, ist das Dienstmädchen, mit dem ihr Mann sie in weit zurückliegenden Jahren zum ersten Mal betrogen hat. Die beiden Frauen, Herrin und Magd, Opfer derselben verlogenen Gesellschaftsmoral, finden zueinander und widmen sich der Erziehung des Enkelkindes.

„Vielleicht der beste französische Roman seit *Les Misérables*“, urteilte Tolstoi; jedenfalls ein Buch so voller Schönheit und Kraft, daß sogleich die Mucker ihre Stimmen dagegen erhoben und eine Gefährdung der Familienmoral darin erblickten. Der Fall kam bis vor die Deputiertenkammer und machte Maupassant erst recht populär. Man beneidete ihn um seine Erfolge; Paris schwirrte von Gerüchten über sein legendäres Liebesleben, aber in der mondänen Gesellschaft ahnte man kaum, wie es in Wirklichkeit um ihn bestellt war. Noch gelang es ihm, seine Ängste und Befürchtungen vor der Öffentlichkeit zu verbergen. Aber sobald er allein war, begann die Marter, die Selbstbeobachtung, das verzweifelte Suchen nach Linderung, nach Gewißheit über seinen Zustand. Sein Schlafzimmer glich einer Apotheke, angefüllt mit Drogen und Betäubungsmitteln. Bisweilen wurde er von so heftigen Kopfschmerzen befallen, daß er mitten im Gespräch jäh innehielt und erbleichend ins Leere starrte, als hätte seine Umgebung aufgehört, für ihn zu existieren. Er litt an Sinnestäuschungen und Bewußtseinsstörungen. Manche Nächte waren gespenstisch und voller Grauen. Er begann sich vor sich selbst zu fürchten und umarmte aus Angst vor dem Nichts eine Frau nach der anderen, und für eine Weile kehrte die Daseinswärme in seine Glieder zurück, er war wieder der unerschöpfliche Fabulierer, ein Mann, der die Frauen bezauberte und Verlegern seine Bedingungen stellen konnte, der erfolgreichste Autor des Jahres, in dem Nietzsches „Zarathustra" und Seeley's „Expansion of England" erschienen. Frankreich annektierte Äquatorial-Afrika, Annam und Tonking; der Imperialismus schmetterte seine Triumphmärsche.

Der fragwürdige Held dieses Zeitalters, das es als seine Mission empfand, den farbigen Völkern die Kultur und das Christentum zu bringen, dem es aber an erster Stelle um Geschäft und Profit ging, heißt bei Maupassant George Duroy: Bel-Ami, der schöne Freund. Er brauchte den Typus nicht zu erfinden; man begegnete ihm überall, in der Verwaltung, in der Presse, auf der Rennbahn, der Börse, im Boudoir der Damenwelt. Die ganze Verkommenheit der Gesellschaft verkörperte sich in ihm. Er war Schwindler, Betrüger, Schmeichler, Hochstapler, Verführer in einem – in der Liebe wie im Beruf, auf unterster und auf höchster Ebene. Er war ohne Skrupel und bedenkenlos; er hatte keine Scham, keine Moral; er kam nicht durch Arbeit und Leistung, durch irgendeine produktive Tätigkeit empor, sondern durch kleine und große Schurkereien. Treulosigkeit und Verrat ebnen ihm den Weg zum Erfolg. „Wehe dem, der mir in den Weg tritt. Ich schone keinen!" Das ist das Glaubensbekenntnis dieses Karrieremachers, der durch die Frauen ans Ziel seiner Wünsche gelangt und diese Frauen dann in das eisige Vakuum einer entwerteten Welt zurückstößt.

„Männliche Huren", nannte Maupassant diese gewissenlosen Glücksritter, schlimmer als Wegelagerer und Banditen, „eine Pest unseres Landes". Sie saßen in den Redaktionen, in den Logen der Großen Oper und in der Deputiertenkammer. Manche von ihnen trugen das Kreuz der Ehrenlegion. Der schöne Freund, dieser Boulevard-Papagallo, legte es darauf an, reichen, älteren Weibern so lange schöne Worte zu machen und ihnen Komödie vorzuspielen, bis sie sich geliebt glaubten, in Jungmädchenträumen schwelgten und sich ihm anboten und hingaben „mit ängstlichen Zuckungen, mit der plumpen Kindlichkeit eines dicken Backfischs ... mit den Spielereien eines lasterhaften Pensionsmädchens" und der Lächerlichkeit anheimfielen. Und dann entführt der Verführer die Tochter, und der Herr Papa, der ihm die Wege geebnet hat, sieht sich unter melodramatischem Zähneknirschen gezwungen, den Schurken als Schwiegersohn zu akzeptieren.

Maupassants Auslandsreisen sind ohne großen Einfluß auf sein erzählerisches Werk geblieben: ein paar korsische Novellen, einige afrikanische Geschichten, eine in der Bergwelt der Schweiz spielende Erzählung, sämtlich Produkte untergeordneten Ranges, sind neben den eigentlichen Reisebüchern der ganze Gewinn. Anders seine Reisen in Frankreich, die ihn jedesmal anregten, als bedürfe es der französischen Erde, die schöpferischen Kräfte in ihm zu wecken, an erster Stelle der Normandie, der Provinz Robert des Teufels, an zweiter jener anderen, die wie eine mächtige Burg im Herzen Frankreichs liegt, der Auvergne mit ihren Thermalquellen: St. Galmier, Vals, Chatel Guyon, Néris, La Bourboule, Mont Doré und Vichy, der berühmtesten von allen.

Er bereite sich langsam auf einen Roman vor, der diese großartige und friedliche Landschaft zum Hintergrund habe, schrieb er der Mutter 1885 aus Chatel Guyon. Gemeint war „Mont Oriol", diese Liebeserklärung an die Auvergne, diese Satire auf den modernen Kurbetrieb, die Ärzte, die Patienten, die Spekulanten, die geldgierigen Bauern und beschäftigungslosen Aristokraten – diesen komödiantischen Wirbel um eine neu entdeckte Heilquelle in diesem Bergland, den Wunderbrunnen, aus dem die einen Geld zu schlagen und die anderen Gesundheit zu schöpfen hoffen. Leider verdarb er sich den großartigen Stoff durch Einflechtung einer exaltierten Liebesgeschichte, und so blieb das Werk im Konventionellen stecken. Er arbeitete lange und unter großen Schwierigkeiten daran; besonders die sentimentalen Partien wollten ihm nicht glücken; sie waren wider seine Natur und mußten farblos bleiben.

Auch sein Lebensstil in jenen Jahren entsprach nicht seinem Wesen. Er führte das Dasein eines aristokratischen Junggesellen, der es sich erlauben kann, sämtliche Modetorheiten mitzumachen. Er wollte seinen vornehmen Leserinnen und Verehrerinnen darin anscheinend in nichts nachstehen. So sehr er sie auf der einen Seite verachtete und bespöttelte, so nachhaltig ließ er sich auf der anderen von dem Luxus beeindrucken, mit dem sie sich umgaben. Als Erfolgsautor verdiente er monatlich das Doppelte seines einstigen jährlichen Beamtengehalts. Er hielt sich einen Kammerdiener und besaß ein Landhaus und eine Jacht. Seine Stadtwohnung sei, wie einer seiner Bekannten boshaft bemerkte, im Geschmack eines karibischen Zuhälters ausgestattet, „überhitzt, stickig und sehr parfümiert". Große Kurtisanen baten ihn zu ihren Empfängen; Prinzessinnen mit literarischen Ambitionen fühlten sich geschmeichelt, wenn er ihren Einladungen Folge leistete; Damen aus der Gesellschaft, die sich die beste dünkte, zogen ihn in ihre Kreise, häufig auch in ihr Bett. Er war *en vogue* und genoß es und vergaß zeitweilig Flauberts asketische Lebensregeln und schrieb billige Boudoirgeschichten, die allerdings hoch honoriert wurden. Aber wenn sich die Lummen auf den Klippen bei Etretat versammelten oder die Schnepfen anfingen zu ziehen, fiel diese Tünche von ihm ab, und er wurde wieder der Bauer und Jäger, der er in Wirklichkeit war.

Sein Bedürfnis nach Absonderung und Abgeschiedenheit wuchs, je tiefere Einblicke er in die Struktur der bürgerlichen Gesellschaft gewann, je mehr Frauen sich ihm willfährig zeigten, je weiter die Krankheit fortschritt. Ihn ekelte vor dem Jahrhundert, „wo die Spaßmacher sich wie Leichenträger benehmen und sich Politiker nennen". Und so begab er sich, so oft es sich einrichten ließ, an Bord seiner Jacht, der Bel-Ami II, nie vom Fuß einer Frau betreten, seinem Refugium vor den Widerwärtigkeiten des Stadtlebens. Auf ihren Planken, unter ihren Segeln verwandelten sich ihm die Tage noch einmal in Grazien, Heiterkeit spendende Chariten mit einem „Schmäcklein Normandie", wie er es liebte, das jedoch vollends aus der Welt zu verschwinden drohte, als General Boulanger Kriegsminister wurde und eine chauvinistische Hysterie des Revanchismus die Volksmassen ergriff. Fast wäre es zu einem neuen Kriege mit Deutschland gekommen. Doch die Errichtung einer Militärdiktatur scheiterte an der Unentschlossenheit des Generals, und so blieb wenigstens der Friede erhalten. Maupassants Abscheu vor dem Zeitgeist und seinen Manifestationen wie dem Eiffelturm, diesem „Metallkadaver" von neun Millionen Kilogramm Gewicht und dreihundert Metern Höhe, nahm indes ständig zu. Noch ging er aufrecht und erfolgsbewußt durchs Leben, aber sein Benehmen wurde immer absonderlicher, sein Witz gallig, seine Scherze morbide. Sein einziger Bruder unternahm einen Mordversuch an der eigenen Frau, und er mußte ihn in ein Irrenhaus bringen. „Du bist ein Lump, Guy!" rief ihm der Kranke bei der Einlieferung zu. „Du läßt mich hier einsperren, dabei bist du es, der verrückt ist. Du bist der Wahnsinnige in der Familie!"

Wer weiß? Mit der gleichen Frage hatte Maupassant eine seiner Novellen überschrieben, mit der Frage nach dem Geisteszustand eines Mannes, der es miterlebte, wie die Möbel aus seinem Hause auswanderten, über ihn hinwegstampften, als er sich ihnen in den Weg stellen will, „wie eine Kavallerie-Abteilung über einen gefallenen Soldaten". War er tatsächlich der Verrückte, der Mann, der zuletzt das eigene Haus in Brand steckt, um dem unsichtbaren, aber doch körperlichen Wesen, dem Horla, zu entgehen, das ihn in den Wahnsinn treibt, wie er es in der gleichnamigen Novelle beschrieben hatte? Doch wohl nicht, solange ihm Romane wie „Pierre und Jean" gelangen, diese Brudergeschichte, lange vor dem Zusammenbruch Hervés abgefaßt, mit einigen der schönsten Seiten Prosa, die es von ihm gibt. Und dennoch, der Zweifel blieb. „Ich habe die andere Seite der Dinge gesehen, die Schattenseite; die lichte Seite ist mir seit jenem Tage nicht mehr vor Augen gekommen", bekannte er.

Aber bei aller Verdüsterung seines Gemüts traten solche Lichtseiten auch im Spätwerk in leuchtenden Farben hervor, vielleicht nirgends greifbarer als in der Schilderung eines Fluges in dem Ballon „Horla“ von Paris bis an die Scheldemündung. Man hatte ihn dazu eingeladen, und er hatte sofort zugesagt. Hier gab es Neues zu erleben, die Welt aus einer neuen Perspektive zu schauen. Schon längst hatte er, der platten bürgerlichen Verhältnisse auf Erden überdrüssig, die er so gut kannte und die ihn so tief langweilten, sich im Traum manchmal in die Luft erhoben und Ausschau nach neuen Sternen gehalten. Nun bot sich plötzlich die Gelegenheit, sich für eine Weile vom festen Boden zu lösen und das Land von oben mit einem einzigen Blick zu übersehen, frei zu sein von der Erde und dennoch in ihrem Schwerefeld. Früher hatte er sich nicht eng genug an die Erde schmiegen, seinen Körper nicht oft genug in Fluß und Meer tauchen können. Jetzt strebte er danach, sie aus der Höhe kennenzulernen.

Er hatte bereits an einigen Ballonflügen teilgenommen, aber nie unter so günstigen Bedingungen wie in dem „Horla“. Seltsam, daß ein Werk der Technik den Namen seiner gespenstischsten Novelle trug! Aber vielleicht regte ihn gerade diese Tatsache zu einer Beschreibung des Fluges an, in der sich seine ganze, aus unmittelbaren Sinneseindrücken stammende Kunst in höchster Vollendung zeigen konnte. Nichts von Gespenstischem, von Gefährdung und Krankheit auf diesen Blättern. Sie leuchten, flimmern und glänzen und verdichten sich zu einem Gemälde der Welt von oben gesehen. Nie ist das Bild, sind alle Einzelheiten, die sich einem Luftschiffer aus einer Ballongondel darbieten, mit wacheren Sinnen registriert worden – mit der ganzen ungebrochenen Kraft des jungen Maupassant aus jenen Tagen, als er auf der Seine ruderte und den Zauber des geliebten Flusses mit wenigen Worten einfing.

In einer Novelle aus seinen letzten Lebensjahren beschwor er diese glücklichste Epoche seines Lebens noch einmal in einem Da-Capo der fröhlichen Ouvertüre, mit welcher das sensualistisch-impressionistische Zeitalter begonnen hatte; kehrte er zurück zu den Rudertagen auf der Seine, den Booten, die ihn den Fluß hinaufgetragen hatten, den Freunden, die ihn begleitet, den Mädchen, die ihm ihr Vertrauen und ihre Gunst geschenkt, und nahm Abschied von ihnen mit einer Erzählung, die zu seinen heitersten und übermütigsten gehört, einer Strauß-Polka in Prosa, der „Mouche“; ein Mädchen hat ihr Kind durch eine Fehlgeburt verloren, der Jammer ist groß, aber die vier lustigen Wassersportler, deren gemeinsame Freundin sie ist, trösten sie mit den Worten: Laß nur, wir machen dir ein neues.

Es leuchtete noch einmal wie ein Abendrot hinter gezackten, dunkel drohenden Wolken. Doch kein Abglanz mehr davon liegt auf den anderen späten Erzählungen wie der Vater-Sohn-Tragödie „Das

Olivenfeld", von Taine besonders geschätzt und bewundert, oder der Novelle „Unnütze Schönheit", die Maupassant für seine beste hielt. Eine Ehegeschichte über die Versklavung des Weibes durch die Schwangerschaft, von tiefem Pessimismus erfüllt, ein Symbol für die Hölle, durch welche der Mann die Frau schleift, und für das Inferno, das die Frauen den Männern bereiten.

Maupassant war niemals ein Schriftsteller mit sozialreformerischen und sentimentalen Tendenzen im Sinne des Liberalismus und der Emanzipation. Der Mensch als Kollektivwesen war ihm etwas Verabscheuenswürdiges, eine Lüge, ein Selbstbetrüger, ein blindes, von Affekten beherrschtes Wesen. Hier gab es nichts zu bessern, nur zu schildern. Er schrieb an einem neuen Buch, wonach man ihn dereinst beurteilen sollte, wenn Gesellschaftsromane wie „Unser Herz" oder „Stark wie der Tod" längst vergessen sein würden: „L'Angélus". Das Werk blieb Fragment.

Im Kriegswinter 1870 beginnt es. In einem normannischen Schloß lebt eine junge Frau, die bereits ein Kind hat und dicht vor ihrer zweiten Niederkunft steht, ihr Gatte ist Soldat und an der Front. Sie ist mit ihrem Gesinde allein. Die fröhlichste Zeit des Jahres, Weihnachten, naht heran. Am Heiligen Abend besetzen preußische Truppen das Schloß. Sie stellt sich ihnen entgegen. Ohne Rücksicht auf ihren Zustand zu nehmen, sperrt man die Schwangere kurzerhand in einen Stall, wo sie, wie weiland Maria, einen Sohn zur Welt bringt. Von ferne klingt das Geläut des Angelus durch die unheilige Nacht. Das Kind ist ein Krüppel. Der Knabe wächst heran, und es zeigt sich immer deutlicher, daß seine Gebrechen unheilbar sind und keine Hoffnung für ihn besteht, je das Leben eines normalen Mannes führen zu können. Von seiner Mutter behütet, findet er sich mit seinem Schicksal ab. Doch dann begegnet ihm ein junges Mädchen; insgeheim, ohne ihr ein Geständnis zu machen, verliebt er sich in sie und muß schließlich mit ansehen, wie sie sich seinem älteren Bruder hingibt, der all die körperlichen Vorzüge besitzt, die ihm fehlen. Die Mutter versucht, ihm über seine unselige Leidenschaft hinwegzuhelfen. Der junge Mann fügt sich resignierend, aber wo auch immer er sich befindet, stets schwebt ihm das Bild eines jungen Mädchens vor Augen, das Symbol des Lebens, um das er betrogen worden ist.

Warum? Durch wen?

Das Fragment schließt mit einer fürchterlichen Anklage gegen eine Schöpfung, in der so etwas möglich ist. „Durch den ewigen Mörder, der nur deshalb der Lust des Zeugens zu frönen scheint, um immer wieder neue Opfer für seine unersättliche Blutgier zu haben ... den ewigen Leichenfabrikanten und Friedhofslieferanten."

Mitten im Satz bricht das Manuskript ab, als gäbe es nach diesen Worten keine Steigerung mehr, nur noch Blasphemie. „Wenn das

Buch in drei Monaten nicht fertig ist, bringe ich mich um", hatte Maupassant schon früher geäußert, noch bevor seine Krankheit in ihr Endstadium trat. In der Folge unternahm er zwei Selbstmordversuche, um dem Wahnsinn, der ihn bereits umfangen hielt, zu entgehen. Beide Versuche mißglückten. Es gab kein Entkommen in einen schnell erlösenden Tod für ihn. So rasch nahm ihn der ewige Leichenfabrikant nicht an, als hätte er gerade keine Sprechstunde. Maupassant mußte aus Cannes in eine Nervenklinik bei Paris überführt werden. Am 7. Januar 1892 wurde er dort eingeliefert. Leute, die seine Gastfreundschaft jahrelang genossen, Damen, die in ihm den Inbegriff der Männlichkeit erblickt und sich ihm angeboten hatten, distanzierten sich mit prüdem Augenaufschlag von ihm; es war ihnen peinlich, im Zusammenhang mit einem Kranken seiner Art genannt zu werden, der das Universum als gegen sich gerichtete Verschwörung empfand, Gott, den Teufel als Mitbeteiligtem an diesem großangelegten Plan zu seiner Vernichtung.

Die Krankheit nahm den üblichen Verlauf. Tobsuchtsanfälle mit nachfolgenden Erschöpfungszuständen, das Versinken der gequälten Seele in dämmernde Tiefen, erneutes Aufbegehren, dann wieder ruhige Tage, gelegentliches Aufleuchten des alten vitalen Humors und ebenso plötzliche Anwandlungen von Bösartigkeit und Vernichtungsdrang. Die letzten Zeilen, die er zu Papier brachte, sind an seine Mutter gerichtet und lauten: „... die Pariser waren wütend auf mich wegen des Salzgeruches, den ich ausströmte. Sie haben mich schrecklich zugerichtet. Sie haben mir den Bauch aufgeschlitzt."

In solchen Wahnvorstellungen befangen, von Schmerzen gepeinigt, starb er im Rosensommer 1893 und trat mit dem Tod wieder in die Welt seiner Geschichten ein, die von kleinen Daseinsfreuden und Lebensnöten erzählen, von Katzenanmut und menschlicher Brutalität, von Mägden und Bauern und Fischern, von der Landschaft der Normandie, dem herben Geruch ihrer Ackererde, dem Duft ihrer Apfelbäume, von Jagdausflügen in herbstlichen Wäldern, Pariser Stadtenge, Beamtenelend, Kleinbürgern in den durchlöcherten Socken ihrer Existenz, von Männern und Frauen aus allen Gesellschaftsschichten, die sich wenig Freude schenken und sich viel Leid zufügen, von der Dummheit in ihren tausend Maskierungen, vom echten Lächeln bis zur erheuchelten Träne, von Menschen im schillernden Gewande der Zeit und in ihrer zeitlosen, bemitleidenswerten Erbärmlichkeit.

Guy de Maupassant. In Paris auf dem weiten Gelände des Friedhofs von Montparnasse ruht er; der Hügel nicht durch den „Grabmalfetischismus" geschändet, den schon Flaubert seinen Landsleuten vorwarf. Und manchmal treibt von der Seine her ein losgerissener Kinderluftballon über sein Grab hinweg wie ein Gruß des Flusses, den er liebte und der ihn allen Gefährdungen entrückt weiß.